DAS DUNKLE GEHEIMNIS DES HERZOGS

BUCH VIER DER ASTLEY-CHRONIKEN

COURTNEY MCCASKILL

BÜCHER VON
COURTNEY MCCASKILL

Die Astley-Chroniken

Buch 1: Viscountzähmen leicht gemacht

Buch 2: Der richtige Earl

Buch 3: Ein Blaustrumpf für den Lord

Buch 4: Das dunkle Geheimnis des Herzogs

Buch 5: Die Lady und der Schmied (2024)

Die Zofe und der Rake: Eine Novella

Weitere Informationen finden Sie unter https://courtneymccaskill.
com/die-astley-chroniken/

DIE ASTLEYS VON HARRINGTON HALL

Edward Astley IV, Earl von Cheltenham
Georgiana Astley, Gräfin von Cheltenham

Edward Astley V., Vicomte Fauconbridge, 27 Jahre
Harrington Astley, 26 Jahre
Anne Northcote (geb. Astley), Gräfin von Wynters, 24 Jahre
Lady Caroline Astley, 20 Jahre
Lady Lucy Astley, 19 Jahre
Lady Isabella Astley, 19 Jahre
John Astley, verstorben im Alter von 2 Jahren
Frederick Astley, 14 Jahre

Das dunkle Geheimnis des Herzogs (Die Astley-Chroniken- Buch 4)

Autor: Courtney McCaskill

Übersetzung: Corinna Vexborg

Umschlaggestaltung: Anna Volkin

Satz: Courtney McCaskill

Verlag: Hazel Grove Books

Die Originalausgabe erschien 2023 unter dem Titel *The Duke's Dark Secret*

Autor: Courtney McCaskill

6804 NE 79th Court #626423

Portland, OR 97218

USA

courtney@courtneymccaskill.com

Druck: Hazel Grove Books

Paperback ISBN: 978-1-63915-029-8

Kindle ISBN: 978-1-63915-031-1

❀ Erstellt mit Vellum

PROLOG

Gloucestershire, England
Oktober 1802

*D*as Klopfen an der Tür war laut genug, um Cecilia
Chenoweth aus dem Tiefschlaf zu wecken.

Sie stolperte aus dem Bett und klammerte sich an den
Kaminsims, bis ihre Sicht wieder klar wurde. Doch das
Hämmern ging weiter. Sie warf sich ihren Morgenmantel
über, zündete die Öllampe an und eilte zur Vorderseite des
Hauses.

Ceci schaute aus dem Fenster und erkannte draußen den
örtlichen Landwirt, William Nash. Sie konnte sich denken,
warum er gekommen war. Ihr Vater, John Chenoweth, war
der örtliche Pfarrer, und wenn eine Frau so heftige Wehen
hatte, dass es unwahrscheinlich schien, dass das Kind
überleben würde, wurde er gerufen, um eine eilige Taufe
durchzuführen, manchmal mitten in der Nacht.

Sie fummelte an dem Schlüssel. Seltsam. Sie hatte gar nicht bemerkt, dass Mrs. Nash Nachwuchs erwartete.

Sie zog die Tür auf. Das Gesicht des Bauern war ernst. »Bitte kommen Sie herein, Mr. Nash.«

Er machte keine Anstalten, einzutreten, sondern warf einen Blick über die Schulter, wo Ceci gerade noch einen Bauernwagen im Mondlicht erkennen konnte.

Sie räusperte sich. »Ich muss leider sagen, dass mein Vater nicht hier ist. Er ist vor ein paar Stunden gegangen, um Ihre Nachbarin zu besuchen, Mrs. Anderson, die derzeit bettlägerig ist. Ich nehme an, das ist es, was Sie hierher führt ...«

Die Worte erstarben ihr auf den Lippen. Sie spähte in die Dunkelheit. »D-Doktor Stuart? Was machen Sie hier? Sollten Sie nicht bei Mrs. Anderson sein?«

»Lasst ihn runter«, sagte Dr. Stuart. »*Vorsichtig.*« In diesem Moment bemerkte Ceci, wie zwei der Söhne von Farmer Nash in den hinteren Teil des Wagens griffen.

Als Dr. Stuart ins Lampenlicht trat, keuchte Ceci auf. Seine Jacke hatte er abgelegt, und seine Hemdsärmel waren bis zu den Ellbogen hochgekrempelt.

Sie waren mit Blut besprizt.

»Mrs. Anderson ... ist sie ... ist sie ...« Sie konnte die Worte nicht formulieren.

»Mrs. Anderson geht es gut«, versicherte ihr Dr. Stuart. »Ihre Wehen dauerten lange, und wir waren eine Zeit lang besorgt. Aber vor zwei Stunden hat sie endlich ein gesundes Mädchen zur Welt gebracht.«

»Vor zwei Stunden?« Ceci schüttelte den Kopf, noch vom Schlaf benebelt. »Aber wenn es schon zwei Stunden her ist, wo ist dann mein ... mein ...«

In diesem Moment ertönte ein lautes Stöhnen vom Hof, wo die Nash-Jungs etwas ... nein, *jemanden* ... von der Ladefläche des Wagens hoben.

»Papa?« Ceci schnappte nach Luft und trat vor.

Dr. Stuart hielt sie mit einer sanften Hand am Arm auf. »Wir müssen ihn reinbringen.«

Ceci ging wie in Trance voran.

Dr. Stuart übernahm die Verantwortung. »Räumen Sie den Esstisch leer. Wir legen ihn dort hin.«

Ceci räumte eilig die Kerzenständer und den Salzstreuer auf die Anrichte, dann holte sie ein Kissen aus dem Vorzimmer. Die Nash-Männer manövrierten ihren Vater durch die Tür. Farmer Nash trug seine Füße, und seine Söhne hoben jeweils eine Schulter an.

Das Gesicht ihres Vaters war ein Bild des Schmerzes. Als die Nash-Jungs ihn auf den Tisch legten, ertönte ein schreckliches Geräusch aus seinem Unterleib, teils schwappend, teils Knochen auf Knochen reibend, und ihr Vater schrie auf.

»Papa!« Ceci stürzte nach vorne und schob ihm das Kissen unter den Kopf. Sie nahm seine Hand und war erschrocken, wie kalt sie war. »Was ist denn passiert?«

»Er muss auf dem Rückweg von dem Besuch bei Mrs. Anderson vom Pferd gestürzt sein«, antwortete Dr. Stuart. »Als ich etwa eine Stunde später auf dem Heimweg war, fand ich ihn am Straßenrand liegen. Angesichts seiner Verletzungen wurde er höchstwahrscheinlich getreten oder getrampelt. Es braucht viel Kraft, um das Becken zu brechen.«

»Beckenfraktur?« Ceci hatte noch nie gehört, dass sich jemand das Becken gebrochen hatte, aber es klang ernst. »Was macht man bei einem Beckenbruch? Können Sie das richten, oder ...«

Dr. Stuarts Gesichtsausdruck war eine Mischung aus Erschöpfung und Traurigkeit. »Es gibt nichts, was ich tun kann. Ein solcher Bruch lässt sich nicht heilen, und er blutet innerlich. So wie es aussieht, schnell. Es tut mir sehr leid,

Miss Chenoweth, aber ich muss Ihnen raten, sich endgültig zu verabschieden, solange Sie noch können.«

»Endgültig verabschieden? Sie meinen, er wird ... er wird ...« Der Raum schwankte. Farmer Nash fasste fest ihren Oberarm und führte sie zu dem Stuhl, den einer seiner Söhne hinter sie gezogen hatte.

Ihr Vater durfte nicht im Sterben liegen. Er durfte es einfach nicht. Er war erst sechsundvierzig Jahre alt und erfreute sich bester Gesundheit. Obwohl Ceci nur zu gut wusste, dass Tragödien jeden Tag passierten - ihre Mutter war an einem Fieber gestorben, als sie selbst gerade zwei Jahre alt gewesen war -, war sie immer davon ausgegangen, dass ihr Vater noch Jahrzehnte lang da sein würde.

Sie beide waren schon immer ein Duo gewesen, so lange sie denken konnte. Sie hatte keine Geschwister, und ihre Großeltern waren alle tot. Ihre Eltern waren beide Einzelkinder gewesen, sie hatte also keine Tanten, Onkel oder Cousins. Wenn ihr Vater sterben würde ...

Ich werde ganz allein auf der Welt sein.

»*Ceci.*« Die schmerzerfüllte Stimme ihres Vaters riss sie aus ihrer Benommenheit, als nichts anderes das geschafft hätte.

Sie beugte sich vor. »Ja, Papa?«

»Es ... tut mir so leid, ich ...« Er brach mit einem Keuchen ab.

»Oh, bitte nicht!« Sie strich ihm das schweißnasse Haar aus der Stirn. »Es gibt nichts, wofür du dich entschuldigen müsstest. Es war ein Unfall.«

»N-nicht das. Deine Mutter. Ich ...« Er holte keuchend Luft.

»Meine Mutter?« Ceci runzelte die Stirn. Warum, um Himmels willen, sollte er in einem solchen Moment ihre Mutter erwähnen? Es war nicht so, dass sie nie über sie gesprochen hätten. Ceci liebte es, von ihr zu hören, und hatte ihrem Vater immer wieder Geschichten entlockt, von denen sie die meisten schon Dutzende Male gehört hatte.

Aber ihre Mutter war schon seit neunzehn Jahren tot. Was könnte ausgerechnet in diesem Augenblick so dringend sein?

Der Atem ihres Vaters ging immer schwerer. »Ich hätte ... ich hätte dir die Wahrheit sagen sollen.«

»Die Wahrheit? Welche Wahrheit? Wovon redest du?«

»Es war nicht ...« Ihr Vater brach keuchend ab. »Sie ist nicht ...«

»Papa?«, flüsterte sie. Er versuchte zu antworten, konnte aber keinen Ton von sich geben. Ceci konnte es nicht ertragen, ihren geliebten Vater, der so viele Jahre lang ihr Beschützer, ihr Begleiter und ihr Vertrauter gewesen war, im Todeskampf zu sehen.

Ihr Vater versuchte zu sprechen, aber es kam nichts. »Es ist alles in Ordnung«, sagte sie und tupfte sich mit dem Ärmel ihres Morgenmantels die Augen ab. »Was auch immer es ist, es ist in Ordnung. Ich liebe dich. Ich liebe dich so sehr. Das ist das einzig Wichtige.«

Ihr Vater schüttelte den Kopf und hob mit großer Anstrengung eine zitternde Hand an sein Herz. Die Qual, die diese Bewegung auslöste, war seinem Gesicht deutlich anzusehen, als er zwei Finger zwischen die Knöpfe seines Hemdes schob und begann, darunter zu suchen.

Was tat er denn da? »Es ist alles in Ordnung, Papa.« Ceci versuchte, sanft seine Hand zu nehmen, aber er suchte weiter unter seinem Hemd. »Ruh ... ruh dich jetzt einfach aus.«

Sein Gesicht war grau geworden, aber sie merkte, dass er gefunden hatte, wonach er suchte. Sie sah erstaunt zu, wie er einen seltsamen Schlüssel herauszog, der an einer Kette baumelte.

»Was ist das?«, Sie hatte diesen Schlüssel noch nie gesehen. Aber wie war das möglich? Wie konnte sie nichts von der Existenz eines Gegenstandes wissen, der ihrem Vater so teuer war, dass er ihn offenbar jeden Tag über seinem Herzen trug?

Er drückte ihr das Metall zwischen die zitternden Finger, und sie beugte sich vor, um es zu betrachten. Es war grau, so dunkel, dass es im Kerzenlicht fast schwarz aussah, fein gearbeitet, aber mit einem Muster, das ihr einen Schauer über den Rücken jagte. Eine schwarze Schlange schlängelte sich den Schaft des Schlüssels hinauf und wirbelte dann ihren Kopf um die flache Platte, die den Griff bildete. Die Platte war mit einer eleganten Schrift graviert. »Nummer vier«, las sie laut vor.

Sie wollte ihn beiseitelegen, doch ihr Vater drückte ihre Hand um den Schlüssel zusammen. »Du willst, dass ich den behalte?«, fragte sie.

Ihr Vater nickte.

»Er ist wichtig?«

Sein Nicken war dieses Mal schwächer.

»Hat es etwas mit Mutter zu tun?«, flüsterte sie.

Seine Augen waren unscharf geworden, aber er ruckte mit dem Kopf auf und ab. Er drückte ihre Finger um den Schlüssel und hielt sie dort fest.

Dann wurde seine Hand schlaff, und obwohl seine Augen offen waren, wusste Ceci, dass er sie nicht mehr sehen konnte.

Sie vergrub ihren Kopf an seiner Brust und ließ ihre Tränen in den Stoff seines Hemdes laufen.

Danach waren da Stimmen. Tröstendes Gemurmel, das sie kaum hören konnte. Eine ruhige Hand auf ihrer Schulter führte sie zum Sofa im Wohnzimmer. Sie sah ungläubig zu, wie Mr. Nash und seine Söhne den schlaffen Körper ihres Vaters wieder nach draußen trugen.

Jemand drückte ihr eine Tasse Tee in die Hand. Als sie sich schließlich dazu durchgerungen hatte, einen Schluck zu nehmen, war der Tee bereits eiskalt, und das Morgenlicht brach durch die Fenster des Esszimmers.

KAPITEL 1

London
September 1803

Cecilia Chenoweth stand unter dem Kristalllüster im glitzernden Ballsaal von Astley House, zwang sich ein Lächeln auf die Lippen und versuchte, nicht den Mann anzuschauen, der ein paar Meter entfernt stand.

Das funktionierte nicht besonders gut, denn der Mann, den sie unbedingt ignorieren wollte, war Marcus Latimer, der kürzlich zum Herzog von Trevissick aufgestiegen war. Er galt weithin als der schönste Mann Londons, mit seinem blassgoldenen Haar, frostfarbenen Augen, dem eleganten Körper eines Fechters und Wangenknochen, die Bildhauer zum Weinen brachten.

Er war auch der Mann, an den Ceci dachte, wenn sie nachts beim Einschlafen ihr Kissen umarmte.

Aber ein Blickkontakt mit ihm kam überhaupt nicht infrage.

Das Problem ging auf den Moment zurück, als sie ihn zum ersten Mal gesehen hatte. Das war ein Jahr her, und sie war gerade in London angekommen, um an der Hochzeit ihrer lieben Freundin Caroline Astley mit Henry Greville, Viscount Thetford, teilzunehmen.

Ceci hatte mit Caro im Morgenzimmer Tee getrunken, und Caro hatte etwas sehr, sehr Lustiges gesagt, wie Caro es zu tun pflegte.

Leider hatte Caro dieses *Bonmot* genau in dem Moment fallen gelassen, als zwei Ereignisse gleichzeitig eintraten.

Erstens: Ceci nahm einen Schluck Tee.

Und zweitens: der schönste Mann der Welt kam in den Raum geschlendert.

Dieses unglückliche Zusammentreffen von Ereignissen hatte zur Folge gehabt, dass Marcus Latimers erster Eindruck von Ceci der war, dass sie Tee aus der Nase schnupfte.

Die Erinnerung an seinen spöttischen Blick ließ ihre Wangen immer noch brennen.

War es möglich, sich von einem so erniedrigenden Vorfall zu erholen? Dies war keine rhetorische Frage - Ceci wollte unbedingt wissen, ob das möglich war. Sie gehörten beide dem Vorstand der *Ladies' Society for the Relief of the Destitute* an, einer Wohltätigkeitsorganisation, die von der Gräfin von Morsley gegründet worden war, als sie noch Lady Anne Astley gewesen war, sodass Ceci regelmäßig mit ihm an Vorstandssitzungen teilnehmen musste. Auch nach einem Jahr hatte die Kasteiung kein bisschen nachgelassen.

Also, mit dem Herzog zu sprechen? Undenkbar. Augenkontakt herstellen? Eine entsetzliche Vorstellung.

Doch Ceci fiel es schwer, ihren Blick nicht in seine Richtung schweifen zu lassen. Wie ein leuchtender Goldschatz im Britischen Museum, konnte er nicht anders, als die Blicke auf sich zu ziehen.

Ein Rückzug auf die andere Seite des Ballsaals hätte es einfacher gemacht, ihn zu ignorieren, aber das war leider keine Option. Es handelte sich um einen Subskriptionsball, der im Namen der Ladies' Society veranstaltet wurde, und Ceci hatte heute Abend eine Aufgabe zu erfüllen: die Organisation der Wohltätigkeitsauktion. Daher konnte sie sich nicht von dem langen Tisch entfernen, auf dem die zu verkaufenden Artikel ausgestellt waren.

Und ehrlich gesagt hatte sie auch gar keine Lust, den Tisch zu verlassen, zumindest nicht so kurz vor dem Beginn des Balls. Das lag daran, dass sie es geschafft hatte, ein Loch in die Sohle eines ihrer Tanzpantoffeln zu laufen.

Tanzpantoffeln waren bekannt dafür, dass sie viel zu zierlich waren, und es war nicht ungewöhnlich, dass man sich im Laufe einer durchtanzten Nacht ein Loch darin zuzog. Sie hatte darauf geachtet, auf dem Weg zum Tisch nicht zu sehr mit den Füßen zu schlurfen, und so lange sie das Loch bis zur zweiten Hälfte des Balls verbergen konnte, würde niemand etwas davon merken.

Dennoch war sie nervös, dass es jemandem auffallen könnte. Wenn man ihren Fuß aus dem richtigen Winkel betrachtete, konnte man die Ausfransungen auch dann sehen, wenn ihr Fuß flach auf dem Boden lag.

Vielleicht hätte sie es Georgiana Astley, der Gräfin von Cheltenham, gegenüber erwähnen sollen. Sie wusste, dass Lady Cheltenham ihr ein neues Paar Pantoffeln besorgt hätte. Nach dem Tod ihres Vaters im vergangenen Jahr hatten die Astleys Ceci bei sich aufgenommen, da sie keine lebenden Familienmitglieder mehr hatte. Dies war unangenehm, aber notwendig, da es als unschicklich galt, dass eine junge, unverheiratete Frau allein lebte.

Doch als Ceci sich über die finanziellen Angelegenheiten ihres Vaters informiert hatte, hatte sie mit Entsetzen feststellen müssen, dass sie mittellos war. Sie konnte es nicht verstehen. Ihr Vater hatte ihr ein gutes Leben geboten. Ceci wusste, dass die Stelle in der Kirche, die er die meiste Zeit ihres Lebens innegehabt hatte, zwölfhundert Pfund im Jahr einbrachte, und dass sie das Pfarrhaus kostenlos nutzen konnten. Obwohl ihr Vater sich einige Annehmlichkeiten gegönnt hatte - Bücher, den besten Kaffee, der in London bestellt wurde, und Klavier-Noten für seine Tochter -, hatten sie sparsam gelebt. Er hatte Ceci immer gesagt, dass sie, wenn sie einmal heiraten würde, eine Mitgift von tausend Pfund oder so haben würde!

Der Punkt war, dass Ceci bei seinem Tod etwas *hätte erben sollen*. Aber das hatte sie nicht, und ohne einen Penny in der Tasche war die Zumutung für ihre Freunde tausendmal schlimmer.

Nicht, dass es die Astleys zu stören schien. Lady Cheltenham hatte Ceci zu Beginn der Saison angeboten, ihr eine komplett neue Garderobe zu kaufen, ein Angebot, das Ceci dankend, aber entschieden abgelehnt hatte. Sie war entschlossen, ihren eigenen Weg zu gehen und ihren Freunden nicht zur Last zu fallen. Und sie hatte in dieser Hinsicht bereits einige Erfolge zu verzeichnen. Die vielen Stunden, die sie im Laufe der Jahre am Klavier verbracht hatte, kamen ihr jetzt zugute, und es war ihr gelungen, vierzehn Musikschüler zu gewinnen. Die Bezahlung war nicht besonders gut, aber nach dem Unterricht, den sie für morgen geplant hatte, sollte sie genug gespart haben, um ihre Tanzschuhe neu besohlen zu lassen.

Alles würde gut werden. Alles, was sie tun musste, war, ihre Füße für die nächsten zwei Stunden unter dem Rand der Tischdecke zu verstecken und Marcus Latimer nicht anzusehen.

Wie schwer konnte das schon sein?

~

Während er einen Kaschmir-Schal untersuchte, der später am Abend versteigert werden sollte, hatte Marcus Latimer Mühe, Cecilia Chenoweth nicht anzusehen.

Wie immer erwies sich dies als eine schwierige Aufgabe. Selbst in diesem abscheulichen, hochgeschlossenen Monstrum von einem Kleid in einer Farbe, die von Künstlern wahrscheinlich als *tristes Beige* bezeichnet werden dürfte, konnte er seine Augen kaum von ihr lassen.

Ihr schönstes Merkmal waren ihre Augen. Sie waren riesig. Braun. Standen recht weit auseinander. Und *trotzdem*. Sie war der Inbegriff einer rehäugigen Schönheit.

Und zu sagen, dass ihre Augen ihr schönstes Merkmal seien, war ein bedeutendes Kompliment, denn Cecilia Chenoweth hatte eine so köstliche Figur, dass sie einen Jutesack verführerisch aussehen lassen konnte. Jeder Zentimeter von ihr war üppig, das *Schönheitsideal*. Ihre Brüste waren besonders schön. Voll. Rund. Groß genug, um ihm die Hände zu füllen.

Nicht, dass Marcus jemals seine Hände an Cecilia Chenoweth legen würde. Es war klar, dass sie sich in seiner Gegenwart unwohl fühlte.

Er war sich nicht sicher, was er getan hatte. Er hatte sich *relativ* gut benommen. Er gehörte nicht zu den Männern, die herumstocherten und grapschten. Das brauchte er auch nicht - seit er volljährig geworden war, hatte er die schönsten Frauen Londons zur Auswahl. Verdammt, er hatte nicht einmal irgendwelche schmutzigen Anspielungen gemacht!

Zumindest *glaubte* er nicht, dass er das getan hatte. Er vermutete, dass es möglich war, dass sie etwas mitbekommen hatte, was nicht für ihre Ohren bestimmt gewesen war, wenn man so sehr zu schmutzigen Anspielungen neigte wie er.

Marcus würde wahrscheinlich nie erfahren, warum sie es

nicht ertragen konnte, ihn anzusehen, geschweige denn mit ihm zu sprechen. Aber sie konnte ihn nicht ansehen, und er versuchte, ihren Wunsch zu erfüllen, indem er sie in Ruhe ließ.

Aber es war schwierig, sie völlig zu ignorieren. Wie sollte er die atemberaubendste Frau im Raum nicht bemerken?

Aber er wollte gut sein, verdammt noch mal, und so richtete er seinen Blick auf den Schal, der ordentlich gefaltet auf dem Tisch lag. Es war ein sattes Preußischblau mit einer bunten Blumenborte an beiden Enden. Solche Schals mussten aus dem Himalaja in Indien importiert werden und kosteten in der Regel etwa so viel wie eine Kutsche. Dieses Exemplar war besonders schön, und die Farbe war selten. Er würde seiner kleinen Schwester Diana sehr gut stehen. Marcus war gerade in die Stadt zurückgekehrt, nachdem er sie nach dem Tod seines Vaters verlassen hatte, um Diana zu holen, die in den Weiten Yorkshires von ihrer Großtante Griselda aufgezogen worden war.

Das Tuch war leicht fünfhundert Pfund wert. Marcus beschloss, einen Tausender zu bieten, da er ohnehin vorhatte, der Ladies' Society eine Spende zukommen zu lassen.

Er war fest entschlossen und wollte sich auf die Suche nach einem anständigen Glas Wein machen, als eine schrille Stimme seine Gedanken durchbrach. »Ist das ein *Loch* in Ihrem Pantoffel?«

Stirnrunzelnd wandte er den Kopf. Es handelte sich um Araminta Grenwood, die bissige Tochter eines Viscounts. Miss Grenwood hatte so laut gesprochen, dass sich fünfzig Köpfe umdrehten, um zu sehen, was es hier zu sehen gab.

Marcus zuckte zusammen, als ihm klar wurde, dass diese fünfzig Augenpaare nicht nur auf Miss Grenwood gerichtet waren, sondern auch auf ihr Opfer, Cecilia Chenoweth.

Mit glühenden Wangen stand Miss Chenoweth so nahe

am Tisch mit den Auktionslosen, dass ihre Pantoffeln von der Tischdecke völlig verdeckt wurden. »Ich glaube, Sie müssen sich irren, Miss Grenwood«, sagte sie mit zittriger Stimme.

Miss Grenwood griff nach einer Falte des Tischtuchs und zog es zurück. »Das tue ich nicht! Es hat keinen Sinn, mit den Füßen zu schlurfen. Ich kann es von hier aus sehen.« Triumph glitzerte in ihren knopfartigen Augen. »Nun, es ist gut, dass Sie so sehr damit beschäftigt sind, dieses Durcheinander zu überwachen. Es ist ja nicht so, dass irgendein Mann mit *Ihnen* tanzen würde.«

Irgendetwas in Marcus brach. Obwohl sein Verstand wusste, dass es Miss Chenoweths sehnlichster Wunsch war, ihm aus dem Weg zu gehen, trugen ihn seine Beine in drei schnellen Schritten die Länge des Tisches hinunter.

Seine Hand schnappte hervor. »Kommen Sie, Miss Chenoweth.«

Ihre wunderschönen braunen Augen begegneten seinen mit einer Mischung aus Schrecken und Verwirrung, und Marcus spürte, wie sein Herz einen unerwarteten Schlag machte.

Aber sie ergriff seine Hand nicht.

Da dämmerte ihm, dass sie wirklich nicht verstand, dass er sie zum Tanzen aufforderte. Das war vielleicht nicht überraschend. Marcus tanzte fast nie, denn wenn er tanzte, ließen sich die Klatschtanten des *ton* gerne hinreißen. Wenn er die Eröffnungsquadrille mit jemandem tanzte, dann war spätestens beim Sir Roger de Coverley am Ende des Balls allen klar, dass seine Partnerin die nächste Herzogin von Trevissick werden würde. Das war ermüdend, und Marcus zog es vor, die ganze verdammte Angelegenheit zu vermeiden.

Aber seine übliche Zurückhaltung erklärte, warum Miss Chenoweth wie erstarrt dastand. »Darf ich um den nächsten

Tanz bitten?«, erläuterte Marcus seine Absicht und konnte eine Spur von Verärgerung in seiner Stimme nicht ganz verbergen.

»Oh!« Ihr Blick fiel wieder auf den Boden. »Vielen Dank, Mylord.« Sie zuckte zusammen, als sie sich wohl daran erinnerte, dass er gerade ein Herzogtum geerbt hatte und sie deshalb die falsche Anrede verwendet hatte. »Es tut mir leid, das heißt, Euer Gnaden. Aber ich kann unmöglich ...«

»Natürlich kannst du das.« Miss Chenoweths beste Freundin, Caroline Greville, Lady Thetford, näherte sich, ihre Augen voller Gift auf Miss Grenwood gerichtet. Sie legte einen Arm um die Taille ihrer Freundin und führte sie um den Tisch herum, ohne den panischen Blick zu beachten, den Miss Chenoweth ihr zuwarf. »Sie würde nichts lieber tun, als mit Euer Gnaden zu tanzen. Stimmt's, Ceci?«

»Ich ... äh ...«

»Da!«, rief Lady Thetford aus, ergriff die Hand ihrer Freundin und legte sie in Marcus' ausgestreckte Handfläche. Sie trugen beide Handschuhe, aber trotzdem spürte er ein Zittern bis in seinen Arm.

Die Viscountess blickte direkt in Miss Grenwoods finsteres Gesicht, als sie sagte: »Miss Chenoweth ist *absolut begeistert!*«

Marcus war sich da nicht so sicher. Aber zumindest zog sie ihre Hand nicht wieder aus seiner heraus.

Bevor sie sich aufs Parkett begaben, starrte er Miss Grenwood einen ganzen Takt lang ins Gesicht und wandte sich dann ab, ohne ein Wort des Grußes zu sagen. Es war die direkteste und schlimmste Beleidigung, die er einer Dame gegenüber äußern konnte, und ein stilles Zeugnis dafür, was er von ihren Bemerkungen hielt.

Miss Chenoweth ließ sich von ihm bis ganz vorn aufs Parkett führen und starrte während des gesamten Land-Tanzes, den sie gemeinsam absolvierten, auf den Boden.

KAPITEL 2

*A*m nächsten Tag befand sich Marcus in der herzoglichen Kutsche auf dem Weg nach Astley House, dem Sitz des Grafen und der Gräfin von Cheltenham und ihrer zahlreichen Kinder. Auf dem Sitz neben ihm lag ein Strauß perfekter, rosafarbener Gewächshauspfingstrosen.

Ihm gegenüber saß der Grund, warum er Lady Cheltenham gefragt hatte, ob er sie heute aufsuchen dürfe.

»Bist du nervös?«, fragte er.

Seine kleine Schwester Diana riss ihren Blick vom Fenster los. »Das bin ich«, gab sie zu. »Ich habe nicht viel Übung darin, neue Leute kennenzulernen und mich unter die höfische Gesellschaft zu mischen.«

Das war eine ziemlich spektakuläre Untertreibung. Aber Marcus achtete darauf, keine Spur von Besorgnis auf seinem Gesicht zu zeigen. »Mach dir keine Sorgen. Du wirst alles lernen, was du wissen musst. Und das sind unsere Freunde.«

Das stimmte wohl. Marcus konnte die Zahl der Menschen, die er wirklich als seine Freunde betrachtete, an einer Hand abzählen, aber Edward Astley und seine Mutter, die Gräfin von Cheltenham, gehörten dazu.

Aber auch Freunde konnten Schaden anrichten, auch wenn es unbeabsichtigt sein würde. Marcus würde nicht zulassen, dass jemand Diana etwas antun sollte. Einmal, vor fünfzehn Jahren, hatte er es versäumt, sie zu beschützen.

Er hatte sich geschworen, dass er sie nie wieder enttäuschen würde.

Der heutige Tag würde ein Test sein, um zu sehen, ob es Diana möglich war, in der gehobenen Gesellschaft akzeptiert zu werden. Und wenn selbst seine Freunde, die Astleys, das nicht bewirken konnten ...

Dann würde auch er nicht mehr wissen, was er tun sollte.

Die Kutsche kam zum Stehen, und er reichte Diana die Hand. Es war an der Zeit, sich ihrem Schicksal zu stellen.

Der Butler der Astleys, Yarwood, führte sie in das Morgenzimmer. Der Raum war voller Menschen, was vielleicht nicht verwunderlich war, da Marcus gestern Abend Lady Cheltenham gefragt hatte, ob er sie heute um einen besonderen Gefallen bitten könne. Eine solche kryptische Bemerkung musste die Neugierde eines jeden wecken. Neben Lady Cheltenham war auch Marcus' guter Freund Edward Astley, Viscount Fauconbridge, mit seiner neuen Frau Elissa anwesend. Der nervtötende jüngere Bruder seines Freundes, Harrington, war da, ebenso wie die Astley-Zwillinge, Lady Lucy und Lady Isabella. Abgerundet wurde die Gruppe durch Lord und Lady Thetford, was nicht unerwartet war, da die Viscountess Caroline Astley gewesen war, bevor sie Henry Greville geheiratet hatte.

Alle waren da. Außer ...

»Wo ist Miss Chenoweth?«, fragte er.

»Sie ist im Musikzimmer«, antwortete Lady Cheltenham. »Sie erwartet einen Klavierschüler.«

»Ah. Ich verstehe.« Es war üblich, dass ein Gentleman

seiner Tanzpartnerin am nächsten Tag Blumen brachte, daher die Pfingstrosen.

Marcus spürte einen Anflug von Enttäuschung. Er stellte fest, dass er sich darauf gefreut hatte, ihre Reaktion auf die Blumen zu sehen.

Andererseits war Cecilia Chenoweth gut darin, ihn immer wieder zu enttäuschen. Sie hatte ihn nicht einmal angesehen, als sie gestern Abend miteinander getanzt hatten, und obwohl er glaubte, dass sie sich am Ende des Country-Tanzes bei ihm bedankt hatte, hatte sie so leise gesprochen, dass er sich nicht ganz sicher sein konnte.

Dies war der Grund für sein Bedauern. Egal wie üppig ihre Figur war, wie sollte er sich vorstellen, mit einer Frau zu kokettieren, die so eingeschüchtert war, dass sie nicht einmal die Worte *gut* und *Morgen* zusammensetzen konnte? Wie sollte er sich vorstellen, ein Mädchen zu verführen, das so schwach auf der Brust war, dass sie ihm nicht einmal in die Augen schauen konnte?

Nun ... um gerecht zu sein, er *hatte* es sich vorgestellt. Oh, er hatte es sich ausgemalt.

Aber er wusste, dass es nicht mehr als ein Hirngespinst war, denn die Frau, die er in seinen Träumen sah, die raffinierte Verführerin? Sie existierte nicht.

Lady Cheltenham wartete auf seine Antwort. »Die sind für sie«, sagte er und schwenkte die Pfingstrosen.

»Darf ich, Euer Gnaden?« Yarwood trat vor und nahm die Blumen entgegen. »Ich werde dafür sorgen, dass sie ins Wasser gestellt werden.«

Marcus nickte dankend. Er räusperte sich, als er sich den versammelten Astleys zuwandte, die ihn erwartungsvoll ansahen. »Wie Sie sehen, habe ich Sie gefragt, ob ich Sie heute aufsuchen darf, weil ich Ihnen jemanden vorstellen möchte ...«

Er wandte sich mit einer Geste an Diana, musste aber

feststellen, dass sie ihm nicht in den Raum gefolgt war. Er lehnte sich zur Tür hinaus und entdeckte sie hinter einer Topfpalme in der Eingangshalle lauernd. Er nahm ihre Hand, zog sie nach vorne und flüsterte: »Das ist jetzt nicht nötig. Es wird alles gut werden.«

Sobald Diana es in den Raum geschafft hatte, ließ Marcus die Hand seiner Schwester los. Alle Augen waren auf sie gerichtet. Er versuchte, Diana so zu sehen, wie sie sie sehen würden, als wäre sie ein gewöhnliches Mädchen und nicht die wichtigste Person auf der Welt. Sie würden eine junge Frau von mittlerer Größe und schlanker Figur sehen, mit zarten Gesichtszügen und den gleichen blassblonden Haaren und hellblauen Augen wie er. Ihr schlichtes weißes Kleid war aus einem sehr feinen Musselin gefertigt, den er persönlich ausgewählt und ihr geschickt hatte. Da es aber von den örtlichen Näherinnen in Ilkley zusammengesetzt worden war, war es nicht nach der neuesten Mode geschnitten, und die Passform war nicht annähernd gut genug für die Schwester eines Herzogs. Zumindest wurde das Kleid durch den sattblauen Kaschmirschal, der um ihre Schultern drapiert war, aufgewertet.

Und obwohl es ihm kaum noch auffiel, wusste er, dass die Astleys auch sehen würden, dass Diana nur einen Handschuh trug. Der Grund, warum sie nur den einen Handschuh trug, war, dass sie ohne rechte Hand geboren worden war und ihr rechter Arm auf halber Strecke zwischen Ellbogen und Handgelenk endete.

Er wusste auch, dass dies nicht gerade überraschend kommen würde. Er hatte herausgefunden, dass es nach Dianas Geburt einen Sturm von Gerüchten gegeben hatte, und der ganze *ton* wusste bereits, dass der Tochter des bösen alten Herzogs eine Hand fehlte.

Aber es ist ein Unterschied, ob man so etwas theoretisch wusste oder ob man es mit eigenen Augen sah. Und es war nicht abzusehen, wie die Leute reagieren würden. Der Gedanke, dass die Leute seine Schwester anglotzen und sogar beleidigen könnten, erfüllte Marcus' Magen mit böser Wut.

Aber das hier waren seine Freunde. Sie würden dafür sorgen, dass Diana sich willkommen fühlte.

Oder etwa nicht?

Im Raum war es so still, dass man die Flügel eines Schmetterlings hätte schlagen hören können. Lady Cheltenham erhob sich langsam und durchquerte dann den Raum.

Sie stellte sich vor Diana und drückte ihr die Hand. »Sie sind natürlich Lady Diana. Es tut mir leid«, sagte sie, angelte ein Taschentuch aus ihrer Tasche und tupfte sich die Augen ab. »Es ist nur so, dass Sie Ihrer lieben, lieben Mutter nicht ähnlicher sein könnten. Sie beide geraten nach Lydia, wie Sie sicher wissen.« Sie drehte sich zu Marcus um. »Sie müssen unbedingt ein Porträt von Ihnen beiden anfertigen lassen.« Lady Cheltenham lenkte Diana so, dass sie neben ihm stand. »Schauen Sie doch nur, wie schön es sein wird!«

Auf der anderen Seite des Raumes erhob sich Lady Thetford jetzt auch. Sie pirschte sich heran, die Hände zu Fäusten geballt. »Euer Gnaden, ich weiß, es steht mir nicht zu, darauf zu bestehen, aber ...« Sie brach ab und blickte Diana sehnsüchtig an. »Sie lassen mich doch sicher bei der Planung von Lady Dianas Garderobe helfen. Nicht wahr?«

»Ja, deshalb bin ich heute gekommen. Sie müssen verstehen ...«

Lady Thetford unterbrach ihn mit einem Freudenschrei und begann, Diana zu umkreisen. »Apfelgrün, Lila ... Eigentlich jede Schattierung von Violett ... und Mazarineblau. Ja, sie muss *Mazarine*blau zu ihrem Debütball tragen. Das wird *göttlich* aussehen. Oh ja, wir müssen bei den Gelbtönen sehr genau sein ...«

Marcus räusperte sich. »Ich hatte gehofft, dass Sie, Lady Cheltenham, mir helfen würden, Diana auch auf ihr Debüt vorzubereiten, zusätzlich zu ihrer Garderobe. Durch den Tod unserer Mutter hat Diana nicht so viel Unterricht in den gesellschaftlichen Gepflogenheiten erhalten, wie es sich für die Schwester eines Herzogs gehört hätte. Aber ich kann mir niemanden vorstellen, der besser geeignet wäre, sie anzuleiten.«

Lady Cheltenham schnaubte, aber irgendwie gelang es ihr, dies auf elegante Weise zu tun. »Ich wünschte, ich könnte Ihr Vertrauen teilen. Wie sehr wünschte ich mir, dass jemand käme und Izzie die Grundlagen guten Benehmens beibringen würde.«

Lady Isabella lächelte breit und verstand dies eindeutig als Kompliment.

»Aber natürlich bin ich gerne bereit, Lady Diana bei den Vorbereitungen zu helfen und sie auch zu unterstützen. Mal sehen, sie wird die neuesten Tänze lernen müssen, und sie ist es wahrscheinlich nicht gewohnt, mit so vielen Gängen zu speisen.«

»Erlauben Sie mir, etwas klarzustellen«, mischte sich Marcus ein, da Lady Cheltenham das Ausmaß der Herausforderung, vor der sie stand, nicht zu begreifen schien. »Vor dreizehn Jahren wurde deutlich, dass der alte Herzog nicht in der Lage war, einem jungen Mädchen ein angemessenes Zuhause zu bieten.«

Dies war die euphemistische Art zu sagen, dass sein verstorbener Vater ein widerliches Stück Abschaum gewesen war, und wenn Marcus es damals nicht geschafft hätte, Diana aus seinem Haushalt zu entfernen, davon war er überzeugt, hätte sie das gleiche Schicksal wie ihre Mutter geteilt.

Er fuhr fort: »Mein Vater machte die Dinge ... schwierig. Am Ende war nur einer meiner Verwandten bereit, den Zorn des Herzogs zu ertragen und Diana bei sich aufzunehmen. Meine Großtante Griselda.«

Das Gesicht der Gräfin erbleichte. »Warten Sie. Wollen Sie mir sagen, dass Lady Diana alles, was sie über richtiges Benehmen weiß, von *Lady Griselda von Sachsen-Mecklenburg* gelernt hat?« Sie wandte sich an den Butler und rieb sich die Schläfe. »Yarwood, holen Sie ein Glas des 1782 Latour.«

»Danke«, sagte Marcus, als der Butler zur Anrichte eilte. »Das wäre sehr nett.«

»Schenken Sie dem Herzog auch eins ein«, sagte Lady Cheltenham, nahm Yarwood im Vorbeigehen das Glas aus der Hand und trank es in einem Zug zur Hälfte aus.

Ein Hauch von Lächeln stahl sich auf Dianas Lippen, und zum ersten Mal, seit sie den Raum betreten hatte, sprach sie. »Wie ich sehe, kennen Sie meine Tante Griselda.«

»Verstehen Sie mich nicht falsch, Kind«, sagte die Gräfin und stellte ihr Glas ab, »ich bin eine große Bewunderin Ihrer Tante. Aber wenn es darum geht, jemanden auszuwählen, der eine junge Dame in anständigem Benehmen unterrichtet …«

»… dann ist ihrer nicht der erste Name, der einem in den Sinn kommt«, sagte Marcus. »Aber verstehen Sie mich nicht falsch, ich werde Tante Griselda ewig zu Dank verpflichtet sein. Und obwohl gutes Benehmen nicht ihre Stärke ist, hat Tante Griselda Diana eine Reihe von Eigenschaften mit auf den Weg gegeben, von denen ich weiß, dass sie ihr gut zu Gesicht stehen werden.«

Das stimmte wohl. Tante Griselda mochte zwar die Exzentrikerin der Familie sein. Immer, wenn er sich seine Großtante vorstellte, schritt sie über die Heide, die langen Beine in Hosen gekleidet, ein Rudel der braun-weiß gesprenkelten Vorstehhunde, die sie vom Kontinent mitgebracht hatte, an den Fersen, eine Pfeife rauchend, während sie Fasane vom Himmel herunterschoss.

Aber Tante Griselda besaß ein unerschütterliches Selbstvertrauen, das nach Marcus' Beobachtung die meisten Frauen in der Welt verloren hatten. Marcus hatte es sich zur Gewohnheit gemacht, mehrmals im Jahr nach Yorkshire zu reisen, um seine Schwester zu besuchen, und unter Tante Griseldas Anleitung hatte er miterlebt, wie Diana sich von dem eingeschüchterten Kind, dessen einziges Lebensziel darin bestanden hatte, sich in ein Versteck zu zwängen, in dem ihr Vater sie nicht finden konnte, zu einer temperamentvollen jungen Frau entwickelte. Obwohl sie immer noch eher wortkarg war, vor allem in fremder Gesellschaft, wusste Marcus, dass Diana ihren eigenen Wert erkannt hatte. Das war die Gabe, die Tante Griselda seiner Schwester verliehen hatte, und er würde sie gegen keine noch so große gesellschaftliche Aufwertung eintauschen.

»Nun«, sagte Lady Cheltenham fröhlich, »wenigstens haben wir noch viel Zeit. Die Saison ist so gut wie vorbei, aber Sie beide sind herzlich eingeladen, den Winter über in Harrington Hall zu bleiben, so lange Sie wollen. Und im nächsten Jahr wird Lady Diana bereit sein, sich zu präsentieren.«

»Ich hatte etwas anderes im Sinn«, sagte Marcus. Es war würdelos, an seiner Krawatte zu zerren, aber er war sehr versucht, als er zu dem schwierigsten Teil seiner Bitte kam. »Da die Saison so gut wie vorbei ist, wird Diana in sechs Tagen zum letzten Mal die Möglichkeit haben, bei Hofe vorgestellt werden. An jenem Abend werde ich ihren Debütball im Latimer House ausrichten.«

»In sechs Tagen?« Lady Cheltenham erbleichte. »Ist eine solche Eile wirklich notwendig?«

»Das ist sie.« Marcus hatte das Geflüster gehört, dass Diana in eine dunkle Ecke von Yorkshire geschickt worden war, weil sein Vater sich ihrer »Missgestalt« schämte und sie versteckt hatte.

Marcus wusste weder, noch kümmerte es ihn, ob der alte Herzog sich für Dianas Arm geschämt hatte. Es war offensichtlich unwahr, dass er sie hatte wegschicken wollen. Sein Vater hatte es besonders genossen, immer eine Auswahl an Opfern zu haben, die er terrorisieren konnte, und Marcus war gezwungen gewesen, zu einigen wirklich bedauernswerten Taktiken zu greifen, um ihn davon zu überzeugen, Diana aufzugeben.

Aber Marcus schämte sich nicht für seine Schwester, und er würde es nicht dulden, wenn jemand behauptete, dass jetzt *er* sie versteckte. Es war schon schlimm genug, dass sie die letzten fünfzehn Jahre am Rande der Wildnis gelebt hatte, wo ihre einzigen Unterhaltungsquellen Bücher, die von Tante Griselda bevorzugten sportlichen Aktivitäten und die kahlen Moore gewesen waren, die sie umgaben.

Jetzt, wo sein Vater endlich in der Hölle verrottete, wo er hingehörte, wollte Marcus Diana das Leben geben, das sie verdiente. Sie würde die schönste Garderobe von allen Frauen in London haben. Sie würde ihre Tage mit Einkaufen und Spazierfahrten im Park und ihre Nächte auf Bällen, Partys und im Theater verbringen. Sie würde in den höchsten Kreisen empfangen werden und die Wunder Londons, Englands und, sobald Reisen auf den Kontinent wieder sicher waren, auch Paris sehen.

Lady Cheltenham wartete darauf, dass er das näher ausführte, und so sagte er: »Der Zeitpunkt ist unglücklich, das gebe ich zu. Doch während des langen Winters bleibt zu viel Zeit, um zu tratschen. Es ist daher unerlässlich, zu zeigen, dass Diana in die höchsten Ränge der Gesellschaft gehört und dass ihr der volle Respekt entgegengebracht wird, der der Schwester eines Herzogs gebührt.«

In den Augen der Gräfin blitzte Verständnis auf; sie kannte die Gepflogenheiten der Gesellschaft ebenso gut wie er und wusste, wie wichtig es war, die Erwartungen selbst zu setzen, anstatt sie von den klatschenden Zicken des *ton* setzen zu lassen. »Also gut. Sechs Tage. Wir werden einen aggressiven Zeitplan aufstellen müssen, aber wir werden einen Weg finden.«

Lady Thetford erhob sich. »Die Schneiderin muss sofort anfangen und wird zweifellos eine unverschämte Summe verlangen, um Lady Dianas Garderobe so schnell zu vervollständigen. Wie gut, dass Geld keine Rolle spielt!«

Marcus' Mundwinkel zuckten. »Nein, das tut es nicht. Aber versuchen Sie bitte trotzdem, dafür zu sorgen, dass sie mich nicht am helllichten Tag ausraubt, ja?«

»Ich werde sofort zu Madame D'Aubert gehen und ihr die Dringlichkeit ihres Anliegens erklären. Wir können damit beginnen, Silhouetten zu besprechen und Stoffe auszuwählen. Wenn Sie Lady Diana in ein oder zwei Stunden dort vorbeibringen, kann sie ihre Maße nehmen lassen.«

»Sehr gut«, stimmte Marcus zu. »Wenn es nicht zu viel Mühe macht, könnte Tante Griselda auch ein paar Sachen gebrauchen, die vorzeigbar sind.«

Lady Thetford rümpfte die Nase, während sie lächelte. »Betrachten Sie es als erledigt. Ich freue mich darauf, ihre Bekanntschaft zu machen, so wie ich mich darauf freue, Sie näher kennenzulernen, Lady Diana.«

Thetford stand auf und reichte seiner Frau den Arm. Er hielt inne, um sich über Dianas Hand zu beugen. »Lady Diana, es ist mir ein Vergnügen.«

Die beiden verabschiedeten sich. Lady Cheltenham hatte sich an einen Schreibtisch in der Ecke gesetzt und murmelte leise vor sich hin, während sie eine Liste mit allem, was Diana in den nächsten sechs Tagen lernen musste, zusammenkritzelte.

Von der anderen Seite des Raumes winkte Lady Lucy. Diana zögerte, dann ging sie näher.

Lady Lucy lächelte warmherzig. »Ich habe gehört, dass Sie in Yorkshire gelebt haben. Ist das richtig?«

»Das ist es«, sagte Diana leise.

»Wie ist es dort?«, fragte Lady Lucy.

»Nun, das Haus von Tante Griselda ist ziemlich abgelegen. Die nächstgelegene Stadt ist Ilkley, aber das ist gut zwölf Meilen entfernt. Unser Haus blickt auf das Ilkley Moor ...«

Lady Isabella schnappte nach Luft. »Ilkley Moor? Haben Sie wirklich am *Ilkley Moor* gewohnt?«

Diana blickte sich verwirrt um. »Ich ... ähm ... ja.«

»Izzie schreibt nämlich Schauerromane«, erklärte Lady Lucy. »Sie ist daher fasziniert von Mooren, Höhlen, Spukschlössern - von allen Orten, die unheimlich sind.«

»Oh«, sagte Diana und strahlte, »ich liebe Schauerromane!«

Lady Lucy tätschelte das Sofa neben sich. »Wirklich?«

Diana nahm zögernd Platz. »Wirklich. Da ich an einem so isolierten Ort aufgewachsen bin, habe ich immer viel gelesen.«

»War es nicht schwierig, dort oben an Bücher zu kommen?«, fragte Lady Lucy.

Diana lachte. »Überraschenderweise nicht. Jeden Monat kaufte Marcus die neuesten Titel und packte sie in einen Koffer, zusammen mit etwas Tee, ein paar Süßigkeiten ... alles, von dem er dachte, dass es uns gefallen könnte. Und er schickte uns alles mit einer der herzoglichen Kutschen.«

»Marcus?« Lady Isabella runzelte die Stirn und sah verwirrt aus. »Ach, Sie meinen Ihren Bruder?«

»Natürlich«, sagte Diana leise.

Lady Isabella schaute ihn misstrauisch an. »Irgendwie hatte ich mir gar nicht vorstellen können, dass er einen Vornamen hat. Oder zumindest, dass jemand den benutzt.«

Marcus verstand dies als Kompliment. Er war ein Herzog,

nicht jedermanns Kumpel. Aber Diana lächelte sanft. »Er ist nicht annähernd so furchterregend, wie er andere glauben machen will.«

Lady Isabella reagierte mit einem Zusammenkneifen der Augen. »Hmm.«

»Oh«, sagte Lady Lucy, »haben Sie das Neueste von Evangeline St. Vincent schon gelesen?«

Dianas Augen leuchteten auf. »Sie meinen *The Haunting of Gravesend Reach*? Ist das nicht wundervoll? Ich habe es dreimal gelesen.«

»Was halten Sie von Lysander?«, fragte Lady Lucy.

»*Lysander*?« Lady Isabella beugte sich mit gewölbten Brauen vor. »Meinen Sie nicht den Duque de Mondragon?«

Wie aus einem Mund begannen die drei Mädchen zu kichern ... nein, zu gackern ... zu gackern, was natürlich kein Wort war, aber die treffendste Beschreibung für das Geräusch war, das von den drei jungen Frauen ausging.

Als sich das Gegacker gelegt hatte, lächelte Lady Lucy Diana an. »Wollen Sie nicht zum Tee bleiben?« Sie blickte zu Marcus auf. »Wäre das in Ordnung?«

Diana wandte sich ihm mit flehenden Augen zu.

Marcus nickte. »Natürlich.« Denn darauf hatte er gehofft, genauso wie er gehofft hatte, dass Lady Cheltenham sich bereit erklären würde, Diana in die Gesellschaft einzuführen: dass sie sich mit einigen der Astley-Mädchen anfreunden würde, insbesondere mit den Zwillingen, die etwa in ihrem Alter waren.

Aber er hatte absolut keine Lust, die nächste Stunde damit zu verbringen, den dreien dabei zuzuhören, wie sie über die zweifelhaften literarischen Verdienste dieses Duque de Mondragon diskutierten.

Er wandte sich an Edward Astley. »Vielleicht können wir in der Bibliothek etwas trinken.«

Sein Freund stand auf, ebenso wie seine Frau. Seine

Augen waren entschuldigend. »Ich fürchte, wir haben Eintrittskarten für das British Museum.«

Für den Zutritt zum British Museum war eine zeitliche Reservierung erforderlich, und es konnte Wochen dauern, bis man eine Eintrittskarte erhielt. Wie er Fauconbridge und seine neue Frau kannte, die beide fürchterlich intellektuell waren, würde dies einer der Höhepunkte ihrer Zeit in London sein.

Marcus hielt eine Hand hoch. »Sag nichts weiter. Genießt euren Besuch.«

Harrington Astley erhob sich von seinem Stuhl und grinste unbekümmert. »Nun, Trevissick, es sieht so aus, als hätten Sie mich am Hals.«

Marcus schaute finster drein. Sicherlich hatte er nicht erwartet, dass er sich mit dem Mann, der während ihrer gemeinsamen Zeit in Eton einmal einen Wurf Wieselbabys in sein Bett gelegt hatte, hinsetzen und einen Drink genießen sollte.

»Ich glaube, ich finde einen Weg, mich eine Stunde lang in der Bibliothek zu beschäftigen. *Allein*.«

Harrington lachte, denn er hatte nichts anderes erwartet.

Am anderen Ende des Raumes flüsterte Lady Isabella etwas, das ein weiteres Gackern auslöste.

Marcus eilte zur Tür hinaus.

KAPITEL 3

*M*arcus winkte Yarwoods Angebot ab, ihn in die Bibliothek zu führen. Er war häufig genug in Astley House zu Gast, um zu wissen, wie er dort hinkam und wo Lord Cheltenham den Brandy aufbewahrte.

Er bahnte sich seinen Weg durch den purpurroten Salon, dessen Wände mit italienischen Gemälden geschmückt waren. Geradeaus befand sich die Bibliothek.

Er hatte gerade die Hand auf den Knauf gelegt, als im Musikzimmer zu seiner Linken ein Akkord auf dem Pianoforte angeschlagen wurde.

Marcus erstarrte. Es war ein Moll-Akkord, dessen Unstimmigkeit der Schlüssel zu seiner eindringlichen Schönheit war. Doch was ihm die Nackenhaare zu Berge stehen ließ, waren nicht so sehr die Noten, sondern vielmehr die souveräne Art, mit der sie gespielt worden waren.

Es folgte eine Reihe leiserer Akkorde, dann ein weiterer Akzent. Ohne sich seiner Absichten bewusst zu sein, bewegten sich seine Füße von der Bibliothek weg in Richtung der offenen Tür zum Musikzimmer. Er lauschte den dynamischen Höhen und Tiefen, die perfekt ausgeführt und in ihrem Kontrast dramatisch waren, und erkannte das Stück als Beethovens Achte Klaviersonate. Er hatte es vor nicht einmal einem Monat im Konzert gehört, obwohl derjenige, der es jetzt spielte, in seiner Interpretation der Musik weit überlegen war.

Die Noten trillerten zu einem zarten Arpeggio, als er die Tür erreichte. Er blieb kurz stehen und zuckte überrascht zurück.

Denn am Klavier, das Profil zu ihm, saß niemand anderes als Cecilia Chenoweth.

War das dieselbe schüchterne kleine Pfarrerstochter, die in seiner Gegenwart nur stottern konnte? Das Mädchen, das so eingeschüchtert war, dass sie ihm nicht einmal in die Augen sehen konnte?

Er konnte es kaum begreifen. Doch sie war so vertieft in die Tasten, dass sie seine Anwesenheit nicht bemerkte. In gewisser Weise sollte er nicht überrascht sein. Alle behaupteten, sie sei ein seltenes Talent auf dem Pianoforte. Er hatte auch Dutzende von abfälligen Bemerkungen darüber gehört, dass sie seit dem Tod ihres Vaters gezwungen gewesen war, sich selbst zu erniedrigen, indem sie *Klavierstunden* anbot - in einem solchen Tonfall gesagt, dass man annehmen konnte, dies sei ein Euphemismus für den Verkauf sexueller Gefälligkeiten an der Ecke Piccadilly und St. James'. Sogar Marcus, auf dessen Liste hervorragender Eigenschaften das Wort *gutherzig* nicht zu finden war, fand diese Aussage über jemanden, der erst seit Kurzem Waise war, ziemlich herzlos.

Ihre rechte Hand schwebte wieder mit einer zarten Bewegung über die Tastatur. Sie war definitiv gut.

Aber die eigentliche Prüfung stand erst noch bevor.

Sie machte eine dramatische Pause, und dann erhöhte sich plötzlich das Tempo, als sie in den technischen Teil eintrat. Sie sank auf ein Mezzo-Piano hinunter und baute dann langsam die Spannung immer weiter auf, bevor sie sie plötzlich wieder senkte. Marcus spürte ihr Crescendo eher, als dass er es hörte, und stellte erschrocken fest, dass sich sein Herzschlag mit dem Tempo erhöht hatte.

Er hielt den Atem an, als sie zu einer besonders schwierigen Reihe von Läufen kam, aber sie waren so klar und funkelnd wie ein Brillant.

Es war nicht nur ihr technisches Können, obwohl er es als makellos bezeichnen würde. Cecilia Chenoweth verstand das Stück aus dem Bauch heraus. Sie wusste, wann sie sich zurücknehmen und wann sie ein Crescendo erzeugen musste, wie sie den Tasten jedes Quäntchen Emotion abtrotzen konnte. Die Leidenschaft, mit der sie spielte, war auf ihrem Gesicht zu sehen, und als sie ihren Kopf zurückwarf und dabei ihren cremefarbenen Hals entblößte, ertappte sich Marcus dabei, wie er den Türrahmen mit weißen Knöcheln umklammerte.

Sie war *großartig*. Er, der im Laufe der Jahre Hunderte von professionellen Konzerten mit den besten Musikern in ganz Europa besucht hatte, hatte so etwas noch nie gehört.

Wer *war* dieses Mädchen?

Er hörte gebannt zu, bis sie die letzten Akkorde mit Schwung hämmerte, dann brach er in Beifall aus.

Miss Chenoweth schrie auf, als sie sich mit großen Augen zu ihm drehte und eine Hand an ihr Herz legte. Ihr Brustkorb hob und senkte sich, als wäre sie gerannt, und er vermutete, dass das nicht von ihrer Anstrengung an der Tastatur herrührte.

Er betrat den Raum. »Beethoven, Miss Chenoweth? Wie skandalös.«

Sie starrte zu ihm auf, ihre Rehaugen waren vor Schreck geweitet. Die leidenschaftliche, selbstbewusste Musikerin war verschwunden. Sie war wieder die kleine

Pfarrerstochter, die vor seiner bloßen Anwesenheit zurückschreckte.

Er fragte sich, ob sie überhaupt in der Lage war, eine Antwort zu formulieren.

Gerade als er aufgeben wollte, holte sie tief Luft. »Es tut mir leid, dass ich Ihr zartes Gemüt beleidigt habe.«

Hatte die kleine, schüchterne Cecilia Chenoweth gerade eine Erwiderung geliefert? Würden die Wunder nie aufhören? »Ich habe kein einziges Feingefühl, wie Sie sicher wissen. Und ich danke Gott dafür. Sonst wäre ich schockiert gewesen, absolut schockiert, als ich sah, wie Sie die Tasten massakr...«

Sie richtete sich geradezu arrogant auf. »Ich habe nichts *massakriert*.«

»Sie waren zum Ende hin so weit weg, dass ich mir ziemlich sicher bin, dass Sie auf die Tasten eingeprügelt haben.«

Sie hob ihr Kinn. »Das habe ich ganz sicher nicht.«

Er beugte sich vor. »Ich kann einen Tropfen genau dort sehen, auf dem mittleren C.«

Sie sah ihn mit zusammengekniffenen Augen an, bevor sie die beanstandete Taste inspizierte und dann abwischte. »Obwohl ich mir nicht anmaßen würde, mich als Expertin für Beethoven zu bezeichnen ...«

»Das sollten Sie aber, wenn man diese Leistung als Indikator herannehmen würde.«

»Ich persönlich bin der Meinung, dass ein Musiker, wenn er nicht wie verrückt um sich schlägt und Schaum vor dem Mund hat, es nicht einmal versucht.«

Das entlockte ihm ein überraschtes Lachen. »Ich bin geneigt, dem zuzustimmen, aber es ist trotzdem schockierend undamenhaft.«

»Sie bevorzugen etwas Damenhaftes, oder? Soll ich Ihnen lieber ,Die Schlacht von Prag‘ vorspielen?«, bot sie an und bezog sich dabei auf ein besonders fades Stück, das er bei jedem Hausmusikabend zu hören bekam.

»Was Sie spielen sollten«, sagte er und warf ihr einen spitzen Blick zu, während er seinen Mantel aus dem Weg schob und sich auf eine plüschige Chaiselongue aus orangefarbener Seide setzte, »ist die ‚Mondscheinsonate‘.«

Sie starrte ihn an, so still wie ein Rehkitz, das im hohen Gras hockt und sich vor einem Wolf versteckt, als würde ein einziges Blinzeln ihren Untergang bedeuten.

Er hob erwartungsvoll eine Augenbraue.

Sie schüttelte sich und wandte sich wieder den Tasten zu.

Marcus lehnte sich in die Kissen der Liege zurück. Die »Mondscheinsonate« hatte vielleicht nicht die wütende Intensität des Stücks, das sie gerade gespielt hatte, aber sie wurde als genauso unpassend für eine junge Dame angesehen. Die vor dunkler Leidenschaft strotzende »Mondscheinsonate« war eine exquisite Qual. Ihre Emotionen galten als zu intensiv und zu melancholisch für junge Frauen, von denen man erwartete, dass sie unablässig fröhlich und temperamentvoll bis hin zur Fadheit waren.

Da er im schlimmsten Umfeld aufgewachsen war, das man sich vorstellen konnte, wusste Marcus aus erster Hand, dass die Welt ein sehr dunkler Ort sein konnte. Er empfand daher die unendliche Fröhlichkeit, zu der die meisten jungen Damen erzogen worden waren, als ekelhaft. Was nicht heißen sollte, dass er sich darüber in Verzweiflung suhlte.

Aber er hatte seine dunkleren Emotionen - Angst, Trauer, Scham - auf ehrliche Weise gemeistert. Diese Gefühle waren nicht *falsch*, und er hatte festgestellt, dass es, wenn sie ihr hässliches Haupt erhoben, weitaus effektiver war, eine Zeit lang mit ihnen zu leben, als zu versuchen, sie in den Schatten zu drängen und wegzuwünschen.

Und so hatte Marcus eine große Vorliebe für die »Mondscheinsonate« entwickelt.

Und er musste sich fragen ... Cecilia Chenoweth, ein exquisites Talent, das mutterlos aufgewachsen und nun auch noch vaterlos war?

Was könnte sie mit einem solchen Stück anfangen?

Er gab ihr mit einer Handbewegung zu verstehen, dass sie fortfahren sollte.

KAPITEL 4

*C*eci erlebte den seltsamsten Nachmittag ihres Lebens.

Sie verbrachte Zeit mit dem Herzog von Trevissick.

Nein. Das war nicht ganz richtig.

Er verbrachte Zeit mit *ihr*.

Absichtlich.

Wenn man bedachte, dass der Ausdruck, den Marcus Latimer normalerweise annahm, wenn sein Blick auf sie fiel, sich am besten mit den Worten *ist das nicht ein Jammer* zusammenfassen ließ, war dies eine schockierende Wendung der Ereignisse.

Und er blieb nicht nur freiwillig in ihrer Gegenwart. Plötzlich fand der Herzog von Trevissick, der Mann, der sie immer als langweilig und erbärmlich betrachtet hatte, sie beeindruckend. Denn sie war sich sicher, dass dem so war.

Es war eine fast unverständliche Umkehrung, und sie war sich nicht sicher, was sie davon halten sollte. Einerseits war alles besser als das Mitleid, mit dem er sie gestern Abend angeschaut hatte, nachdem Araminta Grenwood ekelhafterweise auf das Loch in ihrem Pantoffel hingewiesen hatte.

Dennoch fürchtete sie die unvermeidliche Enttäuschung, wenn er feststellte, dass sie nicht halb so interessant war, wie er derzeit anzunehmen schien.

Sie hatte keine Ahnung, wie sie mit ihm sprechen sollte, wenn die Musik zu Ende war. Aber das spielte im Moment keine Rolle, denn sie spielte gerade die »Mondscheinsonate«, eines ihrer Lieblingsstücke, das sie in letzter Zeit häufiger gespielt hatte. Nach dem Tod ihres Vaters waren ihre Gefühle etwas durcheinandergeraten. Natürlich empfand sie die Dinge, die man erwarten würde - Trauer, Einsamkeit, Kummer.

Aber wenn sie ehrlich war, gab es auch Zeiten, in denen sie wütend auf ihren Vater war. Es hatte sich herausgestellt, dass der Grund dafür, dass er ihr bei seinem Tod kaum einen Penny hinterlassen hatte, der war, dass er eine wahre Armee von Ermittlern angeheuert hatte, um den Tod ihrer Mutter zu untersuchen. Bei der Durchsicht seiner Papiere hatte sie eine Schublade nach der anderen vollgestopft mit ihren Berichten gefunden, von denen keiner etwas Wertvolles enthielt.

Ceci war wütend darüber, dass ihr Vater den Fall mit einer derartigen Besessenheit verfolgt hatte, dass er keinen einzigen Gedanken daran verschwendet hatte, Geld beiseite zu legen, um sicherzustellen, dass seine Tochter nicht mittellos dastehen würde, falls ihm etwas zustoßen sollte. Alles, was ihr Vater ihr hinterlassen hatte, war eine Kiste mit seltsamen Dokumenten und einen geheimnisvollen Schlüssel zu einem unbekannten Schloss.

Aber ihre Bitterkeit rührte auch daher, dass er ihr etwas so Wichtiges so lange vorenthalten hatte. Es war klar, dass er glaubte, ihre Mutter sei durch ein Verbrechen gestorben und nicht an Fieber, wie er immer behauptet hatte. Sie konnte verstehen, dass er einem sechsjährigen Mädchen eine so harte Tatsache verheimlicht hatte. Aber sie war einundzwanzig Jahre alt ... alt genug, um die Wahrheit zu erfahren.

Und in ihre Trauer und Wut mischte sich eine traurige Verwirrung, die sich nur schwer in Worte fassen ließ. Sie hatten einander immer sehr nahe gestanden, und ihr Vertrauen in ihren Vater war absolut gewesen.

Jetzt fragte sie sich, ob sie ihn überhaupt jemals gekannt hatte.

Ceci fehlten vielleicht die Worte, um dieses Gefühlschaos zu beschreiben, das von Minute zu Minute schwankte. Aber sie hatte ja Beethoven. Und ganz gleich, wie verworren und verwirrt ihre Gefühle auch sein mochten, die Mondscheinsonate schaffte es, sie alle zurückzudrängen.

Als sie in der Musik versank, fiel alles andere weg. Sie vergaß ihre Demütigung von gestern Abend auf dem Ball. Die Demütigung, dass der Mann ihrer Träume sie nicht aus Lust, sondern aus Mitleid zum Tanzen aufgefordert hatte. Sie vergaß, dass Madeline Sherborne heute nicht zu ihrer Klavierstunde erschienen war, und das bedeutete, dass sie nicht den Schilling hatte, den sie brauchte, um die Löcher in ihren höllischen Tanzschuhen flicken zu lassen.

Sie vergaß sogar, dass Marcus Latimer im Raum war.

Wenn man Beethoven spielte, konnte man sein Herz auf der Zunge tragen und bis zur Überreizung leidenschaftlich sein. Man *musste* das tun. Das war natürlich auch der Grund, warum junge Damen bestimmte Werke von Beethoven nicht spielen durften.

Aber hier saß sie und spielte eines dieser verbotenen Stücke. Und wenn es um das Pianoforte ging, machte Ceci keine halben Sachen.

Nachdem sie die schwermütigen Schlussakkorde

angestimmt hatte, ließ sie sie in der Luft verklingen. Langsam wurde sie sich ihrer Umgebung wieder bewusst.

Das Palisanderklavier der Astleys.

Das orange und weiß gestrichene Musikzimmer.

Der Duke of Trevissick, der in der Nähe saß.

Sie zögerte einen Moment, bevor sie sich zur Chaise drehte, gespannt auf seine Reaktion.

Was sie sah, ließ sie zurückschrecken.

Denn Marcus Latimer, der Mann, bei dem nie ein Haar nicht richtig lag, dessen Haltung immer so aufrecht und steif war wie seine sorgfältig arrangierten Krawatten, lag ausgestreckt auf den blutorangenen Polstern der Chaise.

Sein rechter Fuß stand auf dem Boden, aber sein linker Stiefel baumelte in der Luft. Er hatte einen Arm über sein Gesicht gelegt, sodass es schwierig war, seine Reaktion einzuschätzen.

Er ächzte und rieb sich die Stirn. »Unglaublich«, sagte er und setzte sich auf. Er zupfte einmal an seinem exquisit geschneiderten schokoladenbraunen Mantel, und der rutschte ohne eine einzige Falte an seinen Platz. Plötzlich war der gewöhnliche Mann, der einen Moment der Ruhe gebraucht hatte, verschwunden, und der makellose Herzog war zurückgekehrt.

Sein Blick wanderte zu ihr. »Warum habe ich Sie noch nie spielen gehört?«

Die Frage war scharf, als ob es irgendwie ihre Schuld wäre. »Ich weiß es ehrlich gesagt nicht. Sie sind ja ein häufiger Gast bei Lady Cheltenhams Zusammenkünften, und sie bittet mich immer, zu spielen.«

In seinen blassblauen Augen blitzte die Erkenntnis auf. »Ah, aber Mr. Nettlethorpe-Ogilvy ist zwangsläufig ebenfalls immer anwesend. Ich bin daher gezwungen, aus dem Musikzimmer zu fliehen, um nicht dem *Fagott* unterworfen zu werden.«

Ceci biss sich auf die Lippe. »Mr. Nettlethorpe-Ogilvy hat sich im vergangenen Jahr erheblich verbessert und ...«

»Er ist grauenhaft«, sagte er mit einem Ton der Endgültigkeit. »Das erklärt immer noch nicht, warum ich Sie nirgendwo anders spielen gehört habe.«

Ceci lachte humorlos. »Ich bin nicht eingeladen, woanders zu spielen. Das Letzte, was eine Gastgeberin will, ist, dass ihre eigenen Mädchen im Vergleich zu der mittellosen Tochter eines Landpfarrers zurückstecken müssen.«

»Nun, Sie sollten vorgewarnt sein, dass ich vorhabe, Sie künftig bei jeder Zusammenkunft mit Namen zu einem Auftritt aufzufordern.«

Cecis Wangen erwärmten sich. »Das würde zu Klatsch und Tratsch führen.«

Er zuckte nachlässig mit der Schulter. »Und?«

Sie spürte, wie der Ärger in ihr hochkochte. Er sprach wie ein reicher und angesehener Mann, der die Freiheit hatte, sich nicht darum zu scheren, was die Leute hinter seinem Rücken sagten. »Als unverheiratete Frau muss ich vorsichtig sein.«

»Ah, aber Sie werden ja nicht mehr lange unverheiratet bleiben. Sind Sie nicht so gut wie mit Archibald Nettlethorpe-Ogilvy verlobt?«

Jetzt brannten ihre Wangen wirklich. »Sie sind falsch informiert«, sagte sie schnell. »Mr. Nettlethorpe-Ogilvy hat mir keinen Heiratsantrag gemacht.«

Der Herzog schaute unverhohlen skeptisch. »Aber er macht Ihnen doch den Hof.«

Das tat er. Vor drei Monaten hatte er offiziell um die Erlaubnis gebeten, ihr den Hof zu machen. Es gab eine Reihe von Gründen, warum sie dies hätte begrüßen sollen. Sie waren Freunde. Sie wusste mit absoluter Sicherheit, dass er ein außergewöhnlicher Ehemann sein würde. Und während sie verzweifelt war, war er reich.

Sie hätte überglücklich sein müssen.

Stattdessen war sie einfach ... erstarrt.

Sie hatte das Vernünftigste getan und eine unbeholfene Zustimmung gestammelt, und Mr. Nettlethorpe-Ogilvy schien sich von ihrer gestelzten Antwort nicht beirren zu lassen. Denn wer wusste das schon? Vielleicht könnten ihre Gefühle für ihn mit der Zeit wachsen.

Leider waren ihre Gefühle in den vergangenen Monaten nicht um Haaresbreite gewachsen. Sie konnte sich Archibald einfach nicht als ihren Ehemann vorstellen.

Der Herzog wartete auf ihre Antwort. »Ja, er hat darum gebeten, mir den Hof zu machen. Das bedeutet aber nicht zwangsläufig, dass ein Antrag folgen wird.«

»Natürlich wird er das. Ich kenne Nettlethorpe-Ogilvy. Er hätte nicht darum gebeten, Ihnen den Hof zu machen, wenn es ihm nicht schwerwiegend ernst damit wäre, Sie zu heiraten.«

Schwerwiegend ernst. Nicht gerade ein romantischer Gedanke, der das Herz eines Mädchens höherschlagen ließ. »Ich würde niemals annehmen, dass ...«

»Werden Sie seinen Antrag akzeptieren?«

Sie stotterte protestierend. »Ich weiß nicht einmal, wie ich darauf antworten soll, da er mir keinen gemacht hat.«

»Und wenn er Sie fragt ...«

»Wer weiß, ob er es überhaupt will?«

Er verdrehte die Augen. »Gut. *Wenn* er Sie fragen würde, was würden Sie dann sagen?«

Sie schluckte. Dies war eine von mehreren Fragen, die sie nachts in ihrem Bett wach hielten, wenn sie sich hin und her wälzte. Würde sie, wenn sie die Chance dazu hätte, einen sehr guten Mann heiraten, von dem sie aber mit wachsender Gewissheit wusste, dass sie ihn niemals lieben würde? Würde sie die Möglichkeit, eine Liebesbeziehung einzugehen, für die Sicherheit opfern, die sie so dringend brauchte?

Die Stille dehnte sich aus, während sie ihre Worte abwog. Schließlich sagte sie: »Ich wage zu behaupten, dass nur eine große Närrin einen so guten Mann wie Archibald Nettlethorpe-Ogilvy ablehnen würde.«

Sie hatte erwartet, dass er sich darüber freuen würde, dass er Recht behalten hatte. Stattdessen stahl sich ein säuerlicher Ausdruck auf seine Züge. »Sehen Sie? Sie haben nichts zu befürchten. Ihre bevorstehende Hochzeit wird Sie von jedem Skandal befreien. Und ich werde Ihre perfekte Interpretation der ‚Mondscheinsonate‘ so oft hören können, wie ich will.«

»Erstens kann ich die ‚Mondscheinsonate‘ auf keinen Fall in der Öffentlichkeit spielen. Wenn die Tatsache, dass ich sie überhaupt spielen kann, bekannt werden würde, wäre das allein schon ein Skandal. Ich hätte sie Ihnen nie vorgespielt, wenn ich gewusst hätte, dass Sie nicht vorhaben, diskret zu sein.«

Er stieß einen gequälten Seufzer aus. »Na gut. Ich werde es für mich behalten.«

»Zweitens, so sehr ich das angedeutete Kompliment auch zu schätzen weiß, ist meine Interpretation der ‚Mondscheinsonate‘ nicht perfekt und wird es auch nie sein.«

Er lehnte sich zurück und zog eine Augenbraue spöttisch in die Höhe. »Also wirklich, Miss Chenoweth. Ist es möglich, dass Sie mich für einen Bewunderer falscher Bescheidenheit halten?«

»Meine Güte, nein. Ich bin erstaunt, dass Sie die Bedeutung dieses Wortes überhaupt kennen.«

Das brachte ihr ein einziges Kichern ein. Hätte sie nicht die Falten in seinen Augenwinkeln gesehen, wäre sie davon ausgegangen, dass er nur gelächelt hatte, aber es war zweifellos ein Kichern.

»Ich fische nicht nach Komplimenten«, fuhr sie fort. »Ich brauche keine. Ich weiß sehr wohl, dass meine Interpretation des Stücks hervorragend ist. Ich habe hart daran gearbeitet, dass es so ist.«

Er machte wieder eines dieser unbestimmten Geräusche, aber jetzt war sein Mundwinkel nach oben gezogen, und Ceci war sich sicher, dass es ein bewunderndes *hmpf* war.

»Aber leider werde ich nie in der Lage sein, das Stück so zu spielen, wie es der Komponist vorgesehen hat. Ich kann es Ihnen beweisen.« Sie begann, einen Abschnitt vom Ende des Stücks zu spielen. »Es ist dieser Akkord, genau hier.« Sie hielt inne, legte ihren Daumen auf das mittlere Cis und streckte dann ihren kleinen Finger nach dem D darüber aus. »Auf dem Papier sieht es nicht nach einem so großen Abstand aus. Nur einen halben Schritt über einer Oktave. Aber meine Hände sind zu klein.«

Ein Schatten fiel auf die Tastatur. Der Herzog hatte die Chaise verlassen und stand nun hinter ihr und schaute ihr über die Schulter. »Zeigen Sie es mir noch einmal?«

»Sehen Sie?« sagte sie und wiederholte den Akkord. »Es ist der Winkel. Es ist außerordentlich ...« Sie versuchte, das D zu erreichen, und scheiterte erneut. »... unangenehm für mich zu spielen.«

Zu Cecis großem Erstaunen setzte er sich neben sie auf die Klavierbank. Für den Bruchteil einer Sekunde wurde ihr Körper von der Schulter bis zum Oberschenkel an seinen gepresst, bevor sie wieder zu sich kam und zur Seite rutschte.

Sie war von seinem Duftwasser eingehüllt. Gütiger Gott, er *roch* sogar teuer. Sie hatte schon einmal einen Hauch davon mitbekommen, aber da sie ihm noch nie so nahe gewesen war, hatte sie nie die volle Wirkung wahrgenommen. Er war würzig und raffiniert, ganz Ambra und Vetiver, ausbalanciert durch die perfekten Noten von Safran, schwarzer Johannisbeere und ... verflüssigten Diamanten und Einhorntränen, höchstwahrscheinlich. Was auch immer es war, es roch köstlich, und sie musste sich körperlich zurückhalten, sich nach vorne zu beugen, um an seinem Hals zu schnuppern.

Er griff über ihren Körper hinweg und legte seinen eigenen Daumen auf das Cis. Der Winkel war so, dass sein Ellbogen ihre linke Brust berührte. Ihre Brustwarze wurde hart wie ein Kieselstein, und ein Kribbeln schoss durch ihren Körper. »Welches ist die obere Note?«, fragte er.

»H-hier«, sagte sie schwach und deutete auf das D.

Er legte seinen kleinen Finger mit Leichtigkeit darauf. Der Anblick seiner Hände, die ausnahmsweise nicht von Handschuhen verdeckt waren, faszinierte sie. Jeder perfekt manikürte Finger war lang. Schlank. Sogar elegant. Doch obwohl seine blasse Haut makellos war, frei von Kratzern oder, Gott bewahre, Schwielen, war es nicht richtig, seine Hände als weich zu bezeichnen, denn sie hatten eine so offensichtliche, sehnige Kraft.

Sie fragte sich zum vielleicht tausendsten Mal, wie es sich wohl anfühlen würde, diese Hände auf sich zu haben.

Sie beobachtete, wie er nach der neunten, dann nach der zehnten Taste griff. Es war nicht überraschend, dass er eine so große Handspanne hatte. Er war groß, wahrscheinlich über einsachtzig.

Als sie merkte, dass sie in Schweigen verfallen war, sagte sie hastig: »Ich bin neidisch. Ich kann kontrollieren, wie viel ich übe. Aber es wird immer Lieder geben, die ich nicht spielen kann, weil ich keine größeren Hände habe.«

Seine Stimme in ihrem Ohr klang verrucht, als er antwortete: »Sie haben viele Vorteile. Sie wissen ja, was man über Männer mit großen Händen sagt.«

Sie erstarrte, den Blick immer noch auf die Tasten des Klaviers gerichtet.

Tatsächlich wusste sie, was man über »Männer mit großen Händen« sagte. Man konnte nicht in einem Umkreis von einer halben Meile um Harrington Astley aufwachsen, ohne alle möglichen unanständigen Bemerkungen mitzubekommen.

Das machte es nicht weniger schockierend, dass er so etwas gesagt hatte, laut und direkt zu ihr.

Sie kniff die Augen zusammen und bereitete sich darauf vor, ihm die Abreibung zu verpassen, die er so sehr verdient hatte.

Doch halt.

Nein.

Sie hatte eine *viel* bessere Idee.

KAPITEL 5

*M*arcus wartete auf Cecilias Antwort auf seine anzügliche Bemerkung.

Er wusste, dass er es nicht hätte sagen sollen, aber wie hätte er widerstehen können, eine zugeknöpfte Pfarrerstochter zu necken? Sie würde ihn natürlich verbal züchtigen, aber das war in Ordnung. Das wäre ja der halbe Spaß.

Doch als sie ihm ihr Gesicht zuwandte, enthielt ihr Ausdruck nicht den Hauch eines Vorwurfs. Ihre Wangen erröteten geradezu zauberhaft, ihre taufrischen Lippen waren leicht geschürzt, und ihre bezaubernden, weit auseinanderliegenden braunen Augen waren arglos.

»Nein«, hauchte sie, »was sagen sie?«

Sein Lächeln fühlte sich plötzlich brüchig an. *Nun, Scheiße.* Es war ihm ehrlich gesagt nicht in den Sinn gekommen, dass sie es nicht wissen könnte. Aber natürlich wusste sie das nicht - sie war ein naives junges Mädchen, die Tochter eines *Pfarrers*, um Himmels willen. Nicht irgendeine sinnliche Witwe, mit der er eine Affäre in Erwägung zog.

»Oh. Äh ...« Er räusperte sich, um nicht wie ein Narr zu stottern. »Nichts von Bedeutung.«

»Oh je.« Ihre Lippen, die ebenso reif und üppig waren wie der Rest von ihr, verzogen sich zu einer perfekten Miene. »Wie peinlich, nicht zu erkennen, was ich für eine übliche Redewendung halte. Sie müssen mich für einen Tölpel halten.« Sie legte ihre Hand flehend auf sein Handgelenk, und der Gedanke, der ihm durch den Kopf schoss, war, dass, wenn schon ihre Hand so weich war, die Haut zwischen ihren Schenkeln absolut *samtig* sein musste.

Ihre wunderschönen braunen Augen blickten flehend, als sie sagte: »Würden Sie es mir nicht sagen, damit ich es das nächste Mal weiß?«

Er spürte ein ungewohntes Kribbeln über seine Wangenknochen laufen. Guter Gott, wurde er wirklich gerade *rot*? Er wurde niemals *rot*. Er war ein Herzog, um Himmels willen.

Als es ihm gelang zu sprechen, war seine Stimme angespannt, und seine Worte kamen etwas übereilt heraus. »Das ist gar nicht allzu geläufig. Vergessen Sie, dass ich etwas darüber gesagt habe. Was werden Sie als nächstes für mich spielen? Etwas von, äh, Mozart. Ja, ich würde sehr gerne etwas Mozart hören.«

»Etwas Mozart? Mal sehen, da wäre ...«

Sie hüstelte ein wenig und senkte ihren Blick so abrupt auf die Tasten, dass Marcus es fast nicht mitbekam.

Fast. Doch bevor sie den Kopf senken konnte, sah er es.

Ihre Mundwinkel zuckten nach oben.

Er spürte, wie ihre Schulter an der seinen zitterte.

Sie *lachte* über ihn.

»Miss Chenoweth!« Er atmete tief aus, halb empört und halb erleichtert. »Sie haben mich an der Nase herumgeführt!«

Sie drehte sich mit funkelnden Augen zu ihm um. »Das

geschieht Ihnen recht! So etwas völlig Unangebrachtes zu sagen!«

»Und doch scheinen Sie zu verstehen, was ich meine. Wer ist jetzt hier die Ungezogene?«

Sie hatte immer noch Mühe, ihr Lachen zu unterdrücken. »Harrington Astley ist praktisch mein Bruder. Wenn ich Ihre ausschweifenden Bemerkungen richtig verstehe, dann ist das ganz und gar seine Schuld.«

»Ich glaube, das ist das erste Mal, dass ich Astley Minor dankbar bin«, sagte Marcus und benutzte den Begriff, der einen jüngeren Bruder in Eton bezeichnete. »Aber wie furchtbar von Ihnen, Miss Chenoweth, mich so leiden zu lassen.«

»Oh, ich bin also jetzt die Schreckliche?«

»Absolut grässlich.« Er musterte sie einen Moment lang. »Sagen Sie, Sie sind also gar nicht so scheu, wie ich dachte. Ich möchte, dass Sie mir einen Gefallen tun.«

Sie drückte den Handrücken an ihre Stirn. »Darf ich? Darf ich das wirklich?«

Ihre Stimme war ganz anständig, aber in ihren Augen lag ein Hauch von Bissigkeit bei ihrer Antwort. Blitzschnell wurde ihm klar, dass der Ausdruck, den ihre feinen braunen Augen vermittelten, exquisit war, so exquisit, dass er auf dem Gesicht einer Herzogin gar nicht fehl am Platz wäre.

Woher war dieser Gedanke gekommen?

»Ich werde es erlauben«, sagte er und winkte elegant, um seine Großzügigkeit zu unterstreichen. »Es ist ein ganz besonderer Gefallen, den nur Sie für mich tun können.«

»In Ordnung. Ich werde es tun.«

Er schnalzte mit der Zunge. »Ein strategischer Fehler, Miss Chenoweth. Sollten Sie nicht zuerst fragen, was der Gefallen ist? Ich könnte Sie bitten, alle möglichen skandalösen Dinge zu tun, wie zum Beispiel die

‚Mondscheinsonate' mitten an der Hyde Park Corner zu spielen oder nackt auf dem Klavier zu tanzen.«

Sie ging nicht auf seinen Köder ein, sondern schürzte die Lippen und sah nachdenklich aus. »Die Wahrheit ist, dass ich Ihnen einen Gefallen schulde. Sie hätten mich gestern Abend nicht zum Tanzen auffordern müssen. Und doch haben Sie es getan.« Sie sah zu ihm auf, ihre Augen zögerlich. »Darf ich fragen, warum?«

In diesem Moment geschah das Seltsamste von allem.

Denn anstatt eine unbedachte Bemerkung zu machen, sagte Marcus ihr die Wahrheit.

»Ich habe es getan, weil es nichts gibt, was ich mehr verachte als einen Tyrannen. Ich musste achtundzwanzig Jahre lang mit einem leben.«

Ihre Augen weiteten sich, als sie begriff, dass das Gespräch irgendwie ins Aufrichtige abgeglitten war. »Sie beziehen sich auf Ihren ...«

»Marcus, da bist du ja! Ich habe dich in der Bibliothek gesucht, aber ...« Es war nicht schwer, den Moment zu erkennen, in dem Diana Ceci bemerkte, die so dicht neben ihm auf der Klavierbank saß, als sie in der Tür zum Musikzimmer mit großen Augen zusammenzuckte.

Er erhob sich mit einer gleichmäßigen Bewegung. »Diana, darf ich dir Miss Cecilia Chenoweth vorstellen? Miss Chenoweth gehört zum Haushalt der Astleys. Miss Chenoweth, meine Schwester Diana.«

Miss Chenoweths Blick schweifte über den blauen Kaschmirschal, verharrte kurz auf Dianas rechtem Arm, richtete sich dann aber schnell wieder auf das Gesicht seiner Schwester. Sie lächelte warm, als sie aufstand und einen Knicks machte. »Lady Diana, es ist mir ein Vergnügen, Sie kennenzulernen.«

Diana erwiderte den Knicks. »Das Vergnügen ist ganz meinerseits, Miss Chenoweth.« Sie wandte sich an Marcus.

»Es wird Zeit, dass wir zur Schneiderei gehen. Wir müssen auf dem Weg auch noch Tante Griselda abholen.«

»Nun gut. Miss Chenoweth«, sagte er und verbeugte sich leicht, »ich danke Ihnen, dass ich Ihnen beim Spielen zuhören durfte.«

Er bot Diana seinen Arm an, als sie den purpurroten Salon durchquerten. »Lady Lucy und Lady Isabella werden uns in der Schneiderei treffen«, sagte Diana leise. Er konnte ihr ansehen, dass sie aufgeregt war und sich dennoch darauf freute.

Marcus seufzte. Er würde also einen Nachmittag lang angegackert werden. »*Entzückend.*«

Sobald sie in der Kutsche saßen, erwartete Marcus, dass Diana ihn mit Fragen über die geheimnisvolle Miss Chenoweth bombardieren würde, deren Gesellschaft er der Bibliothek vorgezogen hatte.

Stattdessen brach sie zu seiner Überraschung in Tränen aus.

»Diana! Was in aller Welt ist los?«

»Es sind L-Lady Lucy und Lady Isabella.« Sie nahm das Taschentuch an, das er ihr vors Gesicht hielt, und tupfte sich die Augen ab.

Lucy und Isabella waren diejenigen, die sie verärgert hatten? Das war unerwartet. Zugegeben, die dunkelhaarige Zwillingsschwester war etwas gestört. Aber das hätte er von der Blondine, die fast zuckersüß wirkte, nicht erwartet.

»Was haben sie zu dir gesagt?«, bellte er. »Sag mir, was sie getan haben!«

»Meine Güte, Marcus! Nichts dergleichen. Es ist nur ...« Sie hielt inne, um sich die Nase zu putzen. »Wir werden

Freundinnen sein. Da bin ich mir sicher. Und ich habe noch nie ... noch nie ... Freunde gehabt...«

Sie brach in eine weitere Flut von Tränen aus. Die Erkenntnis, dass es sich um Freudentränen handelte, hätte ein gewisser Trost sein müssen.

War es aber nicht.

Diana hätte hier bei ihm sein sollen. Sie hätte Dutzende - nein, Hunderte - von Freundinnen haben sollen, und all die schönen Dinge, die London zu bieten hatte.

Stattdessen hatte sie die letzten fünfzehn Jahre damit verbracht, in einer obskuren Ecke von Yorkshire zu verrotten.

Ein Mann war daran schuld.

»Es tut mir leid«, sagte Diana, als sie sich wieder einigermaßen gefasst hatte. »Ich hatte nicht erwartet, dass ich so reagieren würde. Und ich sollte es nicht so ausdrücken. Ich hatte natürlich dich. Und niemand hätte eine bessere Freundin für mich sein können als Tante Griselda. Aber ...«

»Es ist nicht dasselbe, wie Freundinnen im selben Alter zu haben«, bemerkte er.

»Ganz genau.« Nachdem sie fertig damit war, sich die Augen abzutupfen, blickte sie auf, um ihm ein wässriges Lächeln zu schenken, dann wich sie zurück. »Marcus! Was in aller Welt ist denn los?«

»Du hättest mich ihn töten lassen sollen!«

Es war ein Zeichen dafür, wie gestört ihre Familie war, dass Diana nicht nachzufragen brauchte, von wem er bedauerte, ihn nicht ermordet zu haben. »Nein, das hätte ich nicht tun sollen.«

»Ich habe es angeboten. Mehrere Male.«

»Das Risiko war zu groß. Was wäre, wenn man dich dabei erwischt hätte? Du und Tante Griselda, ihr wart alles, was ich hatte!«

Marcus schaute aus dem Fenster, als die Kutsche vor Latimer House vorfuhr. »Ich hätte es vertuschen können. Alle hassten ihn. Ich wage zu behaupten, dass die Dienerschaft geholfen hätte.«

»Sei nicht so absurd.« Diana ließ sich von ihm aus der Kutsche helfen und verschränkte ihren rechten Arm mit seinem, während sie die Marmorstufen hinaufstiegen. »Jemand hätte Gewissensbisse gehabt.«

»Glaubst das wirklich? Ellery«, rief Marcus dem langjährigen Butler der Familie zu, »ich habe eine Frage an Sie.«

Ellerys Schritte klapperten auf den schwarz-weißen, schachbrettartigen Marmorfliesen der Eingangshalle. »Ja, Euer Gnaden?«

Mit seinen dreiundsiebzig Jahren bewegte sich Ellery nicht mehr so schnell wie früher, und er war um gut zwei Zentimeter geschrumpft, sodass er nur noch bis zu Marcus' Nase reichte. Aber er war rüstig für sein Alter, und selbst wenn das nicht der Fall gewesen wäre, hätte Marcus nie daran gedacht, ihn zu ersetzen.

In den Diensten seines Vaters zu stehen, war nichts für schwache Nerven, und die meisten ihrer Diener hatten weniger als ein Jahr durchgehalten. Aber Ellery war mehr als dreißig Jahre lang als Butler tätig gewesen. Nur Gott wusste, welche Schrecken er erlebt hatte und zu welchen widerwärtigen Taten er gezwungen worden war, um seine Stellung so lange zu halten.

Aber der Grund, warum Ellery sich geweigert hatte, zu gehen, war, weil er dafür hatte sorgen wollen, dass es immer jemanden gab, der auf Marcus und Diana aufpasste. Nach dem Tod ihrer Mutter hatte sich der alte Herzog mehrere Jahre lang vom Familiensitz, Hallane Hall, entfernt. Als er plötzlich zurückgekehrt war, weil er sich daran erinnert hatte, dass er eine kleine Tochter hatte, die terrorisiert werden konnte, war es Ellery gewesen, der Marcus davon in Kenntnis setzte. Diese Aufgabe war nicht so einfach, wie man meinen könnte - der alte Herzog überwachte die ausgehende Post und hatte sogar jemanden im Postamt des Dorfes bestochen, um als Informant zu dienen. Ellery war daher gezwungen gewesen, mitten in der Nacht fünf Meilen durch den strömenden Regen zu laufen, um das Haus eines Mannes zu erreichen, dem er vertraute, um den Brief ins nächste Dorf zu bringen. Aber Ellery hatte es geschafft, den Brief hinauszuschmuggeln, und das war der einzige Grund gewesen, warum Marcus hatte eingreifen können.

Sobald Ellery in den Ruhestand gehen wollte, würde Marcus dies veranlassen. Er könnte eine Suite in Hallane Hall bekommen, oder Marcus würde ihm ein eigenes Haus kaufen und Diener einstellen, die ihn im Alter versorgen würden. Alles, was Ellery wollte, würde Ellery bekommen. Es gab nichts, was er nicht für diesen Mann tun würde. Nichts.

Da Ellery seinen Posten als Butler vorerst behalten wollte, hatte sich Marcus mit einer Verdreifachung seines Gehalts beholfen.

»Sagen Sie mir eins, Ellery. Wenn ich meinen Vater kaltblütig ermordet hätte, hätten Sie mir dann geholfen, die Leiche zu entsorgen?«

Ellery legte eine Hand auf sein Herz und verbeugte sich elegant. »Es wäre mir eine große Ehre gewesen, Ihnen dabei zu helfen, die Leiche in Stücke zu hacken und in einem tiefen Loch zu vergraben, Euer Gnaden.«

Marcus hob eine Augenbraue zu Diana. Doch einer der Lakaien, die an der Tür standen, schüttelte den Kopf.

»Nein, Sir. Verzeihung, Mr. Ellery, Sir. Aber das ist nicht richtig.«

Diana war an der Reihe, Marcus einen triumphierenden

Blick zuzuwerfen, aber dann fuhr der Lakai fort: »Wenn man eine Leiche loswerden will, braucht man Schweine.«

Dianas Mund blieb offen stehen. Marcus wandte sich an den Lakaien. »Schweine, James?«

»Schweine, Euer Gnaden. Schweine fressen alles, müssen Sie wissen. Sogar diesen nichtsnutzigen, verrotteten Sohn eines ...« Er räusperte sich. »Ich bitte um Verzeihung, Lady Diana.«

»Wissen Sie, was ich gehört habe?«, bot ein Hausmädchen an, das gerade die vergoldete Treppe polierte. »Ich hörte von einer Pension mit einer Falltür unter einem der Betten, und unter der Falltür befand sich ein riesiger Bottich mit Säure! Die Leute legten sich zum Schlafen hin, und mitten in der Nacht ging die Falltür auf, und sie stürzten in die Säure. Am nächsten Morgen war nichts mehr von ihnen übrig.« Sie winkte nachdrücklich mit ihrem Lappen. »Das ist so gut, wie er es verdient gehabt hätte. Wenn ich daran denke, dass sie ihn in geweihter Erde begraben haben ...« Sie blickte finster drein und begann, mit neuem Elan am Geländer zu schrubben.

Marcus grinste seine Schwester an. »Was hast du gesagt?«

»Gut, Bruder. Diesmal gewinnst du.« Sie verdrehte die Augen, aber sie lächelte. »Ich gehe Tante Griselda holen.«

KAPITEL 6

*A*n diesem Abend kamen Caro und ihr Mann zum Abendessen ins Astley House. Caro ging zu Ceci ins Zimmer, damit sie sich unterhalten konnten, während sie sich für das Abendessen anzog.

Ceci hatte Caro von ihrer seltsamen Begegnung mit dem Herzog von Trevissick im Musikzimmer erzählt. Da sie eng befreundet waren, wusste Caro, dass Ceci eine besondere *Vorliebe* für Marcus Latimer hegte.

»Es ist unbegreiflich«, sagte Ceci. »Du hättest *ihn* heiraten können. Der geeignetste Mann in ganz England. Der schönste Mann der *Welt*. Und du hast dich dagegen entschieden.«

Ceci bezog sich auf die Tatsache, dass Caro mitgehört hatte, wie der Herzog im Jahr zuvor die Absicht geäußert hatte, um ihre Hand anzuhalten.

»Aber ich hatte mich in Henry verliebt«, protestierte Caro.

Ceci gab einen Laut des Unverständnisses von sich. Sie wollte den Ehemann ihrer Freundin nicht beleidigen, der ein guter Mann war und seiner Frau treu ergeben. Aber der

Gedanke, Henry Greville zu heiraten, wenn man *Marcus Latimer* hätte haben können ...

»Es war so romantisch, wie er dir zu Hilfe kam«, seufzte Caro. »Vor allem, wenn man bedenkt, dass er kaum jemals mit jemandem tanzt.«

Das war richtig. In der vergangenen Saison hatte der Herzog mit genau zwei Frauen getanzt: mit Caro, die offensichtlich versucht hatte, ihren Mann zu ärgern, und mit Elissa, der frischangetrauten Braut von Edward Astley.

Letzteres war ein ziemlich offensichtlicher Versuch gewesen, Elissas Ruf zu verbessern. Elissa war die Tochter von Edwards ehemaligem Tutor und ein eingefleischter Blaustrumpf, die Wichtigeres im Kopf gehabt hatte als Mode und Firlefanz. Trevissick hatte sie auf ihrem allerersten Ball absichtlich zum Tanzen aufgefordert und dann mit einer Stimme, die nicht zu überhören gewesen war, erklärt, die neue Viscountess Fauconbridge sei »charmant«.

Es hatte dabei keine Rolle gespielt, dass Elissa einmal gestolpert und zweimal auf seinen Fuß getreten war. Wenn Marcus Latimer sagte, jemand sei charmant, dann war dieser Jemand auch charmant.

»Er hat Araminta Grenwood sogar ins Gesicht beleidigt«, hauchte Caro.

Ceci spürte, wie ihre Wangen heiß wurden. Sie sollte wahrscheinlich Mitleid mit Miss Grenwood haben. Es wäre das Christlichste.

Aber der vergangene Abend war nicht das erste Mal gewesen, dass sie das Opfer von Miss Grenwoods Zorn geworden war. Araminta war seit dem Tag, an dem sie von ihrer Existenz erfahren hatte, unerbittlich grausam zu Ceci gewesen, und der Herzog war wahrhaftig ihr weißer Ritter, der ihr zu Hilfe geeilt war ...

»Apropos Herzog«, sagte Caro, »in der Schneiderei ist etwas passiert, das ich dir unbedingt erzählen wollte.«

»Oh?« Ceci griff nach einer Haarnadel, als sie eine Locke wieder in die richtige Position brachte.

»Er war maßgeblich an der Auswahl der Schnitte und Stoffe für Lady Dianas Garderobe beteiligt. Wenn er die Wahl zwischen zwei Stoffen hatte, wählte er immer den feineren. Kein Aufwand war zu groß.«

Ceci spürte einen Anflug von Neid. Sie und Lady Diana hatten beide ihre Eltern verloren. Aber was für ein Unterschied musste es sein, einen solchen Bruder zu haben, der sich um seine Schwester kümmerte. »Es klingt, als ob er seiner Schwester treu ergeben ist.«

»Äußerst ergeben. Diese Seite von ihm habe ich mir nie vorgestellt! Aber das ist nicht das, was ich dir erzählen wollte. Als es an der Zeit war, die Maße von Lady Diana zu nehmen, war es natürlich nicht angebracht, dass er blieb, und so zog er sich mit einer Zeitung in den Vorraum des Geschäfts zurück. Danach brachte er einen Artikel mit, um ihn seiner Schwester zu zeigen. Offensichtlich liest sie fleißig Zeitungen und interessiert sich sehr für Politik.«

Ceci wählte eine Schleife für ihr Haar aus und fragte sich, worauf Caro mit dieser Geschichte hinauswollte. »Worum ging es in dem Artikel?«

»Na, ich habe keine Ahnung! Es war der Artikel direkt daneben, der meine Aufmerksamkeit erregte.« Caro griff in ihr Täschchen und zog einen Zeitungsausschnitt heraus. »Gleich nach meiner Rückkehr bat ich Yarwood um die heutige Morgenausgabe der *Times* und habe den für dich ausgeschnitten. Sieh dir das an.«

Verblüfft nahm Ceci den Artikel entgegen. Er war extrem kurz, nur eine Spalte breit und vier Zoll lang. Sie las vor: »›Die HMS *Lionheart*, die seit Kurzem wegen Reparaturarbeiten in den Royal Naval Dockyards in Deptford liegt, wird am Donnerstag, dem 8. September, bei Flut auslaufen und sich dem Geschwader von Admiral Samuel Hood auf den Leeward-

Inseln anschließen. Sie steht unter dem Kommando von Captain Nathaniel Walker, First Lieutenant James Bilborough, Second Lieutenant George Smith ...« Ceci runzelte die Stirn und brach ab. »Tut mir leid, warum wolltest du mir das zeigen?«

Caro beugte sich vor und klopfte auf den Artikel. »Schau dir den Namen des Chirurgen an.«

Ceci überflog den von ihr angegebenen Absatz, bis sie ihn fand. »'Mister ... Mister *Percival Polkinghorne!*'«

Allen anderen, die diesen Artikel heute gelesen hatten, dürfte der Name Percival Polkinghorne wahrscheinlich nichts sagen.

Aber unter den Kisten mit Papieren, die ihr Vater hinterlassen hatte, die er gesammelt hatte, als er den Tod ihrer Mutter erforscht hatte, befand sich auch eine Sterbeurkunde, aus der hervorging, dass ihre Mutter an einem Fieber gestorben war. Das war an sich schon verdächtig, denn Totenscheine wurden nur ausgestellt, wenn jemand unter mysteriösen Umständen starb. Tatsächlich hatte ihr Vater die Schlussfolgerung des untersuchenden Arztes nie akzeptiert, da seine Frau bei bester Gesundheit gewesen war, als er an jenem Morgen aufgebrochen war, um im Nachbardorf eine Taufe durchzuführen.

Der Name des Chirurgen, der bei der Autopsie assistiert hatte, war so ungewöhnlich, dass er Ceci im Gedächtnis geblieben war - Percival Polkinghorne.

Ceci drehte sich um und sah Caro an. »Glaubst du, dass das derselbe Percival Polkinghorne sein könnte?«

»Na ja, wie viele Percival Polkinghornes kann es wohl geben? Und er ist sogar ein Chirurg. Er muss es sein!«

»Sie segeln am Donnerstag, dem achten. Übermorgen. Ich frage mich, wann die Flut kommt.«

»Halb sieben. Ich habe bereits einen Lakaien zu den Docks geschickt, um das herauszufinden.«

Ceci erhob sich von der Frisierkommode und begann, im Zimmer umherzugehen. »Das bedeutet, dass wir, wenn wir etwas von ihm herausfinden wollen, dies morgen tun müssen. Meinst du, ich sollte ihm schreiben, oder ...«

»Nein. Ein Brief ist zu einfach zu ignorieren. Wenn dein Vater Recht hatte, wenn dieser Mann an der Fälschung der Sterbeurkunde beteiligt war, wird es eine große Überredungskunst erfordern, ihn zum Reden zu bringen. Wir müssen ihm das Herz aus der Brust reißen und an sein Gefühl für Anstand appellieren. Und das kann man nur persönlich tun.«

»Aber die einzige Adresse, die wir für ihn haben, ist die Werft in Deptford. Ich kann doch nicht allein auf den Docks spazieren gehen! Ganz zu schweigen davon, dass ich nicht einmal das Geld für eine Droschke habe, die mich dorthin bringen könnte.«

»Alleine? Meine Güte, nein. Ich würde dir niemals erlauben, allein an einen solchen Ort zu gehen. Ich werde mit dir kommen.« Caro machte eine dramatische Pause. »Und ich weiß auch schon, wen wir als Leibwächter mitnehmen werden.«

Cecis angespannte Schultern senkten sich ein wenig. Aber natürlich würde Caro ihren Mann bitten, sie zu begleiten. Lord Thetford würde seiner Frau niemals erlauben, allein in die Werften zu gehen.

In Wahrheit war Ceci überrascht, dass Lord Thetford ihr überhaupt erlauben sollte, dorthin zu gehen. »Und du bist ganz sicher, dass dein bevorzugter Leibwächter, wie du es ausdrückst, bereit ist, uns zu begleiten?«

»Ganz sicher. Ich werde alles arrangieren. Wir werden am Nachmittag hingehen, da ich morgen früh wieder bei der Schneiderin erwartet werde, und du wirst Mama nach Latimer House begleiten.«

Ceci spürte, wie ihr die Wärme in die Wangen stieg. »Ich? Wozu braucht sie mich denn?«

»Um zu spielen, natürlich. Lady Diana hat am Vormittag Tanzunterricht, während des Mittagessens übt sie das Essen, und am Nachmittag übt sie für ihren Auftritt bei Hofe. Ich bin so neidisch, dass du gehen darfst!«

»Neidisch?« Das war ironisch, denn Ceci wäre viel lieber zu Hause geblieben. »Warum bist du da denn neidisch?«

»Weil seit mehr als zwanzig Jahren niemand mehr in Latimer House gewesen ist. Seit dem Tod der letzten Herzogin hat es in dem großen, klobigen Haus keine einzige Veranstaltung mehr gegeben. Und mehr noch ...« Sie senkte ihre Stimme zu einem Flüstern. »Der alte Herzog war angeblich so furchtbar, dass sein Sohn nicht einmal Gäste mitbringen wollte. Edward ist der liebste Freund Seiner Gnaden, und selbst *er* war noch nie drinnen. Ich werde in den nächsten Tagen in der Schneiderei festsitzen und Lady Dianas Garderobe planen. Aber ich erwarte einen vollständigen Bericht.«

»Und den sollst du bekommen. Wenn ich es lebendig überstehe«, fügte Ceci düster hinzu.

Caro lachte, aber Ceci hatte keinen Scherz gemacht. Irgendwie war die Aussicht, dem jetzigen Herzog gegenüberzustehen, nur wenig weniger erschreckend als der Gedanke, seinem bösen Vater zu begegnen.

KAPITEL 7

*A*m anderen Ende der Stadt war Marcus gerade von der Schneiderei zurückgekehrt und beendete im Arbeitszimmer von Latimer House eine unangenehme Aufgabe, als eine ebenso unangenehme Person zur Tür hereinkam.

»Onkel Eustace.« Marcus klappte das Buch, in dem er gelesen hatte, mit einem Ruck zu. »Wer hat dich reingelassen?«

»Komm schon, Marcus. Spricht man so mit seinem Onkel?«

»'Euer Gnaden'.«

Sein Onkel nahm den Stuhl vor dem Schreibtisch ein, obwohl Marcus ihn nicht eingeladen hatte, sich zu setzen. »Das ist auch nicht richtig. Vielleicht eines Tages. Ich bin der nächste Anwärter auf das Herzogtum ...«

»*Du* wirst *mich* als *Euer Gnaden* ansprechen.« Marcus drehte seinem Onkel den Rücken zu, schob das schwarze Lederjournal in das Regal hinter sich und wählte einen anderen der siebzehn identisch gebundenen Ordner aus.

»Falls du mich in Zukunft jemals ansprechen solltest. Ich hoffe, dass sich unsere Wege nie wieder kreuzen werden.«

»Stachelig, genau wie dein Vater.«

Marcus weigerte sich, auf den Köder seines Onkels einzugehen. Er schlug das neue Kontenbuch auf und schielte auf die handgeschriebenen Zeilen. Gott, aber die Handschrift seines Vaters war grässlich gewesen. Der alte Herzog war auch nicht besonders organisiert gewesen. Soweit Marcus es beurteilen konnte, fehlten mindestens drei Bände in seinen Kontobüchern.

Als er sah, dass Onkel Eustace den Wink nicht verstanden hatte und gegangen war, fragte Marcus: »Gibt es einen bestimmten Grund, warum du dich mir aufdrängst?«

»Den gibt es. Meine Zahlung ist nicht erfolgt. Zweifellos wusstest du es nicht, weil du erst vor Kurzem geerbt hast, aber dein Vater hat mir immer hundert Pfund pro Monat geschickt, die am ersten Tag fällig waren.«

Marcus machte sich nicht die Mühe, aufzublicken. »Zufällig habe ich es gewusst.«

»Wo ist dann meine Zahlung?«

Marcus warf seinem Onkel einen harten Blick zu und gab ihm einen Moment Zeit, die Wahrheit zu verinnerlichen.

»Aber ... aber das ist unerhört!« Onkel Eustace kam auf die Füße. »Du kannst mir nicht die Einnahmen abschneiden.«

»Und doch habe ich es getan, dir und deinen unfähigen Söhnen. Sei doch bitte so gut und sag es ihnen selbst, dann ersparst du es mir, dieses ermüdende Gespräch zu wiederholen.«

»Ich bin dein Erbe! Ich verdiene es, so zu leben, wie es sich für den nächsten Erben eines Herzogtums gehört.«

»Dann schlage ich vor, du suchst dir eine Beschäftigung.«

»Beschäftigung! Beschäf...« Sein Onkel zog sein

Taschentuch hervor und strich sich damit über sein gerötetes Gesicht. »Warum tust du das? Wir sind eine Familie, verdammt noch mal! Nichts ist wichtiger als Blut.«

Obwohl sein Onkel jetzt schrie, blieb Marcus' Stimme unheimlich ruhig. »Du hast also plötzlich beschlossen, dass die Familie wichtig ist? Als ich dreizehn Jahre alt war, schrieb ich dir und bat dich um Hilfe. Das war das einzige Mal, dass ich dich um etwas gebeten habe. Weißt du noch, was du darauf geantwortet hast?«

Auf dem kahlen Kopf seines Onkels brach mehr Schweiß aus. »Sei vernünftig, Marcus. Ich wollte Diana helfen. Wirklich, das wollte ich. Aber dein Vater hätte mir den Zugang zum Geld abgeschnitten.«

»Und das war das Einzige, was dich interessiert hat. Nicht Ehre, nicht Anstand, nicht ein sicheres Zuhause für ein verängstigtes vierjähriges Mädchen.« Er klappte das Kontobuch seines Vaters zu. »Nun, eins solltest du wissen, Onkel. Ich werde dir genau die gleiche Rücksichtnahme entgegenbringen, die du Diana entgegengebracht hast.«

Das Gesicht von Onkel Eustace hatte sich in ein kräftiges Violett verfärbt. »Denk gut nach, bevor du das tust. Sollte dir etwas zustoßen, würde die Vormundschaft für Diana an *mich* übergehen. Ist das ein Risiko, das du eingehen willst?«

»Das will ich nicht, und deshalb setzen meine Anwälte in diesem Moment Papiere auf, in denen sie Lord Fauconbridge als Dianas Vormund benennen, sollte mir etwas zustoßen. Sie wird ein beträchtliches Vermögen erben, das ihr für den Rest ihres Lebens ein komfortables Leben ermöglichen wird. Du wirst sie niemals berühren können. Und was deine Behauptung angeht, dass du mein Erbe bist ...« Marcus warf seinem Onkel noch einen letzten spöttischen Blick zu, bevor er sich wieder den Konten zuwandte. »... nicht mehr lange.«

»Du willst also heiraten.«

Als er einen vielversprechenden Eintrag entdeckte, nahm Marcus eine Schreibfeder zur Hand und begann, sich Notizen zu machen. »In der Tat. Noch vor Ende des Monats.«

»So einfach ist das nicht.«

Er warf seinem Onkel einen leeren Blick zu. »Oh, ich wage zu behaupten, dass ich eine Frau finden werde, die mich haben will.«

»Da gehört aber mehr dazu!«, schnappte Onkel Eustace. »In fünfzehn Jahren Ehe hat es dein Vater nur geschafft, euch beide zu zeugen. Und so viele Verfehlungen er im Laufe der Jahre auch begangen hat, er hat nie einen Bastard hinzugefügt. Du hast auch noch nie einen gezeugt, und das nicht, weil du es nicht versucht hast. Es sieht nicht so aus, als ob Fruchtbarkeit in eurem Zweig der Familie vorkommt.«

Der Grund, warum Marcus trotz einer zugegebenermaßen langen Liste von Geliebten noch nie einen Bastard gezeugt hatte, war, dass er penibel darauf achtete, Vorsichtsmaßnahmen zu treffen. Es spielte ebenfalls eine Rolle, dass er deshalb so sorgfältig auf Vorsichtsmaßnahmen achtete, weil er miterlebt hatte, wie sein Vater von einem Pockenanfall nach dem anderen heimgesucht worden war. Das erklärte wahrscheinlich auch, warum sein Vater so wenige Kinder gezeugt hatte.

Das war der einzige Vorteil, den es mit sich brachte, von einem so bemerkenswert grausamen Mann großgezogen worden zu sein. Wann immer er vor einem Dilemma stand, konnte Marcus sich fragen, *was hätte mein Vater getan?* Und dann fuhr er damit fort, genau das Gegenteil zu tun. Dies erwies sich stets als der beste Weg.

Sein Vater konnte sich nicht die Mühe machen, einen französischen Brief überzuziehen? Marcus hatte es nie versäumt, einen zu benutzen.

Er hatte also keinen Grund zu der Annahme, dass er das

Leiden seines Vaters teilen würde. Nicht, dass es einen Grund gäbe, dies seinem idiotischen Onkel zu erklären.

Marcus blickte nicht von seinen Notizen auf. »Das werden wir ja sehen, nicht wahr?«

»Du machst einen Fehler. Wenn du sterben solltest ...«

Marcus war das Gejammer seines Onkels langsam leid. »Du scheinst dich sehr mit meinem Tod zu beschäftigen, vor allem wenn man bedenkt, dass ich noch keine dreißig bin und du fast sechzig bist. Ich würde an deiner Stelle auf mich selbst schauen.« Marcus warf seinem Onkel einen strengen Blick zu. »Zumal ich aus sicherer Quelle weiß, dass man dich jeden Moment kopfüber auf die Straße schmeißen wird. James!«, rief er dem Lakaien zu, der vor der Tür der Bibliothek stand.

Zu seiner Verärgerung erschien James nicht. »James!«, rief er erneut. Er verbiss sich einen Fluch, stand auf und ging zur Tür.

Es stellte sich heraus, dass James seinen Posten verlassen hatte, um etwas Notwendiges zu erledigen. Da sie alle Mitarbeiter hatten entlassen müssen, die zu den Kriechern des alten Herzogs gehört hatten, waren sie personell stark unterbesetzt. Marcus musste bis in die Eingangshalle gehen, um jemanden zu finden.

Es spielte keine Rolle. Sein Onkel wurde kurzerhand hinausgeworfen und schrie und brüllte, er würde Marcus dafür bezahlen lassen, dass er ihm das Taschengeld gestrichen hatte.

Marcus war es ziemlich egal, dass sein Onkel ihn hasste. So Gott wollte, würde er den verfluchten Mann nie wieder sehen.

Als er weg war, wandte sich Marcus wieder dem Tagebuch seines Vaters zu. Mit den Informationen, die er erhalten hatte, konnte er sich morgen Abend um die Angelegenheit kümmern. Was er vorhatte, war eine unangenehme Aufgabe, wie so oft, wenn es um seinen Vater ging.

Aber er war entschlossen, die Dinge richtig zu stellen.

Er schloss das Buch und ging nach oben, um sich für das Abendessen umzuziehen.

KAPITEL 8

*C*eci schluckte schwer, als die Kutsche zwischen den beiden in Stein gehauenen Löwen hindurchfuhr, die den Eingang zum Gelände von Latimer House markierten. Nach ihrem unerwartet intimen Gespräch mit dem Herzog gestern hatte sie keine Ahnung, was sie erwarten würde.

Edward Astley und seine neue Frau Elissa begleiteten Ceci und Lady Cheltenham. Dies würde Diana die Gelegenheit geben, mit jemandem zu tanzen, der nicht ihr Bruder war, und Elissa, die neu in der Gesellschaft war, würde etwas zusätzliche Tanzpraxis bekommen.

Latimer House war eine Seltenheit für ein Londoner Herrenhaus, da es frei im Gelände stand. Es war riesig und hatte ein eigenes Grundstück. Ceci versuchte, nicht zu glotzen, als sie den Ballsaal betrat, der sich im Ostflügel des Hauses erstreckte, sodass er auf drei Seiten von Gärten umgeben war. Es war ein prächtiger Traum in Weiß und Gold, mit hohen Flügeltüren entlang einer Wand und Fresken an der Decke, die Szenen der griechischen Götter auf dem Olymp darstellten.

Im Ballsaal wartete eine weitere Überraschung: Lady

Griselda von Sachsen-Mecklenburg war gekommen, um die Fortschritte ihrer Großnichte zu beobachten. Lady Griselda machte eine imposante Figur. Sie war hochgewachsen, und ihre Größe wurde durch ihre kerzengerade Körperhaltung noch betont. Sie trug ihr dichtes graues Haar zu einem strengen Knoten im Nacken und blickte über den aristokratischen Höcker auf der Nase auf die Welt herab. Um ihren Stuhl herum saßen drei tadellos ausgebildete braun-weiß gefleckte Hunde. Das gelbe Satinkleid, das sie trug, war der Höhepunkt der kontinentalen Mode. Zumindest dürfte das vor dreißig Jahren der Fall gewesen sein. Ceci konnte nicht umhin, einen Anflug von Eifersucht zu verspüren, als sie das Korsett aus dem vergangenen Jahrhundert sah. Dieses Kleid hätte ihrer kurvenreichen Figur geschmeichelt, im Gegensatz zu den himmelhohen Taillen und den hauchdünnen Silhouetten, die mittlerweile in Mode gekommen waren. Wahrlich, sie war im falschen Jahrzehnt geboren worden.

Wenn sie jedoch die Möglichkeit bekommen könnte, ihre Figur mit einem dieser eleganten Mädchen zu tauschen, die so dünn und schmächtig waren, dass sie nicht einmal ein richtiges Fortissimo auf dem Pianoforte erreichen konnten, würde Ceci ohne zu zögern ihre eigene Gestalt wählen.

Lady Cheltenham erklärte, dass sie mit Country-Tänzen beginnen würden, die etwas einfacher waren als die Kotillions und Reels, die Lady Diana allerdings ebenfalls lernen müsse. Ceci verbrachte daher den größten Teil des Vormittags damit, zwischen »The Hop Ground« und »Bartholomew Fair« zu wechseln. Es stellte sich heraus, dass Tante Griselda Diana bereits die grundlegenden Tanzschritte beigebracht hatte, und so machte sie schnell Fortschritte. Ihre Bewegungen waren von Natur aus anmutig, und sie lernte die neuen Tänze mit Leichtigkeit. Aber mehr noch, sie hatte diese edle Ausstrahlung, die manche Menschen auch mit noch so viel Übung nicht beherrschen können.

Nach etwa drei Stunden klatschte Lady Cheltenham in die Hände. »Das war ausgezeichnet, Lady Diana. Ich gebe zu, dass ich befürchtet hatte, dass die vor uns liegende Aufgabe unüberwindbar sein könnte. Aber Ihre Tante hat Sie gut unterrichtet, und Sie sind wirklich eine geborene Tänzerin.«

Lady Griselda erhob sich von ihrem Stuhl. »Ja, natürlich ist sie das.« Lady Griseldas Englisch war präzise, obwohl sie mit einem ausgeprägten germanischen Akzent sprach, und ihr Lächeln, als sie ihre Großnichte betrachtete, war stolz. »Sie ist Lydias Tochter.«

»Das ist sie ganz sicher«, antwortete Lady Cheltenham. »Wir werden sie bis zum Datum ihres Debütballs fertig ausgebildet haben. Da bin ich mir jetzt sicher.« Sie wandte sich an den Herzog. »Ist alles für die nächste Stunde vorbereitet?«

»Ich glaube schon. Ellery?«

Der Butler verbeugte sich. »Jawohl, Mylady. Ich habe im türkisfarbenen Salon alles nach Ihren Wünschen eingerichtet.«

Während Ellery Lady Cheltenham und Lady Diana aus dem Ballsaal führte, wandte sich der Herzog an den Rest der Gruppe. »Lady Cheltenham wird Diana im Servieren von Tee unterrichten. Wenn es nicht zu viel Mühe macht, hoffe ich, dass Sie alle mitkommen, damit sie üben kann. Ich habe ein einfaches Essen für das Mittagessen vorbereiten lassen.«

Ceci hatte Mühe, nicht zu gaffen, als sie den türkisfarbenen Salon betraten, einen großzügigen Raum mit hohen Decken und schönen Kunstwerken an den Wänden, darunter ein Gemälde, das verdächtig nach einem Rembrandt aussah, und eine Skulptur, die, wenn man der kleinen Plakette an ihrem Sockel glauben wollte, von Michelangelo stammte.

Es stellte sich heraus, dass Marcus Latimers Vorstellung von *einfacher Kost* aus Kalbsmedaillons in einer Pilz-Cognac-Soße, Kaviar, drei verschiedenen Suppen und einem Aufstrich aus frischem Obst bestand, der üppiger war als das, was die meisten Menschen bei ihrem Hochzeitsessen servierten.

Ceci nahm ihren Stuhl so unauffällig wie möglich ein. Sie fühlte sich inmitten der Pracht von Astley House schon als Hochstaplerin, und das Haus des Herzogs war zehnmal so prunkvoll. Marcus Latimer fügte sich mit seinem glänzenden goldenen Haar, seinem tadellos sitzenden taubengrauen Mantel und der riesigen saphirfarbenen Anstecknadel, die in den Falten seiner Krawatte glitzerte, perfekt in die feine Kunst ein.

Währenddessen fühlte sie sich fürchterlich fehl am Platz und wünschte sich sehnlichst, sie hätte etwas anderes als ein einfaches, verschnörkeltes Baumwollmorgenkleid aus der letzten Saison angezogen.

Lady Cheltenham hatte bereits damit begonnen, Diana zu unterrichten. »Natürlich werden Sie mit links einschenken. Es ist akzeptabel, mit nur einer Hand auszugießen, aber wenn der Deckel lose ist, muss ich manchmal meine andere Hand auf den Deckel stützen, um ihn in Position zu halten.«

»Könnte ich es so machen?«, fragte Diana, indem sie das Ende ihres rechten Arms auf die Kanne legte. »Mein rechter Arm ist ja nicht nur eine Zierde. Ich bin es gewohnt, Dinge damit zu tun.«

»Ja, das würde wunderbar funktionieren«, antwortete die Gräfin. »Stellen Sie sich vor, dass Sie tanzen, sodass Sie mit der gleichen anmutigen Qualität der Bewegung gießen ... Ja, das ist es. Strecken Sie Ihr Handgelenk gerade und bringen Sie den linken Ellbogen nach unten ... Genau so. Bevor Sie nun aber die Tasse an Ihren Gast weiterreichen ...«

Nachdem Diana sieben Tassen für jeden am Tisch

vorbereitet und verteilt hatte, wurde das Mittagessen serviert.

»Lady Griselda«, sagte Edward Astley, als er seiner Frau eine Schüssel mit Kastaniensuppe reichte, »wie lange sind Sie schon in England?«

»Seit mehr als vierzig Jahren mittlerweile.« Lady Griselda nickte dem Herzog dankend zu, als er ihr einige Medaillons vom Kalb auf den Teller legte.

»Warum haben Sie beschlossen, sich hier niederzulassen?«, fragte Edward.

»Ich bin damals hergekommen, um meine Schwester zu besuchen, Dorothea, Lydias Mutter. Sie hatte einige Jahre zuvor den englischen Grafen Lord Dewsbury geheiratet. Während meines Besuchs habe ich eine gute Freundin gefunden, Miss Amelia Marsden. Wir waren beide bereits älter als dreißig - *Spinsters*, wie ihr Engländer sagt. Also beschlossen wir, uns gemeinsam ein eigenes Haus auf dem Land einzurichten.«

»Ist Miss Marsden mit Ihnen nach London gekommen?«, fragte Elissa fröhlich.

»Nein, leider nicht. Sie ist seit siebzehn Jahren tot.«

»Oh! Es tut mir so leid!«, sagte Elissa eilig.

»Machen Sie sich keine Sorgen, Liebes.« Lady Griselda zuckte philosophisch mit den Schultern. »Das passiert, wenn man so alt wird wie ich.«

»Finden Sie Yorkshire nicht zu abgelegen?«, fragte Lady Cheltenham.

»Oh, nein. Amelia und ich zogen das ruhige Leben vor. Und später erwies sich die Tatsache, dass das Haus so abgelegen war, als ein Geschenk des Himmels.«

»Wie das?«, fragte Elissa und spießte ein Stück Ananas mit ihrer Gabel auf.

»Das hat es dem alten Herzog erschwert, an Diana

heranzukommen. Er war ein furchtbarer Mensch, wissen Sie.«

Trevissick räusperte sich laut. »Lass uns über etwas anderes sprechen, Tante.«

»Ich habe meiner Schwester gesagt, dass sie Lydia nicht zwingen soll, ihn zu heiraten«, fuhr Lady Griselda fort und ignorierte ihren Großneffen. »Nun, wir sehen ja, wie *das* ausgegangen ist.«

»Tante Griselda!«, schnappte der Herzog. »Wenn du so freundlich sein könntest, ein Mindestmaß an Diskretion zu zeigen.«

Lady Griselda schnitt unbeeindruckt ihr Kalbfleisch auf. »Sei nicht so spießig, Marcus. Das sind unsere Freunde.«

Ceci konnte eine Ader an seiner Schläfe pulsieren sehen, als er ausrief: »Es gibt Themen, über die ich nicht einmal unter Freunden spreche.«

»Und das ist gut so. *Du* kannst dich ja dafür entscheiden, sie nicht zu diskutieren. Aber *ich* werde sagen, was mir verdammt noch mal gefällt.« Lady Griselda lächelte, als sie sich einen Bissen Kalbfleisch in den Mund schob.

Ceci tauschte einen amüsierten Blick mit Elissa auf der anderen Seite des Tisches. Es war das erste Mal, dass sie jemanden sah, der es wagte, den Herzog herauszufordern, der seine Tante mit eiskalten Augen anblickte.

Ceci wäre aus dem Zimmer geflohen, wenn er sie so angesehen hätte. Aber Lady Griselda war völlig unbeeindruckt. »Lord Fauconbridge, würden Sie mir das Obst reichen? Ich danke Ihnen.« Sie nahm sich ein paar Orangenspalten und fuhr dann fort: »Es war notwendig, Diana aus dem Haushalt des alten Herzogs zu entfernen. Er war als Vater vollkommen fehl am Platze.«

»Eine ziemlich spektakuläre Untertreibung«, murmelte Lady Diana.

Der Herzog lehnte sich in seinem Stuhl zurück und fuhr

sich mit der Hand über das Gesicht. »Ellery«, rief er, »wären Sie so freundlich, mir ein Glas des 1792er Calon-Ségur zu bringen?«

Ellery kam auf den Tisch zu, das Glas bereits in der Hand. »Ich habe mir die Freiheit genommen, Euer Gnaden bereits ein Glas einzuschenken.«

»Gott segne Sie«, murmelte Trevissick, griff nach dem Glas und leerte die Hälfte des Inhalts in einem Zug.

»Aber«, fuhr Lady Griselda fort, »nachdem sie zu mir nach Yorkshire gezogen war, musste Diana diesen schrecklichen alten Mann nie wiedersehen. Nun, abgesehen von diesem einen Mal.«

»Welches eine Mal?«, schnappte der Herzog und setzte sich auf. »Wovon reden Sie?«

Lady Griselda winkte mit der Gabel. »Wir können es ihm genauso gut sagen, jetzt wo der alte Herzog tot ist.«

»Das denke ich auch«, stimmte Diana fröhlich zu.

Trevissicks Augen waren ein bisschen wild. »Willst du mir damit sagen, dass er bei euch zu Hause war? Was hat er dort gemacht?«

»Nun, er war nicht da, um das blühende Heidekraut zu sehen«, murmelte Lady Griselda.

»Er war da, um Diana zu entführen!« Der Blick des Herzogs schweifte von Lady Griselda zu Lady Diana und wieder zurück. »Warum hast du es mir nicht gleich gesagt?«

»Weil ich mich darum gekümmert habe, Marcus. Du hättest dir nur Sorgen gemacht.« Lady Griselda winkte mit ihrer Gabel in die Richtung des Herzogs. »Sich sorgen, sorgen, sorgen, das ist alles, was dieser Mensch tut.«

Trevissick ließ sich nicht beschwichtigen. »Du hast dich darum gekümmert, ja? Ich würde gerne wissen, wie!«

Unbeirrt strich Lady Griselda etwas Kaviar auf ein Stück Brot. »Wenn du es genau wissen willst, ich habe auf ihn geschossen.«

»Du hast *auf ihn geschossen?*«

An diesem Punkt begann Trevissick mit seiner Großtante auf Deutsch weiter zu streiten.

Edward Astley musterte seinen Freund von oben bis unten. »Ich wusste gar nicht, dass du Deutsch sprichst!«

Der Herzog zuckte mit den Schultern, unterbrach aber seinen Streit mit seiner Tante nicht.

»Marcus spricht fließend Plattdeutsch, oder auch Niederdeutsch«, ergänzte Lady Diana. »Das spreche ich genauso gut wie Mecklenburgisch.«

Ceci sah erstaunt zu, wie der Streit weiterging. Sie verstand kein einziges Wort.

Nun, kaum ein Wort.

»Donnerbüchse?«, fragte der Herzog und runzelte die Stirn. »Wat is ne Donnerbüchse?«

»En Blunderbuss«, antwortete Lady Griselda.

»En *Blunderbuss?*«, zischte er.

Auf der anderen Seite des Tisches waren Elissas Augen rund wie Untertassen geworden. Lady Cheltenham beugte sich vor. »Mach dir keine Sorgen, Liebes. Wenn es jemals jemanden gab, der es verdiente, mit einer *Donnerbüchse* erschossen zu werden, dann war es der alte Herzog.«

»Oh!« Elissa schaute ihren Mann an, der feierlich nickte. »Ich schätze, du hast Recht.«

Trevissick stritt sich noch immer mit Lady Griselda, die offenbar genug hatte. Sie warf ihre Hände in die Luft. »Du willst also wissen, wo ich ihn getroffen habe?«, sagte sie und wechselte wieder ins Englische. »Ich schoss ihm in den ...«

»Ins Gesäß«, warf Diana ein und beugte sich vor ihre Tante. »Man könnte sagen, es war das Gesäß.«

»Und dann habe ich meine Hunde auf ihn gehetzt.« Bei dem Wort *Hunde* wurde einer der Vorstehhunde, die zu ihren Füßen lagen, munter. Sie beugte sich hinunter und kratzte die Unterseite seines Halses. »*Ja*, Günther. Du warst an jenem Tag auch dabei, mein tapferer Junge.« Sie kratzte den Hund hinter den Ohren und richtete sich dann auf. »Die Pferde liefen davon, und er musste seinem eigenen Wagen nachjagen wie ein armseliger kleiner *Piepenschieter* ...«

»Tante Griselda!«, rief Diana aus.

»... die ganze Zeit über, und umklammerte dabei seinen *Mors*...«

»Tante *Griselda*!«, sagte Diana erneut, aber dieses Mal lachte sie.

Lady Griselda richtete sich auf und reckte trotzig das Kinn in die Luft. »Ja, nun, der Punkt ist, dass dieser schreckliche Mann es nie wieder gewagt hat, sein Gesicht in *meinem* Haus zu zeigen.«

Der Herzog war still geworden und dachte nach. »Wann war das?«

»Vor etwa sechs Jahren«, sagte Lady Griselda.

»Etwa zu der Zeit, als er anfing zu hinken.« Der Herzog legte seine Finger aneinander und überlegte. »Ich dachte die ganze Zeit, es sei ein Hexenschuss gewesen.«

»Nein«, sagte Diana, »es war ein Schuss von Tante Griselda.«

»Ich nehme an, das war es.« Der Herzog starrte mit leerem Blick durch den Raum. »Ich wünschte, ich hätte das sehen können.«

»Ich hätte es auch fast verpasst«, bot Diana an. »Als ich sah, wer aus der Kutsche geklettert war, rannte ich los, um mein Schwert zu holen.«

»Braves Mädchen«, murmelte Trevissick im gleichen Atemzug, mit dem Elissa ausrief: »Sie haben ein Schwert?«

»Oh, ja.« Lady Griselda lächelte ihre Großnichte liebevoll an. »Meine Diana ist eine ebenso gute Fechterin wie jeder Mann in England. Dafür habe ich gesorgt.«

»Ja, Diana ist hervorragend.« Der Herzog warf seiner Tante einen spitzen Blick zu. »Abgesehen von einer gewissen

Missachtung der Regeln, die sie von ihrer Ausbilderin ebenfalls gelernt hat.«

Lady Diana und Lady Griselda tauschten einen unheilvollen Blick aus, der zeigte, was sie von besagten Regeln hielten.

Ceci war vollkommen verblüfft. Sie war daran gewöhnt, dass die Leute sich gegenseitig in den Weg stürzten, um dem Herzog den Vortritt zu lassen.

Wer hätte gedacht, dass er eine kleine Schwester hatte, die sich über ihn lustig machte, und eine Großtante, die ihn wie einen aufmüpfigen Schuljungen belehrte? Dadurch wirkte er weniger wie ein unantastbarer Herzog, sondern fast ... menschlich.

Lady Griselda hob ihr Glas. »Auf jeden Fall ist es das, was ich meine, wenn ich sage, dass ich es geregelt habe.«

»Ich nehme an, das hast du.« Der Herzog starrte einen Moment lang gedankenverloren durch den Raum, dann pflückte er eine Traube von einem Teller in der Nähe. »Ich muss zugeben, dass ich es nicht besser hätte machen können. Aber ich wünschte trotzdem, du hättest es mir gesagt.«

»Ich wünschte, ich hätte dir solche Dinge erzählen können!«, rief Lady Griselda aus. »Aber nein, du hättest die nächsten sechs Jahre damit verbracht, mir im Nacken zu sitzen.« Sie wies auf ihren Großneffen. »Er traut niemandem sonst etwas zu.«

»Ich vertraue dir«, sagte der Herzog leise. »Und du hast dich an jenem Tag meines Vertrauens würdig erwiesen. Du hast meinen wertvollsten Schatz bewacht.«

»Aber das ist es ja gerade, Marcus«, protestierte Lady Griselda. »Diana ist keine Figur aus zartem Glas, die man auf ein hohes Regal stellen muss. Du hältst sie immer noch für ein vierjähriges Mädchen, das deinen Schutz braucht. Du siehst gar nicht, wie stark und fähig sie geworden ist.«

»Ich werde mich niemals dafür entschuldigen, dass ich

meine Schwester beschütze«, schnappte der Herzog. »Vielleicht können wir uns dieses Gespräch für einen Zeitpunkt aufheben, an dem wir kein Publikum haben.«

»Ich wünschte, du würdest das nicht tun.« Edward lächelte Lady Griselda an. »Du kannst dir gar nicht vorstellen, wie sehr ich das genieße.«

Der Herzog griff nach seinem Glas und warf seinem Freund einen verengten Blick zu. »Damit stehst du aber allein da.«

Das Gespräch ging weiter, aber Ceci konnte sich an dem Herzog inmitten seiner Familie gar nicht sattsehen. Vielleicht war sein scheinbar perfektes Leben doch nicht ganz so perfekt.

KAPITEL 9

*N*ach dem Mittagessen nahm Lady Cheltenham Diana für einige zusätzliche Stunden mit sich, und Tante Griselda ging nach oben, um sich auszuruhen.

Marcus ging davon aus, dass die anderen Gäste wahrscheinlich andere Dinge zu erledigen hatten, aber Lady Fauconbridge überraschte ihn mit den Worten: »Was für ein schönes Haus Sie haben, Euer Gnaden«.

»Danke.«

Ihre Augen waren wachsam. »Gehe ich recht in der Annahme, dass ein so großes Haus eine ebenso beeindruckende Bibliothek hat?«

Marcus vermutete, dass er wusste, worauf das hinauslaufen würde. »Die Bibliothek ist dem Rest des Hauses angemessen, ja.«

Lady Fauconbridge nahm den Arm ihres Mannes und zog ihn mit sich. »Wenn Sie mir verzeihen, es ist wirklich schockierend, dass Sie Ihren ältesten und liebsten Freund nie eingeladen haben, Ihre Bibliothek zu sehen.«

Marcus spürte, wie seine Mundwinkel zuckten. »Ich

nehme an, die Frau meines ältesten und liebsten Freundes möchte die Bibliothek sehen?«

»Ebenso wie Ihr ältester und liebster Freund«, sagte Fauconbridge sanft.

»Auf jeden Fall«, sagte Marcus und führte sie die Treppe hinauf.

Die Bibliothek befand sich im ersten Stock und war eine Mischung aus goldenem Walnussholz, strahlend weißen Säulen und vergoldeten Details. Lady Fauconbridge quietschte regelrecht auf, als sie über die Schwelle trat und über den blau-goldenen Axminster-Teppich schritt, der speziell für den Raum angefertigt worden war.

Marcus führte sie zwei Stufen hinauf zu einem erhöhten Podest, auf dem die Regale um einen überdimensionalen Globus angeordnet waren. »Ich glaube, dass dieser Bereich für Sie am interessantesten sein dürfte.«

Lady Fauconbridge schnappte nach Luft. »Ist das eine Gutenberg-Bibel?«

Ihr Mann drehte sich um und hielt einen Band hoch, den er aus dem Regal gezogen hatte. »Elissa, schau! Eine Erstausgabe von Newtons *Principia*!«

»Das ist sogar von Newton signiert«, bemerkte Marcus. »Es gehörte jemandem namens ...«

»*Roger Cotes*!«, rief Fauconbridge aus, als er den Buchdeckel anhob. »Roger Cotes war selbst ein brillanter Mathematiker. Viele glauben, dass er mit Newton konkurriert hätte, wäre er nicht so jung gestorben. Als er von Cotes' Tod erfuhr, sagte Newton: *Hätte Cotes gelebt, hätten wir vielleicht etwas lernen können.*« Er blätterte ehrfürchtig eine Seite um. »Schau, das sind seine handschriftlichen Notizen hier am Rande. *Roger Cotes* ...«

»Edward, sieh dir all diese Palimpseste an!«, rief Lady Fauconbridge und deutete auf ein Regal, das mit handgebundenen Büchern aus altem Pergament gefüllt war.

»Ich habe Angst, sie auch nur anzufassen. Die müssen ja mehr als tausend Jahre alt sein!«

Dies war sicherlich das Einzige, was Fauconbridge von den persönlichen Notizen Roger Cotes' wegreißen konnte. Er beeilte sich, zu seiner Frau zu kommen. »Da sind ja Dutzende von ihnen«, sagte er mit ehrfürchtiger Stimme. Er drehte sich um und sah Marcus an. »Welche Werke haben Sie in Ihrer Sammlung?«

»Ich habe keine Ahnung«, sagte Marcus. »Mein Ururgroßvater hat sie auf einer großen Reise gekauft, als nur einige von vielen Kunstobjekten, die er unterwegs aufgesammelt hat. Er stellte sie in dieses Regal, und ich glaube, dass sie seither dort unbeachtet herumstehen.«

Fauconbridges Gesicht hatte eine purpurne Färbung angenommen, als würde sein Kopf gleich explodieren. »Verstehe ich das richtig, dass seit mehr als hundert Jahren niemand mehr diese Palimpseste geöffnet hat und Sie keine Ahnung haben, was sie enthalten könnten? Es könnte sein, dass ...«

»Verlorene Manuskripte«, hauchte Lady Fauconbridge.

»Genau«, sagte Fauconbridge. Er wandte sich wieder an Marcus. »Sie brauchen eine ganze Gruppe von Gelehrten, um diese zu untersuchen. Sie müssen katalogisiert und untersucht werden und ...«

Marcus machte eine elegante Bewegung mit seiner Hand. »Ich glaube, ich habe meine Gruppe von Gelehrten gefunden.« Auf Lady Fauconbridges verblüfften Blick hin fügte er hinzu: »Sie würden mir einen Gefallen tun. Wer könnte ein solches Projekt besser in Angriff nehmen als Sie beide?«

Lady Fauconbridge quietschte erneut, hüpfte auf den Zehenspitzen und schlug die Hände vor ihr Herz. »Danke, Euer Gnaden! Danke, danke, *danke*!« Sie drehte sich zu dem

Regal. »Wie sollen wir vorgehen? Es fühlt sich falsch an, sie ... einfach zu berühren.«

Es kam zu einem dringenden Gespräch zwischen den Frischvermählten. Marcus drehte sich um und entdeckte Miss Chenoweth, die am unteren Ende des Podiums stand und sich bemühte, ein höfliches Interesse an den zerfallenden Pergamenten vorzutäuschen.

Marcus schlenderte die Treppe hinunter. In Wahrheit war die Ablenkung durch Lord und Lady Fauconbridge eine willkommene Entwicklung, denn er wusste, wie er den Rest seines Nachmittags verbringen wollte, und das hatte nichts mit Palimpsesten zu tun.

Es hatte aber alles mit der »Mondscheinsonate« zu tun.

»Kommen Sie«, flüsterte er und hakte seinen Arm bei Miss Chenoweth ein.

Sie blieb mit den Füßen fest auf dem Boden. »Was glauben Sie, wo Sie mich hinbringen?«

»Das Musikzimmer, natürlich.«

Sie schüttelte den Kopf. »Lady Fauconbridge ist im Moment meine Anstandsdame. Ich muss in ihrer Nähe bleiben.«

»Und sie ist eine sehr effektive Anstandsdame. Lady Fauconbridge«, rief Marcus und wandte sich dem Podium zu, »ich werde Miss Chenoweth für den Moment entführen.«

Wie erwartet gab Lady Fauconbridge kein Zeichen, dass sie ihn auch nur gehört hatte. »Ich fürchte, Händewaschen allein wird nicht ausreichen«, murmelte sie zu ihrem Mann. »Selbst die natürlichen Öle unserer Haut können ihnen schaden.«

Marcus fuhr mit lauter Stimme fort: »Sobald ich sie für mich selbst habe, werde ich sie verführen.«

»Baumwollhandschuhe!«, rief Fauconbridge aus. »Was wir brauchen, sind Baumwollhandschuhe.«

Ehrlich gesagt, war Marcus nicht überrascht, dass Lady Fauconbridge nichts davon mitbekam, was er sagte oder rief. Sie war die Art von Frau, die den Kopf in den Wolken hatte. Er hätte jedoch erwartet, dass Fauconbridge es bemerken würde. Andererseits hätte er wissen müssen, dass sein Freund sich von diesen Palimpsesten ablenken lassen würde. Unter seinem kultivierten Äußeren war Fauconbridge schon immer ein hoffnungsloser Fall gewesen, wenn es um die Forschung ging.

»Ich spreche von Miss Chenoweth«, sagte Marcus noch einmal laut und ignorierte dabei den scharfen Ellbogen, der ihn in die Rippen stieß. »Miss Cecilia Chenoweth, die ich gleich verführen werde. Vielleicht werde ich es auf dem Esstisch tun, damit alle Bediensteten es sehen können.«

»Ja!«, rief Lady Fauconbridge aus. »Baumwollhandschuhe würden sich hervorragend eignen. Hältst du es für eine Zumutung, einen der Lakaien des Herzogs zu fragen, ob sich zwei Paare finden lassen?«

Er drehte sich schadenfroh um. Miss Chenoweth warf ihm einen Blick aus zusammengekniffenen Augen zu. »Sie haben sich klar ausgedrückt.«

»Das Musikzimmer ist gleich unten, und wir lassen die Tür offen. Es wird nicht unanständiger sein als das, was wir gestern getan haben.«

»Oh ja, denn das war völlig anständig«, murmelte sie. Aber sie nahm seinen angebotenen Arm an, was ihn mehr erfreute, als es das vielleicht hätte tun sollen.

»Ellery«, sagte er, als sie an der Bibliothekstür ankamen, »Lord und Lady Fauconbridge haben in absehbarer Zeit vollen Zutritt zur Bibliothek, unabhängig davon, ob ich zu Hause bin oder nicht. Bitte schicken Sie einen Diener zu ihnen und lassen Sie alles holen, was sie benötigen, angefangen mit zwei Paar Baumwollhandschuhen.«

Ellery verbeugte sich. »Sofort, Euer Gnaden.«

Marcus begleitete Miss Chenoweth die Treppe hinunter. Heute trug sie ein langärmeliges Kleid aus mauvefarbener Baumwolle mit einem Fichu, das ihre ganze Brust und die Hälfte ihres Halses bedeckte. Das langweilige Kleid war eine Tragödie für die Frau, die die üppigste Figur in ganz London hatte.

Sie erreichten das Musikzimmer mit seinen mintgrünen Wänden und dem strahlend weißen Putz, und er setzte Miss Chenoweth auf der Klavierbank ab. »Ich möchte die gleichen Stücke hören, die Sie gestern gespielt haben, in der gleichen Reihenfolge.«

Sie wölbte spöttisch eine Augenbraue über seine hochmütige Bitte, aber Marcus war das egal. In Wahrheit hatte er sich auf diesen einen Moment der Ruhe gefreut, und zwar in einem Maße, das ihn überraschte. Der Tod seines Vaters war eine Erleichterung gewesen, hatte aber auch eine Reihe von Sorgen mit sich gebracht. Er musste dafür sorgen, dass Dianas Debüt perfekt sein würde. Ihre mangelnde Ausbildung in den Gepflogenheiten der höflichen Gesellschaft war nicht einmal das größte Hindernis. Dank der sadistischen Ader seines Vaters waren sie nie in der Lage gewesen, ein komplettes Haushaltspersonal zu halten. Dann hatte er auch noch den Teil der Dienerschaft entlassen müssen, der sich von dem widerwärtigen Verhalten des alten Herzogs angezogen gefühlt hatte, wissend, dass dieser im Gegenzug über ihre eigenen Missetaten hinwegsehen würde. Da war er also und versuchte, den Ball des Jahrhunderts für seine Schwester zu planen, sich mit seinen gierigen Verwandten und den allgemeinen Schwierigkeiten bei der Übertragung eines riesigen Anwesens von einem Besitzer auf den nächsten herumzuschlagen, während er gleichzeitig befürchtete, dass seine geliebte Schwester aus Gründen, die sie nicht zu verantworten hatte, von der Gesellschaft verspottet und abgelehnt werden könnte, egal wie sehr er sich auch bemühte.

Und diese beeindruckende Liste enthielt noch nicht einmal die unangenehme Aufgabe, die ihn heute Abend erwartete.

Kurzum, Marcus hatte einen Haufen Sorgen, aber für die nächste Stunde wollte er sich zurücklehnen und sich von Miss Chenoweths Musik berieseln lassen. Er würde erfrischt wieder auftauchen, da er den gleichen Zustand der Katharsis erreicht hatte wie gestern.

Er ließ sich auf das plüschige Seidensofa an der Wand sinken und winkte nachlässig mit einer Hand. »Sie können fortfahren.«

Er hörte sie schnauben, aber er hörte auch, wie sie sich zu den Tasten umdrehte. Sie holte tief Luft, dann schlug sie den ersten Akkord an.

Und es war alles falsch.

KAPITEL 10

*C*eci hatte gerade einmal drei Takte von Beethovens
»Achter Klaviersonate« gespielt, als der Herzog sie
aufhielt.

»Warum spielen Sie das so?«, wollte er wissen.

Erschrocken blickte sie zum Sofa hinüber. Er hatte sich
auf seine Ellbogen gestützt. Seine Nase war gerümpft, und zu
ihrer Belustigung stand sein sonst so akkurates Haar nach
hinten ab.

»Was meinen Sie?«, fragte sie. »Wovon reden Sie?«

»Ich möchte ...«, sagte er und sprach jedes Wort deutlich
aus, als ob sie so dumm wäre, dass sie es sonst nicht
verstehen könnte, »dass Sie genauso spielen, wie Sie *gestern*
gespielt haben.«

Ceci verdrehte die Augen. Als ob das nicht genau das
gewesen wäre, was sie hier tat. Aber sie wandte sich wieder
den Tasten zu und begann erneut.

»Nein, nein, nein!« Diesmal richtete er sich ganz auf und
durchquerte den Raum in drei Schritten. »Sie machen das
ganz falsch.«

Sie warf ihm ihren herablassendsten Blick zu. »Ach ja? Sagen Sie mir bitte, welche Note ich übersehen habe.«

»Es war keine Note.« Frustriert fuhr er sich mit der Hand durch die Haare, was es wieder in die richtige Position brachte. »Aber Sie spielen gar nicht mehr mit so viel Gefühl wie gestern.«

»Ah. Ich glaube, ich weiß, wo das Problem liegt.« Sie gab ihm ein Zeichen, an die Seite des Instruments zu kommen. »Schauen Sie unter den Deckel. Ich werde eine Note spielen. Vielleicht können Sie mir sagen, wie viele Saiten der Hammer anschlägt.«

Es dauerte einen Moment, bis er den richtigen Hammer gefunden hatte. »Zwei.«

»Das ist richtig. Und deshalb haben Sie das Gefühl, dass ich mit weniger Gefühlstiefe spiele. Das Pianoforte der Astleys ist ein Drei-Akkord-Modell, bei dem jeder Hammer drei statt zwei Saiten anschlägt. Natürlich erzeugt ein solches Instrument einen volleren Klang und ermöglicht einen größeren Dynamikbereich.«

»Das Problem ist also, dass ich ein minderwertiges Pianoforte besitze?«

Ceci errötete. »Ich würde nicht sagen, dass es *minderwertig* ist, aber - was machen Sie denn da?«

Er hatte ihre Hand ergriffen - ihre *bloße* Hand, mit der sie gespielt hatte - und zog sie quer durch das Musikzimmer. Er trug auch keine Handschuhe, und die Berührung seiner warmen, glatten Haut an ihrer fühlte sich verblüffend intim an. »Ich werde natürlich ein neues Pianoforte kaufen. Was ist mit dem Instrument im Ballsaal? Ist es ein - wie heißt das noch mal?«

Sie fühlte sich erhitzt und musste laufen, um mit seinen langen Beinen Schritt zu halten. »Das ist auch ein Doppelakkord.«

»Dann brauche ich zwei davon. Ellery«, rief er, als sie in die Eingangshalle kamen, »rufen Sie die Kutsche.«

»Die Kutsche?« Sie riss ihre Hand aus seinem Griff. »Sie können doch jetzt nicht gehen wollen. Ein Pianoforte ist eine bedeutende Anschaffung. Sie müssen sorgfältig recherchieren, bevor Sie auch nur in Erwägung ziehen, was für ein ...«

»Und deshalb werde *ich* kein Pianoforte kaufen. *Wir* werden ein Pianoforte kaufen. Besser gesagt, zwei.« Er blickte zu ihr herunter, als sie ihre Verblüffung zu verbergen versuchte, und sein Mund verzog sich zu einem Grinsen. Das trug nicht dazu bei, dass Ceci sich wieder beruhigte. Dass dieser absurd gut aussehende Mann, der so selten lächelte, sie mit einem solchen Ausdruck ansah ... es war fast blendend.

»Aber Sie wissen doch nicht einmal, welches Modell Sie haben wollen!«, protestierte sie.

»Ich weiß genau, welches Modell ich will. Ich will das, auf dem Beethovens *Achte Klaviersonate* genauso klingt wie gestern. Sie werden mir sagen, welches Instrument dieses Ziel erreicht, und ich werde es kaufen. So einfach ist das.«

»Aber ... Aber ...« Sie schüttelte den Kopf in dem erfolglosen Versuch, ihn zu klären. »Ich kann Sie nicht begleiten. Ich ...«

Es lag ihr auf der Zunge zu sagen: *Ich muss um drei Uhr zu den Docks.* Aber das konnte sie ihm natürlich nicht sagen, also murmelte sie schwach: »Ich ... ähm ... habe meine Handschuhe nicht dabei.«

»Holen Sie Miss Chenoweths Handschuhe«, befahl der Herzog einem der stramm stehenden Lakaien.

Ihr fiel eine bessere Ausrede ein. »Außerdem kann ich nicht mit Ihnen allein in einer geschlossenen Kutsche fahren. Ich wäre ruiniert!«

Er schnippte mit den Fingern. »Da hast du wohl recht.

Ellery, stornieren Sie die Kutsche. Wir werden stattdessen einen der Zweispänner nehmen.«

»Einen der Z-z-zweispänner?«, stotterte sie. »Wie viele besitzen Sie denn?«

»Drei«, sagte er mit lässiger Stimme.

Ellery verbeugte sich. »Ich bitte um Verzeihung, Euer Gnaden, aber da ich Miss Chenoweths Besorgnis vorausgesehen habe, habe ich mir die Freiheit genommen, gleich einen der Phaetons anzufordern.«

»Ausgezeichnet.« Der Herzog wandte sich an Ceci. »Ellery ist wirklich der beste Butler. Er denkt an alles.«

Er verschränkte seinen Arm mit ihrem und zog sie auf den Laubengang hinaus.

»Ich kann unmöglich mit Ihnen in einem Zweispänner fahren«, knurrte Ceci und nickte, als ein Lakai ihr Handschuhe, Mütze und Schal überreichte.

Der Herzog zog sich selbst ein Paar schwarze Lederhandschuhe an. »Natürlich können Sie das. Der Wagen ist völlig offen. Die ganze Welt wird miterleben können, was wir tun, oder, was noch wichtiger ist, was wir nicht tun. Das ist völlig angemessen.«

»Aber Sie nehmen doch nie junge Damen mit auf eine Fahrt. *Nie*. Es wird einen Sturm von Gerüchten auslösen, wenn man mich mit Ihnen in einem Phaeton fahren sieht.«

»Ja, denken Sie nur, was sie sagen werden - dass Sie *gemocht werden*. Dass Ihre Gesellschaft *sehr begehrt ist*.« Er gab ein spöttisches Schaudern von sich. »Wie werden Sie das nur aushalten?«

Sie spürte, wie sich ihr Gesicht erhitzte. »Ich weiß, dass das für Sie ein Witz ist, aber ich muss sehr vorsichtig mit meinem Ruf sein. Warum machen wir das überhaupt? Es ist kein Unglück, dass Sie nicht das neueste, schickste Modell von allem haben, vor allem nicht ein Instrument, das niemand in Ihrem Haushalt auch nur spielen kann.«

Er neigte seinen Kopf zur Seite und musterte sie, und Ceci unterdrückte den Drang, sich zu winden. »Glauben Sie das wirklich? Dass ich ein bockiges Kind bin, das nicht ertragen kann, dass jemand ein besseres Klavier besitzt als ich?«

Sie fühlte ein leichtes Unbehagen, dies so unverblümt zu hören. Aber die Wahrheit war … »Sie besitzen *drei* Phaetons.«

»Ah. Und warum sollte jemand drei Phaetons besitzen, wenn er nur einen fahren kann?«

Sie konnte nicht glauben, dass sie dieses Gespräch führte, dass sie ihn auf diese Weise herausforderte, aber sie hob ihr Kinn. »Ganz genau.«

»Macht, Miss Chenoweth. Es gibt ein gewisses Gütesiegel, das nicht nur dadurch entsteht, dass man reich oder ein Herzog ist, sondern auch dadurch, dass man ein bestimmtes Image pflegt. Viele würden sagen, dass es absurd ist, dass ich durch etwas so Frivoles wie meine, sagen wir mal, Berühmtheit Einfluss erhalte. Aber diese Leute stellen die falsche Frage. Die Frage ist nicht, ob ich diese Macht verdiene. Ich habe sie, ob ich sie verdiene oder nicht. Die Frage ist, was ich damit mache.«

Dies war bei Weitem die längste Aneinanderreihung von Sätzen, die sie je von Marcus Latimer gehört hatte und die keine bissige Bemerkung enthielten. War es möglich, dass er aufrichtig war?

»Und was genau machen Sie damit?«, fragte sie.

»Wenn ich an einem Wohltätigkeitsessen für die Ladies' Society teilnehme, verdoppeln sich die Teilnehmerzahlen und auch die Spenden. Jetzt, wo mein Vater tot ist, habe ich einen Sitz im House of Lords. Wenn ich aufstehe und mich für das Schornsteinfegergesetz ausspreche, um dessen Wiedereinführung mich Lady Morsley gebeten hat, oder für das Sklavenhandelsgesetz, das Wilberforce seit Jahren zu verabschieden versucht, werden die Zeitungen mit angehaltenem Atem über jedes meiner Worte berichten. Manche Leute werden ihre Meinung nicht wegen meiner Argumente ändern, sondern wegen meines Aussehens, während ich sie vortrage.« Er stieß einen dramatischen Seufzer aus. »Wir können nicht alle Genies sein, wie Lord und Lady Fauconbridge, oder wie Sie.«

Ceci zuckte zusammen. »Ich bin kein Genie.«

»Gewiss, das sind Sie. Sie sind die beste Musikerin, die ich je gehört habe. Aber diejenigen von uns, die nicht so begabt sind wie Sie, müssen mit dem arbeiten, was wir haben.«

Er begleitete diese Aussage mit einer eleganten Geste in Richtung seines hübschen Gesichts. Ceci schnaubte, und einer seiner Mundwinkel zuckte nach oben.

Er fuhr fort: »Obwohl ich insgeheim zugebe, dass es einen gewissen Grad an Absurdität hat, ziehe ich es vor, dass sich die Leute auf die richtige Seite stellen, auch wenn sie es aus den falschen Gründen tun. Wenn mein auffälliges Image einen so greifbaren Nutzen hat, dann ist es keine bloße Extravaganz. Es ist etwas, das es wert ist, kultiviert zu werden. Und ich bin noch nicht einmal zu Diana gekommen.«

Ceci schluckte. »Was ist mit Lady Diana?«

»Sie sind ja nicht dumm. Sie wissen, dass viele Menschen sie wegen ihres Arms ausgrenzen würden. Für etwas, worüber sie absolut keine Kontrolle hat.«

Beim letzten Satz wurde seine Stimme fester, und er hielt inne und räusperte sich. »Aber der Grund, *warum* sie akzeptiert werden wird, ist mein Ruf. Denn niemand wird es wagen, *mir* in die Quere zu kommen.« Er gab einen düsteren Laut von sich. »Zumindest hoffe ich das. Die Wahrheit ist, dass ich die halbe Nacht wach liege und mir Sorgen mache, wie sie wohl ankommen wird.« Er sah auf sie herunter, und seine blassblauen Augen waren unsicher. Das lag durchaus im Bereich normaler menschlicher Emotionen, war aber für Marcus Latimer unerhört.

Er fuhr fort: »Ich hätte es lieber, jemand würde mich mit einem Schwert erstechen, als ein einziges böses Wort zu ihr zu sagen. Ich kann diese schreckliche Vorstellung nicht loswerden, dass am Abend ihres Debüts jemand eine bissige Bemerkung macht und sie den Abend nicht im Ballsaal herumhüpft, sondern schluchzend auf ihrem Bett verbringt, und nichts, *nichts,* was ich ihr sagen kann, wird sie trösten.«

Ceci stellte erschrocken fest, dass sie seine Hand genommen hatte. Einen Moment lang waren seine blauen Augen ernst, doch dann machte sich Bedauern breit, als ob er merkte, wie viel er verraten hatte.

Sie räusperte sich. »Das war ein viel besseres Argument, als ich Ihnen zugetraut hätte, mit dem Sie den Besitz von drei Phaetons hätten verteidigen können.«

Das entlockte ihm ein Lachen, und für einen Augenblick blitzte er sie mit diesem Lächeln an, das seltener war als Diamanten. Schnell zügelte er seine Gesichtszüge wieder.

»Und doch«, fuhr sie fort, »erklärt das nicht, warum Sie gerade jetzt ein neues Pianoforte kaufen müssen.«

Er stöhnte und warf seinen Kopf zurück. Als er sie ansah, waren seine Augen reumütig. »Haben Sie eine Ahnung, wie sehr ich mich darauf gefreut habe, Sie wieder spielen zu hören?«

»W-wirklich?«, stotterte sie. Ihr Herzschlag beschleunigte sich, als er sein Handgelenk drehte, sodass *er* nun *ihre* Hand hielt.

»Wirklich.« Er fuhr sich mit der freien Hand über das Gesicht. »Ihnen gestern zuzuhören ... Das war die einzige Stunde seit Wochen, in der ich nicht in einem Zustand der Angst wegen Dianas Debüt war.« Er schüttelte den Kopf. »Sie verstehen selbst gar nicht, wie talentiert Sie sind. Sie haben mich aus diesem Chaos herausgeholt.«

Cecis Wangen standen in Flammen, und sie war nicht in der Lage zu sprechen. Das war auch ein Glück, denn wenn sie in der Lage gewesen wäre, Worte zu bilden, wäre sie überzeugt gewesen, dass etwas so Beschämendes wie *Ich liebe dich* aus ihrem Mund geplatzt wäre.

Er blickte auf sie herab, und mit der Sonne hinter seinem goldenen Kopf schien er fast zu leuchten. »Ich dachte nur, da Sie ja jeden Tag zu Dianas Tanzübungen hierher kommen werden, könnte ich Sie vielleicht überreden, für mich zu spielen, bevor Sie wieder gehen. Und dann könnte ich vielleicht, nur vielleicht, Dianas Debüt überstehen.«

Sie spürte, wie sein behandschuhter Daumen über ihren Handrücken kreiste, nicht nur dort, wo seine Finger sie berührten, sondern auch in ihrer Magengrube. Sie holte tief und zittrig Luft und merkte dabei, dass sie vergessen hatte zu atmen.

»Aber damit das passieren kann«, so fuhr er fort, »muss ich das richtige Pianoforte haben. Deshalb müssen Sie jetzt mit mir kommen.«

»In Ordnung«, keuchte sie. »Ich werde es tun. Obwohl - warten Sie mal, wie spät ist es?«

Er musste innehalten, denn er hatte bereits begonnen, sich dem Phaeton zuzuwenden, der gerade am Ende der Einfahrt aufgetaucht war. »Wie spät ist es? Warum ist das wichtig?«

Es war wichtig, denn Ceci musste zurück in Astley House sein, damit sie und Caro nach Deptford fahren konnten, um Percival Polkinghorne zu suchen.

Nicht, dass sie ihm das sagen könnte.

»Ich erwarte einen Schüler für eine Klavierstunde. Um drei Uhr«, fügte sie hastig hinzu.

»Ich verstehe.« Er zog eine schimmernde goldene Taschenuhr hervor. »Es ist kurz nach eins. Ich bin sicher, dass wir Sie rechtzeitig nach Astley House zurückbringen können.«

Ceci schluckte. Natürlich war die Aufgabe, die sie heute Nachmittag zu erledigen hatte, viel wichtiger als jeder Musikstudent. Es dürfte ihre einzige Gelegenheit sein, herauszufinden, was wirklich mit ihrer Mutter geschehen war. »Es ist absolut notwendig, dass ich nicht zu spät komme.«

Er winkte ab. »Das werden Sie nicht.«

»Ach, wirklich?« Ceci verschränkte die Arme. »Ich würde gerne wissen, wie Sie in weniger als zwei Stunden zwei Pianofortes kaufen wollen?«

Er grinste sie an, als sein Phaeton, ein glänzender, burgunderroter, goldverzierter Zweispänner, der von einem Paar prächtiger Schimmel gezogen wurde, vor die Säulenhalle fuhr. »Sie werden schon sehen.«

KAPITEL 11

Fünf Minuten später fuhr Marcus mit seinem Lieblingsgespann, seinen beiden Grauschimmeln, die jeden Penny der fünftausend Pfund wert waren, die er Lord Thetford für sie bezahlt hatte, in Richtung Bond Street. »Also, wo soll ich hin?«

»Soho«, stieß Miss Chenoweth hervor.

Er blickte nach links und sah, wie sie sich mit weißen Knöcheln an der Seite des Phaetons festhielt. Ihr Gesicht sah ein bisschen grün aus. »Wird Ihnen in Kutschen übel? Sie sehen grässlich aus.«

Sie warf ihm einen Seitenblick zu. »Ich danke Ihnen vielmals.«

»Besteht die Gefahr, dass Sie sich übergeben werden?«

»In dieser Hinsicht brauchen Sie keine Bedenken zu haben. Aber fahren Sie nicht ein bisschen zu schnell?«

»Nein, überhaupt nicht. Die Pferde traben ja kaum.« Er bog um die Ecke, und sie quiekte. »Wenn ich es nicht besser wüsste, würde ich denken, dass Sie noch nie in einem Zweispänner gesessen haben.«

»Ich bin noch nie in einem Zweispänner gefahren«, keuchte sie.

Er spürte, wie sich seine Mundwinkel nach oben zogen. »Das können Sie doch nicht ernst meinen. Sicherlich hat Nettlethorpe-Ogilvy Sie auf einen Ausflug mitgenommen.«

»Ich glaube nicht, dass er einen Phaeton besitzt.« Ein Rad schlug in eine Spurrille ein, und sie keuchte auf. »Er zieht es vor ... zu Fuß zu gehen.«

Zu Fuß gehen. Ein Gentleman ging nicht *zu Fuß*. Marcus schüttelte den Kopf. »Wir müssen bessere Verehrer für Sie finden.«

Sie warf ihm einen Blick zu. »Mr. Nettlethorpe-Ogilvys Charakter ist unanfechtbar.«

»Er kleidet sich wie ein Leierkastenmann.«

»Das tut er nicht!«

»Der mit dem dressierten Affen, der immer drüben bei Charing Cross steht.«

»Er ...« Er sah, wie ihr Gesicht sich verzog, als sie erkannte, dass er Recht hatte. Sie richtete sich auf. »Nun, das spricht ja nicht gegen seinen Charakter.«

Marcus schnaubte. »Sein Charakter mag makellos sein, aber das ändert nichts an der Tatsache, dass er in etwa so anregend ist wie drei Tage alter Porridge.«

Sie schaffte es, ihn anzustarren, während sie sich erschrocken an die Seite des Wagens klammerte. »Er ist mir ein wahrer Freund gewesen, und ich will nicht hören, dass Sie auch nur ein Wort gegen ihn sagen!«

Marcus verdrehte die Augen. »Wie Sie wollen.« Aber in diesem Moment beschloss er, seinen Diener Sebastian zur Nettlethorpe-Ogilvy-Villa zu schicken. Marcus hatte Nettlethorpe-Ogilvy zu seinem eigenen Schneider geschickt, das Problem war also nicht, dass es ihm an anständiger Kleidung mangelte.

Aber Nettlethorpe-Ogilvys Kammerdiener schien ein übernatürliches Talent dafür zu besitzen, perfekt geschneiderte Kleidungsstücke zu nehmen und sie in einer Weise zusammenzusetzen, dass sie seinen Herrn wie einen fahrenden Hafenarbeiter aussehen ließen.

Marcus hingegen beschäftigte den besten Kammerdiener Europas. Wenn es jemanden gab, der Nettlethorpe-Ogilvy aus der Patsche helfen konnte, dann war es Bastian.

»Also«, sagte Marcus und grinste böse, als er ein wenig schneller um die Ecke bog, als er es normalerweise getan hätte, »wo kann man in Soho ein hochwertiges Pianoforte kaufen?«

»John Broadwood und Söhne«, stammelte sie. »Ihr Ausstellungsraum befindet sich in der Great Pulteney Street.«

»Sehr gut.«

Sie fuhren einen Moment lang schweigend. Plötzlich schrumpfte Miss Chenoweth in ihrem Sitz zusammen.

»Kommen Sie, Miss Chenoweth. Wir befinden uns auf einer Geraden. Muss ich die Pferde zum Gehen zügeln?«

»Das ist es nicht«, zischte sie und drehte ihren Kopf scharf nach links. »Lady Melville ist gerade aus dem Hutmacherladen gekommen. Sie ist nicht nur eine berüchtigte Klatschtante, sondern hofft auch, Sie für eine ihrer drei Töchter zu gewinnen.« Sie warf einen Blick über ihre Schulter und stöhnte. »Oh, verflixt! Ich bin mir fast sicher, dass sie mich gesehen hat.«

Marcus blickte auf sie hinunter, amüsiert über die Bestürzung, die ihre Wangen färbte. »Ist es Ihnen denn wirklich so unangenehm, mit mir gesehen zu werden? Man könnte meinen, ich sei ein Verräter, oder vielleicht ein Kannibale. Es scheint schlimmer zu sein, ein Herzog zu sein.«

»Es ist fast genauso schlimm. Sie haben mich bereits zum Tanzen aufgefordert. Wenn ich in Ihrer Kutsche gesehen werde, wird jeder annehmen, dass Sie mir den Hof machen. Auch wenn die Vorstellung, dass *Sie* sich für Leute wie *mich* interessieren könnten, völlig absurd ist.«

Marcus konnte ihren Standpunkt verstehen. Er wusste genug über den *ton*, um zu wissen, dass dessen Mitglieder nichts Besseres mit ihrer Zeit anzufangen wussten, als über seine Heiratsaussichten zu spekulieren. Und es stimmte, dass er ihr nicht den Hof machte.

Aber was das Interesse an ihr betraf ... Marcus warf einen Blick nach unten auf ihren außergewöhnlich schönen Busen, der von diesem malvenfarbenen Monstrum von einem Kleid umhüllt war, und schweifte dann zu ihren großen, dunklen Augen hinauf ...

Einer der Grauen zerrte am Gebiss, und er widmete seine Aufmerksamkeit hastig wieder den Pferden. Das wirklich Beunruhigende war, dass Miss Chenoweths körperliche Reize, die zwar beträchtlich waren, nicht mehr ihre Hauptattraktivität darstellten. Ihre attraktivsten Eigenschaften waren auch nicht länger ihr kolossales Talent am Klavier oder ihr erstaunlich schneller Verstand, obwohl diese sie tausendmal interessanter machten, als Marcus ursprünglich gedacht hatte.

Nein, das Bemerkenswerte war, dass Cecilia Chenoweth, die schüchternste aller schüchternen Pfarrerstöchter, eine leidenschaftliche Seite hatte. Und diese leidenschaftliche Seite war von einer solchen Tiefe, dass Marcus tatsächlich dachte, sie könnte - *könnte* - mit seiner eigenen gleichziehen.

Sie war auch gefährlich. Marcus zog es vor, sich nicht in die Karten schauen zu lassen. Da er der Sohn seines Vaters war, besaß er eine Menge schmutziger Wäsche, die er aber nie zum Lüften aufhängte. Verdammt, Edward Astley war sein engster Freund, und nicht einmal er wusste auch nur um die Hälfte der Dinge, die Tante Griselda während des Mittagessens enthüllt hatte.

Und doch hatte er gerade an diesem Nachmittag unerklärlicherweise begonnen, Cecilia Chenoweth mitzuteilen, wie besorgt er sei, dass Dianas Debüt eine Katastrophe werden würde. Er hatte den Mund aufgemacht, und das nächste, was er wusste, war, dass all seine tiefsten Ängste und Zweifel herausgesprudelt waren. Das war ganz untypisch für ihn. Und gestern war er kurz davor gewesen, ihr zu sagen, was für ein furchtbarer Tyrann sein Vater gewesen war! Gott allein wusste, was für ein Gefasel er sonst noch von sich gegeben hätten, wenn Diana ihn nicht unterbrochen hätte.

Langsam begann er zu glauben, dass Beethoven das eigentliche Problem war. Ihre ungezügelte Leidenschaft hatte etwas in ihm ausgelöst, das er normalerweise fest im Griff hatte.

Umso erschreckender war es, wie verzweifelt er sich danach sehnte, sie wieder spielen zu hören, so verzweifelt, dass er tatsächlich auf dem Weg war, mehrere Hundert Pfund für ein oder zwei neue Klaviere auszugeben, nur damit er diese kathartische Befreiung erreichen konnte.

Aber das war auch schon egal. Er würde nur einen Weg finden müssen, wie er Miss Chenoweths Auftritt genießen konnte, ohne danach wie ein Idiot zu plappern.

Wie schwierig konnte das schon sein?

Er lenkte die Grauschimmel auf die Great Pulteney Street. Sie sah aus wie jede andere belebte Londoner Durchgangsstraße.

Aber es klang wie eine andere Welt.

Durch ein offenes Fenster drang herrliche Geigenmusik herunter. »Was ist das?«, fragte er verblüfft.

Miss Chenoweth hatte sich soweit an den Phaeton

gewöhnt, dass sie sich nur noch mit einer Hand an der Seite festhielt. »Das ist ein beliebtes Viertel für professionelle Musiker.«

Die Geige war bereits verklungen, von einer Trompete verdrängt, die klar, kühn und blechern klang und bald einer eindringlichen, von einer Oboe gespielten Melodie wich.

Es gab auch einen anderen Klang, der weniger melodisch war. »Was ist das für ein Hämmern?«, fragte er.

»Das ist unser Ziel.« Miss Chenoweth deutete auf ein stattliches rotes Backsteingebäude. *Broadwood and Sons* hat seinen Ausstellungsraum im Erdgeschoss. Ihre Fabrik befindet sich in den oberen Stockwerken. »Halten Sie irgendwo an.«

»Sehr gut.« Marcus brachte die Grauen zum Stillstand. Sein Stallbursche Colin, der schweigend hinten auf dem Wagen mitgefahren war, hüpfte im Nu auf den Boden, stellte die Leiter auf und rannte dann herum, um die Pferde zu halten.

Marcus stieg in drei Schritten hinunter und drehte sich dann um, um nach Miss Chenoweth zu sehen. Sie schluckte heftig und betrachtete den Abstieg mit demselben Ausdruck, den die meisten Männer hatten, wenn sie am Galgen standen.

Er reichte ihr die Hand, und sie nahm sie zögernd an. Das verflixte Fichu versperrte ihm die Sicht auf ihren Busen, als sie sich nach vorne beugte, um die Leiter herunterzusteigen, aber er konnte sechs Zentimeter der hübschen Knöchel sehen, also war es kein völliger Verlust.

»Wie spät ist es?«, fragte sie, als sie die Nummer dreiunddreißig erreichten. »Ich darf nicht zu spät zu meiner Klavierstunde kommen.«

Er schaute auf seine Taschenuhr. »Es ist noch nicht einmal halb zwei. Sie schaffen das schon.«

Sie wies auf den kleinen weißen Steinportikus. »Apropos Zeit, ich fürchte, Sie werden heute Ihre Zeit vergeuden.«

Marcus warf einen Blick auf die eingemeißelten Worte über der Tür. »John Broadwood and Sons. Nach *Vereinbarung*.« Er grinste sie an. »Oh, ich glaube, sie werden mich trotzdem empfangen.«

»Ich bin sicher, dass sie das tun werden, auch wenn Sie keinen Termin haben. Immerhin sind Sie ein Herzog. Das habe ich nicht gemeint.«

»Was haben Sie dann gemeint?«

»Die Drei-Akkord-Modelle von *Broadwood and Sons* sind so beliebt, dass sie in der Regel schon Monate im Voraus ausverkauft sind. Ich bin sicher, dass sie Ihre Bestellung gerne entgegennehmen werden. Aber es kann sein, dass sie heute kein Instrument zur Verfügung haben, das Sie gleich mit nach Hause nehmen könnten.«

Marcus schnippte ein Staubkorn von der Manschette seines Mantels. »Nach all dem Hämmern zu urteilen, bauen sie dort oben eine Menge Pianofortes. Ich werde ihnen einfach einen Anreiz bieten, mir ein fertiges Produkt zu verkaufen.«

Sie verschränkte die Arme. »Einen *Anreiz*. Sie meinen eine Bestechung.«

Er zuckte nachlässig mit der Schulter. »Wie Sie wollen.«

»Und was, wenn sie sich nicht bestechen lassen?«

Er verdrehte die Augen. »Merken Sie sich meine Worte, Miss Chenoweth. Wenn wir nach Latimer House zurückkehren, werden wir ein neues Pianoforte im Gepäck haben.«

Sie blickte zu ihm auf. Er hatte das unangenehme Gefühl, dass ihr Blick tiefer ging als sein unbekümmertes Lächeln und seine makellose Garderobe. »Haben Sie jemals bedacht, dass Sie, Herzog hin oder her, vielleicht nicht *immer* Ihren Willen werden durchsetzen können?«

Marcus musste sich ein ungläubiges Lachen verkneifen. Denn so sah die Welt ihn natürlich, als den allmächtigen Herzog. Er war derjenige, der dafür sorgte, dass es keinen einzigen Riss in seiner sorgfältig aufgebauten Fassade gab.

Cecilia Chenoweth konnte sich kaum vorstellen, wie machtlos er die meiste Zeit seines Lebens gewesen war.

An materieller Sicherheit hatte es ihm freilich nie gemangelt. Er hatte sich nie fragen müssen, ob er nachts ein Dach über dem Kopf haben würde oder woher seine nächste Mahlzeit kommen würde.

Aber wenn sie an jenem schrecklichen Tag dabei gewesen wäre, als er elf Jahre alt gewesen war, hätte sie gesehen, wie er mit dem Schwert in der Hand den Korridor hinunterrannte, hätte sie gespürt, wie ihn die Panik überkommen war, als er den Schrei seiner Mutter hörte, gefolgt von der Stille ... Der Moment, in dem er mit schrecklicher Gewissheit gewusst hatte, dass er zu spät kam ...

Sie hätte verstanden, dass er so gut wie jeder andere wusste, wie es sich anfühlte, machtlos zu sein.

Er hatte darin versagt, seine Mutter zu beschützen, und dann hatte er die nächsten siebzehn Jahre in der Angst verbracht, dass er Diana auf dieselbe Weise im Stich lassen würde. Erst mit dem Tod seines Vaters vor drei Wochen war die schreckliche Last von seinen Schultern genommen worden.

Der Punkt war, dass er wusste, wie es war, machtlos zu sein.

Und er wollte sich *nie wieder* so fühlen. Sein Vater war tot, und das war auch gut so. Jetzt, da Marcus der Herzog war, hatte er die Macht, dafür zu sorgen, dass Diana alles bekam, was ihr Herz begehrte. Er würde jedes einzelne Detail ihres Debüts kontrollieren. Sie würde nie ein böses Wort hören, nie einen Grund haben, eine einzige Träne zu vergießen. Von nun an würde ihr Leben perfekt sein.

Marcus würde dafür sorgen.

Miss Chenoweth wartete auf seine Antwort. Nicht, dass er ihr *das* alles erzählen würde.

Also sagte er einfach: »Nein«, öffnete die Tür zum Ausstellungsraum und ließ sie zuerst eintreten.

KAPITEL 12

*E*ine Stunde später führte er Miss Chenoweth nach einer, wie Marcus meinte, höchst erfolgreichen Besorgung wieder nach draußen und half ihr, in seinen Phaeton zu steigen. Diesmal blinzelte sie nicht einmal, als er die Pferde zum Trab anspornte, und klammerte sich auch nicht an die Tür.

Er würde Cecilia Chenoweth nicht als gesprächig bezeichnen. Aber im Moment war sie so schweigsam wie ... nun, so schweigsam, wie sie den größten Teil ihrer Bekanntschaft gewesen war, bis gestern, als sie den Mut aufgebracht hatte, ihn anzusprechen. Sie starrte mit ausdrucksloser Miene auf die vorbeiziehenden Gebäude, so als ob sie nichts sehen würde.

Wahrscheinlich war sie verärgert darüber, dass er Recht gehabt hatte. *Broadwood und Söhne* würden an diesem Nachmittag ein neues Pianoforte nach Latimer House liefern. Er hatte nicht einmal jemanden bestechen müssen. Es hatte sich herausgestellt, dass der Prinz von Wales ein außergewöhnlich kunstvolles Instrument für den Ballsaal eines seiner Paläste bestellt, dann aber seine Meinung geändert hatte, als das Instrument fertig war, und die Zahlung verweigerte. Es hatte einsam im Ausstellungsraum gestanden und auf jemanden gewartet, der es sich tatsächlich leisten konnte.

Es würde in Marcus' Ballsaal spektakulär aussehen. Und sie hatten versprochen, bis zum Beginn der nächsten Saison ein Instrument anfertigen zu lassen, das zur Einrichtung seines Musikzimmers passen würde.

Je länger ihr Schweigen andauerte, desto besorgter wurde er. »Miss Chenoweth? Ist alles in Ordnung?«

»Das hätte ich nicht tun dürfen!«, platzte sie heraus.

Er lenkte die Grauen um eine Ecke. »Was genau haben Sie getan?«

Ihre Augen flogen zu seinen, ein bisschen wild. »Ich habe Beethoven in der Öffentlichkeit gespielt!«

Das hatte sie in der Tat getan, nachdem der schwachsinnige Angestellte angedeutet hatte, dass sie unmöglich als Marcus' Beraterin qualifiziert sein könnte. Sie war zu dem verlassenen Instrument des Prinzen hinübergeeilt, hatte sich die Handschuhe ausgezogen und sofort mit dem technisch anspruchsvollsten Teil der »Achten Klaviersonate« angefangen.

Alle hatten sich umgedreht und gestarrt. Sie hatte den Raum beherrscht.

»Natürlich hätten Sie das. Sie haben diesen dummköpfigen Angestellten in den Schatten gestellt. Sie waren großartig.«

»Genau das ist das Problem! Ich sollte nicht großartig sein«, zischte sie. »Ich *darf* nicht. Als Tochter eines Landpfarrers wird von mir erwartet, dass ich sittsam, langweilig und in jeder Hinsicht unauffällig bin.«

Marcus schimpfte. »Was für eine Versagerin Sie doch darin sind, wenn es darum geht, unauffällig zu sein. Obwohl ich sagen muss, dass Sie das ziemlich gut vortäuschen können. Sie haben sogar mich getäuscht, bis gestern, als ich entdeckt habe, wie heißblütig Sie wirklich sind.«

Sie warf verzweifelt die Hände hoch. »Und hier bin ich, fahre in Ihrem Phaeton und spiele Beethoven in der Öffentlichkeit. Sie, Euer Gnaden, haben einen schlechten Einfluss auf mich.«

»Ich bin nicht nur ein schlechter Einfluss. Ich bin der schlechteste Einfluss, den man sich denken kann, aber paradoxerweise glaube ich, dass ich sehr gut für Sie bin. Es gibt schon genug Langweiler auf der Welt, ohne dass Sie noch so tun müssten, als wären Sie eine von ihnen.«

»Ich muss meinen Kopf unten halten«, protestierte sie. »Das ist es, was alle von mir erwarten.«

»Nun, ich denke, Sie sollten weniger auf die Meinung von Leuten hören, die Ihnen in jeder Hinsicht unterlegen sind. Spielen Sie Beethoven in der Öffentlichkeit. Sagen Sie jede bissige Bemerkung, die Ihnen in den Sinn kommt. Hören Sie bitte auf, sich in der Ecke zu verstecken, und ziehen Sie diesen hässlichen Sack aus, den Sie als Kleid bezeichnen.«

Sie schnaubte, was nicht besonders damenhaft war, aber Marcus gefiel es. »Es wird den Mann schockieren, der gerade fünfhundert Pfund für eine Laune ausgegeben hat, die Ihnen vor einer Stunde eingefallen ist, aber manche von uns können sich nichts Besseres leisten als einen *hässlichen Sack* von einem Kleid.«

Als er sah, dass die Kreuzung vor ihm blockiert war, lenkte Marcus die Grauschimmel in eine Seitenstraße. »Nun, sobald Sie mit Nettlethorpe-Ogilvy verheiratet sein werden ...«

»Ich bin es leid, über meine angeblich bevorstehende Hochzeit zu reden«, schnappte sie. »Warum sprechen wir nicht stattdessen über Ihre, wenn auch nur, um ein wenig Abwechslung zu haben?«

»Warum tun wir das nicht?«, konterte er. »Zufällig habe ich

vor, in den nächsten Wochen zu heiraten. Ich bin sicher, dass ganz London eine Meinung dazu hat, wen ich als meine Braut wählen sollte. Erzählen Sie mir doch mal von der Ihnen.«

Sie war sichtlich verblüfft, erholte sich aber schnell wieder. »Ich denke, die Antwort liegt auf der Hand. Sie sollten Lucy Astley heiraten.«

Er runzelte die Stirn. Die zuckersüße Lady Lucy war so ziemlich die letzte Frau, die er sich vorstellen konnte zu heiraten. »Lady Lucy? Warum sie?«

Sie zuckte nachlässig mit den Schultern. »Sie hatten einmal geplant, Caro einen Antrag zu machen. Caro und Lucy sehen einander recht ähnlich.«

Marcus verdrehte die Augen. »Ich fordere jemanden dreimal zum Tanzen auf, und jede Klatschbase des *ton* nimmt an, dass ich einen Antrag machen werde.«

Sie verengte ihre Augen. »Sie wollten ihr einen Antrag machen! Machen Sie sich nicht die Mühe, es zu leugnen. Das haben Sie auch Lord Thetford gesagt.«

Marcus versteifte sich, aber er war es gewohnt, in weitaus schwierigeren Situationen als dieser die Fassung zu bewahren. »Das habe ich«, bestätigte er und neigte den Kopf. »Ich hätte nicht gedacht, dass Thetford seiner Frau so etwas erzählen würde.«

»Er hat es ihr nicht erzählen müssen«, sagte sie knapp. »Caro hatte sich unter dem Schreibtisch versteckt, als Sie die Bemerkung machten. Sie hat jedes Ihrer Worte gehört.«

»Sie war *wo*?« Er zuckte überrascht zusammen, und die Grauen legten ihre Ohren zurück. Sofort nahm er die Zügel wieder fester in die Hand. »Sie kniete also zu seinen Füßen. Ich hatte keine Ahnung, dass Thetford so ein glücklicher Mann ist ... Hören Sie auf, mich zu ärgern, Miss Chenoweth. Wollen Sie etwa, dass ich die Kutsche umkippe?«

»So war es nicht!«, schnappte sie. »Zu jenem Zeitpunkt

hatte sie ihren zukünftigen Ehemann noch nicht einmal geküsst. Ich lasse nicht zu, dass Sie die Ehre meiner Freundin anzweifeln! Aber ich will damit sagen, wenn das die Art von Frau ist, die Sie bevorzugen - mit goldenem Haar und blauen Augen - dann könnten Lucy und Caro einander nicht ähnlicher sehen. Ihr Dilemma ist gelöst.«

»Ich würde nicht sagen, dass das die Art von Frau ist, die ich bevorzuge.« Miss Chenoweth warf ihm einen skeptischen Blick zu, und er musste ein Schnauben unterdrücken. Wenn sie eine Ahnung davon hätte, welche Art von Frau er wirklich bevorzugte und wie nahe sie seinem *beau idéal* kam ...

Ceci wölbte eine Augenbraue. »Und das soll ich glauben?«

»... weil es die Wahrheit ist. Sie wissen von meiner langjährigen Freundschaft mit Fauconbridge. Es wird Sie nicht überraschen zu erfahren, dass ich wollte, dass er Diana heiratet.«

Ceci runzelte die Stirn. »Sie waren überzeugt, dass die beiden zusammenpassen würden?«

»Ich habe nicht im Geringsten darüber nachgedacht«, gab Marcus zu. »Glauben Sie mir, wenn Sie mit meinen Eltern als Vorbild aufgewachsen wären, wäre es Ihnen nicht in den Sinn gekommen, dass die Ehe eine Quelle des persönlichen Glücks sein könnte.«

Ihre Mundwinkel zuckten. »Wahrscheinlich nicht.«

»Und was noch wichtiger ist: Hätte Diana Fauconbridge geheiratet, hätte ich nicht eine Sekunde lang befürchten müssen, dass sie misshandelt wird.« Und obwohl er seinem Freund das Glück, das er gefunden hatte, nicht missgönnte, sich nicht wünschen konnte, dass dieser Elissa St. Cyr niemals begegnet wäre, so sehnte sich Marcus doch nach der tröstlichen Gewissheit, dass seine kleine Schwester immer,

immer, den Respekt und die Freundlichkeit bekommen würde, die sie verdiente.

Marcus ertappte Miss Chenoweth dabei, wie sie ihn musterte, während die Grauen dahintrabten, und es wurde ihm klar, dass er mehr verraten hatte, als er beabsichtigt hatte.

Er räusperte sich. »Jeder Mann würde sich das für seine Schwester wünschen.«

»Eine wichtige Überlegung, gewiss«, sagte sie schließlich. »Aber das erklärt nicht, warum Sie Caro heiraten wollten.«

»Es ist ganz einfach«, sagte Marcus und nickte, als sie an Lord Abbot vorbeikamen, der auf einem Pferd saß. »Ich wollte, dass er meine Schwester heiratet. Das Mindeste, was ich tun konnte, war, den Gefallen zu erwidern. Und obwohl ich nicht so tun würde, als würde ich unter demselben Mittsommerwahn leiden, der ihren späteren Ehemann befallen hat, denke ich, dass wir beide gut genug miteinander zurechtgekommen wären. Caro, wie Sie sie nennen, ist sehr schön, und sie hat einen feinen Humor. Ich mag sie tatsächlich, was ich nur über sehr wenige Menschen sagen kann. Ich wage zu behaupten, dass wir eine bessere Ehe geführt hätten als neunzehn von zwanzig Paaren.«

Sie beobachtete ihn immer noch etwas zu genau. »Aber Sie geben zu, dass Sie sie nicht geliebt haben.«

»Nicht im Geringsten. Noch vor ein paar Monaten hätte ich mich über eine solch absurde Bemerkung lustig gemacht.«

Sie nagelte ihn mit einem spitzen Blick fest. »Und jetzt?«

Was hatte diese Frau an sich, das ihn dazu verleitete, diese unverschämten Fragen zu beantworten? Nun, er hatte bereits einen Penny in den Topf geworfen, also konnte er auch gleich das ganze Pfund dazulegen. »Es gibt niemanden, den ich mehr schätze als Fauconbridge. Ich kenne ihn seit Jahrzehnten und kann ehrlich sagen, dass ich ihn noch nie ein Zehntel so glücklich gesehen habe, wie seit seiner Heirat mit der ehemaligen Miss St. Cyr. Das bringt mich zu der Frage ...«

»Ja?«, drängte sie.

Er schüttelte den Kopf. »Ich frage mich, ob ich mir für meine eigene Ehe vielleicht höhere Ziele als ‚erträglich‘ setzen sollte.«

Er sah sie aus dem Augenwinkel heraus an. Es war an der Zeit, dass er wieder die Oberhand gewann und sie in die Enge trieb. »Und da, Miss Chenoweth, kommen Sie ins Spiel.«

KAPITEL 13

*C*eci hatte vergessen, wie man atmet.

Er hatte das nicht so gemeint, wie es sich anhörte. Es war lächerlich, dass ihr dieser Gedanke überhaupt gekommen war!

Obwohl das Hinzufügen der Worte *und da kommen Sie ins Spiel* nach *meine Ziele höher als »erträglich« für meine eigene Heirat setzen* normalerweise etwas *implizieren* würde, erinnerte sich Ceci zum millionsten Mal daran, dass es keine Hoffnung gab, nicht einmal den kleinsten Hauch, dass Marcus Latimer *ihr* jemals einen Antrag machen würde.

Er redete immer noch. »Gestern habe ich Sie um einen Gefallen gebeten.«

Es lag ihr auf der Zunge, zu rufen: »Ich melde mich freiwillig!« Auch wenn sie wusste, dass der Gefallen, auf den er sich bezog, unmöglich die heilige Ehe betreffen konnte.

»Und«, fuhr er fort, »wie ich schon sagte, ist es mein Wunsch, in den nächsten Wochen zu heiraten.«

Jetzt schlug Cecis Herz lauter als eine Herde stürmender Elefanten.

Er drehte den Kopf, sah sie an und runzelte die Stirn. »Geht es Ihnen gut?«

»Mir geht es gut«, brachte sie hervor.

Er kräuselte seine Nasenflügel. »Sie sehen geradezu dyspeptisch aus.«

»Ich danke Ihnen vielmals«, murmelte sie.

»Aber, aber«, sagte er und warf ihr einen scharfen Blick zu, »Sie haben doch nicht etwa gedacht, dass ich Ihnen gerade einen Antrag mache, oder?«

»Natürlich nicht!« Ihre Stimme klang in ihren eigenen Ohren verdächtig überschwänglich, ein klassisches Dementi, das stattdessen als Bestätigung herüberkam.

»Weil ich es nicht tue«, fuhr er fort und streute unbarmherzig Salz in die blutende Wunde, wo ihr Herz noch vor wenigen Augenblicken geschlagen hatte.

Sie versuchte ein leichtes Lachen. Es klang eher so, als würde ein Eichhörnchen erwürgt, aber es war das Beste, was sie tun konnte. »Glauben Sie mir, Euer Gnaden, niemals würde ich mir vorstellen, dass ich, eine einfache Pfarrerstochter in einem *abscheulichen Sack* von Kleid, jemals auch nur in die Nähe Ihrer Kandidatinnenliste kommen würde.«

Sie warf ihm einen Blick zu und stellte fest, dass er die Stirn runzelte, als sei er hin- und hergerissen zwischen der bitteren Tatsache, dass es stimmte, und einer echten Abneigung dagegen, hören zu müssen, wie sie sich selbst herabsetzte. »Ich entschuldige mich für meine frühere Bemerkung über Ihr Kleid, Miss Chenoweth. Ich meinte nur, dass ein so einfaches Kleidungsstück Ihren vielfältigen Reizen nicht gerecht wird.«

Jetzt war sie sicher, dass ihre Wangen in Flammen aufgingen. Sie winkte dies ab. »Denken Sie sich nichts dabei. Ich versichere Ihnen, das habe ich nicht von Ihnen geglaubt.« Was natürlich eine Lüge war, aber der liebe Gott würde ihr sicher verzeihen, dass sie versuchte, sich an ein letztes Fitzelchen Würde zu klammern.

Er räusperte sich. »Der Gefallen, auf den ich mich bezog, war Ihre Unterstützung bei der Bewertung potenzieller Kandidatinnen. Ich würde gerne Ihre ungeschminkte Meinung über sie erfahren.«

Sie blickte verwirrt zu ihm auf. »Ich bin nicht abgeneigt, Sie zu beraten. Aber es gibt sicher bessere Leute, die Ihnen als Ratgeber dienen können. Dies ist meine erste komplette Saison in London. Ich zähle nicht annähernd so viele Menschen zu meinem Bekanntenkreis wie, sagen wir, Lady Cheltenham. Warum fragen Sie nicht sie?«

»Obwohl ich Lady Cheltenhams Urteilsvermögen mehr als das von fast jedem anderen bewundere, ist sie für diese spezielle Aufgabe nicht geeignet. Als eine der führenden Geschmacksmacherinnen des *ton* gibt man sich Mühe, ihr zu schmeicheln.«

»Während sich niemand einen Pfifferling darum schert, die mittellose Tochter eines Landpfarrers zu beeindrucken«, sagte Ceci, die nicht verhindern konnte, dass sich ein Hauch von Wespennest in ihre Stimme schlich. Großer Gott, konnte dieser Nachmittag noch demütigender werden?

Er runzelte erneut die Stirn und begann zu sprechen. Sie hob eine Hand, um ihn aufzuhalten. »Nein, nein, es ist alles in Ordnung. Wir wissen beide, dass es wahr ist.« Sie begann, eine nicht vorhandene Falte in ihren Röcken zu glätten, um seinem Blick auszuweichen. »Zufällig habe ich meine Meinung zu diesem Thema bereits geäußert. Es scheint, als wollten Sie eine Person heiraten, die sich sogar die Mühe machen würde, selbst zu jemandem wie mir freundlich zu sein. Nun, niemand könnte freundlicher sein als Lucy. Und, wie Caro, ist sie sehr schön.« Sie faltete ihre Hände und hob ihr Kinn. »Sie könnten es nicht besser treffen.«

Sein Gesichtsausdruck sah ... schmerzerfüllt aus. »Ich

würde nie etwas gegen jemanden sagen, der meine Schwester so herzlich aufgenommen hat. Aber ich fürchte, wir würden nicht zusammenpassen. Lady Lucy ist sehr *süß* ...« Er sagte das letzte Wort in demselben Ton, den die meisten Leute für das Wort *faulig* reservieren würden. »... und mein Sinn für Humor ist, wie Sie sagen ...«

»Entsetzlich?«, schlug Ceci vor. »Degeneriert? Verwerflich? Unaussprechlich? Unamüsant?«

»*Unamüsant?*« Er wandte seinen Blick von den Pferden ab und warf ihr einen verärgerten Blick zu. »Der Punkt ist der, dass ich jemanden brauche, der angesichts einer vernichtenden Antwort nicht schrumpft. Und ich bin mir ziemlich sicher, dass das nicht Lady Lucy ist.«

»Nun, wenn Sie eine Frau suchen, die so bissig ist wie Sie selbst, sollten Sie Isabella wählen.«

»Ich kann Ihnen versichern, dass Lady Isabella eine solche Verbindung ablehnen würde. Sie ist die seltene, *äußerst* seltene Art von Frau, die kein Interesse an mir hat.« Ceci blickte ärgerlich zu ihm auf und stellte fest, dass sein Gesichtsausdruck voller Selbstgefälligkeit war. »Nein, wirklich. Beobachten Sie, wie sie mich ansieht: als wäre ich eine besonders übel riechende Form von Abschaum.«

Sie beobachtete ihn einen Moment. »Und doch scheint es Ihnen nichts auszumachen, dass sie Sie verachtet.«

»In der Tat, das tut es nicht. Jeder, der meiner Schwester gegenüber freundlich ist, steht automatisch in meiner Gunst. Aber mehr als das ...« Er hielt inne und dachte über seine Worte nach. »Sie hat sich bemüht, sich eine eigene Meinung über mich zu bilden, anstatt der Herde zu folgen. Paradoxerweise bewundere ich sie dafür, auch wenn sie zu dem Schluss gekommen ist, dass ich abscheulich bin. Holla, was ist das denn?«

Vor ihnen hatte sich ein Gedränge von Kutschen gebildet, das Marcus zwang, sein Gespann zum Stehen zu bringen.

Ceci reckte den Hals, um zu sehen, was da vor sich ging. Es stellte sich heraus, dass ein Waggon mit einem gebrochenen Rad die Kreuzung blockierte.

»Oh je. Wie spät ist es?« Sie musste heute noch nach Deptford kommen. Wenn sie die Gelegenheit verpasste, mit Percival Polkinghorne zu sprechen, würde sie vielleicht nie erfahren, was wirklich mit ihrer Mutter geschehen war!

Marcus schaute auf seine Taschenuhr. »Es ist viertel vor drei.«

Viertel vor drei! Das war viel zu spät. Was, wenn Caro nicht auf sie gewartet hatte? Obwohl ... das war lächerlich. Natürlich würde Caro auf sie warten. Aber was wäre, wenn sie sich um eine Stunde oder mehr verspäten würde? Würde dort abends alles verschlossen werden? Was wäre, wenn sie nicht hineingelangen könnten?

Sie rang die Hände. »Ich mache mir nur Sorgen um meinen ...«

»Klavierunterricht, ich weiß. Machen Sie sich keine Sorgen. Sollten Sie sich verspäten, werde ich Ihnen Ihr übliches Honorar erstatten. Wie viel verlangen Sie?«

»Einen Schilling.« Natürlich war es nicht der Schilling, über den sie sich aufregte. »Aber ich darf das nicht verpassen. Ich *muss* um drei zurück sein.«

»Ich gebe Ihnen zehn Schilling«, sagte er und gab sich keine Mühe, seine Verärgerung zu verbergen.

»Das ... das reicht nicht aus«, stotterte sie. »Der ... ähm ... der Schaden für meinen Ruf könnte dazu führen, dass ich mehrere Studenten verliere. Keiner will einen unzuverlässigen Ausbilder.«

»*Gut*«, sagte er und wendete den Wagen. »Ich werde mit meinem nagelneuen Phaeton diese traurige Ausrede für eine Gasse hinunterfahren, nur für Sie. Hoffen wir, dass wir hindurchpassen.«

Besagte Gasse war so schmal, dass Ceci die

Backsteinwand des Gebäudes neben ihr hätte berühren können. Aber Marcus schaffte es, sein Gespann durchzuschleusen, ohne seinen Wagen zu zerkratzen.

Als sie auf der anderen Seite wieder herauskamen, seufzte Ceci erleichtert auf, denn jetzt wusste sie, wo sie waren, und sie waren nicht mehr weit von Astley House entfernt. Kein Wunder, dass er sie so lächerlich fand - sie hätte runterklettern und zu Fuß gehen können, wenn es nötig gewesen wäre, und sie hätte es noch rechtzeitig geschafft. »Danke, dass Sie das getan haben.«

Er antwortete mit einem Grunzen. Sie überlegte, ob sie das Thema wechseln sollte. Worüber hatten sie gesprochen? Ach ja - seine Heiratsaussichten. »Nun, wenn weder Lucy noch Izzie Ihre Anforderungen erfüllen, dann sind Ihnen gerade die Astley-Schwestern ausgegangen.«

»Genau das ist mein Problem«, sagte er, als sie in den Cavendish Square einfuhren. »Aber ich bin zuversichtlich, dass Sie mir helfen können, eine geeignete Kandidatin zu finden.«

»An wen denken Sie?«, fragte Ceci.

Sie waren kurz vor Astley House. Er brachte die Pferde zum Stehen und blickte dann mit seinen eisblauen Augen unergründlich auf sie herunter. »Ich ... ich bin mir nicht sicher«, sagte er steif.

»Sie haben doch bestimmt jemanden im Sinn«, drängte sie.

»Ich ...« Er starrte sie mit einem leicht entrückten Ausdruck an. Bildete sie sich das nur ein, oder wanderte sein Blick zu ihren Lippen?

Plötzlich schüttelte er sich, stieg die Leiter, die sein Stallbursche wieder aufgestellt hatte, in drei schnellen Schritten hinunter und eilte um den Wagen herum. »Ich war so sehr mit Dianas Debüt beschäftigt, dass ich ehrlich gesagt nicht viel darüber nachgedacht habe. Ich denke, ich sollte mich darum bemühen.«

Und schon war er wieder ganz der alte, unnahbare Herzog. Ceci versuchte, ihre Fassung wiederzuerlangen. »Ich glaube, das wird produktiver sein als mein Griff nach Strohhalmen. Offensichtlich haben Sie von meinen ersten beiden Vorschlägen nicht viel gehalten. Und mit Ihrer Erlaubnis werde ich es Caro gegenüber erwähnen und sehen, ob ich ihr ein paar Namen entlocken kann.« Als sie sah, wie sich sein Blick verfinsterte, hob sie eine Hand. »Ich werde diskret sein. Ich kann sagen, dass ich das Gerücht gehört habe, dass Sie in dieser Saison heiraten wollen, und das Gespräch als müßige Spekulation abtun, mehr nicht.«

Er reichte ihr die Hand, um ihr herunterzuhelfen. »Das wäre akzeptabel. Und ich würde es zu schätzen wissen.«

Ceci spürte, wie ihre Wangen heiß wurden, als sie seine Hand nahm. Sie schaffte es, die Leiter auf eine nicht ganz unbeholfene Weise hinunterzusteigen.

Er ließ ihre Hand nicht sofort los. Er sah sie wieder mit diesem rätselhaften Blick an, bei dem sie nicht recht wusste, was sie davon halten sollte.

Ceci räusperte sich. »Ich gehe besser rein. Ich muss mich vorbereiten auf meine ...«

»Klavierstunde«, beendete er für sie. Plötzlich war er in Bewegung, winkte mit einer eleganten Hand und führte sie die Treppe hinauf. »Vielen Dank für Ihre Hilfe heute, sowohl bei den Pianofortes als auch in der persönlichen Angelegenheit.« Er beugte sich über ihre Hand, die Geste war geübt und schwungvoll.

Doch anstatt die erforderlichen zwei Zentimeter über ihren Knöcheln zu stoppen, überraschte er Ceci, indem er seine Lippen direkt darauf drückte. Zwar trugen sie beide Handschuhe, aber Ceci konnte sich ein Keuchen nicht verkneifen, als ihr eine Gänsehaut über den Arm schoss.

Er erstarrte, sein Kopf schwebte noch immer über ihrer Hand. Nach einem Moment richtete er sich langsam auf. Seinem benommenen Gesichtsausdruck entnahm Ceci, dass er über sein eigenes Handeln nicht weniger beunruhigt war als sie.

Er sammelte sich. »Guten Tag, Miss Chenoweth«, sagte er mit einer Verbeugung.

Und dann war er weg, schwang sich auf seinen Phaeton und trieb die beiden Grauschimmel an.

Ceci rieb sich die Schläfe und nickte Yarwood zu, der stramm stand und die Eingangstür aufhielt. Es war ein seltsamer Nachmittag gewesen, einer der seltsamsten ihres Lebens.

Aber sie musste sich das alles erst einmal aus dem Kopf schlagen. Die Aufgabe, die sie zu erledigen hatte, war von weitaus größerer Bedeutung.

Sie war auf dem Weg nach Deptford. Zu den Docks.

Und wenn es ihnen wie durch ein Wunder gelänge, zur HMS *Lionheart* zu gelangen und diesen Percival Polkinghorne zu finden, würde sie endlich erfahren, was mit ihrer Mutter geschehen war.

KAPITEL 14

Zehn Minuten später fuhr die Kutsche der Grevilles vor Astley House vor. Ceci kletterte hinein und blinzelte die beiden Insassen an: Caro und ihr Dienstmädchen Fanny.

»Wo ist Lord Thetford?«, fragte Ceci, als die Kutsche vorfuhr.

»Henry?« Caro gluckste. »Aber, aber! Den hast du doch sicher nicht erwartet.«

»Aber ... aber ...« Ceci schüttelte den Kopf, um ihn zu klären. »Du hast doch gesagt, du würdest den perfekten Bodyguard mitbringen.«

»Und das habe ich.« Caro gestikulierte mit einer theatralischen Geste zu Fanny, während diese sich aufplusterte.

Ceci schaute Fanny im schummrigen Licht des Wagens an. Natürlich war Fanny eine mutige Person, die an raue Gegenden gewöhnt war und sich durch nichts einschüchtern ließ. Aber sie wollten zu *den Docks*, um Himmels willen!

Sie wandte sich an Caro. »Ich muss gestehen, als du

gesagt hast, du würdest einen Leibwächter mitbringen, nahm ich an, es wäre dein Ehemann.«

Caro schnalzte mit der Zunge. »Henry ist der liebste Mann. Aber wie alle Männer hat auch er bestimmte vorgefasste Meinungen darüber, welche Orte für eine Frau angemessen sind und welche nicht. Das Risiko war zu groß, dass er, selbst wenn ich meine *beträchtlichen* Überzeugungskräfte eingesetzt hätte, versucht hätte, uns ganz von der Reise abzuhalten. Er hätte darauf bestanden, mit Harrington dorthin zu gehen, und seien wir ehrlich - sie zeichnen nicht annähernd so ein sympathisches Bild wie eine schöne junge Frau, die verwaist und allein ist. Nein, wenn wir auch nur den Hauch einer Chance haben wollen, diese Informationen aus Mr. Polkinghorne herauszubekommen, dann musst du diejenige sein, die das mit dem Umschmeicheln übernimmt.«

»Ich nehme an, das ergibt Sinn«, sagte Ceci. »Und du glaubst, dass Fanny uns ausreichend Schutz bieten wird?«

»Das wird sie«, beharrte Caro.

»Hat sie eine Waffe?«, fragte Ceci.

»Nein«, sagte Caro fröhlich, »aber sie hat ihren Sonnenschirm!«

Ceci starrte ihre beste Freundin an und fragte sich, ob diese von allen guten Geistern verlassen war. Ein *Sonnenschirm?* Sie gingen hinunter zu den Deptford Docks, wo es von Matrosen und Schmugglern und Gott weiß was für kriminellen Schurken wimmelte, mit nichts als einer Zofe mit einem *Sonnenschirm* zum Schutz?

Ceci rieb sich die Stirn, während sie aus dem Fenster blickte. Das war eine Katastrophe. Sie würden nicht näher als hundert Meter an die *Lionheart* herankommen, und dies war ihre einzige Chance, herauszufinden, was wirklich mit ihrer Mutter geschehen war. Sie spürte, wie ihr die Tränen kamen.

Ein geschnitzter Löwe, der ihr vertraut vorkam, blitzte am Fenster vorbei. Ceci keuchte und klopfte von unten gegen Dach. »Halt! Halt - ziehen Sie an die Seite!«

Caro und Fanny sahen sie neugierig an, als die Kutsche zum Stehen kam. »Ich bin gleich wieder da«, sagte Ceci und öffnete die Tür, »in fünf Minuten.«

〰

Fünf Minuten später kletterte Ceci wieder in die Kutsche, gefolgt von dem neuen Mitglied ihrer Gruppe. »Caro, ich glaube, du hast Lady Griselda von Sachsen-Mecklenburg bereits kennengelernt.«

Caro lächelte strahlend. »Ja, ich hatte schon das Vergnügen. Guten Tag, Lady Griselda.«

Ceci stellte schnell Fanny und Lady Griselda einander vor. Als sie Platz nahm, legte Lady Griselda ein Lederetui auf die Plüschsamtpolster zwischen sich und Ceci. Mit einem lauten metallischen Klirren sank das Etui schwer ins Kissen.

Alle Augen richteten sich auf den Beutel. Caro lachte erschrocken auf. »Meine Güte, Lady Griselda, was haben Sie denn da drin?«

»Ach, das?« Lady Griselda winkte mit einer Hand. »Das ist nichts. Das ist nur für den Fall!«

Als die Kutsche durch London fuhr, informierten sie Lady Griselda über Cecis Debakel. Als sie erklärten, wie Caro auf Mr. Polkinghornes Namen in der Zeitung gestoßen war, nickte Lady Griselda entschlossen. »Aber natürlich müssen Sie mit diesem Mann sprechen! Es ist nur natürlich, wissen zu wollen, was mit Ihrer Mutter passiert ist.«

Ceci wunderte sich im Stillen darüber, dass sie die einzige Matrone in London gefunden hatte, die es für vernünftig hielt, zu den Docks zu fahren, um den Mann zu verhören, der verdächtigt wurde, den Totenschein ihrer Mutter gefälscht zu haben.

»Nun, Ceci«, sagte Caro, »wenn du mit ihm sprichst, musst du sowohl sehr schön als auch sehr erbärmlich aussehen. Etwa so.« Sie machte große, traurige Augen und formte ihre Lippen zu einem zittrigen Schmollmund.

»Ich muss also aussehen wie ein Spaniel, der um Tischabfälle bettelt«, murmelte Ceci.

»Und Sie sollten Ihren Busen herausstrecken«, fügte Fanny hinzu und demonstrierte es.

»Fanny!«, rief Ceci.

Fanny fuhr unbeirrt fort. »Der richtige Zeitpunkt ist wichtig. Sie wollen es richtig machen, wenn Sie spüren, dass er Sie zurückweisen wird. Genau dann, wenn er es sich noch einmal zu überlegen beginnt, verstehen Sie?«

»Ach du meine Güte«, murmelte Ceci. »Lady Griselda, würden Sie die beiden bitte zur Vernunft bringen?«

Doch Lady Griselda schüttelte den Kopf. »Sie sollten auf Ihre Freundinnen hören. Männer sind sehr dumm, wenn es um ein schönes Paar Augen und einen gesunden Busen geht. Und Sie wollen, dass er redet, nicht wahr?«

»Ich glaube schon«, gab Ceci zu.

»Kluges Mädchen«, sagte Lady Griselda. »Ah, da wären wir. Das ist es, ja?«

Sie stiegen aus der Kutsche. Die Docks waren abgesperrt, um den Diebstahl von Waren zu verhindern, was gelegentlich gelang. Caro ging direkt auf den Arbeiter zu, der die Tore bewachte, und schenkte ihm ein strahlendes Lächeln. »Guten Tag, mein guter Herr. Wir suchen nach der HMS *Lionheart*. Würden Sie so freundlich sein und uns den Weg weisen?«

»Ich ...« Der arme Mann starrte Caroline mit offenem Mund an. Das war vielleicht nicht überraschend. Caro galt als die schönste Frau in ganz England, und wenn sie, wie jetzt, ihren Fächer flattern ließ und mit den Augen klimperte, hatte Fanny gesehen, wie schon einmal ein Mann ihretwegen direkt gegen die Wand gelaufen war.

Der Mann schüttelte sich. »Ich kann niemanden passieren lassen, der nicht auf der Liste steht.«

»Die Liste?«, fragte Caro mit gespielter Unschuld. »Was ist der Zweck dieser Liste? Das ist übrigens eine sehr hübsche Jacke. Sie bringt das Blau Ihrer Augen zur Geltung.« Sie tippte ihm spielerisch mit ihrem Fächer auf den Ellbogen.

Der Mann schaffte es, seinen Mund zu schließen, der trotzdem noch einen klaffenden Spalt offen stand. »Die Liste soll sicherstellen, dass sich niemand auf den Docks aufhält, der dort nichts zu suchen hat. Um Diebstähle zu verhindern«, fügte er auf Caros geübten verwirrten Blick hin hinzu.

»Diebe!«, rief sie, warf den Kopf zurück und lachte. »Aber Sie können doch unmöglich glauben, dass *ich* ein Dieb bin!«

»N-nein, Mylady.«

»Und auch keine meiner Begleiterinnen.«

Dies war der erste Moment, in dem der Mann seinen Blick von Caro lösen konnte, um zu sehen, dass sie in Gesellschaft gekommen war. »Natürlich nicht.«

»Perfekt«, säuselte Caro und schlüpfte um ihn herum. »Wo, sagten Sie, liegt die *Lionheart* noch mal?«

»Sie ist ... dort drüben«, sagte der Mann und zeigte nach rechts. »Aber ...«

»Na also!« Caro war bereits dabei, den Riegel des Tores zu öffnen. Sie lächelte den Pförtner an, ihre Augen funkelten. »Das soll unser kleines Geheimnis bleiben.«

»Aber, Mylady ...«

Caro zwinkerte ihm übertrieben zu, während Ceci, Fanny und Lady Griselda hinter ihr durch das Tor huschten. »Ich verspreche, dass ich keiner Menschenseele ein Wort sagen werde.« Sie drückte seinen Unterarm. »Vielen Dank für Ihre Hilfe.«

Dann schritten sie zu viert den Steg hinunter, Caro und Ceci voraus und Fanny und Lady Griselda als Schlusslichter. »Sie ist gut«, sagte Lady Griselda zu Fanny.

»Das ist sie«, stimmte Fanny zu.

Caro bewies es noch drei weitere Male, indem sie jede erdenkliche Taktik anwandte, vom Flirt bis zur vorgetäuschten Träne, jedes Mal, wenn jemand sie anhielt, um sie zu befragen.

Und dann lag die *Lionheart* vor ihnen. Matrosen trugen Fässer und Kisten und sogar ein lebendes Schwein an Bord, um bei Sonnenaufgang segelfertig zu sein. Das war der Moment, in dem Ceci endlich etwas darüber erfahren würde, was mit ihrer Mutter geschehen war. Ihre Kehle war so eng wie ein Seemannsknoten, und ihre Handflächen waren so klamm wie die Unterseite des Rumpfes.

Sie hielt kurz inne, als sich ihr ein Matrose in den Weg stellte.

»Was macht ihr denn hier?«, knurrte der Mann. Er sah aus, als wäre er um die vierzig Jahre alt. Er war klein und wesentlich gedrungener als die meisten seiner Mitsegler. Seine Kleidung war mit etwas bespritzt, das wie Fettflecken aussah.

»Oh, ich bitte um Verzeihung, Sir!«, sagte Ceci. »Wir haben eine dringende Angelegenheit mit dem Schiffsarzt, Mr. Polkinghorne.«

»Den Teufel tun Sie«, sagte der Mann mit finsterer Miene.

Caro trat vor, das vertraute, kokette Lächeln fest aufgesetzt. »Wir müssen nur ganz kurz mit Mr. Polkinghorne sprechen. Wir wären Ihnen sehr dankbar, wenn Sie ihn für uns holen würden.«

Der Mann schnaubte, aber er musterte Caro von oben bis

unten. »Wenn du dich so dankbar fühlst, musst du es beweisen.«

»Beweisen?« Caro lachte klirrend. »Wie soll ich das beweisen?«

»Indem du mir erst einmal einen Blick auf deine Tittchen gönnst«, sagte der Mann und starrte auf Caros Brust. »Dann gehen wir um die Ecke und du kannst meinen Stier melken, wenn du verstehst, was ich meine.«

Caro erstarrte. Ceci wusste, dass ihre Freundin eine kultivierte verheiratete Frau und eine geschickte Kokettiererin war.

Aber Caro war schwer in ihren Mann verliebt, und es war völlig ausgeschlossen, dass sie bereit war, den *Stier* dieses Mannes zu *melken*, was auch immer das heißen mochte. Caro, die nie um Worte verlegen war, konnte nicht mehr sprechen, was ein sicheres Zeichen dafür war, dass man sie überrumpelt hatte. Ceci griff nach ihrer Hand und zog sie von diesem schrecklichen Mann weg.

Leider hatte dies den Effekt, dass der Mann aufmerksam wurde. Er ließ seinen Blick über die Gruppe schweifen, und seine Augen waren anerkennend. »Ja. Also wenn ihr nicht wollt, dass ich einen Aufstand mache und euch der Thames Police übergebe, würde ich mich über eine Kleinigkeit von euch dreien freuen«, sagte er und deutete auf Caro, Ceci und Fanny.

Cecis Herz schlug ihr bis zum Hals. Der Mann konnte sie kaum am helllichten Tag angreifen, aber wenn er die Wachleute rief und es sich herumsprach, dass sie dort gewesen waren, würde das einen großen Skandal auslösen. Caro könnte das abschütteln, da sie verheiratet und eine Adelige war. Aber Cecis Ruf wäre vollkommen ruiniert, und das wäre das Ende ihrer vierzehn Klavierschüler.

Ceci und Caro standen wie erstarrt und klammerten sich aneinander.

Aber nicht Fanny. Fanny gluckste leise und schritt mit schwingenden Hüften vorwärts. »Warum nicht?«, säuselte sie. »Aber genug von diesem Unsinn über das Melken deines Bullen. Es ist eine Ewigkeit her, dass ich einen anständigen Ritt gemacht habe. Ich wette, du bist genau der Mann, der mir das geben kann.« Sie zog ihr Fichu verführerisch aus dem Dekolleté und streckte ihren Busen genau so vor, wie sie es in der Kutsche demonstriert hatte. Wie vorhergesagt, wanderten die Augen des Mannes zu ihrem beeindruckenden Dekolleté.

Sein Blick war so gebannt, dass er Fannys Sonnenschirm nicht sah, als dieser in einem weiten Bogen schwang und sein Knie traf. Sein Bein knickte ein, und er stieß einen Fluch aus.

Das war der Auftakt, den Fanny brauchte. Sie packte ihn am Kragen und drückte ihn gegen einen nahen Anlegepfosten. Sie hob ihren Sonnenschirm hoch und setzte die Spitze direkt an seine Kehle. »Hör auf zu jammern, du alter Widerling!«, rief sie. »Wie kannst du es wagen, so mit meiner Herrin zu sprechen!«

Seine Hand war halb erhoben, und Ceci konnte erkennen, dass er darüber nachdachte, ob er nach dem Sonnenschirm greifen und ihn aus dem Weg schieben sollte, bevor Fanny seine Luftröhre zerquetschte, als das unverwechselbare metallische Klirren des Spannens einer Schusswaffe direkt hinter ihnen zu hören war.

Alle Augen richteten sich auf Lady Griselda, die eine kunstvoll gravierte Donnerbüchse auf seinen Kopf gerichtet hatte. »Ich bitte um Entschuldigung«, sagte Lady Griselda. »Es hat eine Ewigkeit gedauert, bis ich das Ding aus dem Halfter bekommen habe.« Frustriert trat sie ihren Saum aus dem Weg. »Ich wäre schneller gewesen, wenn ich nicht diese verdammten Röcke in der Stadt tragen müsste.«

Fanny musterte Lady Griselda von oben bis unten. »Ich mag Sie.«

Lady Griselda nickte königlich. »Und ich mag Sie auch.«

Fanny richtete ihre Aufmerksamkeit wieder auf den Seemann. Sie drückte gerade so fest auf den Griff ihres Sonnenschirms, dass er ganz nach hinten gegen den Pfosten zurückwich. »Jetzt werde ich dir sagen, was passieren wird. Du gehst auf das Schiff und holst Mr. Polkinghorne.«

»Den Teufel werde ich tun!«, spuckte er aus. »Erstens: Wenn ich das Schiff da betrete, komme ich nicht mehr raus. Zweitens könnt ihr Weiber nicht einfach an einen Ort kommen, an dem ihr nichts zu suchen habt, und einen Mann mit einer Waffe bedrohen. Ich bin hier im Recht. Und ich habe ein Dutzend Zeugen, die das bestätigen werden.«

Tatsächlich hatten sie die Aufmerksamkeit der Seeleute auf sich gezogen, die das Schiff beladen hatten. Eine Traube von Männern stand am anderen Ende des Docks und starrte zu ihnen herüber.

»Ja, genau«, sagte der Mann ermutigt. Er richtete seinen Blick auf Lady Griselda. »Diesmal hast du in ein Wespennest gestochen, du verrückte alte Schlampe.«

»Ach, du meine Güte. Er weiß es nicht einmal!« Caro grinste dem Mann ins Gesicht. »Laut DeBrett's ist diese *verrückte alte Schlampe* die Cousine ersten Grades des Königs von Dänemark.«

Lady Griselda zog eine Augenbraue hoch. »Das bin ich.«

»Wie sehr ich es hassen würde, wenn sich dies zu einem *diplomatischen Zwischenfall* auswachsen würde«, sagte Caro und sprach ihre Worte so deutlich aus, dass sie in der kühlen Nachmittagsluft fast zu knistern begannen.

»*Also gut,*« spuckte der Mann aus. »Ich gehe und hole ihn.«

»Oh, nein«, sagte Fanny. »Du wirst dich nicht einen gesegneten Zentimeter weit bewegen.« Sie ruckte mit dem Kopf in Richtung der Gruppe von Matrosen auf dem Steg.

»Einer deiner Freunde soll ihn holen. Sobald er hier ist, lassen wir dich gehen.«

Der Mann brummte seinen Unmut, aber da er keine andere Wahl hatte, rief er seinen Kumpeln unten am Dock die Anweisung zu.

Während der nächsten drei Minuten starrten sie einander gegenseitig an, bevor ein Mann aus dem Schiff kam. Er schien um die sechzig Jahre alt zu sein, trug einen gepflegten grauen Bart und eine Brille. Sein dunkler Mantel und seine dunkle Hose wiesen ihn als Gentleman in der Menge der Seeleute aus. »Jameson?«, rief er und blieb ein paar Meter entfernt stehen. »Was ist hier los?«

»Diese *Damen* sagen, sie müssen mit Ihnen sprechen«, sagte ihr Gefangener mit vor Ironie triefender Stimme.

KAPITEL 15

*P*ercival Polkinghorne schaffte es, fünf Minuten lang durchzuhalten.

Ceci erkannte sofort, dass er sie wiedererkannte. Sein Blick schweifte neugierig über Mr. Jameson, Caro, Fanny und Lady Griselda. Doch als er sie erblickte, weiteten sich seine Augen, und ein Hauch von Panik machte sich in den Pupillen breit.

Ceci konnte nicht sagen, dass sie überrascht war. Sie hatte eine Miniatur ihrer Mutter unter den Sachen ihres Vaters gefunden, und die Ähnlichkeit war frappierend.

»Ich fürchte, das kann ich nicht sagen«, antwortete Mr. Polkinghorne, nachdem Ceci erklärt hatte, worum es ging. »Ich habe im Laufe der Jahre so viele Autopsien durchgeführt, dass es fast unmöglich ist, sich an die Einzelheiten einer Autopsie zu erinnern, vor allem, wenn sie neunzehn Jahre zurückliegt.«

Fanny sah ihn finster an. »Sie sind ein schrecklicher Lügner, jawohl. Es ist sonnenklar, dass Sie Miss Chenoweth erkennen!«

»Nun ...« Mr. Polkinghorne warf Ceci einen nervösen

Blick zu. »Ich erinnere mich allgemein an den Fall, den Sie beschreiben, aber nur, weil die Umstände - ein Mädchen, das in einem so jungen Alter mutterlos wurde - so tragisch waren. Aber ich fürchte, ich kann mich nicht an die medizinischen Details des Falles erinnern.« Nach drei Minuten solcher Ermahnungen fragte Lady Griselda lakonisch: »Soll ich auf ihn schießen? Vielleicht in den Fuß?«

»Nein!«, rief Ceci in demselben Atemzug, in dem Caro und Fanny sagten: »*Ja*!«

Als er die Donnerbüchse bemerkte, geriet Mr. Polkinghorne ein wenig in Panik, wenn man nach dem Weiß in seinen Augen gehen wollte. Doch er blieb standhaft.

Bis zu dem Moment, als Ceci in Tränen ausbrach.

»Miss Chenoweth!«, rief er und fuchtelte mit den Händen, als ob er sie damit aufhalten könnte. »Weinen Sie doch nicht!«

»Sie war meine Mutter«, schluchzte Ceci. »Meine *Mutter*! Und ich ... ich erinnere mich nicht einmal an sie.«

Mr. Polkinghorne schaute überall hin, nur nicht zu Ceci. »Es ist furchtbar traurig. Aber ... Sie wissen schon, *die oberen Zehntausend* und so ...«

»Ich weiß, dass sie nicht an Fieber gestorben ist«, rief Ceci, als Caro zu ihr kam und einen Arm um ihre Taille legte. »Mein Vater hat eine ganze Armee von Ermittlern angeheuert. Ich habe ihre Berichte gelesen. Als er an jenem Morgen aufbrach, um im Nachbardorf eine Taufe durchzuführen, ging es ihr gut, aber als er zurückkam, war sie tot. Und sie hatten den Leichnam weggebracht, er durfte sie nicht einmal mehr sehen.«

»Ich weiß, dass dies für Sie als Laie ungewöhnlich erscheinen muss«, sagte Mr. Polkinghorne. »Aber drei Ärzte und ein Chirurg kamen zu dem Schluss, dass es sich um Fieber handelte.«

»Ich bin Ihnen ja nicht böse.« Ceci nahm ein Taschentuch

von Caro entgegen und tupfte sich die Augen ab. »Ich weiß, dass, was auch immer passiert ist, jemand sehr Mächtiges darin verwickelt gewesen sein muss. Sonst wäre einer von Ihnen bereit gewesen, die Wahrheit zu sagen. Um bei den Ermittlungen zu kooperieren. Aber da war nie jemand. Mein Vater ist ins Grab gegangen, ohne dass seiner Frau Gerechtigkeit widerfahren ist. Und wenn Sie mir nicht helfen wollen, werde ich nie die Wahrheit darüber erfahren, was mit meiner eigenen Mutter passiert ist ...«

»In Ordnung.« Mr. Polkinghorne flüsterte die Worte, aber sie hatten die Wirkung eines Donnerschlags. Er bot Ceci seinen Arm an. »Lassen Sie uns dorthin gehen, wo wir ein wenig Privatsphäre haben.«

Ceci ließ sich zwanzig Meter den Steg hinunterführen, immer noch in Sichtweite ihrer Gruppe, aber außer Hörweite, dank des pfeifenden Windes.

Mr. Polkinghorne drehte seinen Hut in den Händen. »Zunächst muss ich mich bei Ihnen für die Rolle entschuldigen, die ich bei dieser Fälschung gespielt habe. Das Einzige, was ich zu meiner Verteidigung sagen kann, ist, dass Sie mehr Recht hatten, als Sie sich vorstellen können, als Sie sagten, dass ein mächtiger Mann beteiligt war. Ich ... ich hatte keine andere Wahl, als zu sagen, dass es ein Fieber war. Zumindest sah es damals so aus.«

In Cecis Ohren dröhnte es. Die Zeit schien sich zu verlangsamen. Jede Sekunde, die sie darauf wartete, endlich, *endlich* die Wahrheit über das Schicksal ihrer Mutter zu erfahren, war unerträglich. »Wie ist meine Mutter wirklich gestorben?«, flüsterte sie.

Mr. Polkinghorne starrte auf die Bretter unter ihren Füßen, als er sagte: »Ohne Frage, es war Strangulation.«

»Strangulation.« Ceci hatte aufgrund der obsessiven Nachforschungen ihres Vaters vermutet, dass es sich um etwas in dieser Richtung gehandelt haben müsste.

Aber sie stellte fest, dass es einen Unterschied gab zwischen *der Vermutung*, dass die letzten Augenblicke ihrer Mutter von Gewalt und Schrecken erfüllt gewesen waren, und dem sicheren Wissen darum.

Mr. Polkinghorne neigte den Kopf. »Es tut mir so leid, Miss Chenoweth.«

Er wandte sich ab. Ihr war schwindelig, aber sie schaffte es, seinen Arm zu ergreifen. »Warten Sie, Mr. Polkinghorne. Wissen Sie, wer das getan hat?«

Sein Gesicht war steinern. »Das weiß ich nicht.«

Sie rang die Hände. »Aber Sie waren doch dort. Sie waren am Tag nach dem Tod meiner Mutter dabei. Sie müssen doch eine Ahnung haben ...«

Er schüttelte den Kopf. »Alles, was ich sage, wäre nur eine Spekulation.«

»Das verstehe ich«, sagte Ceci hastig. »Ich würde es nicht als in Stein gemeißelt betrachten. Aber alles, was Sie vielleicht gehört haben, irgendwelche Gerüchte, könnten mir helfen, die richtige Richtung für weitere Nachforschungen einzuschlagen.«

Er machte eine schneidende Bewegung mit seiner Hand. »Ich werde nichts weiter sagen. Ich fürchte, ich habe bereits zu viel gesagt.«

Er begann sich umzudrehen. »Warten Sie, Mr. Polkinghorne. Eine letzte Sache.« Sie schluckte und nahm ihren Mut zusammen. »Sie sagten, ein mächtiger Mann sei beteiligt gewesen. Würden Sie mir wenigstens sagen, mit wem ich es zu tun habe?«

Er lachte humorlos und schüttelte erneut den Kopf. »Sie stellen gefährliche Fragen, Miss Chenoweth.«

Dann schritt er den Steg hinunter, zurück zu seinem Schiff, und ließ Ceci mit Tränen im Gesicht allein stehen.

KAPITEL 16

*M*arcus stieg aus der Kutsche, seine Stiefel polterten auf den Pflastersteinen der dunklen, schmutzigen Straße. Die Straßen hier waren so eng, dass er mit der Kutsche nur bis hierher fahren konnte. Den Rest der heutigen Reise würde er zu Fuß zurücklegen müssen.

Zwei Männer begleiteten ihn, als er die Gasse von Whitechapel betrat: sein stämmigster Lakai, Mick, und sein nicht ganz so stämmiger Kammerdiener, Sebastian.

Bastian plauderte über den Besuch, den er am Nachmittag bei Archibald Nettlethorpe-Ogilvys Kammerdiener gemacht hatte. »Er heißt Jack Rattigan und war früher Schmiedemeister bei Nettlethorpe Iron.«

Eine plötzliche Bewegung in einer nahen Gasse ließ Marcus' Hand zu dem Schwert an seiner Hüfte schnellen, aber er entspannte sich, als er sah, dass es nur eine Katze war. Der schwere Beutel, den er auf der anderen Seite trug, klirrte ein bisschen, als er zurück an seine Hüfte sank. »Vom Schmiedemeister zum Kammerdiener - ein kurioser Werdegang.«

»Nicht wahr?« Bastians Augen leuchteten vor Aufregung, und im Gegensatz zu Mick, der damit beschäftigt war, die unappetitliche Umgebung zu betrachten, schien es ihn nicht zu stören, dass er durch eines der schlimmsten Viertel Londons spazierte. »Er hat sich an der Schulter verletzt - ziemlich schwer, soweit ich weiß. Er kann seinen Arm nicht höher heben als sein Herz. So konnte er keine schwere Arbeit mehr in der Schmiede verrichten. Es ergab sich, dass Mr. Nettlethorpe-Ogilvy einen Kammerdiener brauchte, also bot er Jack die Stelle an, damit der eine Möglichkeit haben würde, seinen Lebensunterhalt zu bestreiten.«

»Ah«, sagte Marcus. »Das erklärt, warum er in seinem Job so spektakulär schlecht ist.«

»Er ist wirklich grauenhaft«, stimmte Bastian zu. »Er hatte keine Ahnung, wie man eine Garderobe zusammenstellt oder welche Teile für den Tag oder den Abend geeignet sind. Er kannte nicht einmal die Namen der meisten Stoffe. Ich habe mir die Freiheit genommen, einige Ensembles für Mr. Nettlethorpe-Ogilvy herauszulegen, darunter eines für Lady Dianas Ball. Und gerade als ich mich zum Gehen bereit machte, tauchte Mr. Nettlethorpe-Ogilvy selbst auf! Deshalb bin ich heute Nachmittag ein paar Minuten zu spät gekommen. Ich hoffe, Euer Gnaden werden mir verzeihen, aber ich musste ihm einfach eine schmeichelhaftere Frisur verpassen.«

»Ich bin mir nicht sicher, ob das, was Mr. Nettlethorpe-Ogilvy bisher getragen hat, als etwas durchgehen könnte, das man als *Frisur* bezeichnen würde. Aber ich bin sicher, dass das, was auch immer du für ihn getan hast, eine Verbesserung war.«

»Das war es auch.« Bastian deutete auf seine eigenen goldenen Locken. »Ich habe ihn *a la Brutus* geschnitten - ganz kurz, aber mit ein wenig Bewegung nach oben. Es ist viel besser geworden, als ich gehofft hatte. Mr. Nettlethorpe-

Ogilvy hat einen kräftigen Kiefer und erstaunlich gute Wangenknochen. Ich bezweifle, dass irgendjemand ihn einen *Beau* nennen wird, aber seine Gesichtszüge haben einen gewissen schroffen Reiz, und ich glaube, ich konnte ihnen schmeicheln.«

Marcus stellte fest, dass er nicht uneingeschränkt begeistert davon war, dass der Mann, der Cecilia Chenoweth den Hof machte, plötzlich eine *schroffe Ausstrahlung* haben sollte. Er wollte, dass der Mann aufhörte, ein Schandfleck zu sein. Dass sie ihn gut aussehend finden könnte, wäre völlig übertrieben. Aber er blieb neutral, als er antwortete: »Wenn er auf Dianas Ball nicht wie eine Vogelscheuche aussieht, dann bin ich dankbar. Wie hat dieser ehemalige Schmiedemeister deinen Rat angenommen?«

»Ich fürchte, mit schlechter Laune. Die meiste Zeit meines Besuchs verbrachte er damit, mich mit verschränkten Armen aus der Ecke anzustarren. Einmal knurrte er mich sogar an!«

Marcus lächelte verständnisvoll und wollte gerade ein freundliches Wort sagen, doch als er Bastian ansah, stellte er fest, dass sein Diener nicht gerade verärgert über diese Wendung der Dinge aussah. Seine Augen leuchteten, und seine Wangen hatten viel Farbe. Wenn überhaupt, dann sah er ... aufgeregt aus.

Mit seinem blonden Haar und seinem jungenhaften Aussehen hatte Marcus den Eindruck, dass mehr als die Hälfte der Hausmädchen Sebastian hinterherseufzten. Aber wenn er so darüber nachdachte, konnte er sich nicht daran erinnern, dass ihm jemals eine Geliebte oder eine schief gelaufene Affäre angedichtet worden wäre.

Könnte es sein, dass dies daran lag, dass seine romantischen Interessen in eine ganz andere Richtung gingen?

Er stellte fest, dass es ihm eigentlich egal war, ob sein

Diener einen unerwarteten Baum anbellte. Wenn das tatsächlich Bastians Vorliebe war, dann war das eine der wenigen sexuellen Handlungen, die Marcus noch nicht selbst ausprobiert hatte, also war er nicht gerade in der Position, den ersten Stein zu werfen.

Außerdem hatte er den Verdacht, dass Tante Griselda eine ähnliche Veranlagung hatte und dass ihre *liebe Freundin* Miss Marsden in Wahrheit etwas mehr gewesen war. Als die Person, die Diana Hilfe angeboten hatte, als alle anderen sie ablehnten, war Marcus' gute Meinung von Tante Griselda unanfechtbar. Er nahm an, dass dies dazu beigetragen hatte, sein Denken zu erweitern.

»Er hat mich allerdings überrascht«, so Bastian weiter. »Gerade als ich mich zur Abreise bereit machte, fragte er mich, ob ich morgen wiederkommen und ihm zeigen würde, wie man bügelt. Vielleicht war er also nicht ganz undankbar für meine Bemühungen.«

»Du tust das Werk des Herrn, Bastian«, sagte Marcus feierlich.

Bastian schwatzte weiter - über Nettlethorpe-Ogilvys gefürchteten Kammerdiener, Dianas Debütantinnenball und darüber, was Marcus zu diesem Anlass anziehen sollte, und ein Dutzend anderer Themen -, aber Marcus fand, dass seine Aufmerksamkeit abschweifte.

Der Herr wusste, dass er genug Sorgen hatte, angefangen von der unangenehmen Aufgabe, die er in wenigen Minuten erfüllen würde, bis hin zu Dianas Debütantinnenball.

Aber er musste immer wieder an Cecilia Chenoweth denken.

Es hatte ihn schockiert, wie sehr es ihn verunsicherte, dass seine Bemerkung über ihr Kleid ihre Gefühle verletzt hatte. Marcus glaubte gern, er sei ein netter Mensch ...

Nun. Um ehrlich zu sein, stimmte das nicht. *Überhaupt*

nicht. Er konnte der größte Arsch in ganz London sein, wenn er sich etwas in den Kopf gesetzt hatte.

Aber obwohl er manchmal brutal sein konnte, hatte er einen persönlichen Kodex, den man am besten so zusammenfassen könnte, dass er nicht zurückschlug. Es war eine Sache, Nettlethorpe-Ogilvy, einem der wohlhabendsten und einflussreichsten Männer Europas, der von Prinzen und Königen in seiner Schmiede aufgesucht wurde, um eine Bestellung der besten Kanonen zu erbitten, die nur seine Fabrik herstellen konnte, zu sagen, dass er sich wie ein fahrender Zirkusartist kleidete. Er fühlte sich auch nicht im Geringsten schuldig, dass er seinem furchtbaren Onkel gesagt hatte, er könne sich selbst in den Arsch vögeln, und zwar mit einem Bajonett.

Zweifellos war das der Grund, warum er Cecilia Chenoweths verletzte Würde so beunruhigend fand - weil sie ein mittelloses Waisenkind war.

Oh ja, rede dir das nur immer wieder ein. Es hat ganz und gar nichts mit ihren großen, braunen Augen zu tun. Und was ist der Grund, warum du nicht aufhören kannst, an sie zu denken, Marcus?

Er schob diese Frage beiseite, während er den Kragen seines Umhangs hochschlug. Obwohl Marcus im Allgemeinen seinen Mantel bevorzugte, hatte Bastian darauf bestanden, dass nichts besser zu einem Abend mit heimlichen nächtlichen Verabredungen passte als ein Umhang, was Marcus nur schwer widerlegen konnte.

Aber er würde morgen mit Miss Chenoweth sprechen. Nicht über ihr Kleid oder Marcus' schlecht durchdachten Kommentar dazu.

Aber über die Worte, die Tante Griselda auf Mecklenburgisch vor sich hin gemurmelt hatte, als sie am späten Nachmittag nach Latimer House zurückgekehrt war. Wenn man seiner Großtante Glauben schenken durfte, war

Marcus nicht der Einzige, der sich nach ihrem gemeinsam verbrachten Vormittag heimlich in die zwielichtigen Gegenden der Stadt begeben hatte.

»Hier ist es, Euer Gnaden«, sagte Bastian und deutete auf eine Gasse, die so schmal war, dass Marcus sich zur Seite drehen musste, um hineinzukommen. »George Street.«

Man hätte annehmen dürfen, dass eine Straße, die nach dem Monarchen benannt worden war, etwas prächtiger sein würde, aber die George Street bestand aus einem tristen Mietshaus nach dem anderen. Marcus beschwerte sich nicht. Er hielt sich die Nase zu - im Geiste, wenn auch nicht körperlich - und schlüpfte in den engen Durchgang.

Bald öffnete sich der Weg, wenn auch nur leicht. Bastian nickte in Richtung eines Hauses auf der linken Seite. »Das da drüben. Nummer siebzehn. Die Kimbrells wohnen im zweiten Stock.«

»Ausgezeichnet. Da hast du hervorragende Arbeit geleistet, um sie aufzuspüren, Bastian. Ich danke dir.«

Das stimmte wohl. Die Tatsache, dass niemand eine feinere Krawatte band, war der Hauptgrund dafür, dass Marcus Bastian bei sich behielt.

Aber Bastian hatte nicht nur den Zweck, Marcus auf dem neuesten Stand der Herrenmode zu halten. Alle mochten ihn. Seine freundliche Art veranlasste die Menschen, ihm Dinge zu erzählen und Informationen preiszugeben, die sie normalerweise für sich behalten würden. In der einen Minute sprach man mit Bastian über das Wetter, und in der nächsten hatte man ihm erzählt, wo die eigene Urgroßmutter den Schlüssel zu ihrem Schmuckkästchen aufbewahrte.

Ein Talent, das Marcus in den kommenden Wochen brauchen würde, in denen er weitere Besuche wie diesen machen würde.

Bastian verbeugte sich anmutig. »Sie wissen doch, dass ich alles für Sie tun würde, Euer Gnaden.«

Marcus wollte weitergehen, aber Mick stellte sich ihm in den Weg und riss sein Kinn in Richtung des Gebäudes. »Warum gehe ich nicht zuerst rein und sehe nach, was los ist?«

Marcus winkte ab. »Das wird nicht nötig sein.«

»Aber Euer Gnaden ...«

»Ich weiß das Angebot zu schätzen, Mick. Aber ich muss derjenige sein, der das tut. Du und Bastian, ihr werdet auf dem Treppenabsatz warten, falls ich euch brauche.«

Mick runzelte die Stirn, widersprach aber nicht.

Marcus war sich nicht sicher gewesen, ob die Bewohner des Zimmers auf sein Klopfen hin die Tür öffnen würden, vor allem zu dieser späten Stunde. Aber sie taten es, und Marcus nutzte ihre momentane Verwirrung, um in den Raum zu stürmen, bevor sie die Gelegenheit hatten, zu fragen, wer er war und was zum Teufel er vorhatte.

Marcus betrachtete die schlichten Holzmöbel, die von der Decke hängende Wäsche und die zerbrochene Teekanne. Er bemerkte den finsteren Blick in den Augen des Mannes und die graue Haarsträhne, die unter der schmuddeligen weißen Haube der Frau hervorlugte.

Sie starrten ihn beide ungläubig an. Marcus nickte ihnen königlich zu. »Sie fragen sich, wer ich bin und warum ich hier bin. Ich will nicht um den heißen Brei herumreden. Ich bin der Duke of Trevissick.«

Marcus hatte sich gefragt, ob die Kimbrells seine Identität in Frage stellen und ihn fragen würden, ob er wirklich ein Herzog war. Das taten sie nicht. Er trug Abendgarderobe aus Seide, eine rubingoldene Anstecknadel, die seit dreihundert Jahren im Besitz seiner Familie war, und einen nerzgefütterten Umhang. Es war eines seiner eher herzoglichen Ensembles.

Und es schien sie überzeugt zu haben, dass er tatsächlich der Herzog von Trevissick war, denn die Frau keuchte auf, und der Mann trat mit erhobenen Fäusten vor seine Frau.

Marcus streckte beschwichtigend die Hände aus. »Nicht *der* Herzog von Trevissick, Mr. Kimbrell. Mein Vater ist tot.«

»Und möge seine schwarze Seele bis in alle Ewigkeit in der Hölle schmoren!«, spuckte Mr. Kimbrell aus.

»Rhys!«, rief Mrs. Kimbrell aus. »So etwas darfst du nicht sagen. Das ist der Sohn des Mannes!«

»Ich bitte Sie, Mrs. Kimbrell, machen Sie sich keine Sorgen. Ich weiß, dass es vor allem für Sie schwer zu glauben sein wird, aber niemand feiert den Tod meines Vaters eifriger als ich. Ich wünschte, ich hätte daran gedacht, eine Flasche Brandy mitzubringen. Wir hätten auf seine schwarze Seele anstoßen können, die für alle Ewigkeit in der Hölle verrottet, wie es Mr. Kimbrell so eloquent ausgedrückt hat. Da stimme ich voll und ganz zu, denn genau da gehört er hin.«

Dies brachte die Kimbrells für einen Moment zum Schweigen. Mr. Kimbrell war der Erste, der sich fing. »Warum sind Sie hier?«

»Wie ich bereits erwähnt habe, ist mein Vater tot. Die Verantwortung für das Herzogtum ist auf mich übergegangen.« Er warf Mrs. Kimbrell einen strengen Blick zu. »Und ich nehme meine Verantwortung ernst.«

Ihre Augen waren wachsam. »Was meinen Sie damit?«

»Wir sollten kein Blatt vor den Mund nehmen. Mein Vater war ein Ungeheuer. Er hat eine Menge an Wiedergutmachung hinterlassen, die es zu leisten gilt.« Marcus neigte seinen Kopf in Richtung von Mrs. Kimbrell. »Und das gilt auch für Sie.«

Sie umklammerte eine Handvoll vom Stoff ihres Kleides direkt über ihrem Herzen, und als sie sprach, waren ihre Worte hoch und hektisch. »Woher ... woher wissen Sie das?«

»Mein Vater hat ein Tagebuch geführt.« Marcus versuchte, seine Stimme sanft klingen zu lassen. »Daher weiß ich, dass er sich Ihnen am vierzehnten August 1782 aufgedrängt hat.«

Mrs. Kimbrell rieb sich mit der Schürze die Tränen weg, die ihr plötzlich über das Gesicht liefen. Ihr Mann eilte zu ihr, legte ihr einen Arm um die Schultern und drehte sich dann zu Marcus um, um ihn anzustarren. »Warum, zum Teufel, sind Sie hergekommen?«

»Vielleicht hätte ich das nicht tun sollen«, räumte Marcus ein. »Ich sehe jetzt ein, dass mein Wunsch, es persönlich wiedergutzumachen, egoistisch war, Mrs. Kimbrell. Bitte nehmen Sie meine Entschuldigung an. Wahrscheinlich wäre es besser gewesen, meine Entschädigung anonym zu schicken.«

»Entschädigung?« Mr. Kimbrell musterte ihn von oben bis unten. »Was für eine Entschädigung?«

Marcus nahm den Lederbeutel ab, den er unter seinem Mantel versteckt hatte. Er legte das Säckchen auf das vernarbte Holz ihres Tisches, wo es ein schweres metallisches Klirren von sich gab. »Fünfhundert Pfund.«

»*Fünfhundert* ...« Der Gesichtsausdruck von Mr. Kimbrell wandelte sich innerhalb einer Sekunde von Erstaunen zu Verachtung. »Es ist unmöglich, dass fünfhundert Pfund in dem kleinen Sack sind.«

»Nun, natürlich nicht«, sagte Marcus und kramte in seiner Tasche nach dem anderen Gegenstand, den er für Mrs. Kimbrell mitgebracht hatte. »Was für ein Schwachkopf bringt mitten in der Nacht fünfhundert Pfund Sterling nach Whitechapel? Das sind zwanzig Pfund davon. Der Rest ...« Er reichte ein gefaltetes Blatt Papier an Mrs. Kimbrell weiter. »... wurde auf ein auf Ihren Namen lautendes Konto bei der Bank *Cuthbertson and Baker* eingezahlt.«

Die Kimbrells beugten fassungslos und schweigend die

Köpfe über das Papier. Marcus fuhr fort: »Der Rest des Geldes ist derzeit in eine Reihe von Dividendenaktien investiert. Ich würde vorschlagen, dass Sie es dort belassen, da es ein Einkommen von etwa fünfzig Pfund pro Jahr generieren wird. Sollten Sie es jedoch vorziehen, sich das Geld auszahlen zu lassen, werde ich nicht versuchen, Sie davon abzuhalten. Es gehört Ihnen, Mrs. Kimbrell, und Sie können damit tun, was Sie wollen.«

Da sah sie zu ihm auf, ihre Augen waren voller Elend. »Warum tun Sie das?«

Es kostete Mühe, sich ruhig zu halten, aber ein Herzog zappelte nicht. Er begegnete dem Blick von Mrs. Kimbrell und dachte, dass er ihr so viel schuldete. »Nichts kann die Dinge jemals wiedergutmachen oder die Verletzung ungeschehen machen, der Sie durch meinen Vater ausgesetzt gewesen sind. Das ist es, was ich tun kann. Und so unzureichend es auch ist, ich würde lieber so viel tun, als gar nichts zu tun.«

Mrs. Kimbrell nickte traurig und richtete ihren Blick wieder auf die Dokumente.

»Ich möchte hinzufügen, dass es mir zutiefst leidtut, was mein Vater getan hat. Aber ...«, fuhr Marcus fort, und seine Stimme nahm einen stählernen Ton an, »... erlauben Sie mir, eines klarzustellen. Meine kleine Schwester Diana wird in ein paar Tagen ihr Debüt geben. Angesichts der Tatsache, wer ihr Vater ist, kann es nicht überraschen, dass ihr Leben bis zu diesem Zeitpunkt ein Elend war. Ich bin fest entschlossen, dass sie von nun an alle ihre Herzenswünsche erfüllt bekommen wird.«

Marcus' Stimme zitterte, als er hinzufügte: »Wenn Sie also irgendetwas tun sollten, das einen Skandal verursacht, der Dianas Debüt trübt, dann werde ich Sie beide *ruinieren*. Wenn Ihre Taten meine Schwester traurig machen, dann merken Sie sich meine Worte - wenn ich fertig bin, wird man das, was von Ihnen übrig ist, mit einem *Lappen* wegwischen müssen!«

Die Kimbrells tauschten einen konsternierten Blick aus. Marcus richtete sich auf. »Ich wünsche Ihnen eine gute Nacht«, sagte er, drehte sich auf dem Absatz um und verließ mit einem Wirbel seines Umhangs ihre Zimmer.

KAPITEL 17

*A*m nächsten Tag begleitete Miss Chenoweth die Astleys nach Latimer House, um Dianas Tanzstunden musikalisch zu untermalen.

Marcus hatte wieder einmal für ein Mittagessen gesorgt. Sobald das zu Ende war, eilten Lord und Lady Fauconbridge in die Bibliothek, um ihre Nasen in seinen Palimpsesten zu vergraben, und Diana begab sich mit Lady Cheltenham in den Salon, um ihren Unterricht fortzusetzen.

Endlich war er da - der Moment, in dem er Cecilia spielen hören würde, wirklich spielen, und seine Sorgen würden sich legen, wenn auch nur für eine Stunde. Marcus versuchte, nicht übereifrig zu wirken, stellte sich neben ihren Stuhl und bot ihr seinen Arm an.

Sie gingen schweigend in Richtung des Musikraums. Er hatte Ellery gebeten, das neue Klavier dorthin rollen zu lassen, sobald Dianas Tanzstunde zu Ende war, und er fand es auch schon vor.

»Ich nehme an, Sie wollen den Beethoven hören«, sagte Miss Chenoweth und zog ihre Handschuhe aus, als sie sich auf der Bank niederließ. Sie konnte ein leises, aber begeistertes Summen nicht unterdrücken, als sie ein paar Töne spielte, und Marcus musste sich angesichts ihrer offensichtlichen Begeisterung für das neue Instrument ein Lächeln verkneifen.

Er wollte den Beethoven hören.

Aber es gab eine Sache, die er zuerst tun wollte.

Marcus achtete darauf, dass seine Miene ganz unschuldig war, als er durch den Raum schlenderte. »Ja, in der Tat. Aber ich wollte auch fragen, ob Sie es rechtzeitig zu Ihrer Musikstunde geschafft haben?«

Ihr Kopf schnappte hoch. Ihre Stimme klang atemlos, als sie fragte: »Meine ... meine Musikstunde?«

Du weißt schon, die, über die du gelogen hast. Die, die du nicht unterrichtet hast.

Marcus ließ sich Zeit, um sich auf dem Sofa einzurichten. »Ja, die, wegen der Sie sich gestern Nachmittag so viele Sorgen gemacht haben. Wie war es?«

»Oh, ähm.« Ihre Wangen waren gerötet. Marcus genoss dies ein wenig zu sehr.

Sie zuckte nachlässig mit den Schultern, aber sie war eine schlechte Lügnerin. »Es war ... na, Sie wissen schon. Eine ziemlich gewöhnliche Musikstunde.«

Marcus strich sich über das Kinn. »Gewöhnlich. Eine interessante Wortwahl. Erteilen Sie Ihren Musikunterricht normalerweise in einer Werft?«

Alle Farbe wich aus ihrem Gesicht. »Woher wissen Sie das?«

Er konnte sich ein schiefes Lächeln nicht verkneifen. »Ich kam zufällig gerade die Treppe herunter, als Tante Griselda zurück ins Haus kam. Ich hörte, wie sie die faszinierendsten Dinge über Sie, die Deptford Docks und darüber murmelte, dass London gar nicht so langweilig sei, wie sie erwartet hatte.«

Das brachte etwas Farbe in ihre Wangen zurück. »Ich hatte gehofft, sie würde diskreter sein.«

»Nun, Sie sollten nicht böse auf Tante Griselda sein. Sie hat mich zunächst nicht gesehen, und selbst als sie mich sah, war ihr nicht klar, dass sie etwas verraten hatte, da sie auf Mecklenburgisch sprach. Während Diana mehrere germanische Dialekte fließend spricht, kann ich mich nur in Plattdeutsch unterhalten. Aber auch wenn ich es nicht sprechen kann, verstehe ich das Mecklenburgische besser, als ihr bewusst ist.« Marcus lehnte sich zurück und lächelte süffisant. »Also, Miss Chenoweth, ich weiß bereits, dass Sie etwas im Schilde geführt haben. Es hat keinen Sinn, es zu leugnen. Sie können mir auch gleich erzählen, was Sie gestern in der Deptford-Werft gemacht haben.«

»Ich ... ich ...« Sie schluckte schwer.

Und dann brach sie zu seiner Überraschung in Tränen aus.

KAPITEL 18

*G*ab es etwas Erniedrigenderes, als vor dem Objekt seiner Zuneigung zu weinen?

Wenn es das gab, konnte Ceci es sich nicht vorstellen. Vor allem dann, wenn es sich um das unkontrollierbare Weinen mit Schluckauf und Nasenlaufen handelte, mit dem sie gerade beschäftigt war.

Was für einen Anblick musste sie gerade bieten, und das vor dem makellosesten Mann in London! Sie wandte sich der gegenüberliegenden Wand zu und kramte in ihrer Tasche nach einem Taschentuch.

Eines wurde ihr in die Hand gedrückt, bevor sie ihr eigenes finden konnte. Es war makellos weiß, und das Trevissick-Wappen war so tadellos aus Goldfäden gearbeitet, dass sie instinktiv vor dem Gedanken zurückschreckte, es zu benutzen, um die verschiedenen Flüssigkeiten, die aus ihren Gesichtsöffnungen flossen, aufzuhalten.

Als Marcus ihr Zögern bemerkte, löste er dieses Problem für sie, indem er ihr einfach die Wangen abtupfte. Sein Daumen streifte ihre Schläfe, und sie erschauderte. »Es ist in Ordnung. Benutzen Sie es.«

Sie tat dies zögernd. Sie weigerte sich immer noch, ihn anzusehen, und so war es eine Überraschung, als er ihre Hand nahm und sie von der Klavierbank wegzog, um sie zu dem gestreiften Sofa zu führen, auf dem er kurz zuvor gesessen hatte.

Er setzte sie auf das Sofa, dann ließ er sich neben ihr nieder und legte einen Arm um ihre Schultern. Ceci konnte sich nicht entscheiden, ob dies das Beste oder das Schlimmste war, was ihr je passiert war. Marcus Latimer, der sie in irgendeiner Weise berührte, war das Hauptnahrungsmittel ihrer Tagträume, und hier saß er und nahm sie fast in seine ... Nun, vielleicht nicht in seine *Arme*. Streng genommen war es nur der eine Arm. Aber trotzdem!

Doch wenn sie sich einen solchen Moment erträumt hatte, hatte sie sich selbst nie mit roten Augen, fleckigen Wangen und Schleim in der Nase gesehen.

Sie versuchte, sich zu entfernen, aber er hielt sie fest an ihrem Platz. »Es tut mir leid«, keuchte sie und schnäuzte sich hastig die Nase. »Ich weiß, dass nichts einen Mann mehr abstößt als eine weinende Frau.«

»Ah, aber das gilt ja nur für die meisten Männer. Sie haben vergessen, dass ich ein Bruder bin. Ich kann daher aus jahrelanger Erfahrung bestätigen, dass ein Heulkrampf weder ansteckend noch tödlich ist. Ich weiß sogar, was ich in dieser Situation zu tun habe.«

Es war gut, dass einer von ihnen es tat. »Und was, bitte schön, ist das?«

»Das Wichtigste ist, den Instinkt zu unterdrücken, den Weinenden zu belehren, wie man die Probleme am besten lösen könnte. Mir ist zu Ohren gekommen, dass die meisten Frauen dies nicht wollen. Man sollte nicht nur die sprichwörtliche Schulter zum Ausweinen bieten, sondern auch zuhören. Nun, das ist nicht ganz richtig. Ich bin bekannt dafür, dass ich gelegentlich eine beruhigende

Plattitüde ausspreche, wie *Aber, aber*, oder *Alles wird gut*. Dennoch ist der Prozess viel weniger entmutigend, als die meisten Männer glauben wollen.«

»Oh je!« Ceci erschrak, als sie einen nassen Fleck auf dem Ärmel seiner flaschengrünen Jacke erblickte. »Es tut mir so leid, Euer Gnaden. Ich habe anscheinend … äh … Ihre Jacke befeuchtet.«

»Denken Sie sich nichts dabei.« Marcus winkte ab und angelte ein weiteres Taschentuch aus seiner Manteltasche. Er benutzte es nicht, um an dem nassen Fleck auf seinem Ärmel herumzutupfen, sondern drückte es ihr direkt in die Hand. »Bastian, mein Kammerdiener, wird sich darum kümmern. Außerdem habe ich noch siebenundvierzig andere Jacken.«

Ceci setzte sich auf und putzte sich die Nase. »Ist das wahr?«

»Wahrscheinlich. Ich habe keine Ahnung. Aber wen interessiert das schon? Was auch immer gestern in Deptford geschehen ist, es hat Sie zutiefst erschüttert. Warum erzählen Sie mir nicht davon, damit Sie sich besser fühlen?«

»Oh, das wollen Sie nicht hören.« Auf seinen skeptischen Blick hin fügte sie hinzu: »Es ist nur eine chaotische Familiengeschichte.«

Er hob eine einzelne Augenbraue. »Sie haben meine Familie kennengelernt. Ich glaube, die Worte, die einem dabei als erstes in den Sinn kommen, sind *wahnsinnig, rasend und verrückt*. Und glauben Sie mir, das sind *bei Weitem* die besten Familienmitglieder, die ich habe. Wahrhaftig, Miss Chenoweth, Sie sollten es mir besser sagen. Mit wem können Sie sich sonst noch über Ihre chaotische Familiengeschichte austauschen? Mit den Astleys?« Er schnaubte. »Verstehen Sie mich nicht falsch, es gibt niemanden, den ich mehr schätze. Aber sie wissen nicht, was das Wort »familiäre Dysfunktion« bedeutet. Sie könnten genauso gut mecklenburgisch sprechen. Wenn einige von uns sagen, wir hätten Leichen im Keller, dann meinen wir das wörtlich.«

Ceci musste sich fragen, ob er Recht hatte. Obwohl sie den größten Teil des gestrigen Nachmittags damit verbracht hatte, an Caros Schulter zu weinen, fühlte sie sich immer noch hilflos. Es war nicht so, dass es ihrer Freundin egal gewesen wäre. Aber Cecis Probleme waren der wohlhabenden Tochter eines Grafen fremd, die gleich bei ihrem Debüt zum Liebling Londons erklärt worden war und es dann geschafft hatte, den Mann, den sie schon immer hatte heiraten wollen, innerhalb von zwei Wochen nach ihrem Debüt zu umgarnen. Wenn Caro *Alles wird gut* murmelte, klang das wie eine Plattitüde, nicht, weil es ihr egal gewesen wäre, sondern weil sie noch nie solche Schwierigkeiten erlebt hatte.

Aber Marcus ... Marcus war schon einmal durch solche Gewässer gesegelt.

Ceci vermutete, dass er vielleicht sogar wusste, wie man um die Felsen herum manövrieren musste.

»Alles begann«, begann sie langsam, unfähig zu glauben, dass sie diese Dinge laut aussprach, »in der Nacht, als mein Vater starb.«

Marcus fiel es schwer, das zu akzeptieren, aber Cecilia Chenoweths Familie war genauso chaotisch wie seine eigene.

Allerdings war ihr Vater nicht so schlimm gewesen wie seiner. Was nicht heißen sollte, dass sie keinen Grund hatte, verärgert zu sein; besser zu sein als der alte Herzog war eine spektakulär niedrige Messlatte. Und doch lag eine gewisse Sicherheit darin, dass er immer die ungeschminkte Wahrheit über seinen Vater gewusst hatte.

Er konnte sich vorstellen, dass Cecilias Vater zwar viele

bewundernswerte Eigenschaften besessen, diese aber nur dazu gedient hatten, es noch unangenehmer zu machen, als all seine Geheimnisse eines Tages an die Öffentlichkeit gelangten.

Und die Tatsache, dass er sie mittellos zurückgelassen hatte, war absolut unentschuldbar. Marcus hatte das Herzogtum vor gerade einmal drei Wochen geerbt, und er war bereits dabei, Vermögenswerte zu verschieben und Treuhandfonds einzurichten, um sicherzustellen, dass Diana so etwas *niemals* passieren würde.

Neben ihm tupfte sich Cecilia die Augen ab. »Ich habe seit Monaten vermutet, dass bei ihrem Tod ein Verbrechen begangen wurde. Ich hatte geglaubt, ich wäre gut vorbereitet und könnte das gestrige Gespräch stoisch überstehen. Aber zu erfahren, dass sie *erwürgt* worden war ...« Sie brach ab, ihre Stimme klang gequält vor Emotionen.

»Das ist wahrscheinlich das Schlimmste«, stimmte Marcus zu. »Zu wissen, dass ihre letzten Momente von Angst erfüllt waren.«

Cecilia sah zu ihm auf, und er konnte die Frage in ihren Augen lesen - sprach er aus Erfahrung?

Er überraschte sich selbst, als er es ihr sagte. »Meine Mutter starb durch die Hand meines Vaters. Ich weiß, dass es in der Regel eher lästig als hilfreich ist, wenn jemand sagt, dass er versteht. Aber bis zu einem gewissen Grad tue ich das.«

»Es tut mir so leid«, sagte sie schnell. Sie biss sich auf die Lippe, und er merkte, dass sie hin- und hergerissen war zwischen dem Wunsch, mehr zu erfahren, und dem Wunsch, nicht zu neugierig zu sein.

»Es ist in Ordnung, wenn Sie Fragen stellen wollen. Ich weiß, dass man so etwas nicht mit vielen Leuten besprechen kann.«

Ihr Körper erschlaffte vor Erleichterung, und die

Berührung ihres weichen, vollen Busens mit seiner Brust lenkte seinen Blick auf ihr Dekolleté.

Das ist nicht der richtige Zeitpunkt, Marcus. Das Mädchen war verzweifelt. Dieses Mal in seinem Leben konnte er seinen Schwanz im Zaum halten.

»Ist Ihre Mutter auf dieselbe Weise gestorben?«, fragte sie. »Durch Strangulation?«

»Nein.« Es war ein seltsames Gefühl, die Worte laut auszusprechen, über den Vorfall zu sprechen, über den er nie mit jemandem gesprochen hatte. Nicht einmal mit Diana, die er immer vor dieser schrecklichen Wahrheit zu schützen versucht hatte. »Mein Vater stieß sie die Treppe hinunter. Soweit ich weiß, hat sie sich bei dem Sturz das Genick gebrochen.«

Ihre braunen Augen leuchteten vor Mitgefühl. »Ach, du meine Güte! Es tut mir so furchtbar leid.« Sie biss sich auf die Lippe und dachte über ihre nächste Frage nach. »Sie sagten, Sie hätten die Möglichkeit zu verstehen. Sie haben sie also nicht gesehen?«

»Nein. Aber ich habe sie schreien gehört, und glauben Sie mir, das war schlimm genug.« Er räusperte sich, seine Kehle war trocken geworden. »Ich war elf Jahre alt. Normalerweise hatte ich mein Schwert immer bei mir gehabt.« Er schenkte ihr ein trauriges Lächeln. »Das war der Grund, warum ich mit dem Fechten anfing und es wie besessen übte - ich dachte, wenn ich gut genug würde, könnte ich meine Mutter vor ihm beschützen, auch als ich noch klein war. Aber an jenem Morgen hatte ich es in meinem Zimmer vergessen.«

Sie streichelte seinen Rücken, was sehr angenehm war. Beruhigend. Er fuhr fort: »Sobald ich merkte, dass mein Vater in einen seiner Wutanfälle verfallen war, rannte ich in mein Zimmer, um es zu holen. Ich hatte es in der Hand und rannte zurück ins Foyer. Aber ich hörte sie schreien, bevor ich sie erreichen konnte. Ich hätte sie auch gesehen, wenn

Ellery nicht gewesen wäre. Er stürmte die Treppe herauf und umarmte mich auf dem Treppenabsatz wie ein Bär. Ich weiß noch, wie ich ihm auf die Schultern schlug und verlangte, dass er mich losließ. Aber er sagte nur immer wieder: *Nein, Mylord. Sie würde nicht wollen, dass Sie das sehen. Sie würde nicht wollen, dass Sie sich so an sie erinnern müssen.*« Seine Stimme war rau, als er hinzufügte: »Er hatte Recht.«

Ihre braunen Augen waren so schön und glitzerten von frischen Tränen. »Jetzt verstehe ich, warum Sie Ellery so hoch schätzen.«

Irgendwann während des Gesprächs hatte sie ihren Kopf auf seine Schulter gelegt, und Marcus wunderte sich, wie natürlich es sich anfühlte, auf einem Sofa zu sitzen, den Arm um Cecilia Chenoweth gelegt, und über seine tiefsten, dunkelsten Geheimnisse zu sprechen.

Er ... er mochte das. Ihr gegenüber offen zu sein. *Intim*, und zwar nicht nur im physischen Sinne.

Was für ein beunruhigender Gedanke.

Er räusperte sich. »Ja. Das und tausend andere ähnliche Handlungen. Es mag seltsam klingen, wenn man bedenkt, dass ich ein Herzog bin und er mein Butler ist. Aber er war mir mehr ein Vater, als es der alte Herzog je gewesen ist.«

Bei der Erwähnung von Vätern verzog sie das Gesicht. »Das war die andere Sache, mit der ich mich nur schwer abfinden konnte. Es waren immer ich und mein Vater. Wir waren ein Duo. Ich dachte, ich kenne ihn so gut, wie ich mein eigenes Spiegelbild kenne.« Sie neigte den Kopf. »Es stellte sich heraus, dass ich ihn überhaupt nicht kannte. Und nicht nur das: Bei der Durchsicht seiner Unterlagen habe ich Dinge entdeckt, die ich nicht einmal über mich selbst wusste! Ich hatte immer geglaubt, dass ich in der Nähe von Cheltenham geboren und aufgewachsen bin, aber das stimmt nicht. Es stellte sich heraus, dass ich aus Cornwall stamme!«

Marcus zuckte nachlässig mit der Schulter. »Das ist keine große Überraschung.«

Ihre Stimme wurde höher. »Ich versichere Ihnen, dass es für mich eine Überraschung war!«

Er hielt beschwichtigend eine Hand hoch. »Ich meinte nur, dass Ihr Nachname, Chenoweth, aus Cornwall stammt. Ich weiß das, weil ich selbst dort geboren bin.«

»Oh. Ich wusste nicht einmal das.« Sie rieb sich die Schläfe. »Ich habe das Gefühl, dass ich nicht einmal mehr weiß, wer *ich* bin.«

Er wollte keine nichtssagende Plattitüde murmeln und sagte daher nur: »Ich bin sicher, dass es sehr beunruhigend sein muss.«

Sie saßen noch einen Moment lang schweigend da, dann fragte sie mit leiser Stimme: »Wird es jemals besser?«

Er überlegte sich seine Worte genau. »Ja und nein. Es hört nie auf, schrecklich zu sein, dass die eigene Mutter nicht mehr da ist, und auch nicht, dass sie auf so grausame Weise gestorben ist. Seit ihrem Tod habe ich jeden Tag an meine Mutter gedacht und ihren Verlust gespürt. Aber es wird sich nicht immer so hässlich anfühlen wie heute. Sie werden darin geübt sein, mit diesen Gedanken umzugehen, so wie Sie darin geübt sind, eine schwierige Passage auf dem Klavier zu spielen. Sie werden lernen, diese Gedanken zu spüren, ohne sich von ihnen überwältigen zu lassen.« Er hielt inne. »Ich zögere, Ihnen einen Rat zu geben, nur wenige Minuten nachdem ich geschworen habe, Sie nicht zu belehren ...«

»Bitte tun Sie es.« Sie strich sich mit den Daumen unter den Augen entlang. »Im Moment will ich unbedingt etwas ausprobieren, irgendetwas, das die Schmerzen lindern könnte.«

»Was mir mehr als alles andere geholfen hat, ist, aktiv zu werden. Etwas zu tun, das meine Mutter ehrte und auf das sie stolz gewesen wäre. Für mich war es immer wichtig, mich um Diana zu kümmern. Sie zu beschützen und dafür zu sorgen, dass sie nicht das gleiche Schicksal wie meine Mutter erleiden würde, hat mir in den folgenden Jahren einen Sinn gegeben. Selbst an meinen schlimmsten Tagen gab mir das einen Grund, weiterzumachen.«

Verzweiflung zeichnete sich auf ihrem Gesicht ab. »Ich habe keine Familie mehr. Es gibt niemanden, um den ich mich kümmern könnte, und nichts, was ich tun kann.«

Er schüttelte den Kopf. »Verstehen Sie nicht? Sie tun es ja bereits.« Sie warf ihm einen skeptischen Blick zu, aber er redete weiter. »Seit fast zwanzig Jahren wird Ihrer Mutter Gerechtigkeit verweigert. Aber in nur wenigen Monaten haben Sie mehr Fortschritte bei der Aufdeckung der Wahrheit gemacht, als Ihr Vater es je vermochte.«

Sie zuckte mit den Schultern und wirkte unbehaglich. »Das war mehr Glück als alles andere.«

»Nicht so sehr Glück, sondern eher Geschick. Nicht eine von hundert Frauen wäre zu diesen Docks gegangen. Aber das ist nicht alles, was Sie getan haben.«

Sie runzelte die Stirn. »Ich bin mir ziemlich sicher, dass es so ist.«

»Erinnern Sie mich daran, wer letzten Montag eine Wohltätigkeitsauktion organisiert hat, die mehr als dreitausend Pfund für die Ladies' Society eingebracht hat.«

Sie versuchte, dies abzuwehren. »Die Ladies' Society ist bereits eine beliebte Wohltätigkeitsorganisation. Mit der Grundlage, die Anne gelegt hat, hätte jeder die Auktion organisieren und das gleiche Ergebnis erzielen können.«

Er wollte sie nicht so einfach vom Haken lassen. »Wie viele Stunden haben Sie mit der Planung der Auktion verbracht? Um Spenden gebeten? Einladungen geschrieben?«

»Ich ... ich weiß es nicht.«

»Sehr viele, das kann ich Ihnen versichern. Und obwohl

es stimmt, dass viele Leute es hätten tun *können*, waren Sie diejenige, die es tatsächlich getan hat. Wie viele Frauen, die vor ihren misshandelnden Ehemännern fliehen, werden mit diesen dreitausend Pfund unterstützt? Dreißig? Fünfzig? *Ihretwegen.*«

Sie schüttelte den Kopf, aber er merkte, dass seine Worte langsam zu ihr durchdrangen. Obwohl ihre Augen immer noch traurig waren, sahen sie nicht mehr niedergeschlagen aus. »Ich bin mir nicht sicher, wie viel Anerkennung ich für mich beanspruchen kann. Fast ein Drittel des Geldes, das wir gesammelt haben, wurde von ... von Ihnen gespendet.«

Sie setzte sich kerzengerade auf und drehte sich zu ihm um. »Deshalb haben Sie das getan!«

»Deshalb habe ich was getan?«

»Deshalb sind Sie auch in den Vorstand der Ladies' Society eingetreten! Weil es Frauen hilft, die sich in der gleichen Situation wie Ihre Mutter befinden.«

Er machte eine elegante Handbewegung. »Sehr gut, Miss Chenoweth. Sie haben das Rätsel gelöst, warum der verkommenste Mann in ganz England sich zu einer derartigen Wohltätigkeit hinreißen ließ. Ich nehme es auf die leichte Schulter, aber ich hoffe wirklich, dass Sie Ihre Arbeit mit der Ladies' Society fortsetzen werden. Sie werden sehen, wie sehr es hilft. Nie fühle ich mich meiner Mutter näher, als wenn ich etwas in ihrem Namen tue. Ich kann nicht glauben, dass ich jetzt etwas so Banales sage, aber es gibt Momente, in denen ich spüre, wie sie auf mich herablächelt.«

»Wenn das banal ist«, sagte sie und tupfte sich die Augen ab, »dann bin ich entschlossen, die banalste Frau auf den britischen Inseln zu sein. Das klingt wunderbar, verglichen mit dem, was ich in den letzten vierundzwanzig Stunden gefühlt habe.«

Er streichelte ihre Schulter, was ihre herrlichen Brüste zum Zittern brachte. Er zwang sich, die Augen abzuwenden, da er zum ersten Mal in seinem Leben versuchte, nicht verdorben zu sein. »Ich weiß, dass es jetzt furchtbar ist. Aber Sie machen alles richtig. Machen Sie so weiter. Ihre Mutter wäre so stolz auf Sie.«

Sie schnaubte. »Das ist jetzt ein bisschen übertrieben. Ich bin mir nicht sicher, ob sie stolz darauf wäre, dass ihre Tochter ein mittelloses Mauerblümchen ist, das sich den Astleys aufdrängt.«

Er starrte sie an. War es das, wie sie sich selbst sah? Hatte sie wirklich keine Ahnung? »Sie sind die versierteste Frau, die ich kenne. Ihr Talent am Pianoforte ist außergewöhnlich. Das ist kein Zufall der Geburt. Diese Fähigkeit haben Sie sich durch stundenlanges Üben erworben. Und Sie sind ein wirklich guter Mensch. Wissen Sie, wie wenige davon es in London gibt? Ich könnte sie wahrscheinlich an einer Hand abzählen. Sie lassen mich ja nicht einmal Nettlethorpe-Ogilvy verulken ...«

Sie pikte ihn in den Arm. »Nein, das werde ich nicht zulassen.«

Er schüttelte den Kopf. »Ich will damit sagen, dass Ihre Mutter natürlich stolz wäre, eine solche Tochter zu haben, die ebenso liebenswürdig und begabt ist, wie sie schön ist.«

»Sch-schön?« Sie blinzelte erschrocken zu ihm auf. Die Zeit schien sich zu verlangsamen. In der letzten halben Stunde hatte er sich bemüht, die Tatsache zu ignorieren, dass er sie berührte. Jetzt drängten sich all die Stellen, an denen sich ihr Körper gegen seinen drückte, in den Vordergrund seines Bewusstseins - die Seite ihres weichen, üppigen Busens, die gegen seine Brust drückte. Die Kurve ihres Halses, die so perfekt an seine Schulter passte, dass sie wie Puzzleteile hätten sein können. Die blütenzarte Haut an der Innenseite ihres Arms unter seinen Fingern.

Die Luft fühlte sich wie mit elektrischem Strom aufgeladen an, als würde gleich ein Blitz einschlagen. »Sie finden mich nicht schön«, flüsterte sie, leckte sich über die Lippen und hielt seinen Blick fest.

»Tue ich das nicht?«, fragte er mit kehliger Stimme.

Er spürte, wie ihr Herz in der Kehle flatterte, und merkte, dass seine Hand sich von selbst bewegte und die elegante Säule ihres Halses hinaufstreichelte, an ihrem Kinn entlang und in ihr Haar hinein. Er ertrank in ihren Augen, diesen brodelnden Karamellbecken. Dann verschwanden sie abrupt, als sich ihre Augen schlossen, ihr Mund sich öffnete und seine Lippen sich nach den ihren sehnten.

»Euer Gnaden.«

Seine Lippen hatten die ihren flüchtiger gestreift als ein Schmetterlingsflügel, so leicht, dass er nicht ganz sicher sein konnte, dass er es sich nicht nur eingebildet hatte. Er blickte auf und entdeckte James, den Lakaien, der in der Tür stand, mit hochrotem Gesicht.

»Verzeihung, Euer Gnaden, aber der Zuckerbäcker ist hier. Sie haben uns einige Kostproben geschickt.«

Marcus verbiss sich einen Fluch. Da er noch keine Herzogin hatte, die Dianas Ball für ihn plante, fielen ihm solche Aufgaben zu. Er drehte sich um und sah, dass Cecilia sich aus seiner Umarmung befreit hatte und nun am anderen Ende des Sofas saß. »Miss Chenoweth, würden Sie mit mir zusammen ein paar Süßigkeiten probieren?«

Ihre Wangen waren noch röter als die von James. »Ich danke Ihnen, Euer Gnaden, aber ich sollte jetzt gehen. Ich muss nach Astley House zurückkehren, um mich auf eine ...«

»... Klavierstunde vorzubereiten«, sagte er gleichzeitig mit ihr. Sie hatte nicht erwähnt, dass sie an diesem Nachmittag einen Schüler erwartete, und Marcus vermutete, dass ihre »Lektion« ungefähr so real war wie die, die sie gestern Nachmittag erteilt hatte.

Dennoch konnte er es ihr nicht verübeln, dass sie in einer solch kompromittierenden Situation einfach davonlief. Die

Folgen des harmlosesten Kusses konnten für eine Frau schwerwiegend sein, auch wenn sie für ihn nicht existierten.

»Natürlich. Erlauben Sie mir, Sie hinauszubegleiten.«

Sie war schon durch die Tür, bevor er ihr seinen Arm anbieten konnte. Als er den Musikraum verließ, blieb er vor James stehen. »Ich verlasse mich auf deine absolute Diskretion, James.«

Der Lakai schluckte sichtlich. »Ich werde Sie nicht enttäuschen, Euer Gnaden.«

»Hauche kein einziges Wort. Nicht einmal zu den anderen Dienern.«

James nickte energisch. »Niemand wird von mir etwas erfahren.«

»Guter Mann«, sagte Marcus und drückte ihm eine Guinea in die Hand.

Er folgte Miss Chenoweth ins Foyer, aber als er die Eingangstür erreichte, war sie schon weg.

KAPITEL 19

*I*n den nächsten drei Tagen war Marcus so sehr mit den Vorbereitungen für den Debütantinnenball seiner Schwester beschäftigt, dass er keine Zeit hatte, Ceci in die Enge zu treiben und sie zu zwingen, Beethoven für ihn zu spielen.

Ceci sagte sich, dass dies das Beste sei. Manchmal glaubte sie schon, der Moment, in dem er sie fast geküsst hatte, sei nur ein Hirngespinst gewesen. Andere Male fragte sie sich, ob es echt gewesen war, aber nur, weil sie sich wie von Sinnen auf ihn gestürzt hatte. Beide Möglichkeiten klangen lächerlich, und doch schien jede wahrscheinlicher als die Vorstellung, dass *Marcus Latimer* sie hatte *küssen* wollen.

Er versuchte, einen Teil der Planung auf Lady Griselda abzuwälzen, aber sie zeigte sich gleichgültig gegenüber dieser Aufgabe. »Ja, ja«, hörte Ceci sie sagen, nachdem Marcus sie gebeten hatte, sich in seinem Namen mit der Floristin zu treffen, »bring die Blumen mit, die du meinst. Was spielt es für eine Rolle? Sie sehen alle gleich aus.«

Marcus, der zwei entschlossene Schritte auf Ceci zugemacht hatte, blieb kurz stehen, seine Nasenflügel bebten vor Verärgerung. Er warf ihr einen Blick zu, den ihr offensichtlich verblendeter Verstand für träge hielt, machte auf dem Absatz kehrt und ging, um sich selbst um die Blumenhändlerin zu kümmern.

In der Zwischenzeit flüchtete Ceci.

Das Schlimmste, abgesehen von der Kränkung, war, dass sie sich nicht einmal sicher war, ob er sie *tatsächlich* geküsst hatte. Sie glaubte, dass seine Lippen die ihren berührt hatten, aber der Moment war so kurz, so flüchtig gewesen, dass sie sich nicht ganz sicher sein konnte.

Wenigstens war es nicht ihr erster Kuss gewesen. Es wäre unglaublich peinlich, nicht zu wissen, ob man geküsst worden war oder nicht. Aber Mr. Nettlethorpe-Ogilvy hatte sie letzten Monat auf einem Ball geküsst, ein steifes, geschlossenes Aufeinanderpressen der Lippen, worauf er zurückgetreten war, sich geräuspert und dann gesagt hatte: »Nun denn.«

Die Tatsache, dass der Kuss von Marcus zwar nur eine Tausendstelsekunde lang gewährt hatte, aber gleichzeitig millionenfach stimulierender gewesen war als ein richtiger Kuss mit ihrem wahrscheinlich zukünftigen Ehemann, war es nicht einmal wert, darüber nachzudenken.

Zumindest ging die Saison in ihre letzte Runde. Bald würde Marcus Diana zurück nach Cornwall bringen, und Ceci würde mit den Astleys nach Gloucestershire zurückkehren, wo sie mit ihrer Demütigung allein sein konnte. Wenn Marcus vorhatte, so schnell zu heiraten, wie er sagte, würde er in der nächsten Saison sicher eine Braut haben. In sechs Monaten würde er zweifellos vergessen haben, dass sie überhaupt existierte.

~

Drei Tage später stakste Marcus durch den Ballsaal. Auf der erhöhten Plattform am anderen Ende stimmte sich das zwanzigköpfige Orchester ein, das er engagiert hatte. Marcus hatte den Inhalt aller Gewächshäuser in London aufgekauft, sodass trotz des frischen Herbstwetters jedes Podest mit Urnen mit weißen Rosen und blauem Rittersporn geschmückt war. Der Erfrischungstisch sackte unter dem Gewicht der Getränke und Speisen ein, die Messrs. Grange aufgefahren hatten, und so viele Bienenwachskerzen erhellten den Raum, dass es heller war als der Tag - zumindest die Version des Tages, die man in London im September erlebte.

Er hatte wirklich alles getan, damit der erste Ball seiner Schwester ein voller Erfolg wurde, ein Ereignis, über das man noch jahrelang sprechen würde. Diana war am Nachmittag bei Hofe vorgestellt worden. Es war großartig gelaufen.

Aber heute Abend würde der eigentliche Test stattfinden.

Der Ball würde erst in einer halben Stunde beginnen, aber Marcus hatte eine ausgewählte Gruppe zu einer vorbereitenden Sitzung in sein Arbeitszimmer gebeten.

Als er eintrat, stellte er erfreut fest, dass das Dutzend Männer pünktlich eingetroffen war.

Nun, überlegte Marcus und zählte. Alle bis auf einen.

In diesem Moment betrat Harrington Astley den Raum. Es war das erste Mal, dass Marcus ihn in der Uniform des Schützenregiments sah, in dem er vor Kurzem einen Auftrag erworben hatte.

»Sieh an, sieh an, sieh an, was wir hier haben«, sagte Lord Thetford und klopfte seinem Freund auf die Schulter. »*Leutnant* Astley. Du siehst verdammt gut aus in diesem grünen Mantel, wenn ich ...«

Marcus räusperte sich. »Wenn du so freundlich sein könntest, Thetford, deine Glückwünsche für einen günstigeren Moment aufzusparen, denn es gibt wichtige Angelegenheiten zu erledigen.« Er nahm einen Stapel Papiere zur Hand, die sein Sekretär kopiert hatte, und reichte sie im Raum herum.

»Was ist das?«, fragte Michael Cranfield, der Earl of Morsley, und schielte auf sein Blatt.

»Das«, sagte Marcus und begann, durch den Raum zu gehen, »ist eine Kopie von Dianas Tanzkarte. Wie ihr sehen könnt, hat jeder von euch einen bestimmten Tanz zugewiesen bekommen.«

»Zugewiesen?« Harrington warf ihm einen seltsamen Blick zu. »Glaubst du nicht, dass deine Schwester sich ihre Partner vielleicht selbst aussuchen möchte?«

»Nicht heute Abend«, sagte Marcus entschieden. »Nichts darf dem Zufall überlassen werden. Der heutige Abend wird den Ton für jede künftige Veranstaltung angeben. Ich habe vor, ihr klarzumachen, dass sie nur mit den feinsten Herren des *ton* tanzen wird. Halunken und Glücksritter brauchen sich nicht zu bemühen.«

»Die feinsten Herren des *ton*?« Archibald Nettlethorpe-Ogilvy, der zu Marcus' unendlichem Verdruss in der Tat tausendmal besser aussah in der Garderobe und der Frisur, die Bastian für ihn ausgewählt hatte, kratzte sich am Kopf. »Ich verstehe nicht, warum ich auf dieser Liste stehe. Sie mögen mich nicht einmal.«

»Das ist nicht wahr. Ich toleriere Sie«, beeilte sich Marcus, ihn zu beruhigen.

Nettlethorpe-Ogilvy schien nicht zu begreifen, was für ein bedeutendes Kompliment das war, denn er warf Samuel Branton, einem Anwalt, der auch im Vorstand der Ladies' Society saß, einen belämmerten Blick zu.

»Das erklärt aber nicht, was ich hier mache«, bemerkte Harrington Astley. »Mich magst du definitiv nicht.«

»In der Tat, das tue ich nicht«, bestätigte Marcus und

kniff sich in den Nasenrücken, während er den Mann betrachtete, der einst das seltsam hartnäckige Gerücht in die Welt gesetzt hatte, Marcus habe den versilberten Nachttopf von König Heinrich dem Vierten mit nach Eton gebracht, weil er zu aufgeblasen sei, um in etwas anderes zu scheißen. »Und doch hatte ich keine andere Wahl, als dich für den Abendtanz einzuteilen. Ich mache mir nämlich Sorgen, dass Diana heute Abend vor lauter Nervosität völlig stumm sein könnte, und du hast die einzigartige Fähigkeit, immer weiter zu reden, egal wie sehr sich dein Gesprächspartner wünscht, dass du endlich die Klappe hältst.«

Harrington grinste. »Das tue ich wirklich«, sagte er zu Thetford, der zustimmend murmelte.

»Und so«, schloss Marcus, »hat jeder von euch seine Aufgaben. Kommt nicht zu spät. Lasst meine Schwester nicht in der Ecke stehen, nicht eine Sekunde lang. Und sobald ein Tanz zu Ende ist, wird der entsprechende Herr sie zu meiner Tante Griselda zurückbringen. Wenn Diana Limonade haben möchte, kann man ihr diese dort bringen. Niemand wird sich auf den Balkon zurückziehen, und es gibt auch keine Ausflüge in den Garten. Habe ich mich klar ausgedrückt?«

Ein zustimmendes Gemurmel ertönte, und die Männer begannen, den Raum zu verlassen. Alle außer Edward Astley, der sich zur Anrichte geschlichen hatte und ein paar Brandys einschenkte.

Er reichte Marcus einen und stieß dann mit ihm an.

Nachdem sie beide einen Schluck getrunken hatten, sagte Edward: »Alles wird gut.«

»Richtig«, stimmte Marcus zu.

Er würde dafür Sorge tragen. *Musste* dafür Sorge tragen.

Und wenn nicht, würde er Vergeltung an demjenigen üben, der es wagen sollte, Dianas Abend zu ruinieren.

KAPITEL 20

*M*arcus fand seine Schwester am oberen Ende der Treppe. Diana spähte von der hinteren Ecke aus über das Geländer, außer Sichtweite des Gedränges unten. Wirklich alle Eingeladenen waren gekommen, und sie waren früh da, um keine Sekunde der ersten Veranstaltung im Latimer House seit mehr als zwanzig Jahren zu verpassen.

»Wie kommst du zurecht?«, fragte Marcus, als er sich näherte. Er war außerordentlich erfreut zu sehen, wie gut Diana in dem von Lady Thetford ausgewählten Ensemble aussah. Das mazarineblaue Kleid war schlicht, aber perfekt geschnitten und schmeichelte Dianas Figur und Teint in jeder Hinsicht. Marcus' erster Instinkt war es gewesen, sie mit der Hälfte ihres Gewichts in Diamanten loszuschicken, eine nicht ganz so subtile Erklärung der Wertschätzung, die er seiner Schwester entgegenbrachte. Aber Lady Thetford hatte ihn dazu überredet, etwas weniger pompös zu sein. Diana trug daher schimmernde, weiße Perlen, die um ihren Hals drapiert und in ihr Haar geflochten waren. Die Wirkung war elegant, aber eher angemessen für ein junges Mädchen, das sein Debüt gab.

Diana rieb sich den Arm mit ihrer Hand, ein Zeichen für Nervosität bei ihr. Sie bemerkte die Richtung seines Blicks und hielt inne, ballte ihre Finger zu einer Faust und vergrub sie in ihren Röcken. »Ich bin nervös«, gab sie zu, »aber ich wage zu behaupten, nicht nervöser als jedes andere Mädchen, das sein Debüt gibt.«

Marcus nickte. »Du bist bereit für das hier. Du wirst das außerordentlich gut machen. Da bin ich mir sicher.« Er griff in seine Tasche und holte einen kleinen Gegenstand heraus. »Das ist für dich. Ein Andenken, um sich an den heutigen Abend zu erinnern.«

Es war ein fein gearbeiteter Silberfächer mit Perlenbesatz und einer Seidenschlaufe am Handgelenk, die genau den Farbton ihres Kleides hatte. »Oh, Marcus! Das ist wunderschön«, rief sie aus und klappte den Fächer auf. »Warte.« Diana runzelte die Stirn und blickte auf die Blätter des Fächers. »Was ist das?«

»Er kann sowohl als Fächer als auch als Tanzkarte dienen«, erklärte er und deutete auf die Namen auf den einzelnen Blättern. »Das werden deine Tanzpartner sein.«

Sie blickte zu ihm auf. »Marcus! Du hast doch nicht wirklich jeden meiner Tänze ohne Rücksprache mit mir arrangiert, oder?«

»Natürlich, das habe ich. Ich möchte, dass der heutige Abend perfekt wird. Du willst doch sicher nicht von einem Wüstling, einem Glücksritter oder einem *Tory* aufs Parkett geführt werden.« Marcus rümpfte angewidert die Nase.

Sie seufzte, als sie die Schlaufe um ihr Handgelenk schloss. »Es ist nicht so sehr, dass du meine Partner ausgewählt hast. Ich kenne ja kaum jemanden, also konnte ich in dieser Hinsicht etwas Hilfe gebrauchen. Aber ich hätte gerne wenigstens ein oder zwei Tänze frei, damit ich Zeit mit Lucy und Izzie verbringen kann.«

Marcus war erfreut zu sehen, dass Dianas Freundschaft

mit den Zwillingen so weit fortgeschritten war, dass sie auf ihre Titel verzichteten. »Du wirst Zeit mit ihnen verbringen können. Zwischen den Tänzen.«

»Nur zwei Minuten lang«, brummte Diana.

Marcus lenkte nicht ein. »Vertrau mir. Es ist besser so.«

Diana verschränkte die Arme. »Es ist mein Debüt. Sollte ich nicht mitreden können?«

»Ich werde dir Bescheid geben, sobald dein Beitrag benötigt wird. Er nahm ihren Arm und führte sie zur Treppe. »Komm. Es ist Zeit für deinen großen Auftritt.«

Sie warf ihm einen Seitenblick zu, doch als sie um die Biegung der Treppe herumkamen, hatte sie ihren Gesichtsausdruck in die für einen Latimer typische, leicht distanzierte Eleganz verwandelt. Die Menge verstummte und teilte sich vor ihnen wie das Rote Meer, als Marcus Diana in den Ballsaal führte.

Marcus wusste nicht, wie es Diana ging, aber sein Herz klopfte wie wild. Er war so nervös wie noch nie in seinem Leben, als er durch die Türen des Ballsaals trat. Der heutige Abend musste für Diana perfekt laufen. Es musste einfach so sein, und er hasste die Tatsache, dass das Ergebnis außerhalb seiner Kontrolle lag, mit der Intensität von tausend glühenden Sonnen.

Er hätte nicht geglaubt, dass ein Ballsaal voller Menschen so vollkommen still sein könnte, aber außer dem Flüstern von Seide, als die Leute im hinteren Teil des Saals ihre Hälse reckten, um einen Blick auf die geheimnisvolle, zurückgezogene Lady Diana zu erhaschen, war kein einziger Laut zu hören.

Leider wurde dadurch die geflüsterte Bemerkung von Lady Pritchard nicht nur für ihre Tochter hörbar, für die sie bestimmt war, sondern auch für jeden in einem Umkreis von drei Metern, einschließlich Marcus und Diana.

»Es ist wahr, die Gerüchte sind wahr!«, zischte Lady

Pritchard und rümpfte die Nase. »Sieh dir ihren Arm an! Das ist kein Anblick, den man in einem Ballsaal erwartet.«

Er und Diana hielten gleichzeitig inne. Marcus, der vor weiß glühender Wut kochte, öffnete gerade seinen Mund, um Lady Pritchard in Grund und Boden zu brennen, als Diana ihr Kinn anhob. Mit eisiger Stimme, die durch den stillen Ballsaal tönte, sagte sie: »Ich sehe, dass Sie die Spitze an meinem Ärmel bewundern, Mrs. ...«

Sie drehte den Kopf und betrachtete Lady Pritchard von oben herab, wobei aus ihren eisblauen Augen gleichermaßen Verachtung und Zuversicht sprühten.

Es war ein Ausdruck der absoluten Überlegenheit, die ihr als Latimer angeboren war. Der Ausdruck übermittelte ihre Botschaft, *denn in der Nähe meines rechten Arms gibt es sonst nichts Bemerkenswertes ... oder etwa doch?* noch viel wirksamer, als Worte es hätten tun können.

Marcus, der Dianas Gesichtsausdruck mit einer Extraportion Herablassung ergänzte, hatte nicht vor, Lady Pritchard einen Rettungsanker zu geben, indem er sie einander vorstellte, und so war sie gezwungen, zu stottern: »Ich ... ich bin Lady Pritchard.«

»Lady Pritchard.« Dianas Blick wirkte nun leicht perplex, als könne sie es nicht fassen, dass es jemandem, dem es so offensichtlich an gesellschaftlichem Ansehen mangelte, gelungen war, in den Adel einzuheiraten. Sie schüttelte leicht den Kopf, als wolle sie ihn klären. »Es ist Honiton-Spitze. Die feinste in ganz England. Absolut jeder bemerkt das.«

»Sie ist zauberhaft.« Lady Pritchard lachte nervös. »Für ein so junges Mädchen halten Sie sich wirklich sehr selbstbewusst.«

Mitleid sickerte in Dianas Augen. »Wie genau sollte sich die Schwester eines Herzogs denn sonst verhalten?«

Sie wartete nicht auf eine Antwort, und in der Tat schien

Lady Pritchard keine zu haben. »Komm, Bruder. Ich werde gebraucht, um den Tanz zu eröffnen.«

Jetzt war der Ballsaal von wildem Geflüster erfüllt. Marcus hätte vor Stolz platzen können. »Gut gemacht, Diana!«, murmelte er. »Ich muss sagen, ich hatte erwartet, dass du vor einer so großen Menschenmenge versteinern würdest. Wie hast du das gemacht?«

Sie schenkte ihm ein zufriedenes Lächeln. »Ich habe geübt, das habe ich getan. Das habe ich mir selbst ausgedacht. Ich habe diese und ein Dutzend anderer ähnlicher Bemerkungen immer wieder mit Lady Cheltenham geprobt, damit ich für jede Gelegenheit etwas Verächtliches zu sagen habe.« Sie lachte. »Lady Cheltenham hat sich auch ein paar sehr gute Antworten einfallen lassen. Die von Lucy waren nicht so nützlich. Sie fragte mich, warum ich nicht einfach sage: *Wissen Sie, das verletzt mich sehr.*«

Marcus verdrehte die Augen, um zu zeigen, was er davon hielt. Für Lady Lucy mochte das funktionieren, aber nicht für eine Latimer. Ein Latimer hatte keine Gefühle, die man verletzen konnte, soweit es die Welt wissen musste.

»Und«, fuhr Diana fort, »ich fürchte, Izzies Vorschläge werden auch nicht viel nützen, denn sie sind viel *zu* vernichtend ...«

Marcus brachte seine Schwester zum Stillstand und drehte sie zu sich um. »Sollte es die Situation erfordern, wirst du ohne zu zögern Lady Isabellas bissigste Vorschläge nutzen und dabei jederzeit wissen, dass du meine volle Unterstützung hast.«

Das Lächeln von Diana erreichte ihre Augen. »Danke, Marcus.«

Das Geräusch von Schuhen auf dem Parkett war zu hören, als sich Dianas erster Partner näherte. Fauconbridge verbeugte sich. »Lady Diana, ich glaube, die Ehre des ersten Tanzes gehört mir. Sollen wir?«

Marcus nickte seinem Freund zu, als er ihm seine Schwester übergab. Es gefiel ihm nicht, sie allein den Wölfen auszusetzen.

Aber, wie Diana ihn erinnert hatte, sie war kein sanftmütiges Lämmchen. Sie war eine Latimer und hatte so scharfe Zähne und Krallen wie jeder andere in diesem Ballsaal.

Von diesem Moment an würde sie sie brauchen.

Er bemühte sich, seine Gesichtszüge nicht zu verziehen, als das Orchester die ersten Töne anschlug und seine kleine Schwester knickste.

KAPITEL 21

*A*ls ein gut aussehender Mann Ceci um den ersten Tanz bat, lehnte sie mit der Begründung ab, sie habe ihn bereits Archibald Nettlethorpe-Ogilvy versprochen.

Dann erkannte sie mit Schrecken, dass der gut aussehende Mann Archibald Nettlethorpe-Ogilvy *war!*

Jetzt, wo sie ihm in der Tanzformation gegenüberstand, konnte sie ihren Augen nicht trauen. Sein neuer Haarschnitt gab seinem Gesicht Form, anstatt es zu verschlucken. Und seine gut sitzende Abendgarderobe machte deutlich, dass er eine breite Brust, aber keinen breiten Bauch hatte, und dass das Einzige, was seine Ärmel ausbeulte, die beeindruckenden Muskeln seiner Arme waren.

Die bissigeren Mitglieder des *ton* flüsterten gern, dass er wie ein Schmied aussah, und das tat er heute Abend auch, und zwar auf die bestmögliche Weise. Als er sie hinausführte, sah Ceci mehrere Frauen, sowohl Debütantinnen als auch nicht so glücklich Verheiratete, die ihm bewundernde Blicke zuwarfen.

Ceci sah das auch so, dass Archibald viel besser aussah als zuvor. Aber wann immer sie ihn ansah, fühlte sie sich nicht besonders emotional. Er erweckte keine Gefühle von Schwindel, Nervosität oder dergleichen in ihr.

Aus den Augenwinkeln sah sie Marcus. Wie ein Panther schlich am Rand des Ballsaals herum, ignorierte seine Gäste und beobachtete stattdessen jede Bewegung seiner Schwester. Schon bei diesem kurzen Blick spürte Ceci, wie ihr Puls in die Höhe schoss und ihr die Farbe in die Wangen stieg.

Sie seufzte. Sie begann sich damit abzufinden, dass sie in Archibald nie mehr als einen Freund sehen würde. Aber Tatsache war, dass sie ihn wahrscheinlich trotzdem würde heiraten müssen.

Da heute Abend die ganze Gesellschaft anwesend war und keiner von ihnen beiden einen Titel hatte, waren sie so weit hinten in der Reihe, dass der Tanz sie erst in ein paar Minuten erreichen würde. Ceci beugte sich vor. »Man hat Ihnen die Haare geschnitten.«

»Ja«, sagte Archibald und strich sich verlegen eine verirrte Locke aus der Stirn. »Es war das Werk unseres Gastgebers. Trevissick schickte seinen Diener Sebastian vorbei, um meinem eigenen Kammerdiener ein paar Tipps zu geben. Ich machte den Fehler, den Raum zu betreten. Da hat er mich in die Enge getrieben.«

Ceci verkniff sich ein Lächeln, und zwar nicht nur bei der Vorstellung, dass ein einfacher Diener den massigen Mann, der vor ihr stand, in die Enge treiben konnte. Marcus tat immer so tödlich beleidigt, weil Archibald sich so wenig Mühe mit seinem Auftreten gab. Warum war sie nicht überrascht, dass er der Architekt hinter dieser Verwandlung gewesen war? »Es steht Ihnen sehr gut.«

»Ich danke Ihnen. Ich mag es sogar.« Ceci versuchte, ihr Erstaunen darüber zu verbergen, dass Archibald überhaupt bemerkt hatte, wie sein Haar aussah. »Ich konnte mich nie dazu aufraffen, meine Haare schneiden zu lassen, aber wenn sie so kurz sind, brauche ich viel weniger Zeit, um mich zurechtzumachen. Ich erkenne jetzt, dass ich paradoxerweise durch die Zeit, die ich mir für den Schnitt nehme, auf lange Sicht Zeit *spare*.«

Sie konnte ihr Lächeln nicht mehr unterdrücken. Es war mal wieder so typisch für ihren Freund, dass er sich nur darum sorgte, wie effizient er seinen Tag gestalten konnte, indem er zusätzliche Minuten für seine Maschinenwerkstatt aufsparte.

Archibald beugte sich vor. »Wissen Sie viel über unseren heutigen Ehrengast?«

»Sie meinen Lady Diana?« Auf sein Nicken hin fügte sie hinzu: »Ja, ein wenig. Lady Cheltenham hat ihr geholfen, sich auf ihren Auftritt vorzubereiten. Sie hat mich mitgenommen, um während ihrer Tanzübungen zu spielen.«

»Ich werde später mit ihr tanzen. So wie ihr Bruder sie beschrieb, nahm ich an, dass sie ein hilfloses, rehäugiges Mädchen sein muss.« Er runzelte die Stirn. »Es genügt zu sagen, dass sie nicht das zu sein scheint, was ich erwartet hatte.«

Ceci lachte und erinnerte sich an die Art und Weise, wie Lady Diana Lady Pritchard kurzerhand unangespitzt in den Boden gerammt hatte. »Ich glaube, der Grund für diese Diskrepanz liegt beim Herzog. Sie werden mir das vielleicht nicht glauben, aber er ist der überfürsorglichste große Bruder der Welt.«

»Ah.« Archibald überlegte einen Moment. »Das stimmt mit dem überein, was er vorhin gesagt hat.«

»Seien Sie versichert, dass Lady Diana sich behaupten kann.« Ceci gestikulierte in der Reihe der Tänzer. »Schauen Sie sie nur an - sie macht das ganz wunderbar.«

Das tat sie wirklich. Wenn man sah, wie Diana sich mit Edward Astley in die Reihe der Paare einreihte, konnte man nicht vermuten, dass dies ihr erster Ball war. Ihre Schritte waren leicht und anmutig, und sie hielt ihren Kopf mit dem Selbstbewusstsein einer Königin.

Das führende Paar hatte gerade Isabella Astley und ihren Partner erreicht. Als Lady Diana ihre Freundin umkreiste, flüsterte sie Izzie etwas ins Ohr, woraufhin diese in Gelächter ausbrach. Einen Augenblick später trug der Tanz Diana mit einem jubelnden Gesichtsausdruck die Reihe hinunter.

Ceci konnte sich ein Lächeln nicht verkneifen, als sie sah, dass das schüchterne Mädchen, das noch vor Kurzem in der Wildnis von Yorkshire geschmachtet hatte, ihr Debüt so sehr genoss. Sie drehte sich zu Archibald um, um ihm einen mitfühlenden Blick zuzuwerfen, aber er starrte immer noch in die Reihe der Tänzer.

Aber es war nicht Lady Diana, die seine Aufmerksamkeit erregt hatte. Ceci konnte nicht übersehen, dass sein Blick auf Isabella gerichtet war, die immer noch über den Scherz ihrer Freundin lächelte.

Archibald schien zu merken, dass er starrte, räusperte sich und drehte sich schuldbewusst nach vorne. Hatte sie sich das nur eingebildet, oder waren seine Ohren leicht rosa geworden?

Das war ... interessant. Ceci fragte sich plötzlich, warum er ihr den Hof machte und nicht Izzie.

Der Tanz erreichte endlich auch sie. Ceci verschränkte ihren Arm mit dem von Archibald, als sie ihren Teil des Tanzes begannen. »Werden Sie heute Abend mit Lady Isabella tanzen?«, fragte sie und versuchte, ihre Stimme natürlich klingen zu lassen.

Er war nicht der beste Tänzer, aber Ceci hielt es nicht für einen Zufall, dass Archibald in diesem Moment über seinen eigenen Fuß stolperte. »L-Lady Isabella? Ah, nein.«

Die Schritte trugen sie voneinander weg. Als sie wieder zusammenfanden, sagte Ceci: »Wenn Sie es wünschen, kann ich mit ihr sprechen. Mal sehen, welche Tänze sie frei hat.«

Wieder trennten sie sich. Wenn Archibald es seltsam fand, dass die Frau, die er angeblich umwarb, versuchte, ihn dazu zu überreden, mit einer anderen zu tanzen, so ließ er es sich nicht anmerken, denn als sie wieder zusammenkamen, sagte er nur: »Das ist sehr nett von Ihnen, aber ich habe noch nie mit Lady Isabella getanzt.«

Als die Schritte sie wieder zusammenbrachten, bemerkte Ceci: »Es gibt doch für alles ein erstes Mal.«

Als sie sich das nächste Mal trafen, hatte Archibalds Stimme einen melancholischen Klang. »Ich bin mir ziemlich sicher, dass sie nicht mit jemandem wie mir würde tanzen wollen.«

Ceci ließ es auf sich beruhen, spürte aber plötzlich die Entschlossenheit, ihm das Gegenteil zu beweisen.

KAPITEL 22

Zwei Stunden später kehrte Marcus in den Ballsaal zurück. Der Ball war halb vorbei, und die Dinnerpause war gerade beendet. Die Leute fingen an, zur Wiederaufnahme des Tanzes hereinzuströmen.

Lady Cheltenham tauchte mit zwei Gläsern Champagner auf. Sie reichte ihm eines. »Haben Sie den neuesten Klatsch gehört, Euer Gnaden?«

»Wahrscheinlich nicht«, sagte er, stieß mit seinem Glas an und nahm einen Schluck. Immerhin hatte er sich mit fast niemandem unterhalten und seine ganze Aufmerksamkeit auf Diana gerichtet, die sich ihren Weg durch die Tänze bahnte.

Lady Cheltenham lehnte sich vor. »Caro begegnete Lady Pritchard an der Bowle. Alle sagen, dass Caro sie so heftig geschnitten hat, dass man ihren Hals knacken hören konnte.«

Marcus musste sich ein Grinsen verkneifen. »Hat sie das wirklich? Es tut mir leid, dass ich das verpasst habe.«

Lady Cheltenham seufzte theatralisch. »*Ich* wollte die Erste sein, die sie so richtig beleidigt.«

»Dieses Recht hätte doch wohl eigentlich mir zustehen müssen. So wie es aussieht, werde ich sie wahrscheinlich in einer Woche aufsuchen müssen, um sicherzustellen, dass ihr gesellschaftlicher Absturz nicht unwiderruflich ist.«

Die Gräfin gluckste mitfühlend. »Es wird eine hässliche Aufgabe sein, aber ich stimme zu. Vorausgesetzt, sie benimmt sich, sollte man ihr einen Olivenzweig anbieten.« Sie nahm einen Schluck von ihrem Champagner. »Auf eine seltsame Art und Weise sollten wir Lady Pritchard dankbar sein. Sie hat Diana die perfekte Gelegenheit gegeben, öffentlich und unausweichlich zu zeigen, dass mit ihr nicht zu spaßen ist.«

Das stimmte wohl. Dianas sehr gute Erwiderung hatte den Ton für den Abend vorgegeben. Nachdem sie den Untergang von Lady Pritchard miterlebt hatten, wollte niemand gesellschaftlichen Selbstmord begehen, indem er eine abfällige Bemerkung über ihre fehlende Hand machte.

Und nicht nur das, auch das Tanzen hatte wunderbar geklappt. Er hatte nicht gesehen, dass Diana auch nur einen einzigen Schritt verfehlt hatte. Man hätte meinen können, sie hätte bei den besten Tanzmeistern Unterricht genommen, anstatt die Schritte von Tante Griselda am Rande eines Moors zu lernen.

Apropos Tante Griselda: Sie stand in einer Traube mit Cecilia Chenoweth, Lady Thetford und Lady Morsley. Als Lucy Astley sich ihre Mutter für ein kurzes Gespräch auslieh, schlich Marcus hinüber, um zu lauschen.

Lady Morsley schüttelte den Kopf. »Ich kann immer noch nicht glauben, dass du mich nicht gefragt hast, ob ich mitkomme!«

»Anne«, sagte Lady Thetford, »sei vernünftig. Dein Mann hätte uns schon für den bloßen Vorschlag, nach Deptford zu fahren, erdrosselt.«

Lady Morsley ließ sich nicht beschwichtigen. »Ich kann

mit meinem Mann umgehen. Und ich wäre eine wertvolle Ergänzung für eure Gruppe gewesen. Von uns dreien bin ich die Einzige, die jemals auf jemanden geschossen hat!«

Die Gräfin bezog sich auf eine Heldentat, die sie im Namen der Ladies' Society vollbracht hatte, als sie in einen kriminellen Unterschlupf eingedrungen war und ihren Mann gerettet hatte, als dieser mit einem Messer bedroht wurde. Außerdem hatte sie dabei auch gleich noch ein Dutzend Schornsteinfegerjungen gerettet.

Tante Griselda rief aus: »Sie haben auf jemanden geschossen? Sehr gut, diese Geschichte sollten Sie mir erzählen.« Sie verschränkte ihren Arm mit dem von Lady Morsley und zog die verwirrte Gräfin zu zwei Stühlen an der Wand. »Endlich gibt es jemanden, der interessant ist und mit dem man sich unterhalten kann!«

Cecilia fing seinen Blick auf, ihre Augen funkelten vor Schalk. Marcus murmelte die Worte *wahnsinnig, rasend und verrückt*, und ein Kichern brach über ihre Lippen.

Großer Gott, er hatte gerade einen *Witz* gemacht. Keine bissige Erwiderung oder ein vernichtendes Urteil, sondern einen echten Scherz.

Was in aller Welt war in ihn gefahren?

Trotzdem fühlte sich Marcus durch ihre Reaktion ein wenig besser. Er hatte sich heute Abend offensichtlich ausschließlich auf Diana konzentriert.

Aber er wusste auch, dass sie mit dem neuen Schönling Archibald Nettlethorpe-Ogilvy getanzt hatte.

Zweimal.

Er wollte gerade etwas anderes flüstern, um zu sehen, ob er sich ein weiteres Lächeln von ihr verdienen konnte, als ein Geräusch von der anderen Seite des Ballsaals alle Haare in seinem Nacken zu Berge stehen ließ.

Er würde dieses Geräusch überall erkennen.

Dianas Lachen.

Er wirbelte herum. Tatsächlich hatte Diana gerade den Raum am Arm von Harrington Astley betreten, dem Marcus den Dinnertanz zugewiesen hatte. Sein lockiger, brauner Kopf war zu ihrem goldenen hinuntergebeugt, und was auch immer sie sagte, ließ ihn ein eigenes Lachen ausstoßen. Er flüsterte ebenfalls etwas, woraufhin Diana seinen Arm umklammerte und gluckste.

Ein Glucksen, das wie eine Welle über Marcus hinwegrollte.

Er hatte die ganze vergangene Woche in ständiger Angst verbracht, dass etwas schief gehen und seine Schwester am Abend ihres Debüts weinen würde.

Doch dazu war es nicht gekommen. Diana war ein Erfolg - ein großartiger Erfolg. Alles lief *perfekt*.

Und - sie war *glücklich*.

Marcus konnte nicht anders. Er tat etwas, was er in der Öffentlichkeit noch nie getan hatte.

Er lächelte.

Das Geräusch von zerbrechendem Kristall rief ihn in den Ballsaal zurück. Als er seinen Blick wieder auf seine Umgebung richtete, sah er, dass nicht weniger als vier Frauen in Ohnmacht gefallen waren, offenbar überwältigt vom Anblick seiner lächelnden Visage.

Lakaien eilten bereits herbei, um das Chaos zu beseitigen. Marcus unterdrückte den Drang, die Augen zu verdrehen, als er sich von den liegenden Frauen abwandte, von denen drei in verdächtig schmeichelhaften Posen in Ohnmacht gefallen waren.

Das Orchester begann sich einzustimmen. Neben ihm musterte Lady Cheltenham ihn abschätzend. »Sie wissen sicherlich, es bringt Unglück, wenn der Gastgeber nicht wenigstens einmal auf seinem eigenen Ball tanzt.«

»Ist das so?« Marcus hatte noch nie von diesem

Aberglauben gehört. Er war sich ziemlich sicher, dass die Gräfin das nur erfunden hatte.

Aber jetzt, wo der Vorschlag gemacht worden war, fand er ihn äußerst reizvoll. »Miss Chenoweth«, sagte er, stellte seine Champagnerflöte auf das Tablett eines vorbeigehenden Dieners und reichte ihr die Hand, »würden Sie mir die Ehre erweisen?«

Sie nahm seine Hand, und er führte sie durch den Ballsaal aufs Parkett. Marcus wusste, dass die Leute ihn anstarrten, wusste, dass die Tatsache, dass er wieder mit Cecilia tanzte, bemerkt werden würde. Aber er war so gut gelaunt, dass es ihm egal war. Er *wollte* tanzen, wollte sich im Triumph von Diana sonnen.

Und es gab nur eine Person, mit der er diesen Moment teilen wollte.

Das Meer von Köpfen drehte sich, als er sie zum oberen Ende der Bühne führte, und einige weibliche Gesichter verzogen sich zu finsteren Blicken. Er hoffte nur, dass er ihr nicht gerade eine Zielscheibe auf den Rücken gemalt hatte.

Sie nahmen ihren Platz an der Spitze der Tanzformation ein, und die Musik begann. Marcus fühlte sich schwerelos, als er mit Cecilia am Arm die Reihe der Tänzer hinunterhüpfte. Anders als beim ersten Mal, als sie miteinander getanzt hatten, sah sie ihn heute Abend tatsächlich an, der schüchterne Ausdruck in ihren wunderschönen braunen Augen galt nur ihm.

Das Gefühl, das ihn überkam, war seltsam. Ungewohnt. Er war sich ziemlich sicher, dass es Euphorie war.

War dies der glücklichste Moment in seinem Leben? Er vermutete es durchaus.

Auf halber Strecke tanzte Marcus eine Runde mit ... Tante Griselda?

»Ich sagte doch, ich habe es noch drauf!«, rief Tante Griselda ihrem Partner, Harrington Astley, zu.

Astley nahm ihre Hand, während sie eine komplexe Reihe von Schritten ausführten. »Ich habe nicht eine Sekunde an Ihnen gezweifelt.«

Marcus bemerkte Cecilias Blick und tat das Undenkbare - er lächelte, zum zweiten Mal am selben Abend.

Jetzt würden die Klatschbasen wirklich mit der Zunge schnalzen, aber das war Marcus egal. Als der Tanz zu Ende war, legte er Cecilias Hand in seinen Arm, beugte sich zu ihr hinunter und flüsterte: »Kommen Sie mit mir.«

KAPITEL 23

*C*eci war erstaunt über Marcus' Fähigkeit, sich durch den überfüllten Ballsaal zu bewegen wie ein Messer durch Butter.

Natürlich kamen Dutzende von Leuten auf ihn zu und versuchten, ihn aufzuhalten, aber er ging einfach weiter, nickte und sagte allen, dass er sie später ansprechen würde.

Ceci, die immer von der langweiligsten Person im Raum in die Enge getrieben zu werden schien, fragte sich, ob eine ähnliche Technik auch bei ihr funktionieren könnte.

Irgendwie bezweifelte sie das.

Er führte sie eine Treppe hinauf in einen Flur, der mit Porträts seiner Vorfahren behängt war. In Anbetracht der Tatsache, dass heute Abend wahrscheinlich tausend Gäste anwesend waren, war es zwar nicht menschenleer, aber doch weit entfernt von dem Gedränge im Ballsaal.

»Also«, begann Ceci und richtete die Röcke ihres mintgrünen Musselinrocks, »welchen Ihrer edlen Vorfahren wollten Sie mir zeigen?«

Marcus schien nicht anwesend zu sein, denn er starrte

den Flur hinunter. Plötzlich packte er sie am Arm und zerrte sie ... direkt gegen die Wand?

Offensichtlich hatte sie eine Tür übersehen, denn das Einzige, gegen das sie stieß, war Marcus' Schulter, als er kurz vor ihr stehen blieb. Der Raum, in dem sie sich befand, war nicht ganz stockdunkel, aber fast. Ein behandschuhter Finger kam hoch und drückte auf ihre Lippen. Erst da bemerkte Ceci, dass sie vor Überraschung aufgeschrien hatte. »Seien Sie still, Miss Chenoweth«, sagte eine vertraute, sardonische Stimme. »Oder wollen Sie, dass alle Sie hören?«

»Wo sind wir?«, zischte sie.

»In einem Geheimgang natürlich.« In der Dunkelheit konnte sie sein Gesicht nicht erkennen, aber sie konnte das süffisante Lächeln in seiner Stimme hören. »Kommen Sie.«

Er verschränkte seine Finger mit ihren und führte sie durch einen langen, schmalen Korridor.

Jetzt, da sie nicht mehr völlig verwirrt war, überfielen sie die Gedanken an die Konsequenzen, die es nach sich ziehen könnte, mit einem der berüchtigtsten Wüstlinge Londons allein in einem schattigen Korridor zu sein. »Was, wenn uns jemand zusammen weggehen sah?«

»Passen Sie auf die Treppe auf«, wies er an und verlangsamte seinen Schritt nicht. »Das haben sie nicht. Ich habe einen Moment abgewartet, als niemand hinsah.«

Ceci hatte Mühe, nicht über ihre Röcke zu stolpern, als sie eine Wendeltreppe hinaufstiegen, auf der nur eine Spur von Licht zu sehen war. »Aber irgendjemand muss doch bemerkt haben, dass wir zusammen reingekommen sind! Glauben Sie wirklich, sie werden nicht auch bemerken, dass wir plötzlich verschwunden sind?«

Sie mussten in der Nähe eines Fensters sein, denn es war jetzt hell genug, dass sie sein Augenrollen erkennen konnte. »Es gibt ein Dutzend öffentlicher Räume entlang dieses

Korridors. Sie werden denken, dass wir in einen von ihnen hineingegangen sind, aber nicht sicher sein, in welchen.«

Sie raffte eine Handvoll ihrer Röcke. »Aber wenn sie uns gesehen haben ...«

»Haben sie nicht.«

»Aber ...«

»Leben Sie ein bisschen, Miss Chenoweth.«

Sie hatten das obere Ende der Treppe erreicht. Durch eine Glastür drang genug Mondlicht, dass Ceci endlich richtig sehen konnte. Marcus öffnete die Tür und gab ihr ein Zeichen, durchzugehen, und - *oh*!

Es war ein kleiner steinerner Balkon, vielleicht drei Meter breit, mit einer Balustrade aus gemeißeltem Marmor und einer kleinen Steinbank, gerade groß genug für zwei Personen. Die Rosensträucher, die aus den beiden steinernen Urnen an den beiden Enden des Gartens sprießten, blühten nicht mehr, und die Pflanzen waren in Erwartung der Herbstkälte zurückgeschnitten worden. Aber sie befanden sich in einer wolkenlosen Nacht ganz oben auf dem Latimer House, und der Balkon brauchte keine andere Verzierung als den strahlenden Sternenhimmel über ihnen.

»Oh, M...« Sie biss sich auf die Lippe, als sie merkte, dass sie ihn fast Marcus genannt hätte. »Es ist wunderschön«, fügte sie hastig hinzu.

Er grinste, als er sie zum Geländer führte. »Ich ahnte, dass es Ihnen gefallen würde.«

Sie neigte ihren Kopf zurück, um die Sterne zu betrachten. Das Orchester spielte einen Kotillon, die Musik war leicht und schön, gerade nah genug, um sie zu hören, aber weit genug entfernt, um das Gefühl zu haben, in ihrer eigenen kleinen Welt zu sein.

Ceci rieb sich mit einer behandschuhten Hand den nackten Arm. Wie sehr wünschte sie sich, sie hätte ihren

Schal. Wenn sie nicht Gefahr liefe, zu erfrieren, würde sie die ganze Nacht hier draußen bleiben.

Marcus tauchte plötzlich hinter ihr auf, drückte seine Brust gegen ihren Rücken und schlang seine Arme um sie. Ceci quietschte überrascht auf und lachte dann nervös. »W-was machen Sie da?«

»Ihnen ist kalt«, sagte er, und er stand so nah, dass sie seine Stimmbänder an ihrer Schläfe vibrieren spürte.

Ceci schauderte, als wollte sie ihm beweisen, dass er Recht hatte, aber diesmal aus einem ganz anderen Grund. »Ein echter Gentleman würde mir seinen Mantel anbieten.«

»Wie schade, dass es hier keinen richtigen Gentleman gibt.« Er drückte sie fest an sich. »Ich bevorzuge dies. Ich vermute, dass Sie das auch tun.«

Es war gut, dass es dunkel war, denn Ceci wurde so rot, dass sie den schrecklichen Verdacht hatte, ihr Gesicht sei fleckig geworden. »Das ist ... schön«, gab sie zu.

»Gott sei Dank denken Sie so, denn die meisten meiner Mäntel sitzen so eng, dass ich ohne die Hilfe meines Dieners nicht in sie hineinkomme. Ich würde zerknittert zur Party zurückkehren, und dann wüssten alle, dass Sie sich an mir vergriffen haben.«

Ceci schnaubte. »Oh, ja. Die unanständige Verführerin, die ich bin.«

Er fuhr mit einer Hand ihren Arm hinauf, seine behandschuhten Finger hinterließen eine Gänsehaut, dann strich er über ihr Schlüsselbein. Seine Stimme war dunkel, als er murmelte: »Sie werden von mir keinen Widerspruch hören.«

Sie trat hastig zur Seite. Dieser Moment kam so unerwartet, dass sie nicht eine Minute Zeit hatte, sich zu entscheiden, was sie wollte. Einerseits war es der Stoff, aus dem ihre Tagträume waren, mit Marcus Latimer auf einem sternenüberfluteten Balkon zu stehen.

Aber egal, was sie heute Abend tun würden, er würde sie nicht heiraten. Das hatte er ihr direkt gesagt. *Unausweichlich.* Er hatte sie sogar um Hilfe gebeten, um eine andere Frau zu finden, die er heiraten könnte!

Aber einem Teil von ihr war das egal. Sie hatte nie erwartet, dass Marcus eine Frau wie sie würde heiraten wollen. Und wenn jemand ihr Verschwinden bemerkt hätte, wäre sie ruiniert gewesen, unabhängig davon, ob sie sich erlaubt hätte, den Kuss zu genießen, von dem sie seit Jahren geträumt hatte.

Vielleicht könnte es nicht schaden, ihre Fantasie zu befriedigen. Nicht genug, um sie wirklich zu ruinieren.

Aber eine Erinnerung war doch sicher nicht zu viel verlangt.

Sie war ein wenig nervös, Marcus anzusehen, da sie ihn weggestoßen hatte, und sie hatte genug Erfahrung, um zu wissen, dass die meisten Männer Zurückweisung nicht gut vertrugen. Doch als sie schließlich den Mut aufbrachte, den Blick zu heben, sah sie, dass er sie mit geduldiger Belustigung ansah.

Das Amüsement verwandelte sich in selbstgefällige Zufriedenheit, als sie sich an der Reling zurück zu ihm bewegte. Dennoch machte er es ihr nicht leicht. »Also«, sagte sie unbeholfen, als sie ihre Schulter gegen seine drückte.

»Also«, erwiderte er. Sie konnte das Lachen in seiner Stimme hören.

»Ich, ähm ...« Sie überlegte, was sie sagen sollte. »Sie haben vorhin Ihren Kammerdiener erwähnt. Mr. Nettlethorpe-Ogilvy sagte, dass Sie derjenige waren, der den Mann zu seinem Haus geschickt hat, und dass er der Architekt hinter seiner bemerkenswerten Verwandlung war.«

Oh je - das war nicht das Richtige gewesen, wenn sie den finsteren Blick bedachte, der sich über seine Züge senkte.

»Sie finden seine Verwandlung bemerkenswert, ja?«

Sie lachte nervös. »Er sieht auf jeden Fall anders aus.«

Seine kalten Augen bohrten sich in ihre. »Finden Sie ihn gut aussehend?«

»Ich glaube, das tun viele Frauen. Ich habe gesehen, wie er einige bewundernde Blicke erntete, als wir den Ballsaal durchquerten.«

Er drehte sich von der Brüstung weg, legte eine Hand links und rechts von ihr auf das Eisen und drückte sie gegen das Marmorgeländer. Seine Stimme, als er ihr ins Ohr flüsterte, war schwarz wie Mitternacht. »Ich habe nicht nach *vielen Frauen* gefragt, Miss Chenoweth. Ich habe nach *Ihnen* gefragt.«

Sie atmete so schwer, als ob sie gerannt wäre. »Er ist sicher nicht der schönste Mann, den ich kenne.«

Sie spürte das Flüstern seines Atems an ihrer Kehle. »Und wer soll das sein?«

Sie schluckte. »Ich glaube, das wissen Sie.«

Er gab ein zufriedenes Schnurren von sich, und sie spürte das Grummeln tief in ihrer Magengrube. »Aber er ist so ein guter Mann, Nettlethorpe-Ogilvy. *Er* würde Sie niemals auf einen verlassenen Balkon entführen.«

Ceci erstarrte. Das einzige Mal, als Archibald sie geküsst hatte, hatte er nämlich genau das getan.

Sie drehte den Kopf ein wenig und sah Marcus' Blick auf sich gerichtet. »Das hat er, nicht wahr? Hat er Sie geküsst?« Er las die Antwort in ihren Augen, und sein finsterer Blick vertiefte sich. »War es heute Abend? Unter meinem eigenen Dach?«, knurrte er.

»N-nein!«, keuchte sie. »Das war vor Wochen.«

»Vor Wochen?« Jetzt runzelte er verwirrt die Stirn. »Und er hat es nicht wieder versucht? Wie schlimm war dieser Kuss?«

»Es war nicht schlecht! Es war ...« Ceci durchforstete ihr Gehirn nach einem Wort, das keine glatte Lüge wäre. »... völlig erträglich.«

»*Erträglich*? Ein Kuss sollte nicht *erträglich* sein.«

»Ach, es soll also unerträglich sein?«

Jetzt steckte sie wirklich in der Klemme, denn er hatte die Brüstung losgelassen. Er zog seine Handschuhe aus und warf sie auf die Fliesen zu ihren Füßen. Gerade als seine Fingerspitzen die zarte Haut ihrer Oberarme berührten, drang seine volle, dunkle Stimme wieder an ihr Ohr. »Wenn ein Mann weiß, wie man küsst, dann ist jede Minute, die danach kommt, in der seine Lippen nicht auf den Ihren liegen, unerträglich. Ein echter Kuss wird Sie bis in Ihre Träume verfolgen. Sie würden sich danach *sehnen*.«

»Ich sehne mich jetzt schon danach«, platzte Ceci heraus und erstarrte, als ihr klar wurde, was sie gesagt hatte.

»Ah, meine süße, unschuldige Cecilia.« Er hob seine Hände und umrahmte ihr Gesicht, seine Fingerspitzen bildeten einen warmen Kontrast zu der kühlen Nachtluft. »Ich werde *immer* diese Sehnsucht lindern.«

Wäre sie der Sprache mächtig gewesen, hätte sie etwas gesagt wie *Ja* oder *Bitte* oder *Um Gottes willen, beeil dich*. Aber das Beste, was sie tun konnte, war, die Augen zu schließen und ihren Kopf zu ihm zu neigen.

Sie war daher überrascht, als seine Lippen nicht auf die ihren, sondern auf ihren Hals sanken. Wer hätte gedacht, dass ein Hals so empfindlich sein konnte? Sie jedenfalls nicht, aber jetzt wusste sie es. Sie keuchte auf. Sie erschauderte. Ihre zitternden Hände griffen nach seinen Schultern und suchten verzweifelt nach etwas, das einem Halt ähnelte, während sie von einer Welle nach der anderen von Gefühlen überrollt wurde.

Marcus knurrte zustimmend und zog ihren Körper dicht

an seinen. Und Ceci mochte eine Unschuldige sein, aber ihre beste Freundin war verheiratet - *sehr* glücklich verheiratet - und Caro hatte ihr genug darüber erzählt, was zwischen einem Mann und einer Frau vor sich ging, dass sie genau wusste, was die stählerne Beule bedeutete, die sich in die Weichheit ihres Bauches drückte. Marcus war vielleicht nicht so außer Fassung, wie sie es war.

Aber sie konnte es nicht ignorieren - er wollte sie mit der gleichen Heftigkeit.

Er küsste sich ihren Hals hinauf, über ihren Kiefer und dann auf ihr Ohrläppchen, woraufhin sie ihre Nägel in seine Schulter bohrte. Es schien ihm nichts auszumachen, denn sein Knurren war zustimmend.

Und dann näherte er sich ihren Lippen immer mehr. Zuerst küsste er ihre Schläfe. Dann war es ihr Wangenknochen. Er drückte einen weiteren Kuss nur einen Bruchteil eines Zolls näher. Und all das fühlte sich wunderbar, aber auch schrecklich an, denn sie brauchte seine Lippen auf den ihren, brauchte sie *jetzt*, und als er ihr einen weiteren Schmetterlingskuss auf den Kiefer drückte, drehte sie ihren Kopf und forderte seine Lippen mit ihren eigenen.

Sie merkte, dass sie ihn überrumpelt hatte, aber er fing sich sofort wieder. Und oh! Wenn das *Küssen* war, dann war es ein Wunder, dass Menschen überhaupt etwas anderes taten! Marcus küsste so, wie ein virtuoser Geiger ein Konzert spielte: mit absoluter Sicherheit, Präzision und Leidenschaft. Seine Lippen waren weich wie Satin, und jede Berührung erweckte neue Nerven zum Leben. Ceci spürte, wie ein Crescendo sie immer höher und höher trug, und sie fragte sich, wie hoch sie noch gehen konnte.

Marcus beantwortete diese Frage, zumindest teilweise - *höher* - indem er mit seiner Zunge über den Saum ihrer Lippen strich. Sie öffnete sich ihm, ohne nachzudenken, und vertraute darauf, dass sie es genießen würde, was immer er mit ihr machen wollte.

Das war der Moment, in dem das Zittern ernsthaft begann. Egal, ob seine Zunge über ihre Lippen strich, ihren Mundwinkel liebkoste oder sich mit der ihren duellierte, der Effekt war derselbe: Vergnügen von solch überwältigender Intensität, dass sie es nicht nur dort spürte, wo sich ihre Lippen trafen, sondern auch an anderen Stellen. Ihre Brustwarzen waren hart wie Stein, und das lag nicht nur an der kühlen Nachtluft. Ihre Haut, die sich nach seinen Händen sehnte. Und die Stelle zwischen ihren Schenkeln, die zu pochen begonnen hatte wie ein Herzschlag.

Sie konnte nicht genug bekommen. Wäre sie nicht so überwältigt gewesen von den Empfindungen, die er in ihr auslöste, wäre sie beschämt gewesen über die Art und Weise, wie sie sich an ihm rieb, wie eine Katze, die darum bettelte, gestreichelt zu werden, und über das bebende Wimmern, das immer wieder in ihrer Kehle aufstieg. Aber sie war zu weit gegangen, um sich zu schämen. Sie spürte nichts als Vergnügen, das sich mit Verzweiflung vermischte.

Marcus löste seine Lippen von ihren und begann, ihren Hals zu küssen. Sie antwortete mit einem Proteststöhnen und spürte, wie sich seine Lippen an ihrem Hals zu einem Lächeln verzogen.

»Was?«, keuchte sie.

»Ich wusste, dass es mit dir so sein würde«, sagte er und liebkoste die Stelle, an der ihr Puls pochte. »Ich wusste es vom ersten Moment an, als ich dich spielen hörte.«

»Und wie genau ist es?«, fragte sie mit hämmerndem Herzen.

»*Perfekt.*« Sein Blick fiel auf ihren wogenden Busen. Er riss seinen Blick zu ihr hoch. »Wenn du nicht willst, dass ich dich hier berühre, dann sag es mir sofort.«

»Nein, ich ...« Er blickte scharf auf, da er zweifellos

dachte, dass sie ihn abweisen wollte, obwohl sie genau das Gegenteil beabsichtigt hatte. »Ich will es«, gab sie zu.

Er umfasste ihre Brüste, noch bevor sie ihren Mund geschlossen hatte. Seine Hände waren, wie er schon früher geprahlt hatte, groß, aber ihre Brüste waren noch größer. Er stöhnte, sein Gesichtsausdruck war genießerisch, als er das Gewicht dieser Brüste testete.

Ceci biss sich auf die Lippe. Ihre Brustwarzen, so stellte sie fest, waren äußerst empfindlich, und sie wollte so viel mehr als diese zaghafte Berührung.

Plötzlich verschwanden seine Hände. Sie protestierte mit einem Aufschrei und bemerkte dann, dass sie über die Vorderseite ihres Mieders strichen. »Ich muss dich sehen«, sagte er und löste die Bänder mit einer verdächtigen Effizienz. Innerhalb von Sekunden hatte er ihr Kleid aufgerissen. Er griff in ihr Korsett und ihr Unterhemd und hob ihre Brüste heraus, sodass sie der kühlen Nachtluft ausgesetzt waren.

Ceci musste den Impuls unterdrücken, sich mit den Händen zu bedecken, weil sie sich plötzlich wie auf einem Präsentierteller fühlte. Sie versuchte zwar, sich nicht zu viele Gedanken über solche Dinge zu machen, aber sie wusste, dass ihre Figur kurviger war als das, was als modisch angesehen wurde. Demgegenüber hatte Marcus wahrscheinlich noch nie eine Geliebte gehabt, deren Körper nicht ganz perfekt gewesen wäre.

»Mein *Gott*, Cecilia.«

Zusammenzuckend riss sie die Augen auf, unsicher, ob seine Antwort Zustimmung oder Abscheu bedeutete.

Seine Nasenflügel bebten, sein Gesicht verzog sich zu einem Zähnefletschen. Ceci versuchte mit zitternden Fingern, das Mieder ihres Kleides hochzuziehen. »Es tut mir leid.«

»Wie bitte?« Er riss seinen Blick von ihrer Brust los,

sein Gesichtsausdruck wirkte geradezu beleidigt. Er nahm ihre Hände in seine und zog sie von ihrem Kleid weg. »Wage es nicht zu glauben, dass mit dir etwas nicht in Ordnung ist. Das ist nicht der Fall. Du bist *großartig*.« Er streckte seine Hände nach ihren Brüsten aus, und ein Stöhnen drang aus seiner Kehle. »Du kannst dir nicht vorstellen, wie sehr ich von diesem Moment geträumt habe.«

»Sie ... Sie haben?«, keuchte sie.

»*Ja*.«

Ceci war nicht in der Lage, eine Antwort zu formulieren, denn das war der Moment, in dem er begann, mit seinen Daumen um ihre Brustwarzen zu kreisen. Und *oh* - das war fast *zu gut*! Die verruchten Empfindungen verdrängten jede Spur von Verlegenheit. Angesichts dieses Ansturms von Vergnügen gab es keinen Raum, um sich um etwas anderes Sorgen zu machen.

Mit einem Knurren kniete Marcus vor ihr auf den glatten grauen Pflastersteinen und versenkte seine Lippen auf der unteren Wölbung ihrer rechten Brust. Ceci kamen die Tränen, was ihr peinlich war, aber sie konnte sich nicht zurückhalten. Sie spürte seine Zunge auf ihrer Haut und dann seine Zähne und schrie vor Frustration auf. Ohne es zu wollen, grub sie ihre Hände in sein Haar, ihre Fingernägel kratzten an seiner Kopfhaut, und führte seinen Mund zu ihrer Brustwarze, wo sie ihn brauchte.

Er knurrte zustimmend, bevor er ihr das lange, tiefe Saugen gab, nach dem sie sich sehnte. Jetzt gaben beide Tierlaute von sich. Er saugte so hart an ihr, dass sie am nächsten Morgen wahrscheinlich blaue Flecken haben würde, aber die Empfindungen, die er auslöste, waren so köstlich, dass es ihr egal war.

Er löste seine Lippen von ihrer Brustwarze, und sie krallte sich verzweifelt an seinen Schultern fest und versuchte, ihn festzuhalten. Als sich herausstellte, dass er nur auf die andere Seite gewechselt war, verzieh sie ihm sofort.

Noch eine Minute seiner Zuwendungen, und ihr ganzer Körper bockte und bebte. Sie empfand Vergnügen, so viel Vergnügen, an dem, was er tat. Aber ein anderes Gefühl, ein ungestilltes Bedürfnis, das sich am Scheitelpunkt ihrer Schenkel konzentrierte, hatte sich mit jedem Augenblick verstärkt, und nun erreichte es den Punkt, an dem ihre Qual ihr Hochgefühl überstieg.

Ceci schrie frustriert auf. Marcus erhob sich elegant.

»Nein, Marcus! Bitte! Ich ... ich brauche ...«

»Still«, beruhigte er sie. »Ich werde mich um dich kümmern.«

Er führte sie zu der Bank und positionierte sie so, dass sie auf dem Rücken lag. Sie war so erregt, dass sie nicht protestierte, als er ihre Knie beugte und dann ihre Röcke bis zur Taille hochzog, sodass ihre intimsten Stellen vom Mondlicht beschienen wurden. Er rutschte hinunter und kniete zwischen ihren zitternden Schenkeln. »Ah, Cecilia.« Er drückte ihr einen Kuss auf die zarte Haut zwischen ihren Beinen. »Du bist auch hier so schön.«

Ohne weitere Vorrede spreizte er ihre Beine weiter und drückte einen Kuss auf die besondere Perle, die zwischen ihren Falten lag. So unschuldig sie auch sein mochte, Ceci kannte diesen Ort. Obwohl sie sich nie getraut hatte, sich selbst dort zu berühren, hatte Caro ihr erzählt, dass dies der Ort war, an dem eine Frau das meiste Vergnügen empfand.

Aber nichts von dem, was Caro beschrieben hatte, hätte sie auf die Empfindungen vorbereiten können, die Marcus hervorrief. Er wirbelte mit seiner Zunge träge um ihre Mitte, und ihr ganzer Körper zuckte. Es lag nicht nur daran, dass sie noch nie zuvor so viel Vergnügen erlebt hatte. Ceci hatte sich nie vorstellen können, dass es diese Art von Glückseligkeit geben könnte.

Sie merkte, dass sich ihre Finger in seine Kopfhaut gruben, als hätte sie Angst, er könnte versuchen zu entkommen. Wenn Marcus einen solchen Schritt in Erwägung zog, gab er keine Anzeichen dafür. Mit grimmigem Blick schaute er zu ihr auf und genoss es, wie sie sich von ihm verwöhnen ließ. Als er sich ein wenig zurechtrückte und dabei eine neue Ladung Nerven streichelte, schrie Ceci auf und krümmte ihren Rücken. Sie spürte, wie er gegen ihren Kern stöhnte, konnte seine Erregung über ihre offensichtliche Lust in seinen Augen sehen.

Sie wurde immer verzweifelter. Er wechselte von der leichten, schnippenden Bewegung, die er bisher benutzt hatte, dazu über, sie mit der ganzen Fläche seiner Zunge zu liebkosen. Sie setzte sich halb auf und stammelte etwas. Ermutigt steigerte er sein Tempo, und obwohl sie es noch nie zuvor erlebt hatte, wusste Ceci, dass sie kurz davor war, den Gipfel zu erreichen. Das Vergnügen war unvorstellbar, fast unerträglich.

Er hielt sie für eine Ewigkeit, die wahrscheinlich nicht länger als drei Sekunden dauerte, am Abgrund fest, und dann stürzte sie hinunter. Eine Welle nach der anderen der Lust überfiel sie. Ihre Beine zitterten wie wild, und sie warf ihren Kopf zurück wie ein heidnisches Opfer für den Mond und die Sterne über ihr.

Bis sie endlich wieder etwas mitbekam, musste einige Zeit vergangen sein, denn Marcus hatte sich vom Boden erhoben und saß nun auf der Bank, ihr Kopf in seinem Schoß. Sein Lächeln war der Inbegriff von selbstgefälliger männlicher Zufriedenheit.

Ceci versuchte, sich aufzusetzen, schwankte aber sofort. Marcus schmunzelte, als er sie an sich zog und ihren Kopf an seine Schulter drückte.

Aus diesem Blickwinkel starrte sie auf die immer noch

auffällige Ausbeulung, die die Vorderseite seiner Hose zierte. Sie sah schuldbewusst zu ihm auf. »Willst du, dass ich, ähm ... etwas tue? Für dich?«

Er strich ihr eine ihrer Locken zurück. »So sehr ich mir das auch wünsche, ich fürchte, ich habe dich schon zu lange von der Party ferngehalten. Wir sollten uns auf den Rückweg machen, bevor unsere Abwesenheit bemerkt wird.«

»Es tut mir leid«, sagte sie überstürzt. »Ich weiß nicht, was über mich gekommen ist. Ich hätte ...«

»Pst. Du warst überwältigt von deiner ersten Erfahrung der Lust.«

Es war eine Feststellung, keine Frage, aber er hatte zufällig recht. Ceci errötete und nickte.

Er sah noch selbstgefälliger aus als sonst, und das wollte wirklich etwas heißen. »Ich kann dir gar nicht sagen, wie sehr es mich freut, dass ich derjenige war, der dir das zeigen durfte.«

Er zog sie auf die Füße, und sein Blick ließ ihre Zehen in den Tanzpantoffeln kribbeln. Sein Flüstern war heiser in ihrem Ohr. »Ich hoffe, ich bin bald an der Reihe.«

Sie nickte hastig.

»Komm. Wir müssen dich wieder präsentabel machen.«

Cecis Hände zitterten, als sie versuchte, ihr Mieder zu schließen. Marcus schob ihre Hände aus dem Weg und machte sich selbst an die Arbeit, wobei er bewies, dass er genauso kompetent war wie jedes Hausmädchen. Ceci erschauderte bei dem Gedanken, wie vielen Frauen er einen ähnlichen Dienst erwiesen hatte, dass er so geschickt darin geworden war.

»Fast fertig«, sagte er, aber er kämpfte mit dem letzten Knopf. »Ah, ich verstehe das Problem. Deine Halskette hat sich im Stoff verheddert.«

Er zog die Kette heraus und begann, sie zu entwirren, erstarrte aber plötzlich. Der selbstzufriedene

Gesichtsausdruck war im Nu verschwunden, sein Gesicht wurde seltsam leer, als er den schwarzen Metallschlüssel hochhielt, um ihn im Mondlicht zu betrachten.

»Woher um alles in der Welt«, sagte er langsam, »hast du *das*?«

KAPITEL 24

*C*eci gluckste nervös. Sie versuchte, ihm den Schlüssel abzunehmen, aber er starrte aufmerksam im Mondlicht auf die verdrehte Schlange.

Sie räusperte sich. »Das spielt ja keine Rolle. Ich weiß, es sieht makaber aus. Es ist ein Geschenk meines Vaters, kurz bevor er starb.«

Marcus' Blick flog zu ihrem. »Willst du mir sagen, dass dein Vater, der *Vikar*, einen Schlüssel zu Paradisium hatte?«

Ceci keuchte auf. »Du weißt, was es ist?« Auf sein Nicken hin flog ihre Hand nach oben und umschloss die seine, die noch immer den Schlüssel hielt. »Wie, hast du gesagt, nennt man das? Para...«

»*Paradisium Voluptatis* ist der vollständige Name. Es ist lateinisch und bedeutet *Paradies der Freuden*, einer der Namen, die in der Bibel für den Garten Eden verwendet werden. Besser bekannt als Paradisium.«

Ceci strich mit dem Daumen über den Schaft des schwarzen Schlüssels. »Daher die Schlange.« Sie schüttelte den Kopf und konnte nicht fassen, dass sie endlich die Identität des Schlüssels erfuhr, und das so unerwartet. »Ich hätte nie gedacht, dass etwas so Unheimliches einen biblischen Bezug haben könnte. Handelt es sich also um eine Art religiöse Gesellschaft?«

Er schnaubte. »Nicht im Geringsten. Das Paradisium ist ein sogenannter Höllenfeuer-Club.« Sie starrte ihn verständnislos an, und er fügte hinzu: »Ein Höllenfeuer-Club ist ein Ort, an dem sich Männer zu den schockierendsten und verdorbensten Handlungen hinreißen lassen.«

Ceci runzelte die Stirn und betrachtete den Schlüssel. »Es ist also ein Gentlemen's Club, aber skandalöser als White's. Eher wie Boodle's?«, fragte sie und bezog sich dabei auf das Etablissement, in das Männer gingen, wenn sie *wirklich* spielen wollten.

Er lachte. »Nein, meine unschuldige Cecilia. Nicht wie Boodle's. Wie könnte man das ausdrücken ... Der Grund, warum du noch nie von Paradisium gehört hast, ist, dass nichts, was dort gemacht wird, für die Ohren einer jungen Dame geeignet ist. Bei Boodle's verhält sich der eine oder andere auch unangebracht. Zu viel getrunken, zu viel gespielt. Aber ein Mann geht ins Paradisium, um Dinge zu tun, von denen sich sein Ruf nie wieder erholen würde. Dinge, für die er in manchen Fällen hängen könnte.«

Ceci blickte erschrocken zu ihm auf. Woher wusste Marcus das alles? Sicherlich war er nicht Mitglied eines solchen Ortes? Sie wusste, dass er einen schrecklichen Ruf hatte, aber sie hatte nicht gedacht, dass er *so* schrecklich war. »Du scheinst eine Menge darüber zu wissen.«

Ein Mundwinkel zuckte. »Nur ein bisschen. Mein Vater war eines der Gründungsmitglieder, und er sicherte mir die Mitgliedschaft, als ich volljährig wurde. Ich bin genau einmal hingegangen, um zu sehen, was es damit auf sich hat. Ich habe Fauconbridge dazu überredet, mit mir zu gehen - das könnte dir eine Vorstellung davon geben, wie viel Ärger ich mir hätte einhandeln können. Wir sind eine Stunde lang dort herumgelaufen und dann gegangen.«

Cecis Schultern sanken vor Erleichterung herunter. »Nun, wenn Edward dabei war, weiß ich, dass ihr keine des Hängens würdige Vergehen begangen haben dürftet. Ehrlich gesagt, bin ich überrascht, dass er zugestimmt hat.«

»Ich nicht. Fauconbridge mag ein bisschen spießig sein, aber er ist loyal. Er konnte sehen, dass ich so neugierig war, dass ich dorthin gehen wollte, mit ihm oder ohne ihn. Er wollte mich da nicht allein reingehen lassen.«

Sie biss sich auf die Lippe. »Warum bist du danach nie wieder hingegangen?«

»Versteh mich nicht falsch, ich bin kein Chorknabe. Ich habe jeden Fleck auf meinem Ruf verdient. Aber wenn man sich in Paradisium umschaut ...« Er starrte in die Nacht hinaus, als ob er nach den richtigen Worten suchte. »Ehrlich gesagt gab es gar nicht viel zu sehen. Viele leere Flure mit geschlossenen Türen. Hinter einigen dieser Türen waren schreckliche Geräusche zu hören - Schreie und dergleichen. Ein paar Männer waren in den öffentlichen Räumen, ohnmächtig vom Alkohol oder betäubt vom Opium.« Er zuckte mit den Schultern. »Ich hatte nicht den Eindruck, dass irgendjemand dort besonders viel Spaß hatte, und es schien auch nicht der Weg zu sein, den ich gehen wollte. Ich beschloss, dass ich meine langweiligeren Laster vorziehe.«

Sie lachte nervös. Auf seinen neugierigen Blick hin sagte sie: »Ich bin mir einfach sicher, dass mir deine Laster, wie du sie nennst, überhaupt nicht langweilig erscheinen würden. Aber natürlich ist es Männern erlaubt, solche Dinge zu tun. Vor der Eheschließung. Und danach auch.«

Sie spürte, wie ihre Wangen brannten. Warum hatte sie diesen letzten Teil hinzugefügt? Was auch immer Marcus nach seiner Heirat vorhatte, es ging sie absolut nichts an.

Er musterte sie. Sie wollte sich abwenden, aber er fasste

sie unter das Kinn und zwang sie, ihn anzusehen. »Es stimmt, dass die Gesellschaft wegschaut, wenn Männer ihr Eheversprechen nicht einhalten. Aber du sollst wissen, Cecilia, dass ich meiner Frau treu sein werde.«

Sie lachte ungläubig.

»Nein, wirklich«, fuhr er fort. »Das war schon immer meine Absicht. Deshalb habe ich mir so gründlich die Hörner abgestoßen. Aber ich bin nicht mehr zweiundzwanzig. Ich kann ehrlich sagen, dass ich bereit bin, mich niederzulassen.«

Seine Augen waren aufrichtig, ein ungewohnter Blick für Marcus Latimer, aber ein furchtbar anziehender. Es war so einfach, sich vorzustellen, dass diese Botschaft für sie bestimmt war, dass es ihm wichtig war, dass sie seinen Worten Glauben schenkte.

Aber das war natürlich lächerlich. Sie würde nicht seine Braut werden. Das hatte er unausweichlich klargestellt.

»Ich kann deine Skepsis verstehen«, fuhr er fort. »Aber es ist wahr. Du musst wissen, mein Vater war meiner Mutter untreu ...«

Er brach ab und starrte hinaus in die Nacht. Cecis Herz schmerzte plötzlich für ihn.

Sie drückte seinen Arm. »Du bist nicht wie dein Vater, Marcus. Das weißt du doch, oder?«

»Das tue ich. Ich habe auch selbst dafür gesorgt. Aber was ich damit sagen will, ist, dass seine Untreue sie verletzt hat. Es war eine Verletzung unter vielen, aber ich weiß, wie sie das schmerzte. Und ...« Er machte eine schneidende Bewegung mit der Hand. »... ich werde meine Frau niemals auf diese Weise verletzen.«

»Ich weiß, dass du das nicht tun wirst«, flüsterte Ceci. »Das würdest du nie tun.«

Das Seltsame war, dass sie ihm wirklich glaubte.

Sie hatte den absoluten Respekt gesehen, den er seiner

Tante und seiner Schwester entgegenbrachte, und die Ehrfurcht, mit der er von seiner Mutter sprach.

Sie war wahrscheinlich eine Idiotin, weil sie glaubte, dass einer der berüchtigtsten Wüstlinge Londons, ein Mann, der wahrscheinlich Dutzende von Geliebten gehabt hatte, wirklich für den Rest seines Lebens einer einzigen Frau treu bleiben könnte.

Aber sie glaubte ihm.

Wahrscheinlich bildete sie sich das nur ein, aber sie glaubte, Erleichterung in seinen Augen zu sehen. »Gut«, sagte er rau. Er räusperte sich. »Also, was den Schlüssel betrifft. Hast du eine Ahnung, wie er in den Besitz deines Vaters gekommen ist?«

»Habe ich nicht. Mit seinen letzten Atemzügen drückte er mir das Ding in die Hand.« Sie drückte die Augen zu und erinnerte sich. »Zu diesem Zeitpunkt konnte er nicht mehr sehr flüssig sprechen, aber er gab mir zu verstehen, dass es, nun ja, der Schlüssel zum Geheimnis des Todes meiner Mutter war.« Sie runzelte die Stirn. »Ich wüsste allerdings nicht, wie. Selbst wenn man damit die Haustür aufschließen könnte, könnte das Geheimnis irgendwo im Inneren liegen. Es könnte ein Leben lang dauern, es zu finden.«

»Ah. Das wäre ein Problem, wenn es ein Schlüssel für eine Haustür wäre.«

Sie blickte erschrocken zu ihm auf. »Ist es das nicht?«

»Nein. Man braucht keinen Schlüssel, um ins Paradisium zu gelangen. Wenn es so einfach wäre, hätte dein Vater sofort durch die Tür marschieren können, als er das hier in die Hand bekam. Die Tür ist bewacht, und nur Mitglieder und ihre Gäste haben Zutritt.«

»Aber du bist Mitglied«, hauchte Ceci.

»Das bin ich, und ich werde gerne nachsehen, was sich in dem Schließfach befindet, das man mit diesem Schlüssel öffnet.«

»Danke.« Ceci stachen die Tränen in die Augen. War das möglich? Würde sie wirklich herausfinden können, was mit ihrer Mutter geschehen war?

Sie nahm das von Marcus angebotene Taschentuch an und tupfte sich die Augen ab. »Du hast gesagt, man öffnet damit ein Schließfach. Was für ein Schließfach?«

»Sie waren als Weinschränke gedacht, damit die Mitglieder ihre Lieblingsgetränke mitbringen konnten. Aber, wie gesagt, die Türsteher sind sehr streng und lassen nur Mitglieder zu. Wie ich höre, wurden die Weinschränke daher zu einem geeigneten Ort, um alle Arten von Schmuggelware zu lagern. Sicherer als ein Bankschließfach.«

Ceci strich mit dem Daumen über den Schaft des Schlüssels. »Ich frage mich, was wir drinnen finden werden.«

»Es könnte alles Mögliche sein. Aber ich finde es interessant, dass du ausgerechnet Schlüssel Nummer vier hast. Es gab sieben Gründungsmitglieder, die vermutlich die ersten sieben Schlüssel erhielten. Es ist also wahrscheinlich, dass dieser hier einst einem von ihnen gehörte.«

Ceci biss sich auf die Lippe und zog sich die Kette über den Kopf. Seit einem Jahr trug sie das Ding überall mit sich herum und nahm es kaum noch ab. Es war ein seltsames Gefühl, das vertraute Gewicht nicht über ihrem Herzen zu tragen, und sie spürte einen Schmerz, als sie es Marcus übergab.

Er musterte ihr Gesicht. »Was ist?«

»Ach, nichts. Es ist nur so, dass ich das letzte Jahr damit verbracht habe, diesen Schlüssel zu hüten und ihn überallhin mitzunehmen. Es ist nicht so, dass ich dir nicht vertraue«, beeilte sie sich, ihn zu beruhigen. »Aber ich wünschte, ich könnte in dem Moment dabei sein, wenn du das Schließfach öffnest.«

Ein Mundwinkel zog sich nach oben. »Was für ein tadelloses Zeitgefühl du doch hast.«

Sie blinzelte ihn an und konnte ihm nicht folgen. »Wie meinst du das?«

»Einmal im Jahr veranstaltet Paradisium einen Maskenball. Es ist eine Art Rekrutierungsveranstaltung für potenzielle Mitglieder und die unauffälligste Gelegenheit für mich, mit einem Gast zu erscheinen. Zufällig findet der diesjährige Ball übermorgen statt. Wenn du willst, kann ich dich mitnehmen.«

»Oh!« Ceci erstarrte. Sie wollte *wirklich* dabei sein, wenn das Schließfach geöffnet wurde.

Aber sie war nicht so naiv, sich vorzustellen, dass es für eine jungfräuliche Frau eine gute Idee wäre, an einem solchen Ort einen Maskenball zu besuchen.

Marcus schien in dieselbe Richtung zu denken. »Nur um das klarzustellen: Wenn du dort entdeckt wirst, wenn jemand herausfindet, wer du bist, dann wärest du ruiniert. Völlig und unwiderruflich ruiniert. Aber da es sich um einen Maskenball handelt, gibt es eine gewisse Chance, sich zu verbergen.« Sein Gesicht verzog sich zu einem schiefen Grinsen. »Den meisten jungen Frauen hätte ich das nicht einmal gesagt. Aber du bist nicht wie die meisten jungen Frauen. Du bist das Mädchen, das nach Deptford gegangen ist.«

Ceci nickte heftig. »Ich weiß, dass du eine Antwort brauchst. Aber darf ich über Nacht darüber nachdenken?«

»Natürlich.« Er legte ihr die Kette wieder um den Hals und verzog die Lippen, als er den Schlüssel sicher in ihrem Busen verstaute. »Komm, wir müssen dich zur Party zurückbringen.«

Sie schlüpften zurück in den Saal mit den Porträts und machten sich auf den Weg zurück in den Ballsaal. Falls jemand sie entdeckt hatte, gab es keine Anzeichen dafür.

Kurz nach vier Uhr morgens endete der Ball, und Ceci

stieg in die Kutsche der Astleys, um sich auf den Heimweg zu machen.

Nach einer so langen Nacht hätte sie sofort einschlafen müssen, als ihr Kopf das Kissen berührte.

Stattdessen lag sie wach, starrte auf die sich bewegenden Schatten an der Decke und dachte nicht an ihr Intermezzo mit Marcus auf dem Balkon, sondern daran, was sie als Nächstes tun würde.

KAPITEL 25

So gern er auch bis zum Mittag geschlafen hätte, so hievte sich Marcus am nächsten Morgen doch um Punkt zehn Uhr aus dem Bett. Die Aufgabe, die er zu erledigen hatte, war so wichtig.

Es stellte sich heraus, dass er nicht der Einzige war. Diana und Tante Griselda warteten ebenfalls bereits unter der vorderen Säulenhalle, als die Kutsche vorfuhr, um Ellery zum Gasthof zu bringen, von dem aus er zu einem längst überfälligen Besuch bei seiner Familie aufbrechen würde.

Er und Ellery nahmen den nach hinten gerichteten Sitz und überließen den Damen den nach vorne gerichteten. »Zu viel Aufhebens«, gackerte Ellery, obwohl Marcus vermutete, dass er sich insgeheim freute. »Ich hätte auch einfach zu Fuß gehen können.«

»Und ich hätte darauf bestehen können, Sie den ganzen Weg nach Holywell in der herzoglichen Kutsche zu schicken«, entgegnete Marcus, »mit einem ganzen Aufgebot an Reitern und Lakaien. Genau das würde ich gerne immer noch tun.«

»Auf keinen Fall«, sagte Ellery und schaute empört. »Ich würde lieber gar nicht erst reisen, als Euer Gnaden solche Mühen abzuverlangen.«

Das war der einzige Grund, warum Marcus schließlich nachgegeben hatte - weil Ellery damit gedroht hatte, seine Reise ganz abzusagen.

»Ich bin immer noch der Meinung, dass Sie in dem Moment hätten abreisen sollen, als der alte Herzog tot umgefallen ist«, sagte Marcus. »Es ist eine Schande, dass Sie Ihre Familie seit über zwanzig Jahren nicht mehr besucht haben.«

Ellery richtete sich mit verletzter Würde auf. »Und das Debüt von Lady Diana verpassen? Das wäre nicht infrage gekommen.«

»Sie war ein schöner Anblick«, sagte Tante Griselda. »Diana hat das großartig gemacht. Ich wusste, dass sie es meistern würde.«

Marcus schloss sich dem kollektiven Gemurmel der Zustimmung an. Natürlich würde er den Triumph seiner Schwester nie vergessen.

Die eigentliche Entdeckung des gestrigen Abends war jedoch Cecilia Chenoweth gewesen. Selbst wenn er so alt werden würde wie Noah, würde er trotzdem nie den Anblick von ihr vergessen, wie sie von ihrer angeborenen Leidenschaft überwältigt worden war, verloren für alles außer dem Vergnügen, das er ihr bereitete. Er konnte immer noch nicht glauben, dass sie ihm so sehr vertraut hatte, dass sie sich ihm im Mondlicht so zärtlich hingegeben hatte.

Seitdem schwirrte ihm ein Gedanke im Kopf herum. Er wusste, dass er ihr gesagt hatte, dass er vorhatte, eine andere zu heiraten.

Aber eigentlich gab es keinen Grund, warum er nicht Cecilia Chenoweth heiraten könnte. Er brauchte keine

Erbin. Er war bereits obszön reich. Und obwohl es Klatsch und Tratsch geben würde, wenn er so weit unter seinem Stand heiraten würde, wann hatte er sich jemals darum geschert, was die Leute hinter seinem Rücken sagten?

Er hatte immer gewusst, dass er eines Tages heiraten musste, und war davon ausgegangen, dass er, wenn die Zeit gekommen war, dies mit einem Gefühl der Resignation tun würde.

Aber der Gedanke, Cecilia zu heiraten, war ... überraschend verlockend ...

»Marcus. Marcus!«

Er blinzelte und stellte fest, dass seine drei Begleiter ihn erwartungsvoll anstarrten. »Ja?«

»Wäre das in Ordnung?«, fragte Diana.

Es schien, als wären seine Gedanken länger abgewandert, als ihm bewusst gewesen war. »Ist was in Ordnung?«

»Das Pferd und die Hausparty«, sagte Diana mit einer Spur von Verzweiflung in der Stimme.

»Wie bitte?«

Diana verdrehte die Augen. »Ich habe mit Lord Thetford gesprochen, während wir getanzt haben. Er hat angeboten, ein Reitpferd nur für mich auszubilden. Es wird an die einhändige Zügelführung gewöhnt werden, und er sagte, er könne es darauf ausbilden, dass es ohne Gerte im Damensattel geritten wird.«

Dies war eine der Herausforderungen, mit denen Diana konfrontiert war - obwohl jedes Pferd, das für die Kavallerie ausgebildet war, mit einer Hand gelenkt werden konnte, waren diese Tiere stark auf Signale angewiesen, die durch die Beine übermittelt wurden. Diana löste dieses Problem, indem sie in Yorkshire rittlings auf Pferden saß, wo niemand sie sehen konnte, aber in der Stadt wurde von ihr erwartet, dass sie im Damensattel ritt. Erschwerend kam hinzu, dass Pferde, die für den Damensattel ausgebildet wurden, auf eine

Gerte angewiesen waren, um dem Pferd die Signale mitzuteilen, die normalerweise vom Bein auf der anderen Seite gegeben wurden. Beide Zügel und die Gerte mit einer Hand zu führen, war selbst unter idealen Bedingungen eine Herausforderung, und Marcus machte sich Sorgen, was passieren könnte, wenn das Pferd erschrecken würde.

Diana fuhr fort: »Er sagt, er habe einige Erfahrung mit der Ausbildung von Pferden für ehemalige Soldaten, die aus dem Krieg zurückgekehrt sind und denen ein Arm oder Bein fehlte. Es gibt ein bestimmtes Stutfohlen, das er für mich im Auge hat und das sehr intelligent ist. Wenn wir Interesse haben, wird er sie über den Winter trainieren, und sie wird in der nächsten Saison für mich bereit sein. Was hältst du davon?«

Thetford würde ihm wahrscheinlich ein kleines Vermögen in Rechnung stellen. Aber der Vicomte bildete wirklich die besten Pferde aus, und in Wahrheit wollte Marcus nicht, dass seine Schwester etwas anderes ritt. »Ich halte das für einen großartigen Vorschlag. Wenn es etwas ist, das du dir wünschst, dann kannst du ihm sagen, dass er gleich anfangen soll.«

»Sehr gut. Das werde ich.« Diana sah erfreut und erleichtert aus. Es fiel Marcus auf, dass es für sie keine Kleinigkeit sein würde, wie jedes andere Mädchen ihres Standes im Park spazieren zu reiten.

Sie beugte sich vor. »Und was ist mit der Hausparty?«

Marcus legte den Kopf schief. »Welche Hausparty war das?«

»Meine Güte, Marcus! Warst du überhaupt anwesend? Ich habe gerade gesagt, dass die Astleys für ein paar Tage auf das Anwesen der Cadogans fahren. Es befindet sich in Broxbourne, nur ein paar Stunden außerhalb von London. Sie haben mich eingeladen, mich ihnen anzuschließen.«

Marcus kannte die Cadogans. Mrs. Cadogan war eine

Cousine ersten Grades von Lady Cheltenham. Er hatte sogar ihr Anwesen in Broxbourne besucht. »Möchtest du denn daran teilnehmen?«

»Ja«, sagte Diana. »Lucy und Izzie werden dort sein. Und Tante Griselda hat mir angeboten, als Anstandsdame mitzukommen.«

»Dann ist es in Ordnung.« Marcus lehnte sich zurück, und seine Gedanken wanderten wieder zu Cecilia.

»Du wirkst abgelenkt, Neffe«, bemerkte Tante Griselda. »Denkst du noch an den Tanz?«

Marcus verengte seine Augen auf Tante Griselda. Sie hatte heute Morgen ein paar spitze Bemerkungen über Cecilia gemacht und damit angedeutet, dass ihre Abwesenheit im Ballsaal bemerkt worden war. Er versuchte, das Thema zu wechseln. »Ich war nicht der Einzige. Ich habe dich auch tanzen sehen, Tante.«

»Wenn man schon tanzen gesehen wird, zieht man es immer vor, am Arm eines hübschen jungen Offiziers zu tanzen.« Tante Griselda stupste Diana mit dem Ellbogen an. »Stimmt das nicht, Diana?«

Marcus unterdrückte den Drang zu schnauben. Tante Griselda wusste offensichtlich nicht, dass es sich bei dem fraglichen Offizier um den unausstehlichen Harrington Astley handelte, den Mann, der einst Marcus' Hosen gestohlen und an der Spitze des Lupton Towers in Eton aufgehängt hatte, sodass er gezwungen gewesen war, mit nackten Beinen über den Schulhof zu huschen, um sie sich zurückzuholen.

Marcus schaute Diana an und stellte fest, dass ihre Wangen scharlachrot geworden waren. Stirnrunzelnd griff er nach dem Riegel des Kutschenfensters.

»Was machst du da?«, fragte Diana.

»Ich öffne das Fenster«, sagte er knapp.

Sie warf ihm einen seltsamen Blick zu. »Das kann ich sehen. Ich wollte wissen, warum du an einem so kühlen Herbstmorgen das Fenster öffnest?«

»Weil du überhitzt bist.«

Diana zog ihren blauen Kaschmir-Schal enger um die Schultern, als die Glasscheibe aufglitt. »Nein, bin ich nicht. Ich wünschte sogar, du würdest das gleich wieder schließen.«

»Deine Wangen sind gerötet«, konterte er und griff nach dem Riegel des anderen Fensters.

Diana sackte in ihrem Sitz zusammen und starrte auf die vor dem Wagen vorbeiziehenden Gebäude. »Warum auf mich hören? Was weiß ich schon darüber, ob ich überhitzt bin?«

Marcus ignorierte ihren Sarkasmus und wollte gerade die zweite Scheibe aufstoßen, als er seine Schwester aufstöhnen hörte.

Er drehte sich um und spähte durch das Fenster auf Dianas Seite des Wagens, um zu sehen, was seine Schwester schockiert hatte.

Was er sah, schockierte auch Marcus.

Er schlug mit der Faust von unten gegen das Dach. »Haltet den Wagen an!«

Eine Menschenmenge hatte sich um den Mann und die beiden Kinder versammelt und blockierte einen Teil der Kreuzung. Marcus bahnte sich seinen Weg und ignorierte die Protestschreie, die hinter ihm ertönten.

Der Mann schwankte auf seinen Füßen. Sein Gesicht war schmutzig, und er roch, als hätte er monatelang nur in einem Bottich mit Pisse gebadet.

Kaum halb zehn und besoffen wie eine Schubkarre.

»Ein Schilling«, lallte er. »Ich habe euch beiden gesagt, ihr braucht euch gar nicht blicken lassen, es sei denn, jeder von euch hat einen Schilling für mich. Und was ist das?« Mit spöttischer Miene hielt er ein paar Münzen hoch. »Nur vier Pennys von beiden zusammen! Und was sehe ich außer Brotkrümeln auf deinem Kleid?« Er schnappte sich das Mädchen, von dem Marcus durch seine Arbeit bei der Ladies' Society wusste, dass es wahrscheinlich etwa acht Jahre alt sein dürfte, obwohl es eher die Größe einer Fünfjährigen hatte.

»Du hast dir Brötchen gekauft!«, donnerte der Mann, und das Mädchen wich zurück. »Ich habe dir nicht erlaubt, Brötchen zu kaufen!«

Marcus hatte fast die Spitze des Pulks von Schaulustigen erreicht. Der Junge, der nicht älter als zehn Jahre sein konnte, ballte seine dürren Hände zu Fäusten. »Lass sie in Ruhe! Es war nur ein einziges Brötchen für Molly. Wir hatten gestern nichts zu essen, und sie war hungrig!«

»Ihr esst erst, wenn ihr mir meine zwei Schillinge gebracht habt!«, brüllte der Mann. »Wertlose Göre!«

Mehrere Dinge geschahen in rascher Folge.

Zuerst hob der Mann die Faust, zweifellos um dem kleinen Mädchen erneut einen Schlag zu versetzen. Das war es, was Marcus und Diana ihn durch das Kutschenfenster hatten tun sehen.

Aber ihr Bruder schob sie zur Seite und trat in den bogenförmigen Weg der Faust des Betrunkenen. »*Neil!*«, kreischte Molly.

Marcus beschloss, dass er Neil mochte. Und zwar sehr, obwohl er ein barfüßiger Straßenjunge war, der buchstäblich von Läusen wimmelte.

Glücklicherweise war dies der Moment, in dem Marcus sich endlich an die Spitze der Menge drängte. Mit einem metallischen Zischen zog er sein Schwert aus der Scheide, trat vor Neil und Molly und richtete die Klinge auf ihren wertlosen Vater. »Fass sie an, und ich nehme dich aus wie einen Fisch.«

Der Säufer wich zurück und geriet auf eine Weise aus dem Gleichgewicht, die unter anderen Umständen komisch gewesen wäre. Er erholte sich und stürmte nach vorne. »Du hast vielleicht Nerven! Du magst ein reicher Schnösel sein, aber hier hast du gar nichts zu sagen. Die beiden gehören mir, und ein Vater hat das Recht - nein, die Pflicht - seine Kinder zu prügeln, wenn sie aus der Reihe tanzen.«

In rechtlicher Hinsicht war dies tatsächlich der Fall. Ein Mann war das Oberhaupt seiner Familie und konnte seine Frau und Kinder schlagen, so viel er wollte. Das war der Grund, warum niemand in der Menge einen Finger gerührt hatte, um zu helfen. So sehr sie es auch missbilligen mochten, der Mann handelte im Rahmen seiner gesetzlichen Möglichkeiten.

Es war aber nun einmal so, dass Marcus sich einen Dreck um die Rechte dieses Miststücks scherte. »Das ist meine Autorität«, schnauzte er und ließ sein Schwert durch die kühle Herbstluft zischen. »Du dürftest es ziemlich schwer haben, eine Beschwerde einzureichen, wenn du tot auf der Straße liegst.«

Das Gesicht des Mannes hatte sich vor Wut gerötet. »Und du würdest wegen Mordes hängen!«

Marcus warf dem Mann einen verächtlichen Blick zu. »Als Herzog kann ich nur vor dem House of Lords angeklagt werden. Glaubst du wirklich, sie würden mich verurteilen, weil ich London von solch wertlosem Dreck befreit habe?«

Nicht, dass die Mitglieder des Adels, die als Geschworene fungieren würden, falls es dazu kommen sollte, sich um Kinder wie Neil und Molly kümmerten. Die vorherrschenden Beweise deuteten jedoch darauf hin, dass der Vater seine Kinder dazu zwang, seine Trunksucht durch kleine Tricksereien und Taschendiebstähle zu finanzieren. Und wenn es etwas gab, was die Mitglieder des Adels hassten, dann war es der Diebstahl ihrer kostbaren Schmuckstücke.

Marcus sprach daher aufrichtig, als er hinzufügte: »Sie würden den König wahrscheinlich bitten, mir einen weiteren Titel zu verleihen.«

Die Hände des Mannes ballten sich zu Fäusten. Marcus sah, wie sich sein Gesicht von blutrot zu burgunderrot verfärbte, und war sich sicher, dass er gleich explodieren würde.

»Gut!«, schnappte er und trieb seine Kinder zusammen. »Aber das war es dann! Ihr beide seid jetzt für mich gestorben. Kommt nicht zum Betteln, wenn ihr meine Unterstützung braucht!« Er spuckte auf die kopfsteingepflasterte Straße. »Ich bin froh, euch beide los zu sein.«

Er drehte sich auf dem Absatz um und drängte und schob sich durch die Menge, bis er aus dem Blickfeld verschwand.

Marcus ließ sein Schwert zurück in die Scheide gleiten. Das war leichter gewesen, als er erwartet hatte. »James«, rief er einem seiner Lakaien zu, »bring Neil und Molly in die Ladies' Society. Mrs. Godfrey wird wissen, was zu tun ist.«

James schritt hinüber und bedeutete den Kindern, ihm zu folgen. Als Marcus auf dem Absatz kehrt machte und in seine Kutsche zurückkletterte, gab es einen kurzen Applaus von dem, was von der Menge übrig geblieben war. Er kümmerte sich nicht darum. Er hatte es nicht für eine Ovation getan.

Er hatte es getan, weil er einst dieser kleine Junge gewesen war, auch wenn die Kluft zwischen ihnen in Bezug auf Stellung und Vermögen so groß war wie die Nordsee.

Niemand sagte etwas, als er seinen Platz im Wagen

wieder einnahm. Keiner seiner Begleiter zeigte eine Spur von Überraschung.

Schließlich war dies seine Familie. Sie wussten, wer er war.

Marcus klopfte wieder unter die Decke des Wagens. »Fahren Sie weiter.«

KAPITEL 26

*A*n diesem Nachmittag kam Caro, um mit Ceci Tee zu trinken. Sie kauerten sich in Cecis Zimmer zusammen, um nicht belauscht zu werden.

Ceci hatte ihrer Freundin gerade alles erzählt, was auf dem Balkon passiert war ... und zwar wirklich *alles*. Caro war immer offen zu ihr gewesen, und vor der letzten Nacht hatte Ceci alles, was sie über die Beziehungen zwischen einem Mann und einer Frau wusste, von ihrer Freundin erfahren. Sie vertraute Caros Diskretion bedingungslos.

»Und jetzt«, schloss Ceci, »weiß ich nicht, was ich tun soll.«

»Aber, aber! Du solltest ihn natürlich heiraten!«

»Ihn heiraten?«, zischte Ceci. Sie hatte gedacht, es sei offensichtlich, dass dies *nicht* die Frage war, die sie stellte, da diese Option *nicht* auf dem Tisch lag.

Sie, eine Herzogin? Hatte ihre Freundin den Verstand verloren?

Caro beugte sich vor und senkte ihre Stimme. »Das kam für mich überraschend, denn ich habe noch nie jemanden geküsst, außer Henry, der ein sehr großzügiger Liebhaber ist.

Aber ich habe gehört, dass die meisten Ehemänner nicht den *besonderen Dienst* leisten, den der Herzog dir erwiesen hat. Dass er bereit war, sein eigenes Vergnügen zurückzustellen, um sich um das deine zu kümmern, ist ein ausgezeichnetes Zeichen. Und du hast dich immer nach ihm gesehnt. Ich weiß, dass das so ist. Und da ihr nun festgestellt habt, dass ihr beide zueinander passt, gibt es keinen Grund mehr zu zögern.«

»Es gibt keinen Grund, außer der Tatsache, dass er mich nicht gefragt hat«, murmelte Ceci.

»Das wird er.« Caro griff nach einem Keks. »Glaub mir, das wird er.«

»Das wird er nicht!« Ceci stellte ihre Tasse beiseite. Warum war ihre Freundin nicht in der Lage, diese einfache Wahrheit zu begreifen?

Caro nahm einen hochmütigen Bissen von ihrem Keks. »Hast du gesehen, wie er dich ansieht? So wie der Löwe in der Menagerie des Towers ein Beefsteak ansieht.«

Ceci richtete ihren Blick zum Himmel. »Er hat mir ausdrücklich gesagt, dass er mich nicht heiraten will!«

Caro zuckte nachlässig mit der Schulter. »Henry hat dasselbe über mich gesagt, wenn du dich erinnern willst. Sieh dir an, wie das ausgegangen ist.«

»Das war etwas ganz anderes. Henry machte diese Bemerkung, als er einundzwanzig war. Das war weniger eine Anklage gegen dich als vielmehr ein Ausdruck dafür, dass er überhaupt niemanden so jung heiraten wollte. Marcus hingegen ...«

»Oh«, trillerte Caro, »jetzt ist es *Marcus*, nicht wahr?«

»Er hat vor weniger als einer Woche erklärt, dass er mich nicht heiraten will, und gleichzeitig betont, dass er auf der Suche nach einer Braut ist und hofft, in den nächsten Wochen heiraten zu können.« Sie lachte jämmerlich. »Nur nicht mich.«

Caro lächelte, als ob sie sie nicht gehört hätte. »Du kannst dir nicht vorstellen, wie unausstehlich ich sein werde, wenn du erst einmal Herzogin bist.«

»Caro!«

Caro schenkte sich eine weitere Tasse Tee ein. »Also, wenn du ihn Marcus nennst, nennt er dich dann Ceci?«

»Ja. Nun ... nein. Er scheint sich für ‚Cecilia‘ entschieden zu haben.«

»Hast du ihm gesagt, dass du normalerweise Ceci heißt?«

»Nein. Vor allem, weil ... die Art, wie er es sagt, etwas Besonderes ist. *Cecilia.*« Selbst bei ihrer blassen Imitation der tiefen Stimme des Herzogs lief ihr ein Schauer über den Rücken. »Es ... macht Dinge mit mir.«

Caro nahm noch einen Keks. »Gute Dinge, so wie es sich anhört.«

»Ja. Aber wir sind vom Thema abgekommen. Die Frage, die ich mir stelle, ist, ob ich an diesem Maskenball im Paradisium teilnehmen soll, oder ob ich zu Hause bleibe und Marcus das, was in diesem Schließfach ist, holen lassen soll.«

Caro zögerte nicht einmal. »Du solltest natürlich gehen.«

Ceci rieb sich die Schläfe. »Wenn ich erkannt werde, wäre ich unwiederbringlich ruiniert.«

»Also, lass dich nicht erkennen. Es ist ein Maskenball. Alles, was du brauchst, ist das richtige Kostüm.«

»Das ich nicht habe, und ich habe auch keine Zeit, in einen der Kostümläden zu gehen, um etwas Passendes zu finden.«

Caro wedelte mit dem Teelöffel. »Überlass das mir. Ich habe die perfekte Lösung. Henry und ich werden dich begleiten und als Anstandsdamen fungieren.«

Ceci schüttelte den Kopf. »Das wird nicht helfen. Das ist keine Fahrt mit einem Mann in einer geschlossenen Kutsche, bei der mich die Anwesenheit meiner verheirateten Freundin vor dem Ruin bewahren kann. Das ist ein Skandal ganz anderen Ausmaßes.«

»Ja, aber ich wage zu behaupten, dass du dich mit Henry und mir dort trotzdem wohler fühlen wirst. Und ich werde mich darum kümmern, dir ein Kostüm zu leihen. Ich muss sowieso herumgehen und uns etwas zum Anziehen aussuchen. Es wird kein Problem sein, gleichzeitig etwas für dich zu besorgen.« Caro beugte sich vor und drückte Cecis Hand. »Es gibt Kostüme, in denen dich niemand erkennen wird, Ceci. Du solltest mir in dieser Sache vertrauen.«

Ceci lehnte sich zurück und dachte nach. Leute trugen zu solchen Anlässen alle möglichen bizarren Kostüme, von denen einige den Träger von Kopf bis Fuß verhüllten.

»Versprichst du mir, dass du mir etwas besorgst, worin mich niemand erkennen wird?«, fragte Ceci. »Wie der Bär oder der Sarg mit Füßen?«

»Ganz genau! Überlass das einfach alles mir. Wenn ich mit dir fertig bin, wird niemand mehr ahnen, dass sich hinter der Maske eine bescheidene Pfarrerstochter verbirgt.«

Ceci biss sich auf die Lippe. Die Wahrheit war, dass sie wirklich gehen wollte. Zum Teil, weil sie dabei sein wollte, wenn die Mission ihres Vaters endlich erfüllt wurde.

Aber wenn sie ehrlich war, wollte sie auch einen weiteren Abend und ein weiteres Abenteuer mit Marcus.

»Also gut«, sagte Ceci widerwillig. »Danke.«

Caro quietschte. »Du wirst es nicht bereuen. Du weißt doch, wie sehr ich es genieße, das perfekte Ensemble zu planen. Also, was denkst du, als was sollten Henry und ich gehen? Romeo und Julia? Zu banal?« Sie runzelte die Stirn und bemerkte Cecis gequälte Miene. »Was ist los? Du hast doch nicht schon wieder Zweifel, oder?«

»Das ist es nicht.« Ceci spürte, wie ihr die Hitze in die Wangen stieg. »Es ist nur ... ich muss auch entscheiden, was ich wegen Marcus machen soll.«

»Wir haben das bereits besprochen. Du solltest ihn heiraten ...«

»Können wir bitte aufhören, im Kreis zu reden?«, warf Ceci ein. »Er wird mich nicht fragen, ob ich ihn heiraten will. Das ist beschlossen. Endgültig. Unwiderlegbar.«

Caro sah sie wissend an. »Und trotzdem willst du eure Affäre fortsetzen, obwohl du annimmst - was ich ja für eine *irrtümliche* Annahme halte -, dass ein Antrag nicht zu erwarten ist.«

Ceci rang ihre Hände. »Ich fühle mich wie der schrecklichste Mensch der Welt. Denn ich weiß, dass ich Archibald wahrscheinlich noch vor Ende des Jahres heiraten werde. Aber die Wahrheit ist, dass ...« Sie schloss die Augen und schluckte. »Ich möchte ein weiteres Rendezvous mit Marcus haben. Auch wenn ich weiß, dass nichts dabei herauskommen wird. Ich möchte nur wissen, wie es mit jemandem sein kann, in den ich total verliebt bin.« Sie sah ihre Freundin mit flehenden Augen an. »Hältst du mich für schrecklich?«

»Nicht im Geringsten. Obwohl ...« Caro beugte sich vor und drückte Cecis Hand. »Ich glaube nicht, dass du Archibald heiraten solltest, wenn du so wenig Begeisterung für diese Verbindung empfindest.«

»Welche Wahl habe ich denn? Und sag nicht, dass ich Marcus heiraten soll. Das ist keine realistische Option.«

»Du weißt doch sicher, dass du immer einen Platz in meiner Familie haben wirst. Du hast Freunde, Ceci. Freunde, denen du so viel bedeutest.«

Ceci schüttelte den Kopf. »Ich dränge mich auf.«

»Das tust du nicht. Ich weiß, dass meine Mutter froh ist, dich bei uns zu haben. Schau doch nur, was für eine enorme Hilfe du bei Dianas Tanzstunden gewesen bist! Du bist ein Teil der Familie.«

Ceci seufzte. »Deine Mutter hat mir das schon

hundertmal gesagt. Aber fast ein Jahr ist vergangen, und immer noch *fühle* ich mich, als würde ich mich aufdrängen. Es scheint, dass keine noch so große Freundlichkeit oder Beruhigung diese besondere Überzeugung vertreiben kann. Nein, wenn Archibald mir einen Antrag macht, muss ich annehmen, denn es gibt keine Garantie, dass ich jemals ein anderes Angebot erhalten werde. Und deshalb fühle ich mich so erbärmlich, dass ich eine Affäre mit Marcus überhaupt in Erwägung ziehe. Wie kann ich Archibald das nur antun? Er verdient eine Braut, die als Jungfrau zu ihm kommt, und nicht eine, die vielleicht das Kind eines anderen Mannes trägt.«

Caros Augen begannen zu leuchten. »Es gibt Dinge, die du tun könntest, wie du Freude schenken und empfangen kannst, ohne dass deine Jungfräulichkeit darunter leidet. Ähnlich wie das, was du mit dem Herzog auf dem Balkon gemacht hast.«

Ceci nahm ihre Teetasse in die Hand, aber nur, um ihren Finger um den Henkel zu drehen. »Es ist eine Sache, Empfängerin einer solchen Handlung zu sein. Aber ich habe absolut keine Ahnung, wie ich das anstellen soll, es selbst zu machen.«

Caros Lächeln war selbstgefällig. »Und deshalb hast du ja mich.« Sie stellte ihre Teetasse ab und beugte sich vor. »Ich werde dir *genau* sagen, was du tun sollst ...«

KAPITEL 27

»*Ich hasse* dich.«

»Aber, aber! Natürlich tust du das nicht!«

»Das tue ich.« Zum siebzehnten Mal griff Ceci unter ihren Mantel und versuchte, das Mieder ihres Kleopatra-Kostüms so hochzuziehen, dass es einen Teil ihres Dekolletés verdeckte. Zum siebzehnten Mal scheiterte sie. Zusätzlich zu der Tatsache, dass das Kostüm gewagt sein sollte, war es für jemanden mit einem weitaus weniger üppigen Busen geschnitten.

Bei Ceci blieb fast nichts der Fantasie überlassen.

Sie starrte Caro an, die ihr gegenüber in der Droschke saß, die sie nach Paradisium bringen sollte. Caro trug ein rüschiges rosa Hirtenkostüm. Sie sah darin natürlich wunderschön aus, frisch wie ein Frühlingsmorgen und die perfekte Mischung aus unschuldig und verführerisch.

Ihr Mann, der als Wolf verkleidet war, schien das genauso zu sehen. Während der gesamten Kutschfahrt hatte er seine Frau auf eine Art und Weise angegrinst, die ganz und gar nicht zu seinem Kostüm passte.

»Ich sagte, du sollst mir den Bären oder den Sarg mit

Füßen besorgen! Etwas, das mich ganz und gar verbergen würde!«

Caro schnalzte mit der Zunge. »Ceci, du sollst heute Abend am Arm des Herzogs sein und die Rolle seiner Geliebten spielen. Erwartest du wirklich, dass die Leute glauben, die Geliebte des Herzogs würde als Sarg verkleidet kommen?«

Ceci stöhnte. Daran hatte sie nicht gedacht, aber natürlich hatte Caro recht. Jeder würde erwarten, dass Marcus die schönste Frau im Raum an seinem Arm herumführte. »Trotzdem hättest du mir etwas Bescheideneres aussuchen können.«

Caro schüttelte den Kopf, was die blonden Locken, die Fanny sorgfältig in Form gebracht hatte, fliegen ließ. »Du sollst mit deiner Begleitung zusammenpassen, so wie Henry und ich. Warte nur, bis du siehst, als was Seine Gnaden auftauchen wird. Dann wirst du verstehen, warum dein Kostüm so perfekt ist.«

»Perfekt?« Ceci blickte ihre Freundin ungläubig an.

»Perfekt«, beharrte Caro. »Außerdem bietet sie mit der Maske und der Perücke eine hervorragende Tarnung. Nur ein winziger Teil deines Gesichts ist zu sehen.«

Ceci musste zugeben, dass dies stimmte. Das Kostüm wurde mit einer eigenen Maske geliefert, die so bemalt war, dass ihre Augen mit Kajal umrandet waren. In Kombination mit der schwarzen Perücke, deren Fransen die gesamte Stirn verdeckten, waren nur ihre Lippen und ihr Kinn zu sehen.

Caro lachte. »Und glaub mir, niemand wird vermuten, dass das du bist. Alles an diesem Kostüm schreit *Göttin des Nils*, nicht *schrumpelige Pfarrerstochter*.«

Ceci griff in ihr Täschchen, um nach dem Gegenstand zu tasten, den sie beim Verlassen des Hauses an sich genommen hatte, nur für den Fall, dass sie die Nerven verlieren würde. »Das wars. Ich ziehe mein Fichu an.«

»Wage es ja nicht!«, zischte Caro und griff nach dem hauchdünnen weißen Tuch. »Du ruinierst die Linie des Kleides!«

Es kam zu einem kurzen Kampf, der durch Caros Hirtenstab erschwert wurde, der schräg über den Innenraum des Wagens gelegt worden war, wobei ein Ende aus einem Fenster ragte. »Lass ... Es ... los!« Ceci stöhnte und zog an der Stoffbahn.

»Kleopatra trug *kein* Fichu!« Caro stieß einen Schrei des Triumphs aus, als das hauchdünne Tuch aus Cecis Griff glitt.

»Wollt ihr beide wissen, was ich denke?«, fragte Henry. »Ich finde, ihr solltet daraus eine Show machen. Die Leute würden viel Geld bezahlen, um euch beiden beim Ringen um dieses Fichu zuzusehen, vor allem, wenn ihr es in diesen Kostümen tut.«

Caro klopfte mit ihrem Fächer auf die Knöchel ihres Mannes, aber sie lächelte. »Henry, du bist absolut grässlich. Ah, da sind wir.«

»Gib mir mein Fichu zurück«, zischte Ceci, als die Kutsche an der Ecke des Clubeingangs zum Stehen kam.

Caro öffnete die Tür und huschte mit triumphierendem Lächeln auf den Bürgersteig. »Oh, was für ein Jammer! Ich glaube, mir ist dein Fichu in diese große, schlammige Pfütze gefallen. Mach dir keine Sorgen, ich besorge dir ein neues.« Ihre Augen hatten einen bösen Schimmer, als sie hinzufügte: »*Morgen.*« Sie hob eine Hand und winkte. »Euer Gnaden! Euer Gnaden, hier drüben!«

Ceci stolperte gerade noch rechtzeitig aus der Kutsche, um Marcus auf sie zukommen zu sehen. Sie erstarrte mit offenem Mund, denn er trug einen *Rock*, und zwar einen kurzen. Dazu trug er Sandalen, die trotz der ledernen Schienbeinschoner den größten Teil seiner Beine sowohl Cecis Blicken als auch der kühlen Nachtluft aussetzten. Der Rock war aus braunen Lederstreifen gefertigt und fiel einige

Zentimeter über seine Knie. Er hatte sein Kostüm mit einem passenden ledernen Brustpanzer, einem mit Federn besetzten Helm, den er unter dem Arm trug, und einem roten Umhang, den er locker über eine Schulter gehängt hatte, vervollständigt.

Ihr zerzaustes Gehirn stellte schließlich fest, dass er wie ein römischer Centurio gekleidet war. An neunundneunzig von hundert Männern hätte das Kostüm absurd ausgesehen.

Aber - sie konnte nicht glauben, dass sie Anlass hatte, dies zu denken - Marcus Latimer hatte *hinreißende* Beine, die perfekte Kombination aus geschmeidig und muskulös und mit goldenem Haar bedeckt.

Sie senkte ihren Blick auf das Straßenpflaster und schluckte schwer, als ihr Blick auf seine Zehen fiel. Großer Gott, sogar seine Füße waren schön.

»Hier, Ceci. Lass mich dir mit deinem Mantel helfen.«

Ceci war so verwirrt, dass sie Caros Absichten erst erkannte, als ihr der schlichte braune Wollmantel von den Schultern gerissen wurde. Sie versuchte vergeblich, danach zu greifen, aber ihre Freundin war zu schnell.

Sie schluckte und drehte sich zu Marcus um, wobei sie sich zwang, ihr Kinn anzuheben.

Er tat nichts so würdeloses wie zu stolpern oder zu straucheln. Aber sie sah, wie seine Augen vor Hitze aufblitzten, als sein Blick an ihrem Körper auf und ab wanderte. Sein Schritt verlangsamte sich, wie ein Löwe, der sich an seine Beute heranpirschen wollte - was natürlich *sie* war.

»Miss Chenoweth«, sagte er dunkel, nahm ihre Hand und hielt Blickkontakt, während er ihr einen Kuss nicht auf die Knöchel, sondern auf die Innenseite ihres Handgelenks drückte.

Der Moment wurde von Lord Thetford unterbrochen,

der plötzlich zwischen ihnen auftauchte. »So darfst du sie nicht nennen. Sie soll nicht erkannt werden.«

Marcus' Augen wichen nicht von ihren. »Da hast du wohl recht. Wir müssen uns heute Abend an die Namen unserer Figuren halten.«

Ceci räusperte sich nervös. »Ich bin mir nicht sicher, ob ich mich daran erinnern werde, auf die Anrede *Kleopatra* zu antworten.«

»Gut.« Der Herzog strich mit dem Daumen über ihre Handfläche. »Weil ich dich lieber mit ‚Göttin‘ ansprechen werde. Du musst nur daran denken, mich Marcus zu nennen.«

Sie blinzelte zu ihm auf, völlig verwirrt. »Marcus?«

Er machte eine elegante Bewegung mit der Hand. »Ich bin Mark Anton, natürlich.«

Plötzlich verstand sie, warum Caro gesagt hatte, ihr Kostüm sei perfekt.

Sie waren als zwei der legendärsten Liebenden der Geschichte verkleidet.

»Mark Anton und Kleopatra«, bemerkte sie. »Ich bin mir nicht sicher, ob das eine gute Idee war.«

»Ich kann dir versichern, dass dein Kostüm die beste Idee ist.«

»Die Dinge endeten nicht gut für Antonius und Kleopatra.«

Seine blauen Augen, normalerweise kühl wie Eis, sahen aus wie geschmolzen. »Nein. Aber ich habe das Gefühl, dass wir beide heute Abend ein Happy End erreichen werden.«

»Komm mit mir, *Marcus*«, schnappte Lord Thetford und packte den Herzog an der Schulter. »Wir sollten uns ein wenig unterhalten.«

Die beiden Männer entfernten sich ein paar Meter und begannen, leise miteinander zu flüstern. Ceci konnte nicht hören, was gesagt wurde, aber sie waren sich eindeutig uneinig.

Marcus sagte schließlich etwas, das Lord Thetford innehalten ließ. Er kniff die Augen zusammen und deutete mit dem Finger auf die Brust des Herzogs. Marcus hob beschwichtigend die Hände, und was auch immer er sagte, war offenbar gut genug, um Caros Mann zufriedenzustellen, denn er nickte widerwillig, und die beiden kamen wieder herüber.

Marcus bot Ceci seinen Arm an. »Sollen wir?«

Er führte sie um die Ecke zum Haupteingang des Paradisium. Für die Maskerade war ein roter Teppich über die weißen Marmorstufen gelegt worden.

Der Plan sah vor, dass Caro und Henry aus der Ferne auf sie aufpassen sollten. Caro war weitaus besser zu erkennen als Ceci, und neben ihrer guten Freundin zu stehen, würde die Wahrscheinlichkeit erhöhen, dass jemand die Verbindung herstellen und Cecis Identität erraten würde. Sobald sie die Schwelle überschritten hatten, murmelte Caro daher die Worte »Viel Glück«, bevor sie am Arm ihres Mannes durch den Raum schwebte.

Marcus hatte seinen gefiederten Helm aufgesetzt, an dem eine Maske aus burgunderrotem Samt im gleichen Farbton wie sein Umhang befestigt war. Selbst mit der Maske war er sofort zu erkennen. Sicherlich hätte kein anderer Mann in London diesen Rock tragen können.

Sie hatten noch nicht einmal das Foyer durchquert, als ein als Satyr verkleideter Mann Marcus mit einer Hand am Arm aufhielt. Es dauerte einen Moment, bis Ceci ihn als Lord Winthrop erkannte.

»Verdammt, Trevissick«, sagte Lord Winthrop und ließ seinen Blick an Cecis Körper auf und ab wandern, bevor er auf ihrer Brust zur Ruhe kam. »Sie haben wirklich alles Glück der Welt.«

Marcus lächelte zustimmend, als sie in den Ballsaal gingen.

Er war eher klein, aber ansonsten sah er aus wie jeder andere Ballsaal, und Ceci nahm an, dass man das, was dort geschah, als Tanzen bezeichnen konnte. Aber nur im weitesten Sinne. Besoffenes, laszives Taumeln wäre eine treffendere Beschreibung.

Die gute Nachricht war, dass sie anfing, sich wegen ihres Kostüms weniger unsicher zu fühlen. Eine Frau, gekleidet als Gaia, war von der Taille aufwärts nackt, ihr Kostüm bestand nur aus ein paar kunstvoll drapierten Ranken aus Seidenblättern. Eine andere war von den Schultern bis zu den Füßen bekleidet, aber da der Musselin so dünn war, dass er völlig durchsichtig war, hätte sie genauso gut nackt sein können.

Und sie wusste, dass sie sich mit Frauen verglich, die tatsächlich Kurtisanen waren. Aber der tiefe V-Ausschnitt ihres Kostüms wirkte plötzlich geradezu bescheiden.

Die Spannung in ihrer Wirbelsäule ließ ein wenig nach.

Marcus beugte sich zu ihrem Ohr herunter. »Willst du tanzen?«

»Ähm ...«

Ein als Teufel verkleideter Mann schlenderte an ihnen vorbei, verfolgt von einer ebenfalls betrunkenen Nonne. Er fasste die Nonne um die Taille, und die beiden fielen in einem Gewirr aus Armen und Beinen zu Boden und begannen, sich mit offenem Mund zu küssen. In dem kleinen Raum nahmen sie gut ein Drittel des Platzes ein, der eigentlich zum Tanzen gedacht war.

»Vielleicht nicht«, sagte Marcus ironisch.

»Vielleicht etwas Punsch?«, schlug Ceci vor, als sie in der Ecke einen Erfrischungstisch entdeckte.

Marcus schüttelte den Kopf. »Ich würde von dem Punsch abraten. Nur Gott weiß, womit er zubereitet wurde.

Wahrscheinlich haben *sie* davon getrunken«, sagte er und neigte seinen Kopf in Richtung des Paares auf dem Boden, das sich nun aneinander rieb, ohne auf die Menschenmenge zu achten, die sie umgab.

»Ich verstehe.« Ceci biss sich auf die Lippe, während sie sich im Raum umsah. »Ich habe das Gefühl, dass wir zumindest für eine kurze Zeit bleiben sollten. Es würde zu viel Aufmerksamkeit erregen, wenn wir direkt zum Schließfach gehen und dann sofort verschwinden.«

»Ich stimme zu.«

»Gibt es hier auch einen Garten, oder ...«

»Ich würde ja mal sagen, Trevissick«, sagte eine männliche Stimme. »Wo haben Sie denn dieses reife kleine Ding gefunden?«

Ein älterer Mann in einem grellgelben Narrenkostüm tauchte vor ihnen auf. Ceci war entsetzt, als sie sah, wie er seine Hand nach ihrer Brust ausstreckte.

Marcus schlug sie weg, bevor er sie berühren konnte. »Hände weg, Dorrington. Sie gehört mir.« Sein Blick wanderte an Cecis Körper auf und ab. »Und ich bin nicht bereit zu teilen.«

Der Mann kicherte, während er auf Cecis Brüste starrte. »Ich wage zu behaupten, dass ich sie auch ganz für mich behalten würde. Nun, es ist nicht nötig, Ihnen eine angenehme Nacht zu wünschen. Es ist klar, dass Sie eine bekommen werden.«

Marcus stieß ein zustimmendes Grunzen aus, als er Ceci wegführte. Sie waren gerade vier Schritte weit gekommen, als sich ihnen ein anderer Mann in den Weg stellte. Er war als Amor gekleidet und sah auch so aus, mit langen blonden Locken und einem Kiefer, der nur deshalb so glatt war, weil sein Bart noch nicht gewachsen war. Er starrte Ceci mit sehnsüchtigem Blick an.

»Wer ist Ihre Freundin, Trevissick?«, fragte er und umklammerte seinen Bogen mit weißen Knöcheln.

»Das geht Sie gar nichts an«, sagte Marcus und führte Ceci herum.

Der junge Mann stellte sich ihnen trotzig in den Weg. »Hören Sie«, sagte er mit flehenden Augen. »Ich weiß, dass sie für heute Abend Ihnen gehört ...«

Marcus' Kiefer hatte sich zu Stahl verfestigt. »Nicht nur für heute Abend.«

Er versuchte erneut, Ceci um den jungen Mann herumzuführen, aber der hatte die Frechheit, den Herzog am Arm zu packen. »Sie ist perfekt«, sagte der junge Mann mit zittriger Stimme. »Vollkommen perfekt. Und wir wissen beide, dass Sie sie in zwei Wochen satthaben werden. Danach wird sie sich einen Beschützer wünschen. Und das könnte ich sein.« Er wandte sich an Ceci und schenkte ihr ein hoffnungsvolles Lächeln.

»Da irren Sie sich«, sagte Marcus und ließ seinen Blick über Cecis Gesicht gleiten. Er griff nach oben und strich ihr eine Strähne ihrer Perücke aus dem Gesicht. Durch seine Maske war sein Gesichtsausdruck schwer zu erkennen, aber seine Augen waren sanft, als er sagte: »Ich habe beschlossen, dass ich sie behalten werde.«

Ceci erinnerte ihr armes, dummes Herz, das hoffnungsvoll zu stolpern begonnen hatte, daran, dass Marcus heute Abend eine Rolle spielte. Dass sein Beharren darauf, dass er sie behalten wolle, lediglich eine Galanterie sei. Sie durfte diese Worte nicht für bare Münze nehmen, denn so hatte er sie sicher nicht gemeint.

Marcus ignorierte die stotternden Proteste des jungen Mannes, als er mit Ceci im Schlepptau durch den Ballsaal fegte.

Er beugte seinen Kopf zu ihrem Ohr. »Wir müssen dich hier rausbringen. Wenn du so köstlich aussiehst, werde ich bald anfangen müssen, Männer mit meinem Schwert zurückzuschlagen.«

Ceci nickte. Sie war verblüfft über die Reaktionen, die sie bis jetzt ausgelöst hatte. Einerseits war es überwältigend, diese Höhle des Exzesses und der Sünde zu betreten, und andererseits auch ein wenig beängstigend, dass fremde Männer versuchten, nach ihr zu greifen. Wenn sie nicht Marcus an ihrer Seite hätte, wäre es ihnen gelungen!

Aber hier zu sein, am Arm von Marcus, war auch aufregend. Und auch wenn ihre Aufmerksamkeiten eher eine Beleidigung als ein Kompliment darstellten, machte ihr die Tatsache, dass so viele Männer ihr lüsterne Blicke zuwarfen, etwas klar. Sie hatte sich immer als die pummelige Pfarrerstochter gesehen, die in jedem Raum mit der Tapete verschmolz.

Aber vielleicht war das nicht richtig. Vielleicht hatte sie Vorzüge, die sie nie richtig in Betracht gezogen hatte.

Wenn Marcus sie als Göttin bezeichnete, war das vielleicht nicht nur ein Scherz.

Sie kamen in einen langen Flur, der reichlich mit burgunderroten und goldenen Teppichen ausgelegt war und von leuchtenden Lampen an den Wänden erhellt wurde. Marcus wandte sich an den stramm stehenden Lakaien. »Wir hätten gerne ein Zimmer.«

»Natürlich, Euer Gnaden«, sagte er mit einer Verbeugung. »Wenn Sie mir folgen wollen.«

Ceci war so sehr mit ihren rasenden Gedanken beschäftigt, dass sie nicht darauf geachtet hatte, wohin Marcus wollte.

Als sie sich umschaute, sah sie, dass sie in ein kleines, aber elegant eingerichtetes Schlafzimmer mit einem glänzenden Himmelbett mit karmesinroten Seidenvorhängen und einer passenden Bettdecke gebracht worden waren.

»Ist das zu Ihren Wünschen, Euer Gnaden?«, fragte der Lakai.

»Das wird genügen«, sagte Marcus und nickte, als er ihm eine Münze reichte.

Der Lakai zog sich lautlos zurück, und dann waren sie allein.

Ceci schluckte. Nun, wenn sie Caros Rat befolgen wollte, würde sie keine bessere Gelegenheit als diese finden.

Jetzt blieb nur noch abzuwarten, ob sie den Mut hatte, es durchzuziehen.

KAPITEL 28

$\mathcal{J}$m gleichen Moment, als Marcus Cecilia in ihrem Kleopatra-Kostüm sah, beschloss er, eines für sie in Auftrag zu geben, sobald sie verheiratet waren.

Dass sie heiraten würden, stand inzwischen außer Frage. Wenn er für den Rest seines Lebens nur noch eine Frau vögeln wollte, dann musste es Cecilia Chenoweth sein.

Er konnte sich bereits das verbesserte Kostüm vorstellen. Es würde aus einem feineren, leicht transparenten Musselin hergestellt werden. Es sollte ohne Unterhemd oder Korsett getragen werden, damit er sowohl ihre rosigen Brustwarzen als auch das dunkle Dreieck zwischen ihren Schenkeln sehen könnte.

Er wollte sie nicht mit dieser Maske sehen, sondern mit echtem Kajal, der ihre Schlehenaugen umrandete. Bastian könnte herausfinden, wie man das Zeug anwendete. Er würde ihr ein Paar goldene Sandalen bestellen, und er würde wetten, dass er im Tresor der Familie Latimer einige goldene Armbänder finden würde. Apropos Tresor: Unter den Juwelen dort befand sich ein Smaragd von der Größe eines Wachteleis. Den wollte er als Anhänger an einer goldenen

Kette in Form einer Schlange fassen lassen. Er konnte sich schon vorstellen, wie der Smaragd verführerisch um ihren Hals baumelte, eingebettet zwischen ihren Brüsten.

Ja, er hatte vor, ihr dieses Kostüm zu kaufen.

Und dann würden sie sich eine Woche lang im herzoglichen Schlafgemach einschließen.

Sie schaute sich im Raum um, mit einem Ausdruck der Verwunderung und Neugier. Man könnte erwarten, dass eine jungfräuliche Miss bei der Aussicht, mit einem bekannten Schurken in einem Schlafzimmer in einer Lasterhöhle eingeschlossen zu sein, in Hysterie verfallen müsste.

Aber, wie er herausgefunden hatte, war Cecilia Chenoweth keine typische jungfräuliche Miss.

Er räusperte sich. »Ich dachte, wir könnten eine Stunde oder so hier drin verbringen.« Er durchquerte den kleinen Raum mit zwei Schritten und blieb hinter ihr stehen, dann fuhr er mit den Fingerspitzen über ihren Arm. »Was könnte natürlicher sein, als dass ich mit dir allein sein möchte?«

Marcus wusste genau, wie er die nächste Stunde verbringen wollte, aber er wollte nicht, dass sie sich gezwungen fühlte. Dennoch konnte er nicht widerstehen, sich vorzubeugen und ihr einen Kuss auf den Nacken zu drücken.

Abrupt drehte sie sich zu ihm um, schlang ihre Arme um seinen Hals und drückte ihre Brüste an ihn. Der kokette Schimmer in ihren Augen sah ... vielversprechend aus. »Wie sollen wir uns die Zeit vertreiben, Euer Gnaden?«, fragte sie anzüglich und fuhr mit einer Hand über seine Brust.

Er antwortete mit einem Knurren, drückte sie mit dem Rücken gegen die Wand und küsste sie heftig auf die Lippen. Während er ihren Mund verschlang, fummelten seine Finger an den Schulterschnallen, die seinen Brustpanzer an Ort und Stelle hielten. Er wollte das verdammte Ding loswerden. Er sehnte sich danach, zu spüren, wie diese herrlichen Brüste sich an ihn drückten.

Der Brustpanzer fiel zu Boden, sodass er nur noch eine kurzärmelige, rote Leinentunika und den Ledergürtel trug, von dem das Cingulum, die Lederstreifen, die eine Art Rock bildeten, herabhingen. Er zog sie dicht an sich heran. Sie stöhnten beide bei der Berührung auf. Marcus war Feuer und Flamme für sie, schon seit Wochen, und vor allem war er das schon gewesen, bevor er sie in diesem prachtvollen Kleid sah. Eine kleine Stimme in seinem Hinterkopf - sein Gewissen vielleicht? Wer hätte gedacht, dass er so etwas besaß? - erinnerte ihn daran, dass sie sowohl Jungfrau als auch seine zukünftige Herzogin war, sodass er ihr das Kleid nicht mit den Zähnen vom Leib reißen und sie direkt an der Wand ficken konnte.

Doch so unschuldig Cecilia auch war, schüchtern war sie nicht. Ihre Zunge kokettierte mit wenig Kunstfertigkeit, aber großem Enthusiasmus mit der seinen, und ihre Hände konnten nicht genug bekommen von seiner Brust durch das dünne Leinen seiner Tunika. Als Marcus seine Hände zu ihren prächtigen Brüsten führte, stöhnte sie laut auf und biss sich auf die Lippe, aber das war ihm egal. Er liebte es, sie so sehr zu befriedigen, dass sie die Selbstbeherrschung verlor.

Ihre Maske und ihre Perücke lagen irgendwie schon auf dem Boden. Er öffnete die Bänder am Rücken ihres Kleides und ließ dann die Ärmel über ihre Schultern gleiten. Sie half ihm und zog ihre Arme heraus, während er ihre Brüste aus dem Korsett hob. Es war das erste Mal, dass er sie im richtigen Licht sah. »Oh, Cecilia«, sagte er und streichelte eine Brustwarze mit seinem Daumen. Sie waren *perfekt*. Groß. Rund. Ein köstlicher Cremeton, mit rosa-braunen Brustwarzen, die groß genug waren, um seinen Mund zu füllen.

Nichts erregte Marcus so sehr wie die Brüste einer Frau.

Und die von Cecilia Chenoweth waren alles, wovon er geträumt hatte, seit er vierzehn Jahre alt gewesen war.

Im nächsten Moment hatte er ihre beiden Handgelenke in einer seiner Hände gefangen und drückte sie über ihrem Kopf an die Wand. Sein Mund war auf ihrem, und seine andere Hand machte sich an ihren entblößten Brüsten zu schaffen, um sie zu streicheln und zu reiben. Wenn sie sich an seinem egoistischen Verhalten störte, so ließ sie es sich nicht anmerken. Stattdessen wimmerte sie vor Vergnügen, rieb sich an ihm und verlangte mehr von seiner Aufmerksamkeit.

Mit einem Knurren ließ er ihre Handgelenke los, bereit, sie zurück auf das Bett zu stoßen und ihr zu geben, was sie so offensichtlich wollte. Aber sie hielt ihn zurück und legte ihre Hände auf seine Schultern. »Marcus.« In ihren Augen schimmerte Schalk, als sie mit ihren Händen über seine Brust fuhr ... über seinen Bauch ... und dann auf der Beule zur Ruhe kam, die sich unter seiner Tunika gebildet hatte. »Oh, je. Was haben wir denn hier?«

Bevor er eine Antwort formulieren konnte, schob sie eine ihrer blütenzarten Hände unter seine Tunika und schlang sie um seine Länge, und der einzige Laut, den er von sich gab, war ein Wimmern.

Sie schob lachend seine Tunika hoch. »Marcus! Ich kann nicht glauben, dass du unter diesem Rock nichts anhast!«

Er schüttelte den Kopf. Er atmete schwer, und seine Hände fummelten an der Schnalle seines Gürtels herum, um das verdammte Ding aus dem Weg zu bekommen. »Bastian erlaubt mir nicht einmal, ein Paar Unterhosen zu besitzen. Er sagt, sie würden nur den Sitz meiner Hosen ruinieren.«

Schließlich gaben sein Gürtel und sein Rock nach. Er warf beides beiseite und riss sich die Tunika fast über den Kopf. Er war nun nackt bis auf seine Sandalen und seine ledernen Beinschienen.

Cecilia wirkte bei seinem Anblick fassungslos. Sie fuhr mit der Hand zaghaft über die straffen Muskeln seines Bauches. »Mein Gott, Marcus«, hauchte sie.

Er wollte sie zum Bett ziehen, aber sie hielt ihn mit einer Hand zurück. »Warte!« Sie schluckte, und er hatte den Eindruck, dass sie all ihren Mut zusammennahm. Langsam, seinen Blick die ganze Zeit über festhaltend, rutschte sie hinunter, bis sie zu seinen Füßen kniete. Sie nahm seinen Schwanz in die Hand, drückte ihm einen ehrfürchtigen Kuss auf die Eichel und schaute dann wieder mit diesen fesselnden braunen Augen zu ihm auf. »Es sieht so aus, als könnten Euer Gnaden dabei Hilfe gebrauchen«, sagte sie ernst, und Marcus wünschte sich ihren Mund so sehr, dass er glaubte, er müsste sterben.

Sie beugte sich vor, zögerte nur einen winzigen Augenblick und nahm ihn in ihren Mund. Ihre Freundin musste ihr wohl gesagt haben, was sie tun sollte. Sie hatte wenig Technik, aber das machte nichts. Der Anblick von Cecilia Chenoweth, die zu seinen Füßen kniete, die Augen ehrfürchtig geschlossen und ihre herrlichen Brüste bebend, während sie ihren Mund zaghaft über seine Länge gleiten ließ, war erotischer als alles, was er in mehr als einem Jahrzehnt der Ausschweifungen gesehen hatte.

Er ließ seine Hände in ihr Haar gleiten. »Nimm auch deine Hand«, befahl er. »Mach ihn nass ... *ja, Cecilia*. Jetzt fass mich fester an ... Ja, genau *so*. Mein *Gott*, das tut gut.«

Sie hatte den Rhythmus aufgenommen, hatte herausgefunden, wie sie ihre Hand und ihren Mund in Einklang bringen konnte. Er war bereits kurz davor. Er hatte sich auf diesen Moment gefreut, seit er gesehen hatte, wie sie sich auf der Klavierbank in der Musik verlor, und er hatte diesem Höhepunkt seit einer Woche entgegengefiebert. Sogar noch länger, wenn er ehrlich war. Er hatte Cecilia vom ersten Moment an gewollt, als er sie gesehen hatte. Aber er hätte sich nie vorstellen können, dass sich hinter der sanften Fassade, die sie der Welt präsentierte, ein derart leidenschaftliches Wesen verbarg.

Sie wirbelte mit ihrer Zunge über seine Schwanzspitze, und er stöhnte auf. Sie blickte auf, um seine Reaktion abzuschätzen, und das wurde ihm zum Verhängnis. Denn sie hielt seinen Blick fest, und der Anblick von Cecilia Chenoweths herrlichen braunen Augen, die ihn anstarrten, während ihr Mund seinen Schwanz umschloss, ließ ihn völlig ausrasten. Ganz und gar. *Unwiderruflich.*

Er hätte eine Warnung herausgebellt, wenn er auch nur ein Fünkchen Geistesgegenwart besessen hätte. Aber das tat er nicht, und so gab er stattdessen einen wilden Laut von sich, als er ihren Mund mit Sperma überflutete.

Er registrierte vage, wie sich ihre Augen für einen kurzen Augenblick vor Überraschung weiteten. Aber sie hörte nicht auf, seinen Schwanz mit ihrer Hand und ihrem Mund zu bearbeiten, und das Vergnügen war so überwältigend, dass Marcus eine Zeit lang nichts anderes mehr wahrnahm.

Als der Raum wieder in den Fokus rückte, stellte er fest, dass er sich an die Wand lehnte. Sein Schwanz, der halb wieder weich geworden war, zuckte bereits und verriet ihm, dass er für eine zweite Runde bereit war - buchstäblich.

Und da war Cecilia, die immer noch zu seinen Füßen saß und zu ihm hochstrahlte, als wäre es ihr sehnlichster Wunsch gewesen, genau das für ihn zu tun.

Und eigentlich hatte Marcus bereits beschlossen, dass sie seine Herzogin werden sollte.

Aber jetzt war er sich seiner Entscheidung sicherer denn je. Diese Frau an seiner Seite zu haben, sowohl an seinem Arm als auch in seinem Bett, wäre in jeder Hinsicht ein Vergnügen.

Er reichte ihr die Hand und half ihr auf die Füße, dann küsste er sie tief, bevor er sie zum Bett führte. Er zog seine

Sandalen und Beinschienen aus, denn er wollte nicht, dass irgendetwas zwischen ihm und ihrer blütenzarten Haut stand. Er zog sie in Rekordzeit aus und stöhnte, als jeder köstliche, kurvenreiche Zentimeter seinen hungrigen Augen präsentiert wurde.

Als sie beide nackt waren, nahm er sie in seine Arme, und verdammt wollte er sein, wenn sich das nicht perfekt anfühlte. Er neigte dazu, etwas mager zu sein, während Cecilia üppig war, und es war ein wenig erbärmlich, wie sehr er das Gefühl ihrer weichen Kurven mochte, die sich gegen ihn drückten.

»Meine geliebte Cecilia.« Er strich mit einer Hand an ihrer Seite hinunter und neckte ihre Brustwarze mit dem Daumen, woraufhin sie vor ihm erschauderte. »Ich glaube, das war der intensivste Orgasmus, den ich je hatte.« Er sah ihr in die Augen und senkte seine Stimme. »Wie soll ich dich belohnen?«

Sie war fassungslos, aber Marcus machte das nichts aus. An der Art und Weise, wie sie sich an ihn schmiegte, konnte er nur zu deutlich erkennen, dass sie genauso begierig auf das war, was sie vorhatten, wie er selbst.

Wenn das Saugen seines Schwanzes sie erregt hatte, dann würde sie in naher Zukunft sehr, *sehr* erregt sein, und er würde der am glücklichsten verheiratete Mann in ganz England sein.

Er küsste sie und wollte sich Zeit nehmen, um bei ihr zu verweilen. Aber diese herrlichen Brüste füllten seine Hände, und bald musste er sie in seinen Mund nehmen. Sie stieß einen frustrierten Schrei aus, als sich seine Lippen von ihren lösten, aber er verwandelte sich bald in einen Laut der Freude, als er eine dieser dunklen Brustwarzen in seinen Mund nahm und zu saugen begann.

Schon bald wand sie sich auf dem Bett, schluchzte seinen Namen und flehte ihn an, ihr die Erleichterung zu verschaffen, nach der sich ihr Körper sehnte. Er konnte nicht widerstehen, nur für einen Moment auf ihr zu liegen, eine köstliche Vorschau auf das, was bald kommen würde. Es fühlte sich *herrlich* an, sie unter sich zu haben. Aber jetzt war er an der Reihe, ihr das ultimative Vergnügen zu bereiten, das sie ihm so arglos geschenkt hatte, und so murmelte er beruhigende Plattitüden, während er sich seinen Weg über ihren Bauch küsste und dabei ihre Beine auseinander drückte.

Er fand sie glitzernd und glitschig, nur für ihn. Ihr Geruch war unbeschreiblich süß, und er konnte es kaum erwarten, sie zu schmecken. Er öffnete ihre Falten und vergrub sein Gesicht zwischen ihren Beinen, um direkt zu der kleinen Perle zu gelangen, die das Zentrum ihrer Glückseligkeit war.

Wie schon auf dem Balkon war sie sofort überwältigt von dem Vergnügen, das er ihr bereitete, unfähig, die Zuckungen ihres Körpers zu kontrollieren, und sich nicht einmal bewusst, dass sie in ihrer Verzweiflung an seinen Haaren zog, um seinen Mund über *genau* die richtige Stelle zu bringen. Marcus machte das gar nichts aus. Er leckte mit einer leichten Berührung über ihre Perle und genoss es, wie sie vor Lust glühte.

Er stützte sich auf einen Ellbogen und schob einen Finger in sie hinein, während er sie immer noch mit der Zunge verwöhnte. Ah, da war er, dieser leicht raue Fleck, der das Nervenbündel an der Vorderwand ihres Innenlebens bedeutete.

Cecilia erstarrte bei seinem unerwarteten Eindringen, aber nur für eine Sekunde. Sie kam sofort zurück, grub ihre Nägel in seine Kopfhaut und plapperte Unsinn.

Marcus spürte, dass sie kurz davor war, also nahm er ihre Perle in den Mund und begann erneut, an ihr zu saugen. Das war alles, was es brauchte - ihr Rücken wölbte sich, und der

Anblick ihrer schönen Brüste ließ seinen Schwanz eifrig pulsieren. Er saugte weiter an ihr und rieb ihre Vorderwand mit seinem Finger, während ihre Beine seinen Kopf zitternd einklemmten. Als sich ihre Schenkel um seine Ohren krallten, ließ er endlich los und deutete dies als Zeichen dafür, dass sie die Schwelle überschritten hatte, an der die Lust zu intensiv wurde, um sie zu ertragen.

Er rutschte das Bett hinauf und nahm sie in seine Arme. Sie atmete schwer, und so nahm er sich einige Augenblicke Zeit, um ihre weiche Haut unter seinen Fingerspitzen und die Art und Weise, wie sie perfekt an seiner Schulter lag, zu genießen.

Sobald sich ihr Atem beruhigt hatte, gluckste sie nervös.

»Was ist?«, fragte er.

»Nichts. Es ist nur ... du bist bereit für eine weitere Runde.« Sie ließ ihre Hüften kreisen und stupste seinen Schwanz an, der sich tatsächlich der Situation gewachsen zeigte.

Er strich ihr eine verirrte Locke aus der Stirn. »Das bin ich. Was möchtest du gern tun?«

Sie schaute eher nach unten als zu ihm. »Es ist nur ... ich habe das Gefühl, dass ich den Akt selbst für meinen späteren Ehemann aufheben sollte.«

Marcus runzelte die Stirn. Das war eine seltsame Formulierung, aber es machte ihm ehrlich gesagt nichts aus, wenn sie warten wollte, bis sie verheiratet waren, bevor er ihre Jungfräulichkeit nahm.

Es gab *viele* andere Dinge, die sie heute Abend tun könnten.

In der Tat ... als er ihre herrlichen Brüste betrachtete, die an seiner Brust ruhten, kam ihm eine Idee, die seinen Schwanz begierig gegen ihren Bauch zucken ließ.

»Das ist in Ordnung. Ich verstehe, dass du dir diesen Akt lieber für die Zeit nach der Hochzeit aufhebst.« Er setzte sich auf und nahm in jede Hand eine Brust. Er konnte nicht widerstehen, ihre Brustwarzen mit seinen Daumen zu streicheln, und freute sich, als sie erschauderte.

Er würde sie wahrscheinlich schockieren. Nun ja - sie sollte sich besser daran gewöhnen. Er hatte fest vor, diese Frau auf hundert verschiedene Arten zu vögeln, in jedem Zimmer und auf jeder Oberfläche von Latimer House und Hallane Hall in Cornwall.

Und das war nur der Anfang.

»Es gibt etwas, das ich schon immer einmal ausprobieren wollte«, begann er.

»Und was ist das?«, fragte sie mit atemloser Stimme.

Er drückte ihre Brüste zusammen und stöhnte beim Anblick des weichen, einladenden Nestes, das sie bildeten. »Würdest du dich hier von mir vögeln lassen?«

KAPITEL 29

*C*eci blinzelte zu Marcus auf, der über ihr auf dem Bett kniete.

Sie wusste, dass sie eine Unschuldige war.

Aber sie war besonders verwirrt.

»Würde ich dich ...« Sie brach ab, verlegen über das, was sie beinahe gesagt hätte. »Ich bin nicht sicher, ob ich das verstehe.«

»Ich werde deine Brüste zusammenhalten, so ...« Er begann, einen Finger in der Tasche, die er gerade geschaffen hatte, hin und her zu schieben. »... und mein Schwanz kommt hier hin.«

»Oh!« Ceci blickte von ihren Brüsten zu seinem geschwollenen Schwanz. Er streckte sich nun zur Decke, und an seiner Spitze hatte sich ein Wulst aus Feuchtigkeit gebildet. Sie biss sich auf die Lippe. »Und das fühlt sich für dich gut an?«

»Ja. Das heißt, ich denke schon.«

Ihre Augen flogen zu den seinen. »Du hast das also ... noch nie gemacht?«

Er fuhr mit einer Hand an ihrer Seite entlang und

verweilte auf ihren Brüsten, ihrer Taille und ihrer Hüfte. »Das ist nur mit einer Frau möglich, die eine wirklich außergewöhnliche Figur hat. Genau wie du, Cecilia.«

Sie hatte Mühe, die Vorstellung zu begreifen, dass er ihre Figur *außergewöhnlich* fand, als er hinzufügte: »Das ist es, was ich schon immer mal ausprobieren wollte. Und ich muss gestehen, dass ich seit dem ersten Moment, in dem ich dich gesehen habe, davon fantasiert habe, es mit dir zu tun.«

Ceci setzte sich auf und gab einen ungläubigen Laut von sich. »Wirklich, Marcus! Wir wissen beide, dass das nicht wahr ist.«

Er starrte wie gebannt auf ihre Brust. »Oh, aber das ist es.«

Sie schnaubte. »Als du mich das erste Mal gesehen hast, habe ich dich angewidert.«

Er riss seinen Blick von ihren Brüsten los und starrte sie geradezu beleidigt an. »Ganz sicher nicht!«

»Oh doch! Ich werde es nie vergessen - es war der beschämendste Moment meines Lebens. Ich habe mit Caro Tee getrunken, und gerade als ich einen Schluck nahm, sagte sie etwas so Lustiges, dass ich ...« Sie schluckte, die Demütigung überkam sie erneut. »... geniest habe und mir der Tee aus der Nase lief.« Sie schnippte mit dem Handgelenk nach ihm. »Und gerade als ich das tat, betrat der schönste Mann, den ich je gesehen hatte, den Raum.«

Marcus runzelte die Stirn. »Daran kann ich mich nicht erinnern.«

»Siehst du?« Ceci stach ihm einen Finger in den Bauch, zuckte dann zusammen und schüttelte ihre Hand. Er war so hart wie ein Amboss. »Ich war so unscheinbar, dass du mich gar nicht bemerkt hast.«

Er sah sie mit zusammengekniffenen Augen an. »Das erste Mal sah ich dich am Tag vor der Hochzeit von Lord und Lady Thetford. Du warst gerade vom Lande in die Stadt gekommen, um die Hochzeit deiner Freundin mitzuerleben. Ich bin gekommen, um Fauconbridge abzuholen, damit wir zu Angelo zum Fechten gehen konnten, und ihr beide wart im Morgenraum. Du hattest ein langärmeliges, senfgelbes Kleid an, das mit braunen Diamanten bestickt war.«

Ceci blinzelte ungläubig zu ihm auf. Das *war* das Kleid, das sie getragen hatte; auf dem Ärmel befand sich ein winziger, aber hartnäckiger Teefleck, den sie nie hatte entfernen können. »Das ... das ist richtig. Du erinnerst dich sogar an mein Kleid.«

»Natürlich, ich erinnere mich daran.« Er schüttelte den Kopf, seine Lippen kräuselten sich. »Der Ausschnitt reichte bis zu deinem Schlüsselbein, *und* du trugst ein Fichu. Es war eine *Tragödie*.«

»Es ist ein Morgenkleid, Marcus! Die meisten Leute tragen nicht um neun Uhr morgens einen tiefen Ausschnitt ...« Sie brach ab und rieb sich die Stirn. Das war alles nicht das, worum es hier ging. »Wie ist es möglich, dass du dich an all das erinnerst, aber nicht daran, dass ich Tee aus meiner Nase geniest habe?«

Er zuckte nachlässig mit der Schulter. »Nun, ich weiß es nicht.«

»Und was hatte Caro an?«

»Ich habe nicht die leiseste Ahnung.«

Ceci war fassungslos. Es ergab doch gar keinen Sinn, dass er sie bemerkt hatte, nicht aber Caro, die als die schönste Frau Englands galt. »Aber ... Du hast mich mit dem spöttischsten aller Blicke bedacht. Als ob du mich in jeder Hinsicht unter deiner Würde finden würdest.«

»Oh, ich habe mir dich unter mir vorgestellt, ja.«

»Marcus! Sei ernsthaft!« Diesmal stieß sie ihn in die Brust. Es lief genauso schlecht für sie, wie bei dem Versuch, ihn in den Bauch zu piksen. Gute Güte, hatte er denn auch nur ein *einziges* Gramm Fett an sich?

»Ich meine es ernst. Denk darüber nach - in mehr als neunzig Prozent der Fälle trage ich ein spöttisches Grinsen. Es ist einfach das, wie mein Gesicht aussieht, wenn ich entspannt bin.«

Ceci betrachtete sein hübsches Gesicht, das im Moment ein ... spöttisches Grinsen zeigte. Er hatte Recht. »Das ist also deine Ausrede? Dass es nur dein ...« Sie deutete auf ihr eigenes Gesicht und versuchte, einen passenden Ausdruck zu finden. »... entspanntes Herzogsgesicht war?«

»Ganz genau. Obwohl es durchaus möglich ist, dass ich einen finsteren Blick aufgesetzt hatte.« Seine Nase rümpfte sich angewidert. »Ich muss immer noch schaudern, wenn ich an dieses Fichu denke.«

Sie rieb sich die Schläfe. »Erlaube mir, dafür zu sorgen, dass ich das richtig verstehe. Als du mich das erste Mal gesehen hast, warst du so sehr damit beschäftigt, auf meinen Busen zu starren, dass du nicht einmal bemerkt hast, wie ich Tee aus der Nase geschnaubt habe?«

Er fasste eine ihrer Brüste an. »Wer kann es mir verdenken? Sieh dich nur an, Cecilia. Du bist *großartig*.«

»Und während ich da saß und mich gedemütigt fühlte, hast du dir vorgestellt ...« Sie winkte mit der Hand und rang nach Worten. »... wie du mich zwischen die Brüste ...?«

»Jetzt hast du es genau erfasst. Also«, sagte er und schenkte ihr ein freches Grinsen, »was sagst du dazu?«

Sie dachte über seine Bitte nach. Einerseits hätte sie sich niemals vorstellen können, an einer derartig verdorbenen Handlung teilzunehmen.

Und doch ... war es doch dies hier gewesen, wonach er sich gesehnt hatte. Er träumte schon seit Jahren davon, hatte es aber noch nie getan, hatte noch nie eine Geliebte gehabt, die dazu in der Lage gewesen wäre, es zu tun. Und da er vorhatte, seiner zukünftigen Frau treu zu sein, war die Wahrscheinlichkeit groß, dass dies seine einzige

Gelegenheit sein würde, diese besondere Fantasie auszuleben.

Sie war sogar diejenige, die er vor Augen hatte, wenn er sich vorstellte, es zu tun.

Sie spürte, wie ihre Begeisterung zunahm. Ja, sie würde ihm das schenken, eine Erinnerung, die ein Leben lang anhalten würde. Selbst wenn sie nicht seine Frau sein konnte, selbst wenn sie beide im nächsten Jahr um diese Zeit mit anderen Menschen verheiratet sein würden, würde er sie immer als diejenige in Erinnerung behalten, die ihm seinen größten Wunsch erfüllt hatte.

Sie erinnerte sich an Caros Rat, sie solle selbstbewusst und kokett auftreten, auch wenn sie sich lächerlich fühlte, und setzte sich auf, wobei sie ihre Brüste reckte. Sie legte ihre Hände flach auf seine Oberschenkel und ließ sie nach oben gleiten, wobei sie bewusst seinem strammen Schwanz auswich, bevor ihre Handflächen auf seinem Bauch zur Ruhe kamen.

Es half ihrem Selbstvertrauen, dass ihr unbeholfener Versuch so offensichtlich funktionierte. Marcus atmete schwer, seine Hände waren zu Fäusten geballt, und sein Gesichtsausdruck war geradezu gefräßig.

Sie drückte ihre Lippen ehrfürchtig auf seinen Bauch, bevor sie zu ihm aufblickte und mit den Wimpern klimperte. »Sie wissen, dass ich alles tun würde, um Euer Gnaden zu gefallen.«

Das nächste, was sie wusste, war, dass sie flach auf dem Rücken lag. Marcus knurrte, als er ein Bein über sie schwang, um ihren Oberkörper zu überspannen. Er nahm in jede Hand eine Brust und drückte sie zusammen. »Sieh dich nur an, Cecilia. Wenn du nur wüsstest, wie sehr ich davon geträumt habe ...« Er ließ sie plötzlich los und griff zum Beistelltisch. »Wir sollten etwas Öl verwenden.«

Ceci bemerkte zum ersten Mal, dass auf dem

Nachttisch verschiedene Gegenstände lagen, von denen sie viele nicht kannte, wie zum Beispiel die durchsichtigen weißen Streifen, die in einem Glasgefäß schwammen. Sie konnte den Zweck der kleinen Ölfläschchen erahnen. Aber warum lag da auch ein Seil? Und ... war das eine Reitpeitsche? Was um alles in der Welt hatte die hier zu suchen?

Sie blickte zu Marcus auf und stellte fest, dass er fragend eine Augenbraue hochzog. »Stimmt etwas nicht?«

»Nein, es ist nur so, dass jemand seine Reitpeitsche vergessen hat.«

Dieses Lächeln, das weder ein Spott noch ein Grinsen war, das seltener war als Diamanten, ging über sein schönes Gesicht.

»Was?«, fragte sie und hatte das Gefühl, dass er sie auslachte.

Er beugte sich vor und küsste sie. »Ändere dich nie, Cecilia.«

»Aber was ...«

»Das erzähle ich dir später. Jetzt ...« Er träufelte eine großzügige Portion Öl auf seine Handfläche und strich es über das Tal zwischen ihren Brüsten. »... kann ich keine Sekunde länger darauf warten, dich zu haben.«

Ceci versuchte, still zu liegen, aber es war schwierig, nicht zu zappeln, besonders als einer seiner Daumen über ihre Brustwarze streifte. Marcus schien es nicht bemerkt zu haben. Er benutzte jetzt seine eingeölte Hand, um seinen Schwanz glatt zu machen, und seine Augen wurden glasig vor Vergnügen, als er die Finger auf und ab gleiten ließ.

Er stöhnte und zog seine Hand weg. Er nahm in jede Hand eine Brust und drückte sie wieder zusammen. Er schob seinen Schwanz in den Spalt, den er geschaffen hatte, und seine Augen rollten zurück in seinen Kopf.

Er fing sich schnell wieder, sein Blick schweifte über ihre

Brust, während er seine Länge hin und her schob. »Mein *Gott*, Cecilia.«

»Fühlt es sich gut an?«

»Das tut es«, stöhnte er. »Aber es ist vor allem der Anblick, der so erregend ist. Du übertriffst *alles,* was ich mir hätte vorstellen können.«

Ceci stellte fest, dass ihr dieser seltsame Akt mehr Spaß machte, als sie erwartet hatte. Marcus' Hände, glitschig vom Öl, konnten nicht anders, als über ihre Brustwarzen zu gleiten, während er ihre Brüste zusammenpresste. Die glitschige Reibung fühlte sich *so gut* an, und ein Schrei entkam ihren Lippen.

Sein Rhythmus geriet ins Stocken, aber nur für eine Sekunde. »Das gefällt dir auch«, hauchte er, eine Feststellung, keine Frage.

»J-ja.« Sie biss sich auf die Lippe und versuchte, ruhig zu bleiben, aber dann begann er, ihre Brustwarzen mit seinen glatten Daumen zu reiben. »Marcus!«

»Nimm die Hand zwischen deine Beine«, befahl er.

Sie hob schockiert den Kopf. »Ich soll meine ... meine ...«

»*Mach es*.« Sie konnte die Adern an der Seite seines Halses sehen. Ceci errötete und gehorchte, und - *oh, gütiger Himmel* - es fühlte sich so gut an, die kleine Perle zu berühren, die er ihr an der Verbindung ihrer Schenkel gezeigt hatte! Mit einem Wimmern begann sie, kleine Kreise um diese besondere Stelle zu ziehen.

»Reibe dich«, befahl er, »an der gleichen Stelle, an der ich ...« Er blickte über seine Schulter und grinste. »Das machst du ja schon.« Noch immer pumpte er seinen Schwanz zwischen ihren Brüsten und bearbeitete ihre Brustwarzen mit seinen Fingern, während er murmelte: »Meine liebe, süße Cecilia, wie schaffst du es, so perfekt zu sein? Nicht genug, dass du den Körper einer Göttin hast. Oh nein - hinter deiner ruhigen, kleinen Muschelschale verbirgt sich diese herrlich sinnliche Natur. Und jetzt lässt du mich das hier tun. Du hast mich völlig zerstört. Nach heute Abend werde ich nicht mehr derselbe sein. Ich hoffe, du bist zufrieden.«

Seine Stöße wurden schneller, ruckartiger, und seine Stimme wurde rauer. Ihre Finger flogen zwischen ihren Beinen hin und her, und aus ihrem Mund kamen kleine Geräusche der Lust. »Genau so«, grunzte Marcus. »Lass mich dir bei deinem Vergnügen zusehen. Zeig mir den Moment, in dem du die Fassung verlierst. Hier, vielleicht hilft das.«

Dann kniff er ihr in die Brustwarzen, kniff sie *fest*, und tatsächlich, es half. Plötzlich stand Ceci auf Messers Schneide, die Lust war fast zu groß, um sie zu ertragen, aber auch nicht genug, nicht annähernd genug. Ihre Finger rutschten ab, als sie sich bemühte, sie schneller zu bewegen, weil sie verzweifelt versuchte, sich selbst zu erregen.

Und dann stürzte sie kopfüber in die Glückseligkeit. Sie spürte, wie ihr Inneres gegen ihre Finger pulsierte, während sich ihre Schenkel um ihre Hand schlossen. Ihr Kopf kippte nach hinten, und sie schrie, schrie seinen Namen, schrie einen Haufen verstümmelten Unsinn, um die Wahrheit zu sagen, aber wie konnte man von ihr erwarten, richtige Worte zu bilden, wenn sie in einer Flutwelle der Lust ertrank?

Sie sah zu Marcus auf und wusste sofort, dass sie nie vergessen würde, wie er sie ansah. Jegliche Befürchtung oder Zweifel, dass er es nicht wirklich ernst gemeint haben könnte, als er sie als Göttin bezeichnete, wurde durch die unverhüllte Verehrung, die aus seinen Augen strahlte, hinweggefegt. Sie sah auch seine Freude auf seinem Gesicht, obwohl er offensichtlich nicht so mitgerissen worden war wie sie. Plötzlich fragte sie sich, ob es irgendetwas gab, das sie tun konnte, um es für ihn noch besser zu machen.

Sie strich mit ihren Händen über seine Oberschenkel und

überlegte, was sie tun könnte. Es fiel ihr blitzartig ein - bei jedem Stoß tauchte die Spitze seines Schwanzes zwischen dem Kissen ihrer Brüste auf. Sie glaubte, dass sie, wenn sie ihren Kopf nach unten neigte, es schaffen könnte, ihn dort zu küssen ...

Es funktionierte besser, als sie es sich hätte vorstellen können. Sie schaffte es nicht nur, ihre Lippen auf ihn zu pressen, sondern auch die Spitze seines Schwanzes in ihren Mund zu nehmen.

Sein Körper zuckte, und sein Rhythmus geriet ins Stocken. Sie stellte fest, dass er sie mit großen Augen anstarrte. »*Cecilia?*«

Sie spürte, wie ihre Wangen rot wurden. »Fühlt sich das gut an? Wenn ja, könnte ich ...«

»Es fühlt sich *unglaublich* an. Hör nicht auf. Bitte, benutze auch deinen Mund für mich - ja, *ja*, genau so, Liebling.« Er hatte den Rhythmus wieder aufgenommen und stieß schneller zu als je zuvor. »*Scheiße*, das fühlt sich fantastisch an, das fühlt sich *mehr als* fantastisch an, und die Tatsache, dass du bereit bist, das für mich zu tun ... Oh, wie ich dich dafür belohnen werde. Ich werde deine Möse *verehren*. Du wirst mich anflehen, dass ich aufhöre, dich dort zu lecken, du wirst so empfindlich sein. Und dann, sobald du dich erholt hast, wirst du mich anflehen, es noch einmal zu tun, denn ich werde es *so verdammt gut* für dich machen. Du wirst *erschöpft* sein von der Anzahl der Orgasmen, die ich dir bescheren werde.«

Sie liebte es, ihn so zu sehen, ohne seine übliche Zurückhaltung, verzweifelt nach dem Vergnügen, das sie ihm bereitete. Sie konnte nichts erwidern, da ihr Mund bei jedem seiner Stöße mit seinem Schwanz gefüllt wurde, aber sie fuhr mit ihren Fingern seinen Hintern hinauf und drückte seine straffen Pobacken, grub ihre Nägel ein wenig ein, um ihm zu zeigen, dass sie genauso begierig auf das war, was sie taten, wie er es war.

Er stieß so schnell zu, dass sie keine Zeit hatte, etwas anderes zu tun, als die Spitze seines Schwanzes zwischen ihre Lippen gleiten zu lassen. Doch den schmutzigen Worten nach zu urteilen, die weiterhin aus seinem Mund kamen, schien er das wenige, das sie tun konnte, zu genießen. Mit ein wenig Experimentieren stellte sie fest, dass sie bei jedem Stoß zumindest mit der Zungenspitze über die Unterseite seines Schwanzes streichen konnte.

Die Wirkung trat sofort ein. »*Scheiße, Cecilia!*«, rief er. »Ach du *meine* ...« Dann kam er, kam in ihrem Mund, kam auf ihren Brüsten und ihrem Hals und sogar in ihrem Gesicht, während er weiter stieß und die ganze Zeit schrie, was für ein sehr gutes Mädchen sie sei und dass sie dafür bezahlen würde, und die Art und Weise, wie sie bezahlen würde, war, indem sie auf seinem Gesicht saß und immer wieder kam, bis sie vor lauter Erschöpfung zusammenbrach.

Abrupt sackte sein Körper in sich zusammen, und *er* war derjenige, der kollabierte und mit einem dumpfen Schlag neben ihr landete. Seine Augen waren geschlossen, und sein Atem ging schwerfällig.

Ceci wollte ihn zu sich ziehen, hielt aber inne, als sie bemerkte, wie klebrig sie war. Mit dem Öl und dem Samen, den er auf ihre Brust verschüttet hatte, war sie wirklich eine Katastrophe.

Sie hatte Mühe, sich aufzusetzen, ohne das ganze Zeug auf der roten Satindecke zu verschmieren. Marcus' Augen weiteten sich. »Warte.« Er drückte ihr einen schnellen Kuss auf die Lippen. »Bleib genau so.«

Er rutschte vom Bett und ging zum Waschbecken hinüber, dann kam er mit einem Krug, einem Stapel Tücher und einem Stück nach Rosen duftender Seife zurück. Es kostete einige Mühe, das ganze Öl von ihr abzubekommen, aber fünf Handtücher später hatten sie den Sieg errungen, und Marcus kletterte zurück auf das Bett und nahm sie in seine Arme.

Er küsste sie tief. »Das war unglaublich. *Unglaublich*. Du kannst dir nicht vorstellen, wie ich dich für das exquisite Vergnügen, das du mir gerade bereitet hast, belohnen werde. Was möchtest du haben? Diamanten? Smaragde?«

Ceci kuschelte sich an seine Brust. »Du brauchst mir nichts zu schenken. Es hat mir genauso viel Spaß gemacht wie dir.«

»Das war das Beste daran. Ich kann nicht *glauben*, dass ich dich gefunden habe. Ich bin der größte Glückspilz in ganz Großbritannien. Aber ich werde dir etwas schenken.« Er drückte sie an sich, und ein teuflisches Grinsen stahl sich auf sein Gesicht. »Ich habe dir schon eine Perlenkette gekauft.«

»Oh!«, sagte sie erschrocken. »Das hättest du nicht tun müssen, Marcus!«

Ein Ausdruck von absoluter Zufriedenheit stahl sich auf sein Gesicht. Er sagte nichts und drückte ihr einen Kuss auf die Schläfe.

»Was?«, fragte sie verblüfft.

Er schüttelte den Kopf. »Eines Tages, früher als du denkst, wirst du alle meine bösen Anspielungen verstehen. Ich muss gestehen, dass ich ein bisschen traurig sein werde, wenn dieser Tag kommt.«

Ceci konnte sich nicht vorstellen, dass dies stimmen sollte. Die Saison war so gut wie vorbei. Bald würde sie mit den Astleys nach Cheltenham zurückkehren, und er würde vermutlich zu seinem Anwesen in Cornwall fahren. Vielleicht - *vielleicht* - könnten sie noch ein, mit etwas Glück sogar zwei Treffen einschieben, bevor sie sich trennen würden. Und höchstwahrscheinlich würde einer oder beide mit jemand anderem verheiratet sein, bevor sie sich wiedersehen würden. Ceci wusste also nicht, wann sie all seine bösen Anspielungen erfahren sollte, von denen es, wie sie feststellte, viele gab. Alles, was sie tun konnte, war, die kurze Zeit, die ihnen noch blieb, in vollen Zügen zu genießen.

Ihr Grübeln wurde von Marcus' Stimme unterbrochen, die neben ihrem Ohr grummelte. »Wir sollten uns besser anziehen und unsere Arbeit hier beenden, damit ich dich nach Hause bringen kann. Du solltest so viel schlafen, wie du kannst, denn morgen findet unsere Hochzeit statt.«

KAPITEL 30

*C*eci zuckte vor Überraschung zusammen.

Die *Hochzeit?* Welche *Hochzeit?*

Sie stützte ihren Kopf auf einen Ellbogen. Marcus lag flach auf dem Rücken, die Augen geschlossen, ein sanftes Lächeln auf seinem hübschen Gesicht, das nicht darauf hindeutete, dass eine Erklärung für diese bizarre Aussage zu erwarten war.

»Welche Hochzeit?«, fragte sie schließlich.

Er öffnete überrascht die Augen. »Unsere Hochzeit natürlich.«

Plötzlich drehte sich der Raum. Sie hatte sich verhört. Sie hatte sich offensichtlich verhört, denn es gab keine Möglichkeit, weder in dieser noch in der nächsten Welt, dass *sie* Marcus Latimer heiraten würde.

Sie konnte es sich nicht einmal leisten, die Löcher in ihren Tanzschuhen zu flicken. Sie würde auf keinen Fall eine *Herzogin* werden.

Sie hatte offensichtlich Halluzinationen.

»U-unsere Hochzeit? W-was meinst du ... *Morgen?*« Mehr

als das schaffte sie nicht, als sie versuchte, einen vollständigen Satz zu sagen. Ehrlich gesagt war sie überrascht, dass sie überhaupt in der Lage war, Worte zu formulieren.

Er setzte sich auf und nahm ihre Hände in die seinen. »Ich weiß, dass es schnell geht, aber wir können es schaffen. Ich werde gleich morgen früh eine Sondergenehmigung beantragen und dann zu meinem Anwalt gehen. Ich werde ihn dazu bringen, den Ehevertrag in aller Eile aufzusetzen. Mach dir keine Sorgen, ich werde dir ein ansprechendes Nadelgeld zur Verfügung stellen, und Garantien, die ich für den Fall, dass mir etwas zustößt, aufsetzen werde.« Er drückte ihr einen Kuss auf den Handrücken. »Du musst dir nie wieder Sorgen um irgendetwas machen.« Ein Mundwinkel zog sich zu einem Grinsen nach oben. »Abgesehen davon, dass du mich ertragen musst, natürlich.«

Ceci hatte immer noch Schwierigkeiten, Worte zu bilden. »Aber ... aber ... aber ...«

Er lachte und zog sie an seine Brust. »Wenn du ein neues Kleid für die Zeremonie haben willst, musst du allerdings als Erstes zu einer Modistin gehen. Sag ihr, dass sie, wenn sie den Auftrag für deine Hochzeitsaussteuer haben will, einen Weg finden muss, sie bis zum Nachmittag fertig zu haben. Oder wenn du willst, kannst du diesen Schritt auch einfach überspringen. Das ist mir ehrlich gesagt egal. Komm zum Altar in einem Kleid, das jeden Zentimeter deines Busens bedeckt, wenn es sein muss. Solange wir bei Sonnenuntergang Mann und Frau sind und du morgen Nacht in meinem Bett liegst.«

Sie war immer noch ratlos. Nach einem Moment fuhr er fort: »Wenn es morgen zu früh ist, werde ich mich in Geduld üben und einen Tag länger warten. Höchstens zwei.« Er warf ihr einen grimmigen Blick zu. »Aber wir heiraten mit

Sondergenehmigung. Denk nicht einmal daran, erst noch das Aufgebot verlesen zu lassen. Wir haben keine Zeit mehr, bevor die Saison zu Ende ist, und ich werde auf keinen Fall akzeptieren, dass du mit den Astleys nach Gloucestershire zurückgehst. Ich weigere mich, von dir getrennt zu werden. Ich nehme dich mit zurück nach Cornwall, und damit ist es beschlossen.«

Mit einem Mal kehrte ihre Fähigkeit zu sprechen zurück. »Aber du hast gesagt, du würdest mich nicht heiraten! Du hast ausdrücklich gesagt, du würdest eine andere heiraten!«

Er schien nicht beunruhigt zu sein. »Das habe ich, aber sobald die Worte meinen Mund verließen, hatte ich das Gefühl, dass sie falsch waren, eine Überzeugung, die sich in den folgenden Tagen noch verstärkte.«

Sie lehnte sich zurück und befreite sich aus seinen Armen, damit sie wenigstens eine Chance hatte, einen zusammenhängenden Gedanken zu fassen. »Niemand weiß, dass wir allein zusammen waren. Wenn du das aus einem Gefühl der Verpflichtung heraus tun willst, weil du glaubst, mich kompromittiert zu haben ...«

Seine Antwort war ein Brummen.

Sie rang die Hände. »Ich mache mir nur Sorgen, dass du glaubst, ich hätte das getan, um dich in eine Falle zu locken. Ich schwöre, das habe ich nicht. Ich hatte nie die Erwartung, dass du mich heiraten würdest ...«

Er nahm ihre Hände in die seinen. »Das hättest du aber tun sollen.«

Sie schüttelte den Kopf. »Alles, was wir zusammen gemacht haben, habe ich getan, weil ich dich begehrt habe. Weil ich eine Erinnerung haben wollte, auf die ich in Jahren zurückblicken kann, wenn ich verheiratet bin mit ... nun, mit jemand anderem.«

Er strich mit den Daumen über ihre Knöchel. »Ich weiß,

dass du nicht versucht hast, mich in eine Falle zu locken. Als ob das überhaupt funktionieren würde. Wirklich, Cecilia, glaubst du, dass du oder irgendjemand anders mich zu etwas zwingen könnte, was ich nicht wirklich will?«

»Nun ... nein. Aber ...«

»Kein *Aber*. Du bist die Frau, die ich will. So einfach ist das.«

Sie schaute ihn misstrauisch an. »Hast du das gerade erst entschieden? Willst du mich deshalb heiraten, weil ich dich ...« Sie wedelte mit der Hand vor ihrer Brust.

Er warf einen Blick an die Decke. »*Denk* nach, Cecilia. Bevor wir das Paradisium betraten, war Thetford kurz davor, mich herauszufordern. Aber dann hat er den Kurs geändert und mir erlaubt, allein mit dir hier reinzugehen. Was ist das Einzige, was ich zu ihm hätte sagen können, das einen so plötzlichen Sinneswandel bewirkt hätte?«

Cecis Wirbelsäule wurde kerzengerade. »Dass du mich heiraten würdest?«

»Ganz genau. Frag ihn, wenn du mir nicht glaubst.«

Der Raum drehte sich. Weil er es ernst meinte. Marcus Latimer wollte sie tatsächlich heiraten!

Ihr wildester, unmöglichster Traum sollte wahr werden.

»Also«, sagte er, »was sagst du zu morgen?«

Ceci sah zu ihm auf. Sie öffnete ihren Mund, um zu antworten.

Und sie brach in Tränen aus.

Zu sagen, dass dies nicht die Reaktion war, die Marcus erwartet hatte, wenn er einer Frau mitteilte, dass sie seine Herzogin werden würde, wäre eine deutliche Untertreibung gewesen.

Er hätte ihr sein Taschentuch angeboten, aber sie waren nackt, und er hatte kein Taschentuch, weil sein Rock keine Taschen hatte. Verdammt unpraktisches Kleidungsstück.

Sie hatten auch alle Handtücher verbraucht, um den Öl-Sperma-Schlamm von Cecilias Brust zu entfernen.

Also wählte er die beste Möglichkeit, hob seine purpurne Leinentunika vom Boden auf und bot sie ihr an. »So schlimm, ja? Die Aussicht, mit mir verheiratet zu sein?«

Sie tupfte sich mit einem Ärmel die Augen ab. »Es ist überhaupt nicht schlimm. Es tut mir leid, ich bin nur ...« Sie hielt inne, um nach Luft zu schnappen. »... *so* glücklich!«

Nun, das war schon viel besser. Er zog sie in seine Arme und ließ sie an seiner Brust schniefen. »Du wirst deine Meinung ändern, wenn du siehst, wie ich bin. Jedes Mal, wenn ich dich Klavier spielen höre, habe ich Lust, dich zu vögeln. Du wirst versuchen, zu üben, und ich komme rein und fange an, dir die Röcke hochzuziehen.« Er schüttelte den Kopf. »Du wirst nie einen Moment Ruhe haben.«

Sie schniefte noch einmal, aber ihre Augen leuchteten, als sie zu ihm aufsah. »Versprichst du das?«

Er küsste sie. Ihre Tränen waren versiegt, und sie lachten beide, als sie sich gegenseitig beim Anziehen halfen.

Ein seltsames Gefühl überkam Marcus. Es war fast so, als wäre er ... zufrieden.

Er meinte das nicht auf eine selbstlobhudelige Art und Weise. Für einen Mann, der die meiste Zeit seines Lebens mit Angst und Furcht als ständige Begleiter verbracht hatte, war der einfache Akt der Zufriedenheit ein unvorstellbarer Luxus. Und doch war er irgendwie an diesem Punkt angelangt. Sein Vater war tot. Dianas Einführung in die Gesellschaft war ein eindeutiger Erfolg gewesen. Für den Rest seines Lebens würde er von den Menschen umgeben sein, die ihm etwas bedeuteten, und er würde nicht mehr in ständiger Angst leben müssen, dass sie durch die Hand seines Vaters zu Schaden kämen.

Marcus machte sich an die Arbeit, ihr das Korsett zu schnüren, und Cecilia lächelte ihren Dank über die Schulter. Ihr Gesicht leuchtete förmlich, und Marcus wurde blitzschnell klar, dass er glücklich sein würde, wenn er mit dieser Frau verheiratet wäre. Es war ihm nie in den Sinn gekommen, dass so etwas überhaupt möglich wäre, dass er eine Ehe führen könnte wie die von Fauconbridge mit seiner neuen Braut.

Aber er und Cecilia würden zusammen glücklich werden. Er war sich dessen sicher. Und wenn sich etwas Tragisches ereignen sollte, was irgendwann der Fall sein würde, denn das war nun einmal der Lauf der Welt, würde er wenigstens mit ihr an seiner Seite aufwachen.

Er schluckte den Kloß hinunter, der sich plötzlich in seinem Hals gebildet hatte. Er freute sich sehr auf die Zukunft.

Als sie fertig waren, sah Marcus' Kostüm ganz gut aus, denn der lederne Brustpanzer und der Rock verdeckten die Falten in seiner Tunika. Aber Cecilias Kleid war stark zerknittert.

Nun gut. Jeder, der einen Blick auf ihre Gesichter warf, würde sowieso erkennen, dass sie die letzte Stunde mit Ficken verbracht hatten. Sie grinsten beide wie zwei äußerst befriedigte Idioten.

»Heiraten wir also morgen?«, fragte Marcus, während er ihr half, ihre Perücke zu richten.

»Ich nehme an, das werden wir.« Sie lachte. »Welchen Sinn hätte es, Nein zu sagen? Du würdest mich nur unter Druck setzen. Du bist sehr befehlshaberisch, weißt du.«

»Natürlich bin ich befehlshaberisch. Ich bin ein Herzog.« Er packte sie an den Hüften und zog sie dicht an sich heran. »Und du solltest wissen, dass ich im Schlafzimmer zehnmal so herrschsüchtig bin wie außerhalb des Schlafzimmers. Betrachte dies als deine Warnung.«

Sie drückte ihm einen kurzen Kuss auf die Lippen. »Ich gehe nicht davon aus, dass ich irgendwelche Beschwerden haben werde.«

»Gut.« Er hob den schwarzen Schlüssel vom Boden auf und reichte ihn ihr. »Sollen wir dann mal nachsehen, was in diesem geheimnisvollen Schließfach ist? Das ist schließlich der Grund, warum wir hier sind.«

Sie lachte. »Lass uns das tun.«

Sie gingen Hand in Hand durch die Gänge des Clubs. Marcus erinnerte sich vage daran, dass der Raum, in dem sich die Weinschränke befanden, im hinteren Teil des Gebäudes lag, und sie konnten ihn innerhalb von ein paar Minuten finden.

Zwei stämmige Männer standen an der Tür Wache, eine zusätzliche Vorsichtsmaßnahme, da der Club anlässlich des Maskenballs voller Nichtmitglieder war. Einer der Männer erkannte Marcus jedoch, und sie wurden sofort eingelassen.

Die Wände des kleinen Raums waren mit Schränken aus einem dunklen Holz, vielleicht Ebenholz, ausgekleidet. Die Vorderseite jedes Schließfachs war etwa knapp einen Meter hoch und breit, und die Tiefe betrug etwas mehr als einen Meter. Auf jedem prangte ein Schild aus dem gleichen schwarzen Metall wie der Schlangenschlüssel mit einer Nummer.

»Hier ist es«, flüsterte Marcus und deutete auf eine Kiste in Höhe seiner Brust, »Nummer vier.«

Cecilia sah nervös aus, als sie den Schlüssel in das Schlüsselloch steckte. Mit zitternden Fingern öffnete sie die Tür und griff hinein.

Marcus wollte auch unbedingt sehen, was da drin war, aber das war ihr Moment, also unterdrückte er den Drang, sich vorzudrängeln, um es zu sehen. Sie lehnte ihren Kopf hinein, und er hörte das Klirren von Flaschen, die herumgeschoben wurden.

Er schaffte es, seine Vorfreude dreißig Sekunden lang zu zügeln, bevor er fragte: »Hast du was gefunden?«

»Eigentlich nur Wein«, sagte sie aus dem Inneren der Kiste. »Was nicht ganz überraschend ist, wenn man bedenkt, dass es sich um einen Weinschrank handelt. Außerdem gibt es eine halb leere Schachtel mit Zigarren. Ich vergewissere mich nur, dass da nichts ... *warte*. Das ... das muss es sein.«

»Was ist es denn?«, fragte er eifrig, als sie ihren Kopf zurückzog. Ihre Arme folgten, und dann ein in Leder gebundenes Buch.

Oh, Scheiße.

Verdammte. Beschissene. Hölle.

Das Schicksal war ein absolutes Schwein, denn der Gegenstand, den Cecilia an ihre Brust drückte, war eines der alten Tagebücher seines Vaters.

Fauconbridge mochte der Clevere sein, aber man musste kein ehemaliger Pfadfinder sein, um zu erraten, dass, wenn Schließfach Nummer vier die Wahrheit über den Tod von Cecilias Mutter enthielt und außerdem eines der Tagebücher, in denen sein Vater seine vielen Missetaten in unerträglicher Ausführlichkeit niedergeschrieben hatte, der alte Herzog gerade einen schwindelerregenden Aufstieg auf der Liste der Verdächtigen hingelegt hatte.

Cecilia blätterte mit einem leichten Stirnrunzeln durch die Seiten, scheinbar ohne zu bemerken, dass sein zukünftiges Glück vor seinen Augen schwand. Denn wirklich, wie konnte er erwarten, dass sie bereit war, den Sohn des Mörders ihrer Mutter zu heiraten?

Eine Ewigkeit in der Hölle war zu gut für seinen verdammten Vater. Gerade als er zu glauben begann, er sei ihn endlich los, fand sein Vater irgendwie einen Weg, Marcus' Leben aus dem Jenseits zu ruinieren.

»Ich kann kaum ein Wort verstehen«, sagte Cecilia und unterbrach seine Überlegungen. »Wer auch immer das geschrieben hat, hatte eine bemerkenswert schlechte Handschrift.«

»Ja, das hatte er. Es gibt nur wenige, die das lesen können. Nur ich und mein Onkel, soweit ich weiß.«

Sie blickte überrascht von den Seiten auf und umklammerte dann seinen Unterarm. »Marcus? Was ist los? Du bist so grau wie ein Gespenst geworden.« Sie erstarrte, und er konnte sehen, wie sie die Worte verarbeitete, die er gerade gesagt hatte. »Was meinst du damit, dass nur du und dein Onkel das lesen können? Erkennst du diese Handschrift?«

Es hatte keinen Sinn, sie anzulügen. »Es ist eines der Tagebücher meines Vaters. Im Arbeitszimmer von Latimer House gibt es noch ein Dutzend weiterer Exemplare in genau diesem Einband.«

Durch ihre Maske konnte er nicht viel von ihrem Gesichtsausdruck erkennen, aber er sah den Schock in ihren ausdrucksstarken braunen Augen. »Dein ... dein Vater? Ich ... Oh, mein *Gott*.«

Er nickte angespannt. Sie schien die Zusammenhänge gut zu verstehen. »Mit deiner Erlaubnis, da ich die Schrift entziffern kann, werde ich es mitnehmen und heute Abend lesen. Dann wissen wir es mit Sicherheit.«

Sie drückte seinen Unterarm. »Marcus. Schau mich an. Wir wissen nicht, ob ...«

»Wir sollten uns erst einmal vergewissern, was da drin steht, bevor wir eine Entscheidung treffen«, sagte er entschlossen.

Es hörte sich so an, als wolle sie es leugnen, was verständlich war, wie er annahm. Wer würde schon akzeptieren wollen, dass der Mann, den zu heiraten man gerade zugestimmt hatte, der Sohn des Mörders der eigenen

Mutter war?

Sie verdiente die ungeschminkte Wahrheit, sobald er sie ihr geben konnte. Aber das Tagebuch war mehrere Zentimeter dick, und es war eine mühsame Arbeit, sich durch die Kritzeleien seines Vaters zu kämpfen. Es könnte die ganze Nacht dauern, bis er finden würde, was er suchte.

Cecilia hatte offenbar die Hoffnung, dass das Tagebuch jemand anderen belasten könnte, vielleicht einen der schrecklichen Freunde seines Vaters. Aber Marcus hatte schon vor langer Zeit gelernt, dass man sich nicht an die Hoffnung klammern sollte, wenn es um seinen Vater ging. Das hatte absolut keinen Sinn. Wie verachtenswert man den alten Herzog auch fand, er schaffte es immer, einen neuen Tiefpunkt zu finden.

»In Ordnung«, sagte Cecilia und reichte ihm das Tagebuch. »Aber, Marcus ...«

»Gibt es in dem Schließfach noch irgendetwas, das wir gebrauchen könnten? Wir sollten uns absolut sicher sein, bevor wir gehen.«

Sie zuckte zusammen, wandte sich aber wieder dem Spind zu. Nachdem sie eine Minute lang die Flaschen hin und her geschoben hatte, richtete sie sich auf. »Nein, es gibt sonst nichts von Interesse.«

»Dann lass uns hier verschwinden«, sagte er, und seine Stimme klang in seinen eigenen Ohren rau.

»Hier«, sagte Cecilia und drückte ihm etwas in die Hand. Er erkannte, dass es der Schlüssel war, den sie all die Monate um den Hals getragen hatte. »Es scheint, dass der eigentlich dir gehören müsste.«

Da hatte sie recht. Wie so viele Teile des Erbes seines Vaters hätte er es vorgezogen, auch diesen Schlüssel nicht zu erben. Aber er griff in den Schrank und holte eine Flasche heraus. Er schaute auf das Etikett - ein 1793er Margaux. Ein exzellenter Jahrgang, der wegen des Krieges mit Frankreich derzeit kaum zu bekommen war.

Er schnappte sich zwei weitere Flaschen und klemmte sie unter seinen Arm, bevor er den Schlüssel im Schloss drehte. In Anbetracht der Aufgabe, die vor ihm lag, brauchte er irgendeine Art von Mut, sei es in flüssiger oder anderer Form, wenn er sie bewältigen wollte.

KAPITEL 31

*C*eci wartete bis zehn Uhr am nächsten Morgen, bevor sie sich auf den Weg nach Latimer House machte.

Als sie die steinernen Stufen hinaufstieg, verspürte sie nicht gerade wenig Nervosität. Nachdem sie das Tagebuch seines Vaters im Weinschrank gefunden hatten, hatte sich Marcus' Verhalten so abrupt geändert, dass sie nicht sicher war, was sie heute erwarten würde. Bis zu jenem Moment war er ungewöhnlich überschwänglich gewesen.

Aber sobald er das Tagebuch seines Vaters in die Hände bekam, hatte er sich völlig verschlossen. Marcus war nicht das, was man als *fröhlich* bezeichnen würde, aber er war auch normalerweise nicht zugeknöpft. Doch genau so war er während der Heimfahrt in der Droschke aufgetreten, hatte seelenlos aus dem Fenster gestarrt und kein Wort mehr gesagt. Als er eine offensichtliche Gelegenheit verpasst hatte, Lord Thetford mit einem vernichtenden Spruch in den Boden zu rammen, begann Ceci sich wirklich Sorgen zu machen.

Ceci fragte sich, was ihn beunruhigte. Er glaubte doch sicherlich nicht, dass sie ihn für etwas, was sein Vater vor fast zwanzig Jahren getan hatte, verurteilen würde? Wenn es tatsächlich sein Vater gewesen war, der ihre Mutter getötet hatte, wäre das eine seltsame Wendung des Schicksals. Aber Marcus war nicht verantwortlich für die Sünden seines Vaters, und sie würde sie ihm nicht vorwerfen.

Vielleicht war er besorgt, dass sie darüber tratschen und den Ruf seines Vaters anschwärzen würde? Das schien unwahrscheinlich. Niemand war schneller dabei, den Namen seines Vaters in den Schmutz zu ziehen, als Marcus selbst. Andererseits ließ er sich auch in seinem engsten Freundeskreis nicht in die Karten schauen, und er war sehr besorgt über alles, was Diana in Schwierigkeiten bringen könnte. Dazu könnte auch böswilliger Klatsch gehören.

Das war es dann wahrscheinlich. Sie würde ihm versichern, dass sie niemandem etwas davon erzählen würde, nicht einmal den Astleys, und hoffentlich würde ihn das wieder zu seinem ureigenen sardonischen Wesen zurückführen.

Sie war sich nicht sicher, ob sie ihn hier antreffen oder ob er in der Kanzlei seines Anwalts sein würde, wie sie es ursprünglich besprochen hatten. Doch der Lakai, der ihr die Tür öffnete, teilte ihr mit, dass der Herzog zu Hause sei. Er führte sie in ein Arbeitszimmer im zweiten Stock.

Sie hielt in der Tür inne. Er sah furchtbar aus. Nun, für einen Marcus Latimer war es relativ schrecklich. Sein Haar war ungepflegt, unter seinen blauen Augen lagen dunkle Ringe, und er trug nichts weiter als ein zerknittertes Leinenhemd und eine weite Hose unter einem jadegrünen Seidenbanyan.

Er sah ... menschlich aus. Wie ein Mann, nicht wie ein Herzog.

Der Anblick ließ ihr Herz noch mehr erschaudern als seine übliche goldene Perfektion.

»Marcus?«, fragte sie, als sie den Raum betrat.

Er blickte auf, und für einen Moment blitzte Traurigkeit in seinen Augen auf, bevor sie wieder leer wirkten.

»Was ist los?«, fragte sie.

Er fuhr sich mit der Hand durchs Haar und stand dann auf. »Komm«, sagte er und wies auf ein weinrot gestreiftes Sofa in der Mitte des Raumes.

Er setzte sich zu ihr an das andere Ende des Sofas, sodass zwischen ihnen ein Abstand von gut einem Meter entstand. Schrecken stieg in ihrer Kehle auf.

Er sagte nichts und starrte auf den Teppich.

Sie räusperte sich. »Also. Hast du etwas vom Tagebuch gelesen?«

»Ich habe das ganze Ding gelesen«, sagte er mit krächzender Stimme. »Bin die ganze Nacht aufgeblieben. Die Informationen, die ich suchte, standen auf der vorletzten Seite.« Er stieß ein bitteres Schnauben aus. »Auf meinen Vater konnte man sich schon immer verlassen, mir das Leben so schwer wie möglich zu machen, und das schafft er auch dann noch, wenn er tot ist.«

Cecis Herz raste, obwohl sie ziemlich sicher war, dass sie die Antwort auf die Frage, die sie stellen wollte, kannte. »Und was stand dort?«

Seine Schultern sackten durch. »Es war mein Vater. Er war derjenige, der deine Mutter getötet hat. Er kam zufällig durch das Dorf Gorran Haven und sah sie aus dem Fenster seiner Kutsche und ...« Er sah weg und schluckte schwer. »Ich werde dir die Einzelheiten nicht vorenthalten, wenn du wirklich wissen willst, wie es passiert ist. Aber ich muss dich warnen ... Es war schrecklich zu lesen. Und wenn du diese Worte einmal gehört haben wirst, wirst du sie nie wieder aus deinem Kopf verbannen können. Ich konnte nicht umhin, daran zu denken, wie Ellery mich davor bewahrt hatte, meine Mutter am Fuß dieser Treppe liegen zu sehen. Wenn du erlaubst, würde ich dir diese Einzelheiten gern ersparen, die dich, wie ich fürchte, nur unnötig beunruhigen werden.«

Ceci nickte. Es war schon schlimm genug, dass sie wusste, dass ihre Mutter durch Strangulation gestorben war. Mehr wollte sie ehrlich gesagt nicht wissen. »Ich denke, das ist wahrscheinlich klug.«

Das war es also. Endlich kannte sie die Wahrheit darüber, was mit ihrer Mutter geschehen war. Sie hatte sich fast ein ganzes Jahr lang auf diesen Moment gefreut, seit ihr Vater ihr den Schlüssel in die Hand gedrückt hatte. Noch vor einem Monat hätte sie gedacht, dass sie diesen Moment überwältigend finden würde.

Doch zu ihrer Überraschung überwog das Gefühl der Erleichterung. Weil es vorbei war. Sie hatte die Wahrheit erfahren und ihre Pflicht gegenüber ihrer Mutter erfüllt. Die verantwortliche Person war bereits tot. Es gab nichts weiter zu tun. Endlich konnte sie diese Last ablegen.

Ehrlich gesagt, Marcus schien es schlimmer zu treffen als sie selbst. Sie schob sich neben ihn und legte ihren Arm um seine Schultern.

Er zuckte zusammen und warf dann einen verzweifelten Blick auf ihre Hand, die seinen Rücken streichelte. »Das musst du nicht tun«, sagte er mit leerer Stimme.

»Du bist verstört. Natürlich möchte ich dich trösten.« Sie studierte sein niedergeschlagenes Gesicht. »Das muss sehr beunruhigend gewesen sein. Über so etwas lesen zu müssen ...«, fügte sie hinzu und sah, wie er verwirrt die Stirn runzelte. »Ist es das, was du so verstörend findest?«

Er stieß ein humorloses Lachen aus. »Nein. Es war eine abscheuliche Geschichte, aber ich bin es gewohnt, die Tagebücher meines Vaters zu lesen.« Auf Cecis fragenden Blick hin sagte er: »Ich bin sie durchgegangen und habe versucht, die Leute ausfindig zu machen, die er terrorisiert hat, und sie zu entschädigen, soweit es mir möglich ist.«

Ceci war fassungslos. Trotz seines schlechten Rufs hatte Marcus wirklich einen starken moralischen Kompass. »Das ist sehr gut von dir, Marcus.«

»Wohl kaum«, sagte er mit flacher Stimme.

Sie drückte seine Schultern. »Nun, wenn das nicht der Grund ist, was ist es dann, das dich so verdrießlich macht?«

Er stieß sich von der Couch ab und stellte sich neben den Schreibtisch. »Ich kann mir nicht vorstellen, dass du dich wohl dabei fühlen würdest, den Sohn des Mörders deiner Mutter zu heiraten. Ich entbinde dich daher von allen Verpflichtungen, die du mir gegenüber zu haben glaubst.«

Ceci konnte wegen des plötzlichen Dröhnens in ihren Ohren kaum etwas hören. »Ist es das, was dir lieber wäre?«

Er starrte aus dem Fenster hinter dem Schreibtisch und weigerte sich, sie anzuschauen. »Nein. Wie ich gestern Abend schon sagte, bist du es, die ich haben will. Aber ich weiß, es ist zu viel, um es ... Cecilia? Was machst du da?«

Sie hatte sich von hinten an ihn herangeschlichen und ihre Arme um seine Brust geschlungen. »Nein.«

»Nein?« Zum ersten Mal an diesem Morgen enthielt seine Stimme einen Hauch ihrer üblichen Lebendigkeit. »Was meinst du mit nein?«

»Ich lasse dich nicht los«, sagte sie und drückte ihn fest an sich.

»Aber ...« In seiner Stimme lag ein Hauch von Hoffnung, aber auch von Furcht. »Aber mein Vater hat deine Mutter getötet.«

»Das weiß ich.« Sie drehte ihn herum, sodass er gezwungen war, sie anzuschauen. »Was hat das mit dir zu tun?«

»Nun ja«, stotterte er, was ihr das Herz brach, denn

Stottern war so untypisch für ihn. »Jedes Mal, wenn du mich ansiehst, wirst du dich fühlen, als ob ...«

»... ich die glücklichste Frau der Welt wäre«, sagte sie fest und schlang ihre Arme um seinen Hals.

Er musterte sie mit vorsichtiger Miene. »Du bist immer noch bereit, mich zu heiraten.«

»Nicht so sehr *bereit*, sondern begierig. Entschlossen. Sehnsüchtig.« Sie drückte ihm einen Kuss auf die Lippen. »So leicht wirst du mich nicht los. Also, lass uns diesen Unsinn mit der Absage der Hochzeit beiseitelegen.«

Er schaute sie an, als würde er kaum zu hoffen wagen, dass sie es ernst meinte. Dann drückte er sie mit einem Mal an sich und vergrub sein Gesicht in ihrem Haar. »Cecilia. Ich ... ich kann es nicht glauben.«

Sie streichelte mit ihrer Hand über seinen Rücken. »Glaube es.«

Seine Stimme zitterte, als er sagte: »Ich hatte solche Angst, dass du mich wegschicken würdest.«

Sein Eingeständnis schmerzte sie im Herzen. Sie zog sich zurück und umrahmte mit beiden Händen sein Gesicht. »Du? Angst?«

Er schluckte schwer, leugnete es aber nicht.

Sie schüttelte den Kopf. »Ich wünschte, wir hätten gestern Abend darüber gesprochen. Ich hätte dir gesagt, dass es egal ist, was in diesem Tagebuch steht, es würde meine Gefühle für dich nicht ändern.« Sie strich ihm eine goldene Haarsträhne aus der Stirn. »Es gab nie einen Grund zur Sorge.«

Er nickte, die Lippen zusammengepresst, als würde er sich nicht trauen zu sprechen.

»Komm.« Sie zerrte an seinen Schultern und wollte ihn zurück zum Sofa führen, damit sie ihn halten konnte, aber er ergriff ihre Hand und zog sie am Sofa vorbei zur Tür hinaus.

»Wo bringst du mich hin?«, fragte sie atemlos.

Er rannte schon fast, als er sie den Korridor entlang zog. »In einen Raum, in dem du in Zukunft sehr viel Zeit verbringen wirst.«

Er öffnete eine Tür am Ende des Flurs, und Ceci wusste sofort, dass es das herzogliche Schlafgemach war.

KAPITEL 32

*D*er Raum war riesig - größer als das Haus, das Ceci die meiste Zeit ihres Lebens mit ihrem Vater geteilt hatte. Neben dem riesigen Himmelbett gab es eine Sitzecke, die so groß war wie das Morgenzimmer in Astley House, mit einem eigenen Sofa und einer Reihe von Plüschsesseln, einem Schreibtisch in der Ecke und sogar einem Tisch mit Stühlen. Licht strömte durch ein Dutzend hoher Fenster herein. Die Wände waren taubengrau mit weißem Stuck und Vertäfelungen - elegant, aber auf eine langweilige Art und Weise.

Das war in Ordnung. Ceci war sich sicher, dass sie ein wenig Farbe in das Leben von Marcus Latimer bringen könnte.

»Das Schlafgemach der Herzogin ist dort drüben«, sagte Marcus und nickte in Richtung einer Tür. »Du kannst es so dekorieren, wie du willst. Nicht, dass du dort besonders viel Zeit verbringen wirst, abgesehen von der Zeit, die du zum Anziehen brauchen wirst.«

Ein Lächeln zupfte an Cecis Mundwinkel. »Werde ich nicht?«

»Nein.« Er zog sie in seine Arme und drückte ihr Küsse auf die Schläfe. »Du wirst hier sein. Mit mir.«

Sie hatte eine ungefähre Vorstellung davon, was passieren würde. In Anbetracht der Tatsache, dass Marcus in ein paar Tagen ihr Ehemann sein würde, hatte sie keine Skrupel. Außer, dass ...

»Werden deine Schwester und deine Tante nicht schockiert sein? Wenn sie merken, dass wir allein in deinem Zimmer sind.«

Er küsste sich über ihre Wange. »Sie sind nicht hier. Sie besuchen die gleiche Hausparty wie die Astleys in Broxbourne.«

»Ah. Na dann«, waren die letzten Worte, die sie sagen konnte, bevor seine Lippen die ihren eroberten. Dieser Kuss fühlte sich anders an als die Küsse, die sie letzte Nacht geteilt hatten. Gestern hatte Marcus sie mit absolutem Vertrauen geküsst.

Aber dieses Mal war sein Atem abgehackt, und seine Hände zitterten, als er sie an sich drückte. Diese rohe, unerwartete Gefühlsäußerung brachte sie noch mehr aus dem Konzept als seine übliche kontrollierte Perfektion.

Er brach den Kuss ab, aber nur, um sie zum Fußende des Bettes zu führen. Seine Stimme an ihrem Ohr war so dunkel wie Mitternacht. »Ich möchte, dass du etwas verstehst, Cecilia.«

»Was ist das?«, hauchte sie.

»Ich werde dich gleich verschlingen. Du wirst *mir* gehören. Wenn du das also nicht willst, dann sag mir, ich soll aufhören. Du musst mir vielleicht einen Schlag auf den Kopf versetzen, um meine Aufmerksamkeit zu erregen, aber ich werde aufhören, wenn du mich darum bittest. Verstehst du?«

»Ich verstehe«, keuchte sie. »Und, Marcus?«

Er fuhr mit einem Finger an ihrem Hals entlang. »Ja?«

»Hör nicht auf.«

Er knurrte, als er sie küsste. Wäre Ceci in der Lage gewesen, einen klaren Gedanken zu fassen, hätte sie sich über die Effizienz, mit der er sie auszog, erschrecken können, denn innerhalb von einer Minute war sie nackt.

Er legte sie mit dem Rücken auf die Decke, kniete sich dann über sie, schüttelte seinen Banyan von sich und zog sein Hemd aus. Es war das erste Mal, dass sie ihn bei Tageslicht richtig sehen konnte.

Er war gemeißelt wie ein Gott, nicht einer der brutalen, grobschlächtigen wie Zeus oder Poseidon, sondern Apollo, der geschmeidig und kraftvoll war, mit einer tödlichen Anmut. Weil er kein grundloses Gramm an sich trug, traten die Muskeln überall deutlich hervor, an seinen Armen und Schultern und auf seiner Brust, die nur mit einem feinen Hauch von goldenem Haar bedeckt war.

Er ließ sich neben ihr nieder. Ceci konnte ihre Hände nicht von ihm lassen, und er knurrte zufrieden, als er seine Hände mit ihren Brüsten füllte. »Du bist perfekt«, murmelte er, als sie sich ihm entgegenwölbte. »Hätte man mich gebeten, die ideale Frau aus Lehm zu formen, wie Pygmalion, wärst du das Ergebnis.«

Er fuhr fort, sie zu quälen, indem er jeden Zentimeter ihres Oberkörpers küsste, außer ihren Brüsten. Er kitzelte ihr Schlüsselbein, ihr Brustbein, die Wölbung ihrer Schulter und sogar ihren Bauchnabel, während sie die Decke umklammerte und versuchte, ihre Brüste in Richtung seines Mundes zu schieben. Marcus hatte kein Mitleid mit ihr. Als er schließlich eine ihrer Brustwarzen in den Mund nahm, wand sie sich auf dem Bett.

Er belohnte sie mit einem schönen, tiefen Saugen, bei dem ihre Hüften von der Matratze hochschnellten. Er schien dies als Anregung zu verstehen und ließ seine Hand nach unten gleiten, um zwischen ihren Locken zu wühlen. Sanft, ganz sanft, fand er die kleine Perle, die das Zentrum ihrer Lust war, und begann, sie mit sanften Kreisen zu necken.

Ceci fühlte sich nun verzweifelt und auch begierig auf das, von dem sie ahnte, dass es kommen würde. Sie ließ ihre Hand über Marcus' Brust und seinen steinharten Bauch gleiten und begann, die markante Ausbeulung durch den Stoff seiner Hose zu streicheln.

Er knurrte zustimmend, doch als sie einen der Knöpfe öffnen wollte, nahm er ihre beiden Handgelenke in eine Hand und hielt sie über ihrem Kopf fest.

»Was ist mit dir?«, keuchte sie.

»Still«, sagte er, und das flüssige Feuer in seinen Augen täuschte über die Härte seiner Worte hinweg, als er sich zwischen ihren sich rekelnden Schenkeln niederließ. »Das wird mit ziemlicher Sicherheit wehtun. Ich muss dich so gut wie möglich vorbereiten, bevor du mich um den Verstand bringst und ich über dich herfalle wie ein brünstiges Tier.«

Er küsste sich über ihren Bauch, dann brachte er seinen Mund zu der kleinen Perle, die er die ganze Zeit über gekonnt berührt hatte. Er begann, mit der flachen Zunge zu massieren, und Ceci bäumte sich halb auf dem Bett auf.

Er hielt ihre Hüften fest, gewährte ihr keine Atempause und befriedigte sie unerbittlich.

Als sie schon fast das Paradies erahnen konnte, nahm er seine Zunge weg und gab ihr nur noch leichte, neckische Streicheleinheiten. »Bitte, Marcus. Bitte!«, rief sie. Er reagierte darauf, indem er einen Finger in ihre zitternde Spalte einführte und sie in einem gleichmäßigen Rhythmus streichelte. Was sich ... interessant anfühlte. Nicht so lustvoll wie das, was er vorher mit seiner Zunge gemacht hatte, aber interessant. Nach einer Minute fügte er einen zweiten Finger hinzu, und sie zappelte. Es war zwar nicht schmerzhaft, aber sie spürte ein Gefühl der Enge. Weil Ceci in der Nacht zuvor die Größe seines Gliedes gesehen hatte, begann sie zu zittern, denn der Teil von Marcus' Körper, der letztendlich dort hineinkommen würde, war *deutlich* breiter als zwei seiner Finger.

Aber er leckte weiter sanft an ihr und rieb ihr Inneres mit seinen Fingern. Allmählich ließ die Spannung nach. Als er einen dritten Finger einführte, hatte Ceci ihre Meinung geändert. Seine Finger in ihr fühlten sich nicht interessant an. Sie fühlten sich *gut* an, und sie begann, ihre Hüften im Takt mit seiner Hand kreisen zu lassen.

Gerade als sie sich wieder dem Gipfel näherte, zog sich Marcus mit einem Murmeln zurück.

Ceci schrie frustriert auf, ihre Hände versuchten, ihn festzuhalten.

Er grinste, als er aufstand und sich die Hose auszog. »Du bist soweit.« Einen Augenblick später kroch er auf das Bett und kam auf ihr zum Liegen. Sein Gewicht fühlte sich so *richtig* an, und sie schlang instinktiv ihre Arme um seinen Nacken.

Er küsste sich ihren Hals hinauf und über ihren Kiefer, bevor sein Mund sich auf ihren Lippen niederließ. »Das wird wahrscheinlich trotzdem wehtun«, warnte er sie, als er den Kopf hob.

Sie biss ihn leicht in sein Ohr. »Dann lass es uns hinter uns bringen, damit ich mir nie wieder Gedanken darüber machen muss.«

»Das ist mein tapferes Mädchen.« Er griff zwischen ihnen hindurch, nahm seinen Schwanz in die Hand und richtete ihn auf ihren Eingang. Sie spürte, wie er ein oder zwei Zentimeter hineinrutschte, aber dann hielt er inne und ließ seinen Kopf nach vorne fallen. »*Verdammt*, Cecilia.«

»Was ist?«, fragte sie. Obwohl es nicht wehtat, umklammerte sie seine Schultern in nervöser Erwartung des Augenblicks, in dem der Schmerz kommen würde.

Er keuchte in ihr Ohr, als er sich einen weiteren

Zentimeter hineinschob. »Du fühlst dich himmlisch an, und ich muss - Gott *verdammt* - langsam machen.«

»Du kannst weitergehen«, sagte sie fest. »So schlimm ist es nicht.«

Er nickte. Muskelstränge zeichneten sich an seinem Hals ab. Er drückte nach vorne, und Ceci konnte einen Aufschrei nicht unterdrücken, als sie ein heftiges Zwicken spürte.

Marcus erstarrte. »Geht es dir gut?«,

Sie biss sich auf die Lippe. Sie hatte zwar Schmerzen verspürt, aber nicht annähernd so stark, wie sie erwartet hatte. »Ich glaube ...« Sie wackelte experimentell mit den Hüften, und er stöhnte gegen ihre Schläfe. »Ich glaube, das Schlimmste ist überstanden.«

Er beobachtete die ganze Zeit ihr Gesicht, zog sich fast vollständig zurück und drückte dann wieder nach vorne. Sie spürte ein leichtes Drücken, aber keinen stechenden Schmerz, auch nicht, als er vollständig in ihr war.

Sie strich mit ihren Händen über seine Schultern. »Es ist alles in Ordnung. Es tut kaum weh.«

Sein Kiefer blieb eisern, als er sich langsam zurückzog und dann nach vorne rutschte. Er wiederholte die Bewegung dreimal und beobachtete dabei ihr Gesicht.

Plötzlich ließ die Spannung seines Körpers nach. »Gott sei Dank.« Er begann, mit einem mäßigen, gleichmäßigen Tempo zu stoßen.

Es fühlte sich gut an, vor allem, wenn er seine Hüften auf dem Höhepunkt jedes Stoßes gegen sie presste. Aber nicht in demselben Maße wie zuvor, als seine Lippen auf der empfindlichen Stelle zwischen ihren Beinen gelegen hatten.

Als ob er ihre Gedanken gelesen hätte, schob Marcus eine Hand zwischen ihre Körper und führte seine Finger genau zu dieser Stelle. Er begann, sein Handgelenk zu schütteln, seine Finger vibrierten über ihr wie die Flügel eines Kolibris.

Es war genau das, was ihr Körper brauchte. Mit einem

Mal war das Vergnügen wieder da. Sie grub ihre Finger in die Muskeln seines Rückens und hörte ihn glucksen. »Was?«, fragte sie atemlos.

Er stieß weiter zu und ließ seine Finger über ihre Mitte flattern. »Ich freue mich sehr darauf, dich zur Frau zu bekommen, Cecilia.«

»Wirklich?«

Sie konnte das Lächeln in seiner Stimme hören, als er ihr einen Kuss auf die Schläfe drückte. »Wirklich. Ich muss mich bemühen, irgendwie in den Himmel zu kommen, denn *ein* Leben mit dir kann nie genug sein.«

Cecis Gefühle schwammen bereits an der Oberfläche, und mit diesen Worten begannen sie anzuschwellen. Wer hätte gedacht, dass Marcus Latimer, der zynischste Mann Londons, die Fähigkeit besaß, zärtlich zu sein? Plötzlich hatte sie das Gefühl, als würde ihr das Herz zerspringen, und es stellte sich heraus, dass diese Gefühlswallung verheerender war als jeder verdorbene Akt, den er mit seiner Zunge vollführen könnte. Ihre Schenkel begannen zu zittern, ihre Lippen und auch ihr Herz. Sie keuchte seinen Namen und wusste, dass sie jeden Moment kommen würde.

Er hob den Kopf und sah sie an, und als sie echte Zuneigung in seinen Augen sah, vermischt mit dem Verlangen?

Ceci hatte keine Chance.

Plötzlich kam sie, ihr ganzer Körper erbebte, ihr Inneres pochte um ihn herum, fassungslos vor Lust. Ihre Sicht verschwamm, aber sie war sich schwach bewusst, dass er ihren Namen sagte, dass seine Lippen auf ihrer Kehle lagen, während sie sich an seine Schultern klammerte.

Marcus zog seine Hand gerade zurück, als der kleine Knubbel zwischen ihren Beinen besonders empfindlich wurde. Als er wieder in ihr Blickfeld rückte, sah sie, dass sein Kiefer verkrampft war und dass sich die Muskeln an seinem

Hals abzeichneten. Er stieß mit Hingabe in sie hinein, die Augen geschlossen, die Stirn vor Anspannung in Falten gelegt.

Eine Welle der Zärtlichkeit überschwemmte sie für diesen Mann, der so viel mehr war als der tadellose Herzog, den er der Welt zeigte. Sie strich ihm eine Strähne des blassgoldenen Haares aus der Stirn, und er sah sie an. Seine Augen waren vor Vergnügen glasig, aber als sein Blick über ihr Gesicht glitt, durchströmte sie Zärtlichkeit.

»Cecilia«, keuchte er, als sein Körper zu Stein erstarrte, und dann war es an ihm, zu schreien, in ihren Armen zu zittern, als die Lust ihn übermannte.

Er brach auf ihr zusammen. Sie zeichnete Muster auf der glatten Haut seines Rückens nach, während sich seine Atmung wieder normalisierte.

Gähnend rollte er sich von ihr herunter. Ohne die Augen zu öffnen, legte er sich auf die Seite und zog sie an sich heran, sodass sich ihr Körper an seinen schmiegte.

»Ich sollte wohl gehen«, murmelte sie.

»Bleib«, sagte er schläfrig, während er die Decke über sie zog.

»Es wird einen schrecklichen Skandal geben, wenn ich vermisst werde. Und ich habe ...«

»... eine Klavierstunde«, sagte er, ihre Worte vorwegnehmend. Er festigte seinen Griff um ihre Taille. »Wen kümmert es, wenn es einen Skandal gibt? Morgen um diese Zeit wirst du die Herzogin von Trevissick sein. Und du wirst nie wieder eine Klavierstunde geben müssen.«

Ceci fielen bereits die Augen zu. Sie hatte auch nicht viel geschlafen, nach der langen Nacht im Paradisium. Und es fühlte sich unbeschreiblich gut an, mit Marcus' Armen um sie herum im Bett zu liegen.

Ihrem schläfrigen Gehirn kam der Gedanke, dass es nicht nur die physischen Annehmlichkeiten um sie herum waren -

das warme, plüschige Bett, die luxuriös weichen Laken oder sogar das Vergnügen, Marcus' Körper an ihrem zu spüren.

Es war die Tatsache, dass sie zum ersten Mal seit dem Tod ihres Vaters das Gefühl hatte, alles wäre richtig. Dass sie nach einem Jahr der Wanderschaft endlich den Ort gefunden hatte, an den sie gehörte.

»Bleib«, flüsterte Marcus ihr ins Ohr. »Bleib bei mir.«

Und das tat sie.

KAPITEL 33

*D*as Hämmern an der Tür hörte nicht auf.

Marcus runzelte die Stirn und zwang sich, die Augen zu öffnen. Dem Licht nach zu urteilen, das durch die Fenster fiel, war es später Nachmittag.

Er machte eine schnelle Bestandsaufnahme seiner Situation. Er befand sich im herzoglichen Schlafgemach. Er hatte wahrscheinlich mehr als sechs Stunden geschlafen.

Und zu seiner großen Freude lag Cecilia in seinen Armen.

Und nicht *irgendeine* Version von Cecilia.

Das war *die nackte* Cecilia.

Jetzt, wo er nicht mehr bis zum Umfallen erschöpft war, konnte er sich alles Mögliche ausdenken, was er mit der nackten Cecilia machen wollte.

Aber zuerst musste das Klopfen aufhören.

»Geh weg«, rief er in Richtung Tür und strich ihr Haar zurück, um ihr Küsse auf den Hals zu drücken.

»Es tut mir leid, Euer Gnaden«, antwortete Bastian. »Aber ich muss mit Ihnen sprechen.«

»Nicht jetzt.« Seine Hand griff nach oben, um eine ihrer

herrlichen Brüste zu umfassen, und er war erfreut, als sie sich gegen ihn wand.

»Es tut mir schrecklich leid. Ich würde nicht im Traum daran denken, Euer Gnaden zu stören, wenn es nicht von äußerster Dringlichkeit wäre.«

»Zwing mich nicht, dich zu entlassen.« Marcus strich mit seiner Hand über ihren bebenden Bauch. Als er die weichen Locken zwischen ihren Schenkeln erreichte, spreizte sie ihre Beine für ihn. Er fand sie wunderbar feucht. *Gott*, aber sie war perfekt ...

»Bitte, Euer Gnaden«, rief Bastian von der Tür aus. »Es ist Ellery.«

»Ich weiß verdammt gut, dass das nicht Ellery ist.« Marcus schob sich zwischen Cecilias Schenkel und genoss ihren süßen Seufzer, als er ihre geschwollene Knospe fand, die sich nach ihm sehnte. »Ich kenne Ellerys Stimme genauso gut wie deine, Bastian.«

»Es geht um Ellery«, stellte Bastian klar. »Es tut mir so leid, Euer Gnaden. Aber wir haben die Nachricht gerade erst erhalten. Ellery ist in Gefahr.«

Marcus erstarrte. Dies war eines der ganz wenigen Dinge, die Bastian sagen konnte, die ihn dazu zu bewegen vermochten, die sehr angenehmen Aktivitäten, mit denen er gerade beschäftigt war, zu beenden. »Ellery? In Gefahr?«, fragte er scharf.

Er war schon halb aus dem Bett. Cecilia setzte sich neben ihm auf und zog die Decke bis zur Brust hoch. Marcus hob seinen Banyan vom Boden auf und warf ihr den zu, dann zog er sich hastig seine Hose an.

Er tappte zur Tür und öffnete sie einen Spalt. Bastian schob einen Zettel durch. »Das haben wir erhalten.«

Er setzte sich auf das Ende des Bettes und begann zu lesen.

· · ·

Euer Gnaden,

Ich bete, dass dieser Brief Sie erreicht, was bei den drei vorhergehenden offensichtlich nicht der Fall war. Ich habe es nicht in die Kutsche geschafft. Ich befand mich im Gasthaus und wartete auf den Zeitpunkt meiner Abreise, als ich von zwei Wachtmeistern angesprochen wurde. Sie verhafteten mich und brachten mich ins Newgate-Gefängnis, wo ich seither bin. Ich wurde wegen Beihilfe zum Mord angeklagt. Offenbar steht es im Zusammenhang mit einem Verbrechen, das Ihr Vater begangen hat. Ich weiß nicht, welches. Man hat mir erlaubt, das Beweismaterial gegen mich zu prüfen, aber es besteht aus einem seiner alten Tagebücher, und ich kann die Schrift nicht entziffern.

Der Prozess soll in drei Tagen beginnen. Ich bete, dass dies Euer Gnaden erreicht, denn ich werde sicher dafür hängen, wenn sich meine Situation nicht ändert, und ich weiß, dass Ihr mich diesem Schicksal nicht überlassen würdet.

In aller Treue der Ihre,

J. »Ellery«

Marcus' Sicht verschwamm. Dabei hatte er geglaubt, Ellery sei in Holywell in Sicherheit und besuche die Nichten und Neffen, die er seit zwanzig Jahren nicht mehr gesehen hatte.

Stattdessen hatte der Mann, der ihn großgezogen hatte, der Mensch, der sein eigenes Leben und seine Familie geopfert hatte, um ihn und Diana vor dem Zorn ihres Vaters zu schützen, die letzten drei Tage einsam und vergessen in einer feuchten Zelle des gefährlichsten Gefängnisses in ganz Großbritannien verbracht.

Scham überflutete ihn und mischte sich mit seiner Wut. Wie konnte er so etwas zulassen? Und das ausgerechnet bei *Ellery*, dem Mann, dem er alles verdankte?

Er spürte, wie die Matratze nachgab, als Cecilia sich

neben ihn setzte, fühlte, wie ihr Arm sich um seine Schultern legte. »Was ist los, Marcus? Was ist passiert?«

Er drückte ihr den Zettel in die Hand, unfähig zu sprechen, und erhob sich, um durch das Zimmer zu gehen. Sie keuchte auf, als sie den Zettel überflog.

Er strich sich mit der Hand durch die Haare. »Ich muss mit meinem Anwalt sprechen. Und zwar sofort.« Er zuckte zusammen, als er sich zu ihr umdrehte. »Ich wollte uns heute Nachmittag eine Sondergenehmigung besorgen, damit wir morgen heiraten können. Aber ...«

Sie durchquerte das Zimmer und drückte seinen Arm. »Mach dir keine Sorgen darüber. Wir werden die Hochzeit abhalten, sobald diese Angelegenheit geklärt ist. Die Situation von Ellery muss natürlich Vorrang haben.«

Er nickte angespannt. »Danke für dein Verständnis.«

»Natürlich.« Sie blickte zu ihm auf, die Stirn in Falten gelegt vor Sorge. »Es wird alles gut werden, Marcus. Jetzt, wo du weißt, was passiert ist, kannst du die Sache in Ordnung bringen.«

»Das werde ich«, sagte er und verdrängte die Stimme in seinem Kopf, die ihm entgegnete: *Aber was, wenn du es nicht kannst?* Ellery war eines Kapitalverbrechens beschuldigt worden. Sollte er scheitern, könnte Ellery sehr wohl gehängt werden ...

Er konnte es nicht einmal ertragen, daran zu denken. »Das werde ich auf jeden Fall.«

Cecilia sammelte ihre zerknitterten Kleidungsstücke vom Boden auf. Sie neigte ihren Kopf in Richtung der Tür, die sein Schlafgemach mit der Suite der Herzogin verband. »Ich gehe nach nebenan und mache mich zurecht. So kann Bastian gleich damit beginnen, dir beim Anziehen zu helfen.«

Sie war wirklich wunderbar. So verständnisvoll, sogar nur ein paar Stunden, nachdem er ihr die Unschuld geraubt hatte. »Ich danke dir. Soll ich dir ein Dienstmädchen rufen, das dir hilft, oder ...«

Sie drückte ihm einen Kuss auf die Lippen. »Ich schaffe das schon. Und ich komme morgen vorbei, um zu sehen, wie es dir geht.«

Er umrahmte ihr Gesicht mit beiden Händen und gab ihr einen ehrfürchtigen Kuss. »Danke, Cecilia.«

Sie eilte zur Verbindungstür, und er schritt durch den Raum, um Bastian hereinzulassen.

KAPITEL 34

*M*arcus war nicht da, als Ceci ihn am nächsten Morgen aufsuchte, und auch nicht, als sie nach dem Mittagessen vorbeikam. Bastian bot ihr freundlicherweise an, sie zu benachrichtigen, sobald er zurück sei, und so gelang es ihr, ihn am späten Nachmittag zu erwischen.

Bastian führte sie in das Arbeitszimmer, wo sie Marcus am Schreibtisch sitzend vorfand, ganz in den Brief vertieft, den er gerade verfasste. Er sah genauso aus wie am vergangenen Tag, nachdem er die ganze Nacht aufgeblieben war, um das Tagebuch seines Vaters zu lesen, mit bläulichen Ringen unter den Augen und einem fahlen Schimmer auf seiner Haut. Es drückte ihr das Herz zusammen, ihn so offensichtlich unter Druck zu sehen.

Sie klopfte leicht gegen den Türrahmen, als sie eintrat.

Er sah auf, sein Blick war leer, dann rieb er sich die Stirn. »Cecilia. Komm herein.« Er wies mit einer Geste auf das burgunderrot gestreifte Sofa, erhob sich vom Schreibtisch und kam ihr entgegen.

»Wie geht es Ellery? Konntest du dich mit ihm treffen?«

»Ja«, sagte er und nahm den Platz neben ihr ein. »Glaube mir, wenn ich sage, dass das Newgate-Gefängnis kein Ort für einen dreiundsiebzigjährigen Mann ist. Er war schmutzig, zitterte und kauerte in der Ecke, als ich ihn fand. Aber ich konnte finanziell dafür sorgen, dass er in eines der Privatzimmer verlegt wurde, sodass er jetzt wenigstens in Sicherheit ist und sich körperlich wohler fühlt.«

Sie legte einen Arm um ihn und streichelte seinen Rücken. »Hast du auch etwas über die Anklage gegen ihn erfahren?«

»Das habe ich. Wie Ellery in seinem Brief schreibt, ist die Staatsanwaltschaft irgendwie in den Besitz eines alten Tagebuchs meines Vaters gelangt. Darin beschreibt mein Vater, wie er einen Mann erstach, der die Dreistigkeit besaß, zu versuchen, ihn daran zu hindern, seine Frau zu vergewaltigen. Er schrieb, dass er blutverschmiert nach Hause kam und Ellery ihm half, sich zu reinigen.«

»Wie um alles in der Welt sind sie an eines der Tagebücher deines Vaters gekommen?«

Marcus zog eine Grimasse. »Ich vermute, dass mein Onkel dahintersteckt. Ich habe ihm das Taschengeld gestrichen, da er einer derjenigen war, die sich vor Jahren geweigert haben, Diana zu schützen. Er kam hierher, um mich zur Rede zu stellen, und ich verließ den Raum, um einen Lakaien zu rufen, der ihn hinauswerfen sollte. Er hat also nicht nur ein Motiv, sondern er hatte auch eine hervorragende Gelegenheit, eines der Tagebücher zu entwenden. Ich nehme an, es könnte natürlich auch jemand anderes gewesen sein. Gott weiß, dass ich jede Menge Feinde habe. Aber er ist mein Hauptverdächtiger. Und täusch dich nicht: Obwohl Ellery derjenige ist, der verhaftet wurde, bin ich das Ziel seines Zorns.«

»Nun, dein Onkel klingt abscheulich. Und doch ...« Ceci legte den Kopf schief. »Ist das alles, was sie haben? Sicherlich ist es verdächtig, blutverschmiert nach Hause zu kommen. Aber die Beweise scheinen eher Indizien zu sein.«

Marcus strich sich mit der Hand durch die Haare. »Leider ist das nicht alles, was sie haben. Du erinnerst dich vielleicht, dass in dem Brief, den ich gestern erhalten habe, stand, dass es der vierte Versuch von Ellery war, mir zu schreiben. Es ist üblich, dass unanständige Frauen unter dem Vorwand, einen *Ehemann* zu besuchen, Newgate betreten, und es war eine dieser Frauen, die Ellery bat, seine Notiz nach draußen zu schmuggeln. Leider muss mein Onkel - oder wer auch immer dahintersteckt - bekannt gegeben haben, dass er für jede Information, die Ellerys Fall betrifft, gut bezahlen würde. Und ein weiterer Brief von Ellery, den er später abzuschicken versuchte, nachdem er mehr Informationen über die gegen ihn erhobenen Vorwürfe erhalten hatte, gelangte in die Hände der Staatsanwaltschaft.«

»Was stand darin?«, flüsterte Ceci und fürchtete sich vor der Antwort.

»Ellery schrieb, er befürchte, dass die Anschuldigungen wahr seien. Dass er sich an eine Reihe ähnlicher Vorfälle erinnerte, bei denen mein Vater in einem höchst fragwürdigen Zustand nach Hause gekommen und am nächsten Tag die Gemeinde mit der Nachricht eines Todesfalls unter mysteriösen Umständen informiert worden war.«

Ceci drückte ihre Augen zu. »Das klingt geradezu nach einem Geständnis.«

»Ganz genau.« Marcus rieb sich mit einem Fingerknöchel über ein Auge. »Ich habe ein Team von Anwälten angeheuert, und sie haben beantragt, dass die Notiz nicht als Beweismittel anerkannt wird. Aber sie sagen, es sei schlimm. Es sei ganz, ganz schlimm.«

Ceci streichelte Marcus' Rücken. »Es scheint mir, dass die beste Lösung darin besteht, die Wahrheit zu sagen. Der

Vorfall an sich sieht schon schlimm aus. Aber wenn man erst einmal verstanden hat, dass er um jeden Preis wegschauen musste, wenn er seinen Posten behalten wollte, um dich und Diana zu beschützen, kann man nicht anders als mitfühlend sein.«

»Du klingst wie einer meiner Anwälte«, brummte Marcus.

»Sie schlagen denselben Ansatz vor?«

»Ja«, sagte er mit fester Stimme.

Ceci betrachtete seine hochgezogene Stirn und seine hängenden Schultern. »Du scheinst mit ihrer Empfehlung nicht zufrieden zu sein.«

Er stand abrupt auf und ging im Zimmer auf und ab. »Hast du eine Ahnung, wie groß der Skandal sein wird, wenn wir vor Gericht die Gründe nennen, warum Diana und ich Schutz vor meinem Vater brauchten? Die Niederschrift der Verhandlung wird öffentlich zugänglich sein. Absolut *jeder* wird es lesen.«

Ceci stand auf. Sie legte ihre Hand auf seinen Arm, aber er schüttelte sie ab. »Marcus, es gibt bereits Gerüchte über deinen Vater.«

Er schnaubte. »Diese Gerüchte umfassen nicht ein Zehntel dessen, was in diesem Prozess herauskommen würde. Versteh mich nicht falsch, ich schere mich nicht um meinen eigenen Ruf. Sollen sie doch hinter meinem Rücken sagen, was sie wollen. Es ist mir egal, ob die ganze Welt davon erfährt. Außer für einen Menschen. Diana.« Er hielt inne und starrte ins Feuer.

Ceci stellte sich neben ihn. Dieses Mal erlaubte er ihr, seine Hand zu nehmen. »Diana weiß bereits, dass dein Vater ein Ungeheuer war. Sie hat zugesehen, wie deine Tante Griselda mit einer Donnerbüchse auf ihn geschossen hat und schien nicht im Geringsten beunruhigt zu sein.«

Er sah sie an, seine Augen waren wachsam. »Sie weiß es

im Allgemeinen, ja. Aber wenn wir die volle Wahrheit sagen wollen, müssen wir den Hauptgrund erklären, warum Diana und ich vor meinem Vater geschützt werden mussten.«

»Du meinst ... die Tatsache, dass er deine Mutter getötet hat.«

»Ja«, sagte Marcus angespannt.

Er erläuterte dies nicht näher. Nach einem Moment fragte Ceci: »Warum genau stellt das ein Problem dar?«

Er wollte ihr nicht in die Augen sehen. »Du weißt, dass ich alles tun würde, um meine Schwester zu beschützen.«

Sie streichelte mit ihrem Daumen über seinen Handrücken. »Natürlich würdest du das.«

Er schluckte. »Ich habe versucht, sie vor den schlimmsten Untaten meines Vaters zu schützen.«

»Das ist ein edler Impuls, aber ich weiß nicht, was ...« Sie erstarrte, als ihr etwas einfiel. »Warte mal. Du willst doch wohl nicht behaupten, dass Diana nicht weiß, wie ihre eigene Mutter gestorben ist?«

»Sie weiß es nicht.« Seine Augen waren eisig. »Das muss sie auch nicht.«

Sie blinzelte ungläubig zu ihm auf. »Das kannst du nicht ernst meinen!«

Er wirbelte herum und pirschte sich an die andere Seite des Raumes. »Diana war zwei, als unsere Mutter starb. Zwei! Was hätte ich deiner Meinung nach tun sollen? Meiner zweijährigen Schwester von den letzten Momenten unserer Mutter erzählen? Wie sie um Hilfe schreiend starb, als sie die Treppe hinunterstürzte, bevor sie sich das Genick brach?«

Sie hielt beschwichtigend die Hände hoch. »Natürlich nicht. Aber ...«

»Was war denn das richtige Alter? Sechs? Neun?«

»Neunzehn scheint mir recht vernünftig zu sein«, schnappte Ceci. »Vor allem, wenn der Preis für die Wahrung dieses besonderen Geheimnisses Ellerys Leben sein könnte!«

Marcus drehte sich zu ihr um und kniff die Augen zusammen. »Ich würde nie zulassen, dass Ellery etwas zustößt. *Nie.* Er wird für unschuldig befunden werden. Dafür werde ich sorgen!«

»Und wie genau willst du das machen?«

»Erstens werde ich dafür sorgen, dass dieser Brief aus dem Protokoll gestrichen wird.«

Sie verschränkte die Arme. »Und wenn der Richter den Brief doch zulässt? Was dann?«

Er machte eine schneidende Bewegung, als ob er die Möglichkeit physisch niederschlagen könnte. »Ich bin bereit, jede Art von Bestechungsgeld zu zahlen, damit die Sache vom Tisch ist.«

Sie durchquerte den Raum und stellte sich vor ihn. »Du kannst gar nicht wissen, ob das funktionieren wird. Wie es in der Bibel heißt, wird die Wahrheit ihn frei machen. Ellery hat nichts Falsches getan. Es liegt auf der Hand, dass der beste Weg, seine Sicherheit zu gewährleisten, darin besteht, den Geschworenen die ganze Geschichte zu präsentieren. Sie können ihn unmöglich verurteilen, wenn sie die Situation in ihrer Gesamtheit verstehen. Deine eigenen Anwälte haben das gesagt!«

»Mein Weg wird funktionieren.« Er wandte sich der Anrichte zu und griff nach einer Karaffe. »Du wirst sehen.«

Seine Finger fummelten am Korken herum, und er fluchte leise vor sich hin. Es war untypisch für ihn, dass er so ungeschickt war. Ihr Blick wanderte zu seinem Gesicht, während er sich bemühte, ein Gähnen zu verbergen.

Ihr Herz wurde weicher. »Hast du letzte Nacht überhaupt geschlafen?«

Er zuckte mit den Schultern. »Eine Stunde. Vielleicht zwei.«

Ihre Empörung verflog. Kein Wunder, dass er nicht klar denken konnte.

Sie nahm seine Hände in die ihren und löste sie von der Karaffe. »Dann werde ich jetzt nicht mit dir darüber streiten. Und ich glaube nicht, dass du jetzt einen Drink brauchst. Bitte, Marcus. Ruh dich aus. Du musst dich von deiner besten Seite zeigen, wenn du Ellery helfen willst. Die Verhandlung ist in zwei Tagen?«

»Zwei Tage«, stimmte er zu und versuchte erfolglos, ein weiteres Gähnen zu unterdrücken. »Du hast wahrscheinlich recht«, murmelte er.

Sie schlang ihre Arme um seinen Hals. »Wenn du mir versprichst, dass du direkt ins Bett gehst, höre ich auf, dich zu nerven. Vorläufig«, ergänzte sie.

Er legte seinen Kopf auf den ihren. »Ich bin zu müde, um auch nur den Versuch zu unternehmen, dich zu nehmen.«

»Eines der Zeichen der Endzeit, da bin ich mir sicher.« Er lachte leise vor sich hin. »Geh. Ruh dich aus. Wir werden morgen darüber sprechen.«

Er drückte seine Stirn gegen ihre. »Danke, Cecilia.«

Er taumelte in Richtung seines Schlafzimmers, während sie die Treppe hinunterging.

Sie würde morgen wiederkommen und ihm erneut erklären, wie wichtig es war, Diana die Wahrheit zu sagen. Nicht nur, weil es Ellerys beste Chance war. Sondern weil die Situation sie auf seltsame Weise an ihre eigene erinnerte, in der ihr Vater die Wahrheit über den Tod ihrer Mutter bis zum letzten Moment verschwiegen hatte.

Diana würde die Wahrheit wissen wollen, auch wenn sie schmerzhaft sein würde. Sie war sich dessen sicher.

Wenn Marcus sich erst einmal richtig ausgeruht hatte, würde er sehen, dass sie Recht hatte.

KAPITEL 35

*A*ber am nächsten Tag war Marcus bei keinem der drei Besuche von Ceci im Latimer House.

Bastian bot erneut an, nach der Rückkehr des Herzogs eine Nachricht zu schicken, aber es kam keine Nachricht, und als sie am späten Nachmittag zurückkehrte, gab der Kammerdiener widerwillig zu, dass Marcus kurz nach Hause gekommen war. »Ich entschuldige mich dafür, dass ich nicht wie versprochen eine Nachricht geschickt habe. Aber Seine Gnaden war so schlecht gelaunt, dass ich mir nicht vorstellen konnte, dass Sie mit ihm sprechen wollten.«

Ceci spürte, wie ihr die Farbe aus dem Gesicht wich. »Was ist passiert, das ihn in eine solche Stimmung versetzt hat?«

Bastians Augen waren voller Bestürzung. »Der Richter lehnte den Antrag ab, Ellerys Brief aus der Beweisaufnahme zu streichen.«

Ceci zuckte zusammen. »Er wird also keine andere Wahl haben, als die ungeschminkte Wahrheit zu sagen und zu hoffen, dass die Geschworenen Verständnis zeigen.«

Bastian sagte nichts, aber seine hübsche Stirn legte sich in Falten.

Ceci musterte ihn. »Der Herzog hat zugestimmt, die Empfehlungen seiner Anwälte anzunehmen, nicht wahr?«

Bastian seufzte. »Er klammert sich immer noch an die Hoffnung, dass er verhindern kann, dass die Art und Weise des Todes seiner Mutter öffentlich bekannt wird.«

Ceci gab einen Laut der Frustration von sich. »Das ist töricht. Er muss akzeptieren, dass dies Ellerys beste ... wahrscheinlich seine einzige Chance ist. Es ist noch nicht zu spät. Lady Diana ist nur in Broxbourne. Er kann eine Kutsche schicken, um sie heute Abend abzuholen und ihr die Wahrheit zu sagen, bevor sie es morgen in den Abendzeitungen liest.«

Bastian rang seine Hände. »Würden Sie ihm einen Brief schreiben und ihm das mitteilen, Miss Chenoweth? Er war ziemlich schnippisch zu mir, als ich dasselbe vorschlug. Aber ich habe die leise Hoffnung, dass er auf Sie hören könnte.«

»Gewiss, das werde ich.«

Sie folgte Bastian in einen Salon und setzte sich an den von ihm zugewiesenen Schreibtisch. Wie sehr wünschte sie sich, dass Fauconbridge und Lady Cheltenham in der Stadt wären. Marcus schätzte sie sehr. Sicherlich hätten sie ihn zur Einsicht bringen können. Ganz zu schweigen von Lady Griselda, die ihn wahrscheinlich geohrfeigt und die Sache selbst in die Hand genommen hätte.

Aber sie waren alle auf der Hausparty in Broxbourne, und so war Ceci auf sich allein gestellt.

Dennoch schrieb sie einen Brief, so gut sie konnte, und erklärte unmissverständlich, dass Ellerys einzige Hoffnung in der Transparenz liege.

»Danke, Miss«, sagte Bastian, als sie sich vom Schreibtisch erhob. »Ich werde dafür sorgen, dass er das Schreiben erhält.«

»Ich danke Ihnen. Ich werde morgen wiederkommen, um zu sehen, ob ich Ihnen behilflich sein kann.«

Bastian verbeugte sich. »Danke, Miss Chenoweth.«

Die Verhandlung war für den nächsten Tag angesetzt. Ceci suchte gleich am nächsten Morgen Latimer House auf, musste aber feststellen, dass Marcus bereits zu seiner Anwaltskanzlei abgereist war. Bastian berichtete, dass an diesem Morgen ein Brief eingetroffen sei, den der Herzog zwar schweigend gelesen, der ihn aber zu einer Reihe von Flüchen veranlasst habe, bevor er aus der Tür gestürmt sei. Bastian bestätigte auch, dass er dem Herzog zwar den Brief von Ceci überreicht, dieser aber nichts gesagt hatte, als er ihn las, und dass die Kutsche nicht nach Broxbourne geschickt worden war, um Diana abzuholen.

Ceci kehrte um zehn Uhr zurück und fühlte sich unbehaglich vor Angst. Dieses Mal war Marcus zu Hause. Bastian führte sie ins Arbeitszimmer und flüsterte ihr zu, dass sich seine Stimmung nicht gebessert hatte.

Sie fand ihn im Zimmer auf und ab gehen wie ein eingesperrter Löwe. Sein Haar war zerzaust, und die Augenringe waren nun schwarz. Irgendwie schaffte er es trotzdem immer noch, gut auszusehen.

»Sag mir, was passiert ist«, sagte sie, als sie ins Zimmer trat.

Es lag echte Panik in seinen Augen, als er sagte: »Er hat meine Anwälte ausgeschaltet.«

Ceci schreckte zurück. »Deine ... Von wem redest du? Und was meinst du damit, dass er deine ...«

»Mein Onkel.« Als er den Kamin erreichte, wirbelte er herum und schritt zur anderen Seite des Raumes zurück. »Das ist sein Werk. Da bin ich mir sicher. Ich ...«

»Marcus, hör auf.« Sie durchquerte den Raum, nahm seine Hände in die ihren und führte ihn zum Sofa. »Erzähl mir alles.«

Er ließ sich von ihr auf die Sitzfläche hinunterziehen. »Gestern Abend arbeiteten meine Anwälte bis spät in die Nacht, um sich auf den Fall vorzubereiten, als Angestellte aus dem Gasthaus am Ende der Straße kamen und etwas zum Abendessen brachten.«

»Hm ... in Ordnung?«, sagte Ceci, die sich nicht sicher war, was das zu bedeuten hatte.

Marcus strich sich mit der Hand durch die Haare, die sich dadurch noch mehr zerzausten. »Sie behaupteten, ich hätte die Lebensmittel gekauft und ihre Übersendung veranlasst.«

Ein Schauer der Vorahnung durchfuhr sie. »Aber das hattest du nicht?«

Er schüttelte den Kopf. »Hatte ich nicht, und auch das Gasthaus hatte keine Ahnung. Innerhalb einer Stunde wurde jeder von ihnen von einer äußerst dringenden, äußerst bösartigen Magenverstimmung befallen.«

»Sie wurden *vergiftet*?«, fragte Ceci ungläubig.

Marcus nickte grimmig. »Das sagt der Arzt. Sie sind alle auf dem Weg der Besserung, aber ... Ich versuche, mir eine sanfte Art auszudenken, dies zu sagen ... Es besteht keine Möglichkeit, dass einer von ihnen bis heute um zwei Uhr vor Gericht erscheint. Sie sind nicht in der Lage, in der Öffentlichkeit gesehen zu werden.«

»Mein Gott, Marcus! Das ist ... das ist furchtbar!«

»Und es wird noch schlimmer, wenn du dir das vorstellen kannst. Nachdem ich erfahren habe, was passiert ist, bin ich heute Morgen direkt zum Richter gegangen, um eine Vertagung zu beantragen.« Er lachte freudlos. »Mein Antrag wurde mit der Begründung abgelehnt, dass ein unschuldiger Mann keinen Verteidiger braucht. Die Verhandlung wird also heute Nachmittag stattfinden, und Ellery wird sich voraussichtlich selbst verteidigen müssen!«

Ceci drückte seine Hand. »Dann solltest du euch einen neuen Anwalt suchen.«

»Ich bin mir dessen bewusst«, sagte er mit knapper Stimme. »Ich habe die letzten anderthalb Stunden tatsächlich damit verbracht, an jede Tür der Inns of Court zu klopfen, um jemanden zu überzeugen, den Fall zu übernehmen. Das war schon eine unangenehme Aussicht, denn die Verhandlung beginnt in vier Stunden. Aber anscheinend wird keine Summe einen Mann dazu verleiten, einen solchen Fall zu übernehmen, wenn sich wie ein Lauffeuer herumgesprochen hat, dass die bisherigen Anwälte alle *vergiftet* worden sind.« Er rieb sich die Stirn. »Es ist hoffnungslos. Ich habe bestimmt fünfzig Männer gefragt. Sie lehnten ab, alle. Ich habe das Gefühl, dass ich mich gleich selbst übergeben werde. Ich kann Ellery nicht im Stich lassen. Das kann ich nicht. Aber ...«

Ceci setzte sich kerzengerade auf, als ihr etwas einfiel. »Samuel Branton ist ein Anwalt!«

Mr. Branton war zusammen mit ihnen im Vorstand der Ladies' Society als Vizepräsident für Rechtsangelegenheiten tätig. Auf Marcus' Gesicht keimte Hoffnung auf. »Branton! Warum habe ich nicht an ihn gedacht?«

»Weil du seit drei Tagen kaum geschlafen hast. Mr. Branton arbeitet nicht in der Strafverteidigung«, warnte Ceci. »Ich glaube, er arbeitet hauptsächlich vor den Admiralitätsgerichten.«

Marcus erhob sich rasch. »Aber er wird tausendmal besser sein, als Ellery es allein sein könnte. Und er kennt vielleicht jemanden, der sich auf Strafverteidigung spezialisiert hat und der sich überreden ließe, für uns zu arbeiten.« Er drückte Ceci einen Kuss auf die Lippen. »Ich muss sofort zu ihm gehen.«

Sie ergriff seine Hand, als er sich zum Gehen wandte. »Marcus, warte. Hast du Diana benachrichtigt?«

Seine Brauen senkten sich. »Nein. Das haben wir bereits besprochen.«

»Es wird besser für sie sein, die Wahrheit über den Tod deiner Mutter von dir zu erfahren, als in der Zeitung darüber zu lesen.«

»Es wird besser für sie sein, wenn sie überhaupt nichts davon erfährt«, erwiderte er. »Und das wird sie nicht. Denn das wird *nicht* Teil unserer Verteidigung vor Gericht sein.«

»Es *muss* ein Teil von Ellerys Verteidigung sein. Der Richter hat sein Schreiben als Beweismittel zugelassen. Er hat zugegeben, dass die Anschuldigungen wahrscheinlich wahr sind und dass er im Dienste deines Vaters eine Reihe von unappetitlichen Dingen getan hat. Die Geschworenen werden sich sofort fragen, warum er nicht einfach den Haushalt verlassen hat, wenn er nicht wirklich ein Schurke war. Und du musst ihnen eine Antwort auf diese Frage geben. Und diese Antwort seid ihr beide, du und Diana. Aber du wirst erklären müssen, *warum* ihr beide Schutz brauchtet. Es gibt keinen anderen Weg!«

»Es wird einen anderen Weg geben!«, schnappte er. »Ich kann das nicht zulassen. Ich werde nicht zulassen, dass Diana auf diese Weise verletzt wird!«

»Und ich kann nicht zulassen, dass du Diana noch länger die Wahrheit verschweigst«, schoss sie zurück. »Selbst wenn es für Ellerys Fall nicht von Bedeutung wäre, hat sie das Recht zu erfahren, was mit ihrer Mutter geschehen ist.«

»Es würde sie verstören. Und es ist meine Pflicht als ihr Bruder, sie vor unangenehmen Dingen zu schützen.« Er drehte sich um und ging zur Tür. »Das verstehst du nicht.«

Sie hielt seinen Ellbogen fest. »Oh, ich verstehe das schon. Ich verstehe sogar viel besser als du selbst! Weil ich in Dianas Lage war. Mein Vater dachte, er würde mich schützen, indem er die Wahrheit über den Tod meiner Mutter vor mir verheimlichte. Aber am Ende kam die Wahrheit ans Licht, und als sie herauskam, tat es umso mehr weh, weil er sie mir vorenthalten hatte.«

»Nur, weil dein Vater versagt hat, heißt das nicht, dass ich es auch tun werde«, schoss er zurück. »Wäre es nie herausgekommen, wäre dir dieser Schmerz erspart geblieben. Und ich werde Diana verschonen!«

Ceci schüttelte heftig den Kopf. »Die Wahrheit kommt immer ans Licht, ob man es will oder nicht. Und Diana ist stark ...«

»Ich weiß, dass sie stark ist!«, schnappte Marcus. »Das macht keinen Unterschied. Ich bin stark, und ich kann dir sagen - die Einzelheiten über den Tod meiner Mutter zu kennen, ist *schrecklich*. Das werde ich meiner Schwester nicht zumuten!«

Ceci wand sich. Sie konnte ihm nicht zustimmen, doch Marcus' Absichten waren edel. »Sie scheint mir ein Mensch zu sein, der es *hasst*, verhätschelt zu werden. Auch wenn die Wahrheit schmerzhaft ist, bin ich sicher, dass sie sie lieber wissen möchte. Du musst mir vertrauen.«

Er sah sie mit zusammengekniffenen Augen an. »Du hast also die Dreistigkeit, dich hier hinzustellen und mir einen Vortrag darüber zu halten, was das Beste für *meine* Schwester ist?«

»Wenn ich sehe, dass du einen Fehler machst, dann ja. Und das ist ein Fehler, Marcus. Einer, der Ellery das Leben kosten und deine Beziehung zu Diana dauerhaft schädigen könnte. Du *musst* es ihr sagen.«

Seine Augen waren wild, huschten durch den Raum und waren mehr weiß als blau. »In den letzten siebzehn Jahren habe ich alles getan, was nötig war, um meine Schwester zu schützen. Du hast ja *keine Ahnung*, wie weit ich gegangen bin! Du wärst *entsetzt* über einige der Dinge, die ich getan habe! Und wenn du glaubst, dass ich das alles wegwerfen werde ...«

»Sie braucht deinen Schutz nicht mehr!«, schoss Ceci zurück. »Sie ist nicht länger ein vierjähriges Mädchen. Was Diana jetzt braucht, ist deinen Respekt.«

»Es reicht!« Er riss seinen Arm aus ihrem Griff. »Ich habe keine Zeit, hier zu stehen und mit dir zu streiten. Ellerys Prozess beginnt in vier Stunden, und ich muss einen Anwalt für ihn finden.«

Er hatte es fast bis zur Tür geschafft, als Ceci sagte: »Wenn du es ihr nicht sagst, tue ich es.«

Er erstarrte im Türrahmen, dann drehte er sich langsam um. Er sah schockiert aus. Ehrlich gesagt, war Ceci genauso schockiert wie er selbst. Vor zwei Wochen war sie nicht einmal in der Lage gewesen, diesem Mann in die Augen zu sehen und dabei »Guten Morgen« zu murmeln. Hatte sie ihn wirklich gerade *bedroht*?

Als er sprach, war seine Stimme leise, aber dieser leise Ton war zehnmal beängstigender, als wenn er geschrien hätte. »Das hast du nicht gerade gesagt.«

Sie würde nie erfahren, woher sie den Mut dazu nahm, aber sie hob ihr Kinn. »Das habe ich. Und ich habe es ernst gemeint. Um Ellerys willen. Und auch um Dianas willen.«

Seine Stimme zitterte, als er sagte: »Wenn du irgendetwas tust, das meine Schwester verletzt, bist du für mich *gestorben.* Ich werde dich niemals wieder auch nur ansehen können.«

Sie schluckte heftig. »Ich verstehe.«

Er ging, ohne ein weiteres Wort zu sagen.

Sie sackte auf dem Sofa zusammen und schnappte nach Luft. Sie hätte wissen müssen, dass die letzte Woche nur ein Traum und zu schön gewesen war, um wahr zu sein. Warum hatte sie überhaupt davon geträumt, dass *sie* Marcus Latimer heiraten würde?

Er würde sie hassen.

Denn so sehr sie ihn auch heiraten wollte, es änderte nichts daran, was sie zu tun hatte.

Das Leben eines Mannes stand auf dem Spiel. Das Leben eines guten Mannes.

Und sie würde ihn nicht aufgeben, nicht einmal für die Krone einer Herzogin.

Auf der Kutschfahrt zurück nach Astley House dachte sie darüber nach, wie sie Diana benachrichtigen sollte. Broxbourne war etwa zwanzig Meilen entfernt. Es war unwahrscheinlich, dass sie einen Droschkenkutscher überreden konnte, sie um jeden Preis so weit aus der Stadt zu bringen.

Es schien unwahrscheinlich, dass eine Postkutsche sie rechtzeitig dorthin bringen würde. Der Zeitplan müsste perfekt sein. Aber sie musste es versuchen, und so rannte sie die Treppe hinauf, um das Geld zu zählen, das sie von ihrem Musikunterricht gespart hatte, um zu sehen, ob sie überhaupt genug hatte, um die Fahrt zu bezahlen.

Auf halbem Weg die Treppe hinauf begegnete sie Harrington Astley, der auf dem Weg nach unten war. »Guten Morgen, Ceci«, sagte er und salutierte keck. Er hielt inne und betrachtete ihr Gesicht. »Stimmt etwas nicht?«

Sie packte seinen Unterarm. »Ich werde dich jetzt um den schrecklichsten Gefallen bitten.«

Seine braunen Augen waren voller Sorge. »Und der wäre?«

Sie schluckte heftig. »Lass deinen Zweispänner bereitstellen. Ich erkläre es auf dem Weg.«

KAPITEL 36

*A*ls Marcus im Büro von Samuel Branton in den Inns of Court eintraf, teilte ihm der Beamte mit, dass sein Arbeitgeber gerade von der Admiralität zurückgekehrt sei und ihn sofort empfangen könne.

Als Marcus sein Büro betrat, stand Branton mit dem Rücken zu ihm. Sie kannten einander recht gut von ihrer Arbeit für die Ladies' Society. Marcus wusste, dass Branton in Jamaika geboren worden war, aber in über einem Jahrzehnt, das er in London gelebt und gearbeitet hatte, hatte die Zeit seinen ursprünglichen Akzent bis auf einen letzten Hauch ausgelöscht. Er war ein dunkelhäutiger Mann, etwa so alt und so groß wie Marcus. Er hatte warme braune Haut, dunkelbraune Augen und trug sein Haar streng geschnitten, um die Anwaltsperücke unterzubringen, die er gerade auf seinem Ständer in der Ecke arrangierte. Aus der Zeit, die sie gemeinsam im Vorstand der Ladies' Society verbracht hatten, kannte Marcus ihn als hochintelligent und tadellos gekleidet. Marcus mochte ihn tatsächlich, und das konnte er nur von sehr wenigen Menschen behaupten.

»Trevissick«, sagte Branton warmherzig und rieb sich die

Hände, um den Puder loszuwerden, der von seiner Perücke gerieselt war, »womit habe ich Ihren Bes...?«

Als er sich umdrehte, zuckte er überrascht zusammen. Marcus vermutete, dass er genauso schrecklich aussah, wie er sich fühlte, wenn man bedachte, wie Branton ihn anstarrte.

»Ich muss Sie um einen großen Gefallen bitten«, sagte Marcus. Es hatte keinen Sinn, um den heißen Brei herumzureden. »Ich bin verzweifelt.«

»Natürlich.« Branton wies auf einen Stuhl. »Bitte, setzen Sie sich. Ich schenke Ihnen etwas zu trinken ein. Sie, äh ... Sie sehen aus, als könnten Sie einen gebrauchen.«

Branton griff nach der Karaffe, die auf der Anrichte stand. Stirnrunzelnd öffnete er den Schrank darunter und holte eine andere Flasche heraus. Er schenkte zwei Gläser ein, reichte Marcus eines und nahm ihm gegenüber Platz.

Marcus nahm einen Schluck und fühlte sich sofort besser. »Château Margaux Bordeaux. Ein ausgezeichneter Jahrgang. Der 1792er, wenn ich mich nicht irre.«

Branton zog eine Augenbraue hoch und sah auf dem Etikett nach. Seine Augen weiteten sich. »Das stimmt.« Er nahm einen Schluck aus seinem eigenen Glas und faltete die Hände auf dem Schreibtisch vor sich. »Was ist also der Grund für Ihre Verzweiflung?«

Marcus gab ihm eine knappe Zusammenfassung der Ereignisse. Selbst für seine eigenen Ohren klang es ein wenig verstümmelt, aber er hatte in den letzten drei Tagen kaum geschlafen, und er merkte, dass sich das auf seinen Geist auswirkte.

»Und die Verhandlung ist um zwei Uhr?«, fragte Branton.

»Zwei Uhr«, bestätigte Marcus.

Branton erhob sich und begann, im Zimmer auf und ab zu gehen. »Dann haben wir nicht viel Zeit. Wir müssen einen Plan ausarbeiten.«

Marcus starrte ihn erschöpft an und wagte kaum zu hoffen, dass er richtig verstanden hatte. »Sie werden mir also helfen?«

Branton warf ihm einen seltsamen Blick zu. »Natürlich, das werde ich.«

»Auch wenn die letzten Anwälte alle vergiftet wurden?«

»Nun, ich werde sicherlich keine fremden Speisen essen, die in meinem Büro ankommen. Aber ja. Ellery scheint ein guter Mann zu sein. Wir können ihn in seiner Stunde der Not nicht im Stich lassen.«

»Danke«, sagte Marcus, seine Stimme war rau vor Emotionen. »Wenn Sie sich Sorgen um das Essen machen, können Sie den ganzen nächsten Monat ... Jahr ... oder besser für den Rest Ihres Lebens in Trevissick House speisen.«

Branton kam um den Schreibtisch herum und nahm den Stuhl neben dem von Marcus. Er drehte den Stuhl zu ihm hin und nahm dann Platz. »Das wird nicht nötig sein. Jetzt müssen wir herausfinden, wer dahinter steckt.« Er warf Marcus einen prüfenden Blick zu. »Haben Sie Feinde?«

Marcus blinzelte ihn an. »Habe ich irgendwelche Feinde?« Was war das denn für eine Frage? Er war ein *Latimer*, um Gottes willen. »Mal sehen, da ist ... meine gesamte Familie, mit Ausnahme meiner Schwester Diana und meiner Großtante Griselda. Da sind die drei Dutzend Bediensteten, die ich kürzlich entlassen habe, weil sie Kriecher meines Vaters gewesen sind. Es gibt Dutzende, wenn nicht Hunderte von Menschen, denen mein Vater unrecht getan hat, darunter auch ein Paar, dem ich kürzlich begegnet bin. Ich habe ihnen mitgeteilt, dass ihre Freunde, wenn sie einen Skandal verursachen, der Dianas Saison ruiniert, das, was von ihnen übrig ist, mit einem Lappen würden wegwischen müssen.«

Branton warf ihm einen seltsamen Blick zu. »Wollten sie ein Schmiergeld für ihr Schweigen?«

»Nein. Ich habe sie aufgesucht. Um mich für die Missetaten meines Vaters in der Vergangenheit zu entschuldigen.«

Branton rieb sich die Stirn. »Sind Sie damit vertraut, wie Entschuldigungen funktionieren? Macht nichts. Antworten Sie nicht darauf. Wir haben keine Zeit mehr. Sonst noch jemand?«

»Mal sehen ... Da war auch der Mann, den ich vor vier Tagen mitten auf der Kreuzung von Broad Street und Monmouth vor zweihundert Zeugen zu ermorden drohte.«

Auf Brantons ungläubigen Blick hin fügte Marcus hinzu: »Er hatte seine Kinder in einem Wutanfall geschlagen, als er sturzbetrunken war. Was hätte ich denn tun sollen, weiterfahren?«

Brantons Gesicht wurde weicher. »Ah. Das ist also etwas anderes.«

»Sie wohnen jetzt in der Ladies' Society. Zusammenfassend lässt sich sagen, dass es vielleicht effizienter wäre, eine Liste von Personen zu erstellen, die *nicht* meine Feinde sind. Aber letztlich ist das unnötig. Ich bin mir so gut wie sicher, dass mein Onkel hinter Ellerys Verhaftung steckt.«

»Ihr Onkel. Gut.« Branton griff über den Schreibtisch hinweg nach der Flasche Château Margaux und füllte ihre beiden Gläser auf. »Jetzt sollten Sie mir wirklich *alles* erzählen. Halten Sie nichts zurück. Als Ihr Anwalt können Sie darauf vertrauen, dass ich die Informationen streng vertraulich behandeln werde. Aber wenn wir eine Chance haben wollen, Ellery freizubekommen, darf ich dort keine Überraschungen erleben.«

Marcus nickte betrübt. »Wie Sie wollen.«

Er fuhr fort, Branton alles zu erzählen.

Auch die hässlichen Teile.

Und es gab *eine Menge* hässlicher Teile.

Eine halbe Stunde später, als er fertig war, nickte Branton. »In Ordnung. Jetzt sage ich Ihnen, was wir tun müssen.«

~

»Aber ich kann die Wahrheit nicht sagen!«, schnappte Marcus.

»Das ist der einzige Weg«, entgegnete Branton. »Und Ellerys einzige Hoffnung.«

Marcus verengte seine Augen. Warum behauptete das jeder? »Das ist nicht der einzige Weg. Ich bin ein *Herzog*. Die Geschworenen werden natürlich von mir beeinflusst sein.«

Branton schnaubte. »Ja, beeinflusst, um es dem vornehmen Adligen, der sich für etwas Besseres hält, heimzuzahlen.«

Marcus warf ihm einen beleidigten Blick zu.

Branton hielt beschwichtigend die Hände hoch. »Wären Sie derjenige, der vor Gericht steht, würden Sie sich vor einer Jury aus Ihresgleichen im Oberhaus verantworten müssen. Zweifellos wären *sie* begierig, sich bei Ihnen beliebt zu machen. Aber Ellery wird sich einer Jury von *seinesgleichen* stellen müssen. Und glauben Sie mir, die Tatsache, dass Sie ein Herzog sind, spricht in diesem Falle gegen Sie.«

Marcus kniff sich in den Nasenrücken. »Dann werde ich den Geschworenen das nötige Bestechungsgeld zahlen.«

»Kein Klient von mir wird jemals eine Jury bestechen, also erwähnen Sie das bitte nicht noch einmal. Aber selbst wenn ich zu den skrupellosen Anwälten gehören würde, die sich darauf einlassen würden, haben Sie keine Zeit. Die Verhandlung beginnt in zwei Stunden, und wir haben keine Ahnung, wer die Geschworenen sein könnten oder wie wir mit ihnen in Kontakt treten können.«

Marcus' Schultern sanken herab. Die Feinheiten der

Bestechung einer Jury waren ihm entfallen. »Aber wenn ich vor Gericht die Wahrheit sage, wird meine Schwester erfahren, wie unsere Mutter gestorben ist. Sie würde am Boden zerstört sein. Ich habe so sehr darauf geachtet, ihr das zu ersparen.«

Brantons Gesicht war ein Abbild der Skepsis. »Sie sprechen von Lady Diana? Dasselbe Mädchen, das letzten Montag Lady Pritchard öffentlich vernichtet hat?«

Marcus versteifte sich. »Ich weiß nicht, was das damit zu tun hat.«

»Ich bin mir nicht sicher, ob Ihre Schwester das verkümmerte Veilchen ist, für das Sie sie halten.« Brantons Augen waren mitfühlend. »Hören Sie, Trevissick. Ich bin sicher, dass Sie es gewohnt sind, Dinge zu regeln, indem Sie sich überlegen verhalten und Ihr Gewicht in die Waagschale werfen. Aber das wird dieses Mal nicht funktionieren. Sie müssen ein wenig Menschlichkeit zeigen. Die Geschworenen werden keine Sympathie für den allmächtigen Herzog haben. Aber für den Jungen, dessen Mutter gestorben ist? Dem es nur darum ging, seine kleine Schwester zu beschützen? Und der sich fast umbringt, um einen geliebten Diener zu retten? *Das* ist ein Charakter, hinter den sich die Geschworenen stellen können.«

»Ich bin nicht irgendeine Figur aus einem Buch«, schnauzte Marcus. »Das ist mein Leben, nicht die melodramatische Handlung eines Groschenromans.«

»Aber machen Sie keinen Fehler - Sie erzählen den Geschworenen eine Geschichte. Und die Geschichte eines Butlers, der alles tun würde, um zwei hilflose Kinder zu beschützen? Das ist die Geschichte, die Sie den Geschworenen auftischen wollen.«

Marcus konnte die Logik dahinter verstehen. Denn wenn die Geschichte nicht von der eigenen Mutter handelte, zerrte sie nur fünf Minuten lang an den Nerven, bevor die

Gedanken weitergingen und man sich fragte, was es zum Abendessen gab.

Aber Marcus wusste nur zu gut, dass es sich nicht nur um eine Geschichte handelte, wenn es um die eigene Mutter ging. Die Geschworenen würden mitfühlend zusammenzucken, wenn Marcus ihnen seine traurige Geschichte erzählte, und dann mit ihrem Tag weitermachen.

Aber für Diana wäre es anders. Dieselben Einzelheiten - der Schrei ihrer Mutter, die Art und Weise, wie sie um ihr Leben bettelte, die schreckliche und plötzliche Stille, nachdem sie gestürzt war - würden sie jeden Moment verfolgen, sowohl im Wachzustand als auch im Schlaf. Es wäre fast unmöglich, sich nicht darauf zu fixieren. Selbst jetzt, all diese Jahre später, raste Marcus' Herz bei der Erinnerung an diese Momente.

Marcus war der Einzige, der verstand, dass es nicht einfach war, Diana diese Wahrheiten zu sagen. Das war die Büchse der Pandora, die er öffnen sollte, und wenn man einmal unter den Deckel geschaut hatte, konnte man nie wieder in die Unschuld des Nichtwissens zurückkehren.

Niemand verstand, was für eine schreckliche Sache es war, die sie von ihm verlangten, er solle sie seiner eigenen Schwester antun. Wenn sie es wirklich verstehen würden, hätten sie es nicht einmal vorgeschlagen.

Die Vorstellung, den schlimmsten Moment seines Lebens laut vor einem voll besetzten Gerichtssaal zu schildern und dann in der Abendzeitung abgedruckt wiederzufinden, sodass für den Rest seines Lebens jeder, dem er begegnete, seine tiefsten, dunkelsten Geheimnisse kennen würde, ließ ihn in kalten Schweiß ausbrechen. Aber Marcus hätte es getan. Um Ellery zu retten, hätte er seine Fassade als perfekter Herzog, der ein perfektes Leben führte, ohne das geringste Zögern für immer zerstört.

Aber Diana zu verletzen, sie einem lebenslangen Schmerz

auszusetzen ... Er hatte sich von klein auf geschworen, sie zu beschützen. Sie vor den Schrecken der Welt zu bewahren.

Er konnte diesen Schwur nicht brechen.

Er schüttelte den Kopf. »Kommt nicht infrage.«

Branton schüttelte den Kopf. »Das ist alles völlig nebensächlich. *Sie* sind nicht derjenige, der vor Gericht gestellt wird. Ellery ist es. Und er sollte selbst entscheiden, wie er sich verteidigen will. Kommen Sie.« Branton erhob sich. »Ich muss mit meinem Klienten sprechen.«

Bis zum Newgate-Gefängnis war es weniger als eine Meile. Sie nahmen die Kutsche von Marcus und trafen sich mit Ellery in seinem neuen Privatzimmer. Ellery sah besser aus als in jenem Moment, als Marcus ihn hier zum ersten Mal gefunden hatte. Wenigstens hatte er sich sauber machen können. Aber er sah immer noch gezeichnet und verängstigt aus, als hätte er nicht viel geschlafen. Hier in diesem winzigen Raum mit den unverputzten Steinwänden, das nur von dem Herbstlicht erhellt wurde, das durch den Schlitz eines Fensters hoch oben drang, hatte Ellery seine übliche souveräne Ausstrahlung verloren, und er sah aus wie die dreiundsiebzig Jahre, die er auf dem Buckel hatte.

Marcus setzte sich neben Ellery auf das schmale Bett, während Branton seine verschiedenen Möglichkeiten zur Verteidigung erläuterte. Wie erwartet, drängte Branton auf eine vollständige Offenlegung.

»Ich denke, wir sollten die Strategie des Herzogs übernehmen«, sagte Ellery, nachdem Branton geendet hatte.

Branton wand sich. »Sind Sie ganz sicher? Ich denke, Sie hätten bessere Chancen, wenn Sie alle Karten auf den Tisch legen würden.«

Ellery schüttelte den Kopf. »Es ist schlimm genug, dass Seine Gnaden die schreckliche Wahrheit kennt. Ich möchte nicht, dass Lady Diana diesen Schmerz erlebt, um nichts in der Welt.«

Marcus legte eine Hand auf Ellerys Knie und drückte es sanft. Natürlich musste Ellery der Einzige sein, der es verstand. Er war an jenem Tag dabei gewesen.

Er wusste, dass es nicht immer einfach war, die Wahrheit zu erkennen. Manchmal hatte die Wahrheit Konsequenzen.

Brantons Gesichtsausdruck war der eines Mannes, der in eine Zitrone gebissen hatte, aber er nickte. »Also gut. Lassen Sie uns Ihre Aussage durchgehen.«

Während sie probten, versuchte Marcus, das mulmige Gefühl in seinem Magen zu ignorieren.

Er wusste, dass er das Richtige tat. Das einzig Richtige.

Und Ellery hatte sein Vertrauen in ihn gesetzt.

Bald würde das Schicksal von Ellery in den Händen der Geschworenen liegen.

KAPITEL 37

Um Punkt zwei Uhr betrat der Richter den Gerichtssaal des Old Bailey durch eine Seitentür.

»Erheben Sie sich«, rief der Gerichtsvollzieher, und Marcus folgte dem Befehl wie auf hölzernen Beinen. Aus den Augenwinkeln sah er Onkel Eustace, der direkt hinter der Anklagebank stand.

Sein Instinkt, dass sein Onkel dahinter steckte, war also richtig gewesen. Er tauschte einen starren Blick mit seinem Onkel aus und plante bereits ein Dutzend Dinge, die er tun würde, sobald dieser Prozess vorbei war, um sich zu rächen.

»Sie dürfen sich setzen«, sagte der Richter. »Bevor wir beginnen, möchte ich ein paar Worte an die Geschworenen richten.«

Der Richter begann mit einer Rede, in der er die Bedeutung der bevorstehenden Aufgabe und die Unantastbarkeit des Gerichtsverfahrens betonte. Wie ironisch, da es von einem Mann kam, der wahrscheinlich ein stattliches Schmiergeld von seinem Onkel angenommen hatte.

Marcus warf einen Blick auf die Geschworenen, um die

Männer zu studieren, die über Ellerys Schicksal entscheiden würden, und fiel fast von der Bank.

In der ersten Reihe, auf dem für den Vorsitzenden der Jury reservierten Platz, saß kein anderer als der Mann, den er vor einer Woche in Whitechapel besucht hatte, der Ehemann der Frau, die von Marcus' Vater vergewaltigt worden war.

Kimbrell - das war sein Name.

Verdammte Scheiße. Was für ein verdammtes Pech. Er wünschte, er hätte den Teil noch zurücknehmen können, in dem er gesagt hatte, seine Freunde würden ihn mit einem Lappen aufwischen müssen.

Nun, jetzt konnte er nichts mehr dagegen tun. Der Richter beendete seine Ausführungen darüber, was für ein feierliches Unterfangen diese Farce eines Prozesses sei, und der Staatsanwalt erhob sich, um seinen Fall vorzutragen.

Es war so schlimm, wie Marcus befürchtet hatte. Er las eine Passage aus dem Tagebuch seines Vaters vor, in der der alte Herzog in spöttischem Ton beschrieb, wie Ellery so eingeschüchtert war, dass er sich nicht einmal die Mühe gemacht hatte, nach dem Blut zu fragen, das seine Kleidung durchtränkt hatte, nachdem er einen Mann hinter einem Gasthaus erstochen hatte. Als der Brief, in dem Ellery tatsächlich ein Geständnis ablegte, vorgelesen wurde, starrte die Hälfte der Geschworenen offen auf den Tisch der Verteidigung.

Onkel Eustace trat sogar in den Zeugenstand und sagte sehr feierlich aus, dass sein Bruder zwar schon immer gestört gewesen sei, er aber glaubte, dass er einige seiner schlimmsten Impulse hätte unterdrücken können, wenn er von besseren Menschen umgeben gewesen wäre.

Dieses absolute *Arschloch.* Als ob Onkel Eustace sich um irgendetwas anderes sorgen würde, als sein Taschengeld zu behalten! Marcus würde den Rest der Tagebücher seines

Vaters mit einem feinzahnigen Kamm durchgehen, um zu sehen, ob sein Onkel darin nicht erwähnt wurde. Auge um Auge, Zahn um Zahn, und sie würden sehen, ob Onkel Eustace der Prüfung standhalten konnte, die er Ellery auferlegte.

Dann war es an der Zeit, dass sie Ellerys Verteidigung vorstellten. Sie hatten beschlossen, dass Marcus als Erster aussagen würde, um den Ton anzugeben. Gott, er hatte das Gefühl, dass er sich gleich inmitten des Gerichtssaals übergeben würde.

Der Richter fragte nach dem Namen des ersten Zeugen. Branton nickte ihm entschlossen zu.

Marcus wollte sich gerade aufrichten, als die Tür zum Gerichtssaal aufflog und mit einem lauten Knall gegen die Wand schlug. »Stoppt den Prozess!«, kreischte eine hohe Stimme.

Marcus drehte sich wie alle anderen im Gerichtssaal um und sah, wie einer der Astley-Zwillinge - der dunkelhaarige, der geistesgestörte - den Gang entlang schritt.

Direkt hinter ihr folgten seine Schwester, Lady Cheltenham, Tante Griselda, Lord und Lady Fauconbridge und schließlich Cecilia Chenoweth, die versuchte, sich im hinteren Teil der Gruppe zu verstecken und ihren Blick auf den Boden gerichtet zu halten.

Marcus warf ihr einen grimmigen Blick zu, aber sie weigerte sich, ihm in die Augen zu sehen.

Sie machten sich auf den Weg zum vorderen Teil des Gerichtssaals, wo Lady Lucy die Reporter, die auf der Bank direkt hinter dem Tisch der Verteidigung saßen, mit einem hoffnungsvollen Lächeln bedachte. »Können wir uns hier hinsetzen?«

Sechs der sieben Männer, die auf der Bank saßen, machten eilig Platz, weil sie die blonde Schönheit nicht abweisen konnten. Der Siebte runzelte die Stirn und zögerte.

»Bewegung!«, bellte Tante Griselda und setzte sich auf die Bank. Die Gruppe der Astleys nahm ihre Plätze ein, wobei Cecilia ihren Blick immer noch nach unten gerichtet hielt.

Im hinteren Teil des Raumes hörte man das Klappern der Absätze von Stiefeln. Wieder drehten sich alle Köpfe, und diesmal sahen sie einen Beamten in einem grünen Mantel, der eine zierliche junge Frau begleitete.

Marcus verdrehte bei diesem sorgfältig inszenierten Auftritt die Augen. Harrington Astley, der Mann, der einst alle Federkiele von Marcus gestohlen und sie durch Straußenfedern ersetzt hatte, um ihn wie einen lächerlichen Trottel aussehen zu lassen, war der Offizier.

Und das Mädchen, das sich an seinen Arm klammerte, als würde es bei einer steifen Brise davonwehen, war Diana.

Sie trug ein blassrosa Reisekostüm mit passendem Hut und Täschchen sowie einen cremefarbenen Ziegenlederhandschuh. Ihre Lippen waren zu einer ernsthaften Miene verzogen, und ihre Augenbrauen zogen sich in einem Ausdruck angestrengter Verzweiflung zusammen, den er noch nie im Gesicht seiner Schwester gesehen hatte, nicht ein einziges Mal in seinem Leben. In der Zwischenzeit legte Astley seine behandschuhte Hand sanft auf ihren Unterarm, wo sie sich mit seiner verschränkte, als hätte er Angst, dass sie in Ohnmacht fallen könnte.

Sie erreichten das vordere Ende des Ganges. Diana holte unsicher Luft, und Marcus fragte sich, ob er sich vielleicht irrte und sie wirklich verzweifelt war. Die Nachricht, dass Ellery wegen eines Kapitalverbrechens angeklagt war, war doch sehr beunruhigend.

Für einen kurzen Augenblick traf ihr Blick den seinen, und er sah einen Funken Verärgerung aufflackern. Aha! Das war die Schwester, die er so gut kannte. Diese Sache mit dem verwelkenden Blümchen war nur eine Fassade.

Diana wandte sich an den Anwalt. »Mr. Branton, ich hoffe, Sie verzeihen mir, denn wie ich sehe, hatten Sie vor, als nächstes meinen Bruder zu befragen. Aber gäbe es eine Möglichkeit, dass ich zuerst reden könnte? Ich möchte aussagen ...« Sie schloss die Augen und drückte den Handrücken gegen die Stirn. »... solange ich noch die Kraft dazu habe.«

Solange sie noch die Kraft hatte. Marcus konnte sich ein Schnauben nicht verkneifen. Diana war von *Tante Griselda* aufgezogen worden. Unter Tante Griseldas Anleitung hatte Marcus gesehen, wie seine Schwester von der Morgen- bis zur Abenddämmerung über das Moor wanderte und einen Fasan für ihr Mittagessen schoss, den sie ohne die geringste Hilfe rupfen, ausnehmen und über einem offenen Feuer braten musste.

Eine verwelkende Blume. Ja, sicher doch. Es gab Ackergäule da draußen, die Diana um ihre Konstitution beneideten.

Aber das wussten die Geschworenen nicht. Sie sahen nur, dass sie jung und blond, hübsch und schlank war, und sie genossen dieses melodramatische Schauspiel. Und niemand sah zufriedener aus als Samuel Branton, dessen Gesichtsausdruck sich wie folgt zusammenfassen ließ: *endlich etwas, mit dem ich arbeiten kann.* Branton nickte Astley dankend zu, während er Diana behutsam am Arm nahm und ihr mit einer solchen Sorgfalt in den Zeugenstand half, dass man hätte meinen können, sie sei ein neugeborenes Rehkitz, das noch nicht die Kunst des selbstständigen Gehens beherrschte.

Marcus drehte sich um, um Cecilia anzustarren, aber sie sah ihn immer noch nicht an. Er musste sich damit begnügen, Harrington Astley anzustarren, der den Platz neben ihr eingenommen hatte. Astley antwortete mit einem fröhlichen Zwinkern.

Im Zeugenstand legte Diana zitternd ihren Eid ab, nahm dann Brantons Taschentuch entgegen und tupfte sich vorsorglich die Augen ab.

»Mylady«, begann Branton, »ich nehme an, Sie sind mit den Anschuldigungen gegen Mr. Ellery vertraut?«

»Ja, ich bin darüber informiert worden.«

»Und Sie wissen von dem Brief, den Mr. Ellery geschrieben hat, in dem er gesteht, dass er in der Zeit, in der er für Ihren Vater tätig war, eine Reihe unangenehmer Dinge tun musste.«

Diana wandte sich mit flehendem Blick direkt an die Geschworenen. »Was Sie verstehen sollten, ist, dass Ellery alles, was er getan hat, nur meinem Bruder und mir zuliebe getan hat. Hätte er meinen Vater verärgert, hätte er seinen Posten verloren. Und dann wäre niemand da gewesen, der uns beschützt hätte.«

»... der Sie beschützt hätte«, sagte Branton. »Eine seltsame Wortwahl. Wovor brauchen Sie Schutz?«

Diana zerzauste das Taschentuch mit ihrer behandschuhten Hand. »Ich fürchte, es war nicht so sehr ein *wovor*, sondern ein vor *wem*, Mr. Branton. Und die Person, vor der wir Schutz brauchten, war mein Vater.«

Brantons Stimme klang beruhigend, als er fragte: »Und warum habt Sie Schutz von Ihrem Vater benötigt, Mylady?«

»Die Wahrheit ist, dass ...« Diana schloss die Augen, als ob sie all ihre Kräfte sammeln würde, und vielleicht tat sie das auch. Sie öffnete die Augen und blickte direkt auf die Geschworenenbank. »Es war mein Vater. Er war derjenige, der meine Mutter getötet hat.«

KAPITEL 38

*N*ach Dianas Enthüllung kam es im Gerichtssaal zu einer lebhaften Diskussion.

Ceci warf Marcus einen verstohlenen Blick zu. Seine Wirbelsäule war steif, seine Schultern reichten fast bis zu den Ohren. Er drehte sich nicht um, sodass es schwierig war, seine Reaktion einzuschätzen. Schock, vielleicht?

Dass er wütend auf sie war, war ihr klar. Wie sehr wünschte sie sich, sie könnte mit ihm sprechen. Er stellte sich wahrscheinlich vor, dass sie Diana die schreckliche Wahrheit über den Tod ihrer Mutter erzählt hatte.

Es hatte sich jedoch herausgestellt, dass Diana es schon immer gewusst hatte. Sie war beeindruckend stoisch gewesen, als sie die Nachricht erhielt, dass einer ihrer wenigen Beschützer aus Kindertagen wegen eines Kapitalverbrechens vor Gericht stehen würde. Das stärkste Gefühl, das sie gezeigt hatte, war der Ärger über ihren Bruder, der sie nicht sofort hatte holen lassen. Sie hatten die gesamte Kutschfahrt von Broxbourne nach London damit verbracht, Strategien zu entwickeln. Diana würde Ellerys bei Weitem sympathischste Zeugin sein, und Lady Cheltenham hatte ihr genau beigebracht, wie sie sich den Geschworenen gegenüber präsentieren sollte. Diana hatte ihren Ratschlägen mit eiserner Entschlossenheit zugehört.

Doch kaum hatte sie den Gerichtssaal betreten, war sie zum Inbegriff weiblicher Schwäche geworden.

Und die Jury war wie in Trance. Es dauerte eine ganze Minute, bis der Richter den Anschein von Ordnung wiederherstellen konnte.

Sobald es im Raum wieder still geworden war, fragte Mr. Branton: »Sie sagen also, Ihr Vater habe Ihre Mutter getötet.«

Diana nickte zitternd. »Das ist richtig.«

»Waren Sie Zeugin dieses Ereignisses?«, fragte Mr. Branton.

»Nein. Ich war erst zwei Jahre alt, als sie starb, also war ich wohl im Kinderzimmer.« Sie gestikulierte in Richtung des Tisches der Verteidigung. »Aber Ellery war da, und mein Bruder auch. Sie können Ihnen die Einzelheiten mitteilen.«

»Wurde Ihr Vater wegen des Todes Ihrer Mutter vor Gericht gestellt?«

Diana schüttelte wehmütig den Kopf. »Nein. Er ist allen Konsequenzen entgangen.«

»Hat ihn jemand beim Magistrat angezeigt?«, fragte Mr. Branton.

Von ihrem Platz im Publikum aus rief Lady Griselda: »Ich habe es getan! Ich habe versucht, diesen wertlosen *Schietbüddel* zur Verantwortung zu ziehen, aber …«

Der Richter schlug seinen Hammer gegen das Podium. »Ruhe! Ruhe!«

Mr. Branton hatte sich dem Publikum zugewandt und die Augen vor Überraschung geweitet. Ceci empfand ein wenig Mitleid mit ihm, weil er versuchte, einen Prozess zu führen, ohne vorher Zeit gehabt zu haben, die meisten Zeugen befragen zu können. Aber er war flink und wandte sich den

Geschworenen zu. »Sie werden gleich die Aussage von Lady Griselda hören.« Er drehte sich wieder zu Diana um. »Hatten Sie noch andere Gründe, Ihren Vater zu fürchten?«

Diana tupfte sich die Augen ab. »Nach dem Tod meiner Mutter war er eine Zeit lang weg. Ich weiß nicht, wo er hingegangen ist. Es gibt eine große Anzahl von Grundstücken, die mit dem Herzogtum verbunden sind und wo er sich aufgehalten haben könnte. Er war jedoch etwa zwei Jahre lang abwesend. Als er zurückkam ...« Sie hielt inne, um Luft zu holen, und es fiel Ceci auf, dass Diana vor den Geschworenen nicht nur spielte, sondern dass es ihr wirklich schwerfiel, diese Erinnerungen zu erzählen. »Ich war diejenige, die dann im Mittelpunkt seines Zorns stand.«

Einer der Geschworenen, ein Bäcker, dessen roter Bart mit einer feinen Mehlschicht bedeckt war, konnte sich nicht beherrschen. »Ist es das, was mit Ihrem Arm passiert ist?«

Diana drehte sich um und wandte sich direkt an den Geschworenen. Obwohl sie innerhalb des *ton* den Ruf einer Eiskönigin erworben hatte, nachdem sie Lady Pritchard derart bloßgestellt hatte, hätte ihr Verhalten nicht wärmer sein können, als sie sagte: »Nein, Sir. Ich wurde so geboren.«

Der Geschworene nickte mitleidig.

Mr. Branton räusperte sich. »Lady Diana, entschuldigen Sie, dass ich Ihnen jetzt eine taktlose Frage stellen muss. Aber könnten Sie uns erklären, was Sie damit meinten, als Sie sagten, dass Sie der Mittelpunkt des Zorns Ihres Vaters geworden seien?«

Sie nickte und verkrampfte ihren Kiefer. »Er hat mich ständig angeschrien. Manchmal hat er mich geschlagen.« Sie schluckte heftig. »Ich war erst vier Jahre alt, aber ich erinnere mich genau, wie er mich an den Haaren packte und gegen die Wand warf.«

Ein Raunen durch den Gerichtssaal. Sobald es wieder still

wurde, fragte Mr. Branton: »Und was hat Mr. Ellery getan, wann immer es dazu kam?«

»Mehrere Dinge«, sagte Diana schnell. »Er hat alles in seiner Macht Stehende getan, um meinen Vater abzulenken und ihn von mir fernzuhalten. Ich erinnere mich auch daran, dass er meinem Vater durch das Haus folgte und ihn immer wieder laut mit *Euer Gnaden* ansprach, damit ich wusste, dass er auf dem Weg zu mir war, und ich mich verstecken konnte. Und natürlich war er derjenige, der meinen Bruder holen ließ. Marcus war derjenige, der meinen Vater gezwungen hat, mich wegzugeben. Er hat es eingerichtet, dass ich stattdessen bei Tante Griselda leben durfte.«

»Sie sagen, Ihr Bruder habe ihn gezwungen, Sie wegzugeben. Wie hat er das gemacht?«

Diana neigte ihren Kopf zur Seite. »Ich weiß es eigentlich gar nicht. Aber Marcus kann Ihnen das sagen.«

Mr. Branton verbeugte sich. »Danke, Mylady. Keine weiteren Fragen.«

Marcus sah zu, wie der Staatsanwalt zwei Minuten lang versuchte, Diana ins Kreuzverhör zu nehmen.

»Sie waren also vier Jahre alt, als Ihr Vater zurückkam?«, fragte er.

»Das ist richtig«, antwortete sie.

Er strich sich über das Kinn. »Das ist sehr jung. Besteht nicht die Möglichkeit, Lady Diana, dass Sie sich an einige dieser Vorfälle falsch erinnern?«

Sie schüttelte traurig den Kopf. »Nein, Sir. Wie sehr wünschte ich, ich könnte das alles vergessen! Aber ich fürchte, diese Dinge haben sich in mein Gedächtnis eingebrannt.«

»Und Sie sind sicher, dass Ihr Verstand sie im Laufe der Zeit nicht zu etwas verdreht hat, das sie nicht sind?«

Diana gab einen verletzten Laut von sich. Als sie sprach, war ihre Stimme sehr leise. »Ich hoffe, Sir, Sie halten mich nicht wirklich für eine Lügnerin?«

Mehrere Geschworene schauten finster drein, und der Staatsanwalt war kein Idiot. Er erkannte, dass der Angriff auf eine so sympathische Zeugin nur nach hinten losgehen konnte. »Keine weiteren Fragen, Euer Ehren.«

Tante Griselda trat als nächstes in den Zeugenstand. Marcus war nicht klar gewesen, wie weit sie gegangen war bei dem Versuch, seinen Vater für den Tod seiner Mutter verantwortlich zu machen. Ihre Aussage war für Ellery sicherlich hilfreich, denn sie bewies, dass sein Vater alle örtlichen Beamten bestochen hatte, sodass selbst eine so wohlhabende, gut vernetzte und entschlossene Person wie Tante Griselda nicht in der Lage gewesen war, Gerechtigkeit für ihre geliebte Nichte zu erwirken.

Dann war Marcus an der Reihe. Obwohl es ihm ein Gräuel war, solche Dinge in der Öffentlichkeit laut auszusprechen, zwang er sich, die Ereignisse, die zum Tod seiner Mutter geführt hatten, in allen Einzelheiten zu schildern. Dass sie zu beschützen seine Motivation gewesen sei, das Fechten zu lernen. Wie er an jenem Morgen sein Schwert vergessen hatte und zur Treppe gerannt war, in dem verzweifelten Versuch, rechtzeitig anzukommen.

Als er zu der Stelle kam, an der Ellery die Treppe hinaufgestürmt war, Marcus in einer Umarmung festhielt und ihn daran hinderte, den gebrochenen Körper seiner Mutter zu sehen, der unten auf dem Boden lag, schnäuzte sich der Bäcker in seine Schürze. Tatsächlich blieb in der Jury kaum ein Auge trocken, und Marcus begann, sich zu seiner guten Arbeit zu beglückwünschen, als der

Staatsanwalt sich erhob, um sein Kreuzverhör durchzuführen.

»Was für eine bewegende Geschichte, die Sie uns heute erzählt haben, Euer Gnaden.« Der Staatsanwalt sah Marcus mit einem räuberischen Blick an. »Vielleicht ein bisschen zu rührend, um geglaubt zu werden.«

Marcus verstand sofort, dass der Staatsanwalt, weil er Diana nicht hatte angreifen können, ohne sich selbst zu schaden, sein Pulver trocken gehalten hatte und nun diese Schläge gegen ihn austeilen würde.

Er durfte den Köder nicht schlucken. Das Einzige, was in diesem Moment zählte, war, Ellery in einem möglichst sympathischen Licht darzustellen. Dieses eine Mal in seinem Leben durfte er nicht wie ein arroganter Arsch wirken. Also antwortete Marcus freundlich: »Erlauben Sie mir, Ihnen zu versichern, dass jedes Wort wahr ist.«

Der Staatsanwalt betrachtete ihn skeptisch. »Wie alt waren Sie, als Ihr Vater zurückkehrte?«

»Dreizehn Jahre alt.«

»Warum waren Sie zu dem Zeitpunkt nicht zu Hause?«

»Ich wurde mit zwölf Jahren nach Eton geschickt.«

»Und wie sind Sie von Eton zurückgekommen, nachdem Sie diesen angeblichen Brief von Ellery erhalten haben?«

Ruhig. Marcus musste unter allen Umständen ruhig bleiben. »Ich hatte mein eigenes Pferd in einem örtlichen Stall untergebracht. Ich bin mit ihm so weit geritten, wie er mich tragen konnte, und habe dann für den Rest des Rückweges Reitpferde angemietet.«

Der Staatsanwalt schaute offen skeptisch. »Wie lange haben Sie für die Reise gebraucht?«

»Ich kam am folgenden Abend zu Hause an«, sagte Marcus ruhig.

Der Staatsanwalt wandte sich an die Geschworenen. »Er

erwartet von uns, dass wir glauben, dass er an einem Tag mehr als zweihundertundfünfzig Meilen zurückgelegt hat.«

»Das tut er«, schnappte Marcus, wobei Frustration in seine Stimme drang, »denn wenn man einen Brief erhält, in dem mitgeteilt wird, dass der eigene Vater dabei ist, die eigene kleine Schwester zu töten, so wie er deren Mutter getötet hat, wechselt man alle zehn Meilen das Pferd und reitet durch die Nacht.«

Zwei Jurymitglieder nickten. Gut. Er hatte sie nicht verloren - noch nicht. Aber Marcus war sich der Tatsache bewusst, dass sein Temperament zu kochen begann, und das würde für Ellery nichts Gutes bedeuten.

Der Staatsanwalt schaute ihn skeptisch von Kopf bis Fuß an. »Und wie hat ein dreizehnjähriger Junge einen Herzog erpressen können? Ein Herzog, von dem man sagt, er sei so allmächtig gewesen, dass er über dem Gesetz stand?«

Oh, verdammt. Er musste natürlich diese Frage stellen, die eine Frage, die Marcus vor allen anderen hatte vermeiden wollen. »Das ist nicht sehr angenehm zu hören«, sagte er mit rauer Stimme. »Das ist sicherlich keine Geschichte, die ich vor den anwesenden Damen erzählen möchte.«

Der Staatsanwalt schnaubte, als er sich zu den Geschworenen drehte. »Das ist sehr praktisch. Sie sehen, das ist nichts weiter als eine Ausrede. Die Wahrheit ist, dass der Herzog und seine Schwester nie in Gefahr durch ihren Vater waren. Der alte Herzog konnte sehr grausam sein. Das haben wir aus seinen Tagebüchern erfahren. Aber wie so oft behielt er diese Grausamkeit für diejenigen vor, die er als unter seiner Würde ansah. Er hat sie nicht an seinen eigenen Kindern ausgelassen.«

»Einspruch!«, brüllte Branton.

»Stattgegeben«, sagte der Richter. »Sie werden die Gelegenheit haben, Ihre abschließenden Bemerkungen zu machen, Mr. Dixon. *Später*. Sie werden jetzt Ihre Fragen an den Zeugen richten.«

Der Staatsanwalt drehte sich zu Marcus im Zeugenstand um. »Wenn es wahr ist, wenn Ihr Vater so verdorben und eine solche Gefahr für Ihre Schwester war, dass er *gezwungen* werden musste, sie wegzugeben, dann muss es doch ein Mittel gegeben haben, mit dem Sie ihn dazu gezwungen haben. Wenn Sie uns nicht sagen können, was das war, was sollen wir dann dazu sagen?«

»Gut!«, schnappte Marcus. Er konnte nicht glauben, dass er diese Worte laut aussprechen würde, in einem öffentlichen Gerichtssaal, sodass sie auf der Titelseite jeder Abendzeitung erscheinen würden. Doch als er Ellery ansah, der gebrechlich und verloren am Tisch der Verteidigung saß, wusste er, dass er nichts zu bereuen haben würde.

Er wich Dianas Blick aus und starrte stattdessen auf die gegenüberliegende Wand, als er sagte: »Ich habe meinem Vater gesagt, dass ich mich umbringen werde, wenn er Diana nicht gehen lässt.«

Im Gerichtssaal herrschte absolute Stille, als ob das, was er gerade gesagt hatte, so schockierend gewesen wäre, dass es allen die Luft aus den Lungen gerissen hätte.

Der Staatsanwalt war der erste, der sich erholte. »Sich umbringen? Inwiefern sollte das Ihren Vater motivieren?«

»Weil ich sein Fleisch und Blut war. Wissen Sie ...« Marcus zuckte zusammen bei dem, was er vor einem halben Dutzend Ladys gleich sagen würde. »... mein Vater hatte bestimmte *Krankheiten*, die es ihm schwer machten, Kinder zu zeugen. Und mit dem Fortschreiten dieser *Krankheiten* wurde es immer klarer, dass Diana und ich die einzigen Kinder bleiben würden, die er jemals gezeugt hatte. Er kümmerte sich nicht um sie, weil sie ein Mädchen war. Aber ich war sein Sohn und Erbe, derjenige, der sicherstellen sollte, dass sein eigenes Blut die herzogliche Linie fortsetzen

323

würde. Obwohl ich ihn also verachtete, war ich paradoxerweise der einzige Mensch, den er wirklich mochte. Er hat nie eine Hand gegen mich erhoben. Nicht ein einziges Mal.«

Im Gerichtssaal herrschte immer noch fassungsloses Schweigen, sodass Marcus fortfuhr: »Deshalb war meine Drohung auch so wirkungsvoll. Wäre mir etwas zugestoßen, wäre das Herzogtum an seinen Bruder gegangen.« Marcus warf seinem Onkel einen rachsüchtigen Blick zu. »An einen Schwächling, der jeden Monat zu ihm kam und um sein Taschengeld bettelte. Eine erbärmliche Kreatur, die nicht in der Lage ist, auf eigenen Füßen zu stehen.« Marcus schüttelte den Kopf. »Allein der Gedanke daran widerte ihn an. Der Tag, an dem ich begriff, wie wichtig ich für meinen Vater war, war der Tag, an dem ich meine eigene Macht erkannte. Ich hatte nicht nur das Pikass in der Hand, ich *war* das Pik-Ass. Ich hatte die Macht, Diana zu schützen. Aber nur, indem ich mich selbst ins Spiel brachte.«

Der Staatsanwalt schüttelte sich. »Aber warum sollte Ihr Vater einwilligen? Wir würden erwarten, dass ein solches Ungeheuer, wie Sie es beschreiben, Sie in eine Zelle hätte sperren können. Dass er Sie an die Wand zu ketten versucht hätte, damit Sie sich nicht selbst verletzen könnten.«

Marcus schüttelte den Kopf. »Es ist gewissermaßen sinnlos, einem Mann wie meinem Vater logische Beweggründe zuzuschreiben. Wie ich schon sagte, verachtete er Schwäche über alles. Und hier stand sein Sohn, sein eigenes Fleisch und Blut, und legte eine solche Willensstärke an den Tag. Ich weiß noch, wie er mich anlächelte, als ich mein Schwert an meine eigene Kehle setzte. Es gefiel ihm über alle Maßen, eine solche Rücksichtslosigkeit bei seinem Sohn zu sehen. Ich glaube, ihm gefiel die Vorstellung, sich selbst in mir zu sehen. Und vielleicht tat er das auch.« Er sah den Staatsanwalt mit einem strengen Blick an. »Auch ich kann völlig rücksichtslos sein.«

Der Staatsanwalt zog die Stirn in Falten. »Selbstmord ist eine Todsünde. Wer sich einer solchen Sünde schuldig macht, gibt jede Hoffnung auf Gnade und Erlösung auf.«

»Ich bin mir dessen bewusst«, sagte Marcus mit fester Stimme. »Diese Worte wurden von mir nicht leichtfertig ausgesprochen.«

»Und trotzdem sollen wir glauben, dass Sie Ihre sterbliche Seele riskiert haben?«

»Natürlich, das habe ich. Wenn es bedeutete, dass Diana leben würde ...« Er brach ab, und sein Blick fiel endlich auf seine Schwester.

Sie schluchzte leise in ihr Taschentuch, Tante Griselda hatte den Arm um ihre Schultern gelegt.

Marcus sah den Staatsanwalt mit seinem finstersten Blick an. »Sehen Sie, was Sie getan haben - Sie haben meine Schwester zum Weinen gebracht, Sie absolutes Stück ...« Er brach ab, bevor er etwas sagen konnte, das er vor den Geschworenen bereuen würde. »Ich hoffe, Sie sind zufrieden, *Sir*. Gibt es sonst noch etwas?«

Mr. Dixons Gesicht war angespannt, als er sagte: »Die Anklage ruht, Euer Ehren.«

Als Marcus wieder auf der Bank neben Ellery Platz nahm, beugte sich Fauconbridge vor und drückte seine Schulter. Plötzlich fiel Marcus ein, dass er mit Fauconbridge über all das hätte sprechen können, wenn auch nicht zu dem Zeitpunkt, als es geschehen war, so doch in den Jahren danach, als sich ihre Freundschaft vertieft hatte. Das ... hätte er vielleicht tun sollen. Es hätte vielleicht helfen können.

Dann war Ellery an der Reihe.

Vieles von dem, was er erzählte, ähnelte dem, was Marcus und Diana berichtet hatten. Aber da Ellery viel Zeit in der Gegenwart ihres Vaters verbracht hatte, konnte er noch eine

Reihe weiterer Schrecken erzählen. »Der alte Herzog war ständig in einem betrunkenen Zustand. Es gab nichts, was ich tun konnte, um ihn nüchtern zu machen. Deshalb habe ich ihn mit Wein abgefüllt, denn ihn so betrunken zu halten, dass er unempfindlich wurde, schien mir die beste von mehreren schlechten Möglichkeiten zu sein.« Ellery hielt inne und biss sich auf die Lippe. »An einem Tag legte er den Schürhaken in den Kamin. Als die Spitze rot glühte, zog er sie heraus und rief: *Wo ist Diana?*« Er kniff die Augen zusammen. »Ich gestehe, dass ich ihm ein Glas Brandy mit einer starken Dosis Laudanum gereicht habe. Vielleicht war das falsch, aber mir fiel keine andere Möglichkeit ein, um zu verhindern, dass er Ihrer Ladyschaft ernsthaften Schaden zufügte. Es hat funktioniert. Er schlief direkt auf dem Kaminteppich ein, und während er ohnmächtig war, ließ ich die Lakaien alle Schürhaken im Haus einsammeln, damit ich sie in meinem Büro wegschließen konnte.«

Als der Staatsanwalt an der Reihe war, sein Kreuzverhör durchzuführen, ging er eine lange Liste von Missetaten des alten Herzogs durch, einige aus den Zeugenaussagen des Tages und einige aus dem Tagebuch. Er fragte, ob Ellery von jedem einzelnen Fall gewusst habe. Ellery gab düster zu, dass er über die meisten von ihnen Bescheid gewusst hatte.

»Und Sie haben ihn nie bei den Behörden angezeigt?«, fragte der Staatsanwalt.

»Nein, Sir«, sagte Ellery ernst. »Es war bekannt, dass der alte Herzog alle lokalen Beamten bestochen hatte - den Magistrat, den Gerichtsmediziner, den Gerichtsvollzieher. Er hatte sogar Spione in der Posthalterei des örtlichen Dorfes, die die ausgehende Post für ihn überwachten. Ich musste mitten in der Nacht ins Nachbardorf gehen, um den Brief über die Rückkehr seines Vaters an Seine Gnaden, den jetzigen Herzog, zu schicken. Ich habe es nicht gewagt, den alten Herzog zu verärgern. Ich musste unbedingt meinen

Posten behalten, damit jemand auf die Kinder aufpassen konnte.«

Der Staatsanwalt schaute skeptisch. »Aber wenn Sie Ihr Amt verloren hätten, hätte Ihr Nachfolger dann nicht auf sie aufgepasst?«

»Vielleicht hätte er das«, räumte Ellery ein. »Es gab viele andere Diener, von denen ich weiß, dass sie sich um sie kümmerten. Aber der alte Herzog neigte dazu, eine bestimmte Art von Dienerschaft anzuziehen. Solche, die seine niederen Neigungen teilten, die wussten, dass er wegsehen würde, wenn es um ihr eigenes schlechtes Verhalten ging. Seine Gnaden, der derzeitige Herzog, musste ein gutes Drittel unseres Hauspersonals entlassen, um diese Leute wieder loszuwerden. Ich konnte nicht darauf vertrauen, dass mein Nachfolger das Beste für die Kinder im Sinn haben würde.«

»Aber nachdem Lady Diana zu ihrer Tante gezogen war, hätten Sie sich doch sicherlich von einem Haushalt fernhalten können, in dem so viele illegale Aktivitäten stattfanden. Das heißt, wenn Sie wirklich gegen diese illegalen Aktivitäten und nicht daran beteiligt waren.«

Ellery sprach ganz leise. »Sie müssen bedenken, dass Seine Gnaden, der jetzige Herzog, in den Schulferien immer noch in dieses Haus zurückkehren musste und dass er erst ein dreizehnjähriger Junge war. Ich weiß, es ist schwer vorstellbar, wenn man ihn heute so souverän und selbstbewusst sieht.« Ellery schüttelte den Kopf. »Aber er war nur ein Junge, und er verdiente es, jemanden zu haben, der auf ihn aufpasste. Es war schon schlimm genug, dass er so schnell erwachsen werden musste.«

»Aber brauchte er wirklich jemanden, der auf ihn aufpasste?«, drängte der Staatsanwalt. »Er hat selbst ausgesagt, dass sein Vater nie die Hand gegen ihn erhoben hat.«

Ellery zerrte an seinem Kragen. Marcus glaubte zu sehen, wie sich eine leichte Röte auf seinen Wangen ausbreitete. »Die, äh, *Krankheiten*, auf die Seine Gnaden vorhin anspielten, wurden mit jedem Jahr schwerer. Und eines der Symptome war Wahnsinn. Wer weiß - vielleicht hätte der alte Herzog nie die Hand gegen seinen Sohn und Erben erhoben. Aber seine Gedanken waren in den besten Zeiten gestört, und das wurde von Tag zu Tag schlimmer. Ich wollte nicht davon ausgehen, dass sein Sohn immer in Sicherheit sein würde.«

Die Staatsanwaltschaft zog sich schließlich zurück. Die Schlussplädoyers wurden gehalten, und der Richter gab den Geschworenen seine Anweisungen.

Bald würden sie Ellerys Schicksal erfahren. Bis dahin blieb ihnen nichts anderes übrig, als zu warten.

KAPITEL 39

Samuel Branton warnte sie, dass die Geschworenen eine Stunde oder länger beraten könnten. Marcus drückte ihm die Hand und dankte ihm für die vorbildliche Arbeit, die er in so kurzer Zeit geleistet hatte, als die Geschworenen nur zwei Minuten, nachdem sie sich zurückgezogen hatten, wieder in den Saal kamen.

Sie setzten sich eilig wieder auf ihre Plätze. »Ist es normal, dass die Geschworenen so wenig Zeit brauchen?«, flüsterte Marcus zu Branton.

»Nicht *so* wenig«, murmelte dieser.

»Was hat es zu bedeuten?«, zischte Marcus. Der Gedanke, dass Ellery in wenigen Augenblicken verurteilt werden könnte, zu einer Überführung in die Kolonien oder gar zum Tode, ließ Marcus' Puls in die Höhe schnellen.

»Ich weiß es nicht«, flüsterte Branton.

Sie wurden an weiteren Gesprächen gehindert, als der Richter die Verhandlung eröffnete. »Sind Sie zu einem Urteil gekommen?«

»Das sind wir, Euer Ehren«, sagte Mr. Kimbrell. Marcus

spürte, wie ihm flau im Magen wurde, als er sich daran erinnerte, wer der Vorsitzende der Jury war.

»Und wie lautet Ihre Entscheidung?«, fragte der Richter.

Mr. Kimbrell hielt seinen Blick auf den Richter gerichtet. »Nicht schuldig, Euer Ehren.«

Das Gemurmel, das im Gerichtssaal aufkam, war nichts im Vergleich zu dem Dröhnen in Marcus' Ohren. Nicht schuldig - das waren wohl die schönsten Worte in der englischen Sprache.

Der Raum um ihn herum schwamm. Als sich seine Sicht aufklärte, schüttelte Mr. Branton gerade seine Hand, und Fauconbridge drückte seine Schulter. Diana schlang ihre Arme um Ellerys Hals, genau dort, mitten im Gerichtssaal.

»In allen Punkten?«, fragte der Richter.

»In allen Punkten«, bestätigte Mr. Kimbrell.

»Sehr gut.« Der Richter hob seinen Hammer. »Das Urteil der Geschworenen lautet ...«

»Was meinen Sie mit unschuldig?«, schnappte Onkel Eustace. »Er hat ein unterschriebenes Geständnis aufgesetzt!«

In der darauf folgenden fassungslosen Stille sagte Mr. Kimbrell: »Er sagte, er könne sich nicht an diesen speziellen Vorfall erinnern, und es gab auch keine Einzelheiten. Der alte Herzog kam also nach Hause und hatte etwas Blut an sich. Na und? Das kann alles Mögliche gewesen sein. Er könnte ein Schwein geschlachtet haben, oder ...«

»Glaubst du, der *Duke of Trevissick* hätte *ein Schwein geschlachtet*?«, kreischte Onkel Eustace.

Mr. Kimbrells Augenbrauen zogen sich zu einer wütenden Furche zusammen. »So könnte es gewesen sein!«

»Oder auf der Jagd«, warf Diana ein und schenkte Mr. Kimbrell ein strahlendes Lächeln. »Welcher Gentleman geht denn nicht auf die Jagd? Und viele Männer ziehen es vor, ihre Beute selbst zu häuten. Mein eigener Bruder, der Herzog, nimmt diese Aufgabe oft wahr.«

Das stimmte zwar, aber nur, weil Tante Griselda darauf bestand, dass sowohl er als auch Diana ihr eigenes Wild häuten und ausnehmen konnten. Aber das war jetzt nicht der Moment, um dieses Detail zu erwähnen.

Marcus nickte ernsthaft. »Das tue ich. Und das kann eine ziemlich eklige Angelegenheit sein.«

Onkel Eustace starrte immer noch auf Mr. Kimbrell. »Es gab einen Berg von Beweisen!«

»Nun, wir fanden diese Beweise nicht sehr überzeugend!«, schnappte Mr. Kimbrell.

Der Richter schlug mit dem Hammer. »Ruhe, Ruhe. Mr. Ellery wurde für nicht schuldig befunden. Das Gericht vertagt sich.«

»Erheben Sie sich«, rief der Gerichtsvollzieher. Alle standen auf, der Richter verließ den Raum, und der Albtraum war endlich vorbei.

Eine Gruppe von Gratulanten versammelte sich um Ellery, eine weitere um Samuel Branton. Marcus schaute sich in der Gruppe um und suchte nach Cecilia. Er ärgerte sich immer noch darüber, dass sie entgegen seinen ausdrücklichen Anweisungen Diana die Wahrheit über den Tod ihrer Mutter erzählt hatte.

Aber er musste anerkennen, dass ihre Strategie aufgegangen war, und Diana schien sich für den Moment zu fangen. Vielleicht hatte sie die ganze Zeit recht gehabt. Verdammt, er wusste es nicht. Er war sich nicht sicher, was er sagen sollte. Aber er wusste, dass sie miteinander reden mussten. Jetzt, wo die Aufregung des Prozesses abgeklungen war, überkam ihn eine erdrückende Erschöpfung. Alles, was er wollte, war zurück nach Trevissick House zu gehen und die nächsten zwölf Stunden zu schlafen.

Die Frage war überflüssig, da sie anscheinend aus dem Zimmer geschlüpft war.

Nun. Er würde die Dinge mit Cecilia Chenoweth regeln. Morgen, sobald er wieder klar denken konnte und die Situation nicht noch verschlimmern würde, indem er etwas sagte, was er bereuen würde.

Sobald er mit Ellery, Diana und Tante Griselda in der Trevissick-Kutsche saß, ließ sich Marcus gegen die gepolsterte Wand sinken und schloss die Augen.

Er war schon am Einschlafen, als ihn ein spitzer Finger in den Arm stieß. »Marcus! Wach auf!«

»Was ist denn?«, fragte er erschöpft. Er sah, wie Diana ihn mit Tränen in den Augen anschaute.

»Ich versuche zu entscheiden«, sagte sie mit zitternder Stimme, »ob ich dich umarmen oder erdrosseln soll. Ich wusste nicht, dass du Vater auf diese Weise davon überzeugt hast, mich bei Tante Griselda wohnen zu lassen. Dass du … dass du …«

»Ich habe es nie jemandem erzählt«, sagte Marcus, fischte sein Taschentuch aus der Tasche und reichte es Diana. »Ich wollte nie, dass du es erfährst.«

Diana tupfte sich die Nase ab. »Was mich zu dem Grund bringt, warum ich dich erdrosseln will! Was in aller Welt hast du dir dabei gedacht, Marcus? Du hättest mich sofort holen sollen, als du von Ellerys Verhaftung erfahren hast!«

Sein Kiefer spannte sich an. »Ich wollte dir nur eine unangenehme Nachricht ersparen.«

In ihren Augen lag eine flehende Frustration. »Das weiß ich. Du willst immer das Beste für mich, und du bist dir immer so sicher, dass du weißt, was das ist. Aber das tust du nicht! Denn ich will vor allem meinen eigenen Weg gehen.«

»Ich habe dich deinen eigenen Weg gehen lassen«, protestierte er.

Sie warf ihm einen bösen Blick zu. »So wie bei meinem Debüt-Ball, als du *alle* meine Partner ausgewählt hast?«

»Sei gerecht, Diana. Ich kenne diese Männer. Ich weiß, welche von ihnen Schurken sind, und ...«

»Ja, das tust du! Deshalb hätte ich mit dir gerne *ein Gespräch* über meine zukünftigen Partner geführt. Ich hätte deinen Rat zu schätzen gewusst und hätte ihn in den meisten Fällen beherzigt. Aber das ist nicht das, was du getan hast. Du hast einfach alles nach deinem Gusto arrangiert, ohne mich auch nur zu fragen!«

»Ich ... ich ...« Marcus versuchte, sich ein Gegenargument einfallen zu lassen, aber es war schwierig, wenn sich sein Gehirn so träge anfühlte.

Und auch, fügte eine bissige Stimme in seinem Kopf hinzu, *wenn deine Schwester völlig recht hat.*

»Es tut mir leid«, sagte er schließlich. »Ich war so sehr damit beschäftigt, dafür zu sorgen, dass dein Debüt perfekt wird, dass ich gar nicht gemerkt habe, wie anmaßend ich war. Ich werde dich auf jeden Fall konsultieren, sollte sich in Zukunft eine ähnliche Situation ergeben.«

Die dünne Linie von Dianas Lippen wurde nicht weicher. »Ich weiß das zu schätzen, aber die Sache mit meinen Tanzpartnern ist im Vergleich zu heute eine Kleinigkeit. Ellery hätte verurteilt werden können! Er hätte hängen können!«

Ellery, der die streitenden Geschwister bis zu diesem Zeitpunkt schweigend beobachtet hatte, hob beide Hände. »Sie sollten sich nicht beunruhigen, Mylady. Am Ende hat sich alles zum Guten gewendet.«

»Dank *mir* hat es das getan«, beharrte Diana und blickte ihren Bruder an. »Das kleinste Kind hätte sehen können, dass ich unsere sympathischste Zeugin war. Doch wenn es nach Marcus gegangen wäre, hätte ich in Broxbourne Däumchen gedreht und nicht gemerkt, dass Ellery in Gefahr war.« Sie schnaubte. »Gott sei Dank gibt es Miss Chenoweth!«

»Ich ärgere mich immer noch über Miss Chenoweth«, brummte Marcus.

»Ich würde gerne wissen, warum«, schoss Diana zurück. »Dank ihrer Intervention wurde Ellery freigesprochen.«

»Er hätte auch ohne sie gewinnen können.«

Tante Griselda schnaubte. »Unwahrscheinlich.«

»Das könnte sein«, beharrte Marcus. »Wir hatten einen guten Plan.«

Diana verschränkte die Arme. »Was haben die Anwälte von deinem Plan gehalten? Denn wenn ich mich nicht sehr täusche, war Mr. Branton ungeheuer erleichtert, als ich den Gerichtssaal betrat.«

Als Marcus' einzige Reaktion darin bestand, die Augen zu verdrehen, stieß Diana ihn erneut an. »Und?«

Marcus sackte gegen die Rückenlehne. »Sie alle empfahlen einen ähnlichen Plan wie den deinen.«

»Warum in aller Welt hast du ihnen dann nicht zugehört?«, schnappte Diana.

»Weil ich gehofft habe, einen Weg zu finden, dich zu verschonen.«

Sie sah wirklich perplex aus. »Mich verschonen? Wovor?«

Er kniff sich in den Nasenrücken. »Davor, die Wahrheit über den Tod unserer Mutter erfahren zu müssen.«

Marcus hatte sich eine Reihe von Möglichkeiten vorgestellt, wie Diana auf diese Aussage reagieren könnte, aber er hatte nie daran gedacht, dass sie in Gelächter ausbrechen könnte.

»Du hast doch nicht etwa geglaubt, dass ...« Sie brach ab und betrachtete sein Gesicht. »Das hast du. Du hast geglaubt, ich wüsste nicht, dass der alte Herzog unsere Mutter getötet hat. Marcus!« Sie richtete ihren Blick zum Himmel. »Ich habe es immer gewusst. Wie ist es möglich, dass du dir etwas anderes vorgestellt hast?«

»Du hättest es vielleicht nicht gewusst. Du warst zwei Jahre alt, als es passierte!« Er beugte sich vor, wütend darüber, dass jemand seine kleine Schwester mit dieser schmerzlichen Wahrheit konfrontiert hatte. »Wer hat dir das gesagt?«

»Ich weiß es ehrlich gesagt nicht. Das war nach Vaters Rückkehr. In den Wochen vor deiner Ankunft habe ich viel Zeit damit verbracht, mich zu verstecken. Ich habe ein paar Hausmädchen belauscht, die sich darüber unterhielten, während ich mich hinter einem Vorhang versteckte.« Sie schüttelte den Kopf. »Ehrlich gesagt, war das kein großer Schock.«

Er schüttelte den Kopf. Es hatte nicht die Wirkung, sein trübes Gehirn zu klären. »Ich ... mir war nie klar, dass du es weißt.«

»Ich wusste es. Aber selbst wenn ich es nicht getan hätte, Marcus, wäre dies sicherlich die Gelegenheit gewesen, es mir zu sagen. Ellerys Leben stand auf dem Spiel! Ehrlich gesagt, hättest du mir das sagen sollen, als ich volljährig wurde. Ich möchte lieber die Wahrheit wissen, auch wenn sie schwer zu ertragen ist.«

Das war genau das, was Cecilia gesagt hatte. Marcus seufzte. »Ich habe nur versucht, dich zu beschützen ...«

»Indem du mich wie eine Gewächshausblume behandelt hast.« Diana schnaubte. »Dies soll der Beginn einer neuen Seite sein. In Zukunft wirst du die Dinge mit mir besprechen. Wir werden über die Vergangenheit sprechen, und du wirst mir keine Wahrheiten mehr verschweigen, nur weil du glaubst, dass es schwierig werden könnte.«

»Aber ...«

»Und ich erwarte, dass du mich in Zukunft in Fragen, die mein Leben betreffen, konsultieren wirst.«

»Das werde ich, aber ...«

»Und du wirst mich *nicht* mit einem beliebigen Mann verloben, den *du* für geeignet hältst. Ich werde mir meinen eigenen Mann aussuchen, Marcus. Ich meine es ernst.«

Marcus versuchte erfolglos, ein Gähnen zu unterdrücken. »Aber was ist, wenn ich weiß, dass der Mann, den du auswählst, ein Verwerflicher ist?«

»Ich werde immer auf deinen Rat hören. Aber die endgültige Entscheidung liegt bei *mir*.«

Er seufzte. »Ich nehme an, dass ...«

Sie schüttelte den Kopf so heftig, dass die Locken, die unter ihrer Haube hervorquollen, zitterten. »Du sollst nichts annehmen. Ich will dein Versprechen.«

»Aber ...«

»Gib mir dein Wort!«

»Also gut«, brummte er. »Ich verspreche dir, dass du das letzte Wort über den Mann haben wirst, den du einmal heiratest. Und ich werde mich bemühen, es in Zukunft besser zu machen.«

»Gut.« Diana spähte aus dem Kutschenfenster. »Ah, da wären wir. Geh und schlaf ein bisschen. Du siehst *furchtbar* aus.«

»Vielen Dank«, sagte Marcus trocken.

Aber seine Schwester hatte recht, er war völlig erschöpft. Er schaffte es, die Treppe zum herzoglichen Schlafgemach hinaufzutaumeln, wo er mit dem Gesicht nach unten auf der Bettdecke einschlief, während seine Stiefel über das Ende des Bettes hinaushingen.

KAPITEL 40

*A*ls Marcus erwachte, strömte Nachmittagslicht durch die Fenster.

Er setzte sich auf und rieb sich den Nacken. Gott, er musste wohl fast vierundzwanzig Stunden lang geschlafen haben. Bastian hatte sich offenbar irgendwann um ihn gekümmert, denn jemand hatte ihm Stiefel, Krawatte und Hose ausgezogen und ihn unter die Decke gesteckt.

Apropos Bastian, Marcus wurde auf ein leichtes Klopfen an der Tür aufmerksam. »Euer Gnaden«, rief Bastian. »Sind Sie wach?«

»Du kannst reinkommen«, sagte Marcus, ließ sich in die Kissen fallen und starrte auf den strahlend weißen Stuck an der Decke. Er schnaubte. »Das letzte Mal, als du in mein Zimmer gestürmt bist, kamst du mit der Nachricht, dass Ellery verhaftet worden war. Wehe, du hast diesmal wieder schlechte Nachrichten für mich.«

Er konnte eher hören als sehen, wie Bastian erstarrte. Marcus stützte sich auf einen Ellbogen und runzelte die Stirn. »Was kann denn nun dieses Mal passiert sein?«

Bastian rang die Hände. »Es ist Miss Chenoweth, Euer Gnaden. Sie ist ruiniert worden.«

~

Bastian informierte ihn, während er ihm in seine Kleidung half. »Als sie nach Broxbourne fuhr, um Lady Diana zu holen, reiste sie mit Leutnant Astley in einer offenen Kutsche.«

Marcus hob sein Kinn an, damit Bastian seinen Hals rasieren konnte. »Wenn es ein offener Wagen war, sollte es kein Problem geben.«

Bastian hielt inne, um die Klinge abzuspülen. »Es wäre kein Problem gewesen, wenn ihr Ziel der Hyde Park gewesen wäre. Aber sie wurden von Lady Melville dabei gesehen, wie sie Tottenham verließen. Eine junge Lady darf nicht allein mit einem Gentleman so weit außerhalb der Stadt gesehen werden, offene Kutsche hin oder her.«

»Und Lady Melville hat es zweifellos allen erzählt«, sagte Marcus, während Bastian die letzten Reste der Rasierseife mit einem warmen Handtuch abwischte. »Nun, es spielt keine Rolle. Ich hatte bereits vor, sie zu heiraten. Das dürfte alle Gerüchte zerstreuen.«

»Ja, Euer Gnaden«, sagte Bastian und tupfte Rasierwasser auf Marcus' Gesicht. »Ich dachte nur, dass Sie Miss Chenoweth in Anbetracht des Liebesstreits, den Sie beide bei Ihrem letzten Besuch hatten, bei der ersten Gelegenheit versichern sollten, dass sich Ihre Absichten nicht geändert haben.«

Marcus seufzte. Es sollte ihn nicht überraschen, dass sein gesamtes Hauspersonal über die kleinsten Details seiner Beziehung zu Cecilia informiert war. Er war nicht besonders diskret gewesen. »Da hast du wohl Recht. Ich fahre nach

Astley House, sobald wir hier fertig sind. Ich sollte Diana von meinen Plänen unterrichten. Wo ist sie?«

»Das letzte Mal, als ich sie sah, trainierten sie und Lady Griselda die Vorstehhunde im hinteren Garten. Ich werde sie darüber informieren, dass Sie sich auf den Weg machen.«

Marcus ließ die Haushälterin sämtliche rosa Dahlien aus dem Gewächshaus holen und einen beeindruckenden Strauß zusammenstellen. Bei weiterem Nachdenken und vor allem in Anbetracht seines gestrigen Gesprächs mit Diana musste er zugeben, dass er sich bei Cecilia entschuldigen sollte. Dann konnte er es auch genauso gut richtig machen.

Während er auf die Kutsche wartete, kam Diana zur Vorderseite des Hauses geschritten, Tante Griselda hinter ihr her. »Wenn du sowieso auf dem Weg nach Astley House bist, würde ich gerne Lucy und Izzie besuchen. Ich werde wahrscheinlich nicht mehr allzu viele Gelegenheiten haben, sie vor dem Ende der Saison zu sehen.« Auf Marcus' säuerlichen Blick hin hob sie ihre Hand. »Ich verspreche, dein Tête-à-Tête mit Miss Chenoweth nicht zu stören.« Sie warf ihm einen Seitenblick zu, als sich die Kutsche näherte. »So verlockend es auch ist, an der Tür zu lauschen, um dich kriechen zu hören.«

Marcus seufzte. »Ich muss darauf bestehen, dass du nicht an der Tür lauschst. Es wird ohnehin schlimm genug sein. Aber sie verdient eine Entschuldigung.«

Nach der kurzen Kutschfahrt durch Mayfair wurden sie vom Butler Yarwood in Astley House eingelassen, mussten aber feststellen, dass die gesuchten Personen nicht anwesend waren. »Die Astleys haben beschlossen, nach Vauxhall zu fahren, denn heute ist der letzte Abend, an dem die Gärten für diese Saison geöffnet sind.« Yarwood runzelte die Stirn. »Vor einigen Stunden wurde eine Nachricht nach Latimer House gesandt, um zu erfahren, ob Euer Gnaden, ihre Ladyschaft und ihre Ladyschaft sich ihrer Gruppe anschließen möchten. Ich wundere mich, dass Sie die Nachricht nicht erhalten haben.«

Marcus winkte ab. »Ich bin sicher, Sie haben von Ellerys Tortur gehört.«

Yarwood verbeugte sich. »Jawohl, Euer Gnaden.«

»Ich habe darauf bestanden, dass er sich ein paar Tage ausruht und erholt. So ist es vielleicht nicht verwunderlich, dass die Dinge in meinem Haus nicht mit der gewohnten Effizienz laufen.« Marcus schnippte einen Fussel von seiner Manschette. »Es spielt keine Rolle. Wir werden nach Vauxhall fahren und sie dort finden.«

Yarwoods Gesichtsausdruck war gequält, und sein Blick war auf den Dahlienstrauß gerichtet. »Darf ich Euer Gnaden eine anmaßende Frage stellen?«

»Bitte tun Sie das. Ich bin sehr neugierig.«

»Ich konnte nicht umhin, Ihr beeindruckendes Bouquet zu bemerken. Gehe ich recht in der Annahme, dass Sie sich mit Miss Chenoweth versöhnen wollen?«

Marcus räusperte sich. Verdammt, war das peinlich, aber ein Herzog errötete nicht. »Genau das, Yarwood, aber das spielt ebenfalls keine Rolle. Ich werde mit ihr in Vauxhall sprechen.«

Der Butler wand sich und rieb sich die Stirn. »Warum passiert das immer, wenn ich Dienst habe?«

Marcus runzelte die Stirn. »Warum passiert *was* immer? Wie meinen Sie das?«

»Zuerst waren es Lord Morsley und Lady Anne, und jetzt ...« Yarwood brach mit einem angewiderten Laut ab. »Ich weiß nicht, ob Euer Gnaden es wissen, aber Miss Chenoweth wurde gestern gesehen, wie sie zusammen mit Master Harrington in einer offenen Kutsche die Stadt verließ. Es wird Sie nicht überraschen, dass sich das schnell herumgesprochen hat und ihr Ruf nun in Scherben liegt.«

Marcus nickte ernsthaft. »Ich bin darüber informiert

worden, aber es gibt keinen Grund zur Sorge. Morgen um diese Zeit wird Miss Chenoweth die Herzogin von Trevissick sein. Das sollte jeden Klatsch und Tratsch zum Schweigen bringen.«

Yarwood gab einen düsteren Laut von sich. »Wenn Sie sich nicht beeilen, wird Miss Chenoweth morgen um diese Zeit Mrs. Nettlethorpe-Ogilvy sein.«

Der Raum um ihn herum drehte sich. »Was? Das ... das ist nicht möglich. Ich habe ihr bereits mitgeteilt, dass wir heiraten werden!«

Diana blinzelte ihn an. »Du ... *hast* sie informiert? Meinst du nicht, dass du *sie gebeten hast*, dich zu heiraten?«

Marcus dachte über dieses besondere Gespräch nach. »Es wäre richtiger zu sagen, dass ich sie informiert habe«, murmelte er.

»Marcus!«, schnappte Diana. »Was ist *los* mit dir?«

»Heben wir uns die Aufzählung meiner vielen Fehler für einen weniger dringenden Moment auf.« Er wandte sich wieder an Yarwood. »Der Punkt ist, dass es nicht möglich sein sollte, dass Miss Chenoweth einen Antrag von Nettlethorpe-Ogilvy akzeptiert, da sie meinen bereits akzeptiert hat.«

Yarwood rang seine Hände. »Es tut mir leid, dass ich Euer Gnaden mitteilen muss, dass alle den Eindruck haben, dass Ihr Angebot zurückgezogen wurde. Und dass die gegenwärtige Situation äußerst dringend ist. Lady Cheltenham hat es in ihrem Brief, den Sie nicht erhalten haben, genau beschrieben. Miss Chenoweth muss schleunigst heiraten. Wenn die Astleys einer Frau Unterschlupf gewähren, die in der Öffentlichkeit so ruiniert worden ist, wird das nicht nur den Ruf von Miss Chenoweth, sondern auch den von Lady Lucy und Lady Isabella zerstören. Ich bin mir nicht sicher, was genau Euer Gnaden gesagt hat, das den Eindruck erweckte, dass sich

Ihre Absichten gegenüber Miss Chenoweth geändert haben ...«

Dann bist du für mich gestorben. Das dürfte dann wohl gereicht haben. *Gott*, was für ein Trottel er doch war.

»... aber Lady Cheltenham wollte sichergehen, dass es sich nicht um ein Missverständnis handelt. Daher die Nachricht, die sie nach Latimer House geschickt hat, in der sie schreibt, dass Sie Miss Chenoweth so schnell wie möglich beruhigen sollten, falls Sie immer noch den Wunsch haben, sie zu heiraten. Aber wenn nicht ...«

Yarwood brach ab und schluckte.

»Wenn nicht, was dann?«, fragte Marcus und fürchtete sich vor der Antwort.

»Mr. Nettlethorpe-Ogilvy kam sofort, als er von den Gerüchten hörte. Er wollte ihr auf der Stelle einen Antrag machen, aber Lady Cheltenham bat ihn, damit noch zu warten, um zu sehen, ob Ihr Angebot noch gilt.« Yarwood schüttelte ungläubig den Kopf. »Ich habe noch nie einen Mann gesehen, der einen so grundlegenden *Anstand* gezeigt hat. Aber sie waren sich einig, dass, wenn sie nichts von Ihnen hören ...« Yarwood brach ab und wand sich.

Marcus' Herz hämmerte in seinen Ohren. »Wenn sie nichts von mir hören sollten, was dann?«

Yarwoods Augen leuchteten vor Mitgefühl. »Wenn sie bis zum Beginn des Feuerwerks in Vauxhall nichts von Ihnen gehört haben sollten, würde Mr. Nettlethorpe-Ogilvy seinen Antrag unterbreiten.«

KAPITEL 41

»Könnten Sie das Ding nicht schneller rudern?«

Überraschenderweise war die Frage nicht von Marcus gekommen, der im Bug der Jolle saß, die langsam über die Themse fuhr, sondern von Tante Griselda.

»Wir müssen es bis Vauxhall schaffen, bevor das Feuerwerk beginnt!«, beharrte Tante Griselda.

»Vom Fluss aus werden Sie einen schönen Blick auf das Feuerwerk haben«, sagte der Fährmann entschlossen, ohne sich besonders anzustrengen.

»Das Feuerwerk per se ist uns ziemlich egal«, erklärte Tante Griselda. »Es geht um das, was passieren wird, wenn das Feuerwerk beginnt.«

Der Fährmann gab sich keine Mühe, übermäßig interessiert zu klingen. »Und was wird passieren, wenn das Feuerwerk beginnt?«

Sie zeigte auf Marcus. »Die Frau, die er liebt, wird zustimmen, einen anderen zu heiraten! Dieser Mann plant einen Heiratsantrag unter dem Feuerwerk. Verstehen Sie?«

Dem Augenrollen nach zu urteilen, schien der Fährmann

nicht sonderlich beeindruckt zu sein. »Ist das die Handlung eines Groschenromans?«

»Nein«, murmelte Marcus. »Es ist einfach mein Leben.«

Diana, die neben Marcus saß, drückte seinen Arm. Er beobachtete, wie sie zielstrebig den für die Familie Latimer charakteristischen hochmütigen Ausdruck aus ihrem Gesicht wischte und die pathetische, rehäugige Miene, mit der sie gestern vor Gericht aufgetreten war, so leicht wieder anlegte, als würde sie ihre Haube wechseln. »Oh, bitte, Sir, wollen Sie meinem Bruder nicht helfen? Seine Situation ist, wie sagt man ...« Sie winkte mit der Hand und suchte nach dem richtigen Wort.

»Jämmerlich«, ergänzte Tante Griselda.

»Ich fürchte, *jämmerlich* ist eine treffende Beschreibung«, stimmte Diana zu. »Wissen Sie, mein Bruder ist schrecklich herrschsüchtig.«

»Anmaßend«, fügte Tante Griselda hinzu. »Despotisch, sogar.«

»Genau so«, stimmte Diana, die kleine Verräterin, zu. »Aber es ist ihm gelungen, die einzige Frau auf der ganzen Welt zu finden, die ihn ertragen kann ...«

»Nicht nur ertragen«, bemerkte Tante Griselda, »sondern ihn in die Schranken weisen!«

Diana schüttelte wehmütig den Kopf. »Sicherlich ist dieses heilige Geschöpf seine einzige Hoffnung auf eine erfolgreiche Ehe. Aber es kommt noch schlimmer! Weil er ein Herzog ist ...« Sie senkte ihre Stimme, als wären die Worte, die sie sagen wollte, fast zu schrecklich, um sie laut auszusprechen. »Und der Mann, an den er sie verlieren wird, ist ein *Schmied*!«

Das genügte, um Marcus aus seinem stillen Grübeln aufzurütteln. »Nettlethorpe-Ogilvy ist kein Schmied. Er ist zwar im Handel tätig, aber er ist einer der reichsten Männer in ganz England.«

»Ein Schmied«, wiederholte Diana im Bühnenflüsterton.

Es gab ein schwappendes Geräusch. Marcus blickte auf und sah, dass der Fährmann plötzlich begonnen hatte, sich mit den Rudern anzustrengen.

»Oh, danke, Sir!«, rief Diana. »Ich wusste, dass einem so gefühlvollen Gentleman wie Ihnen Herzensangelegenheiten nicht gleichgültig sein würden.«

Der Fährmann antwortete mit einem Schnauben. »Herzensangelegenheiten. Eher eine Angelegenheit des Geldbeutels.« Er bewegte sein Kinn in Richtung Marcus. »Da Sie ein Herzog sind, erwarte ich für meine Bemühungen etwas Beachtliches.«

»Und das sollen Sie auch bekommen«, sagte Marcus.

Sie verstummten, als sie ihren Weg über den Fluss fortsetzten. Als die Treppe endlich in Sichtweite kam, ertönte ein Schrei jenseits der Bäume. Langsam breiteten sich entlang der Küste Lichtflecken aus, die in einer Vielzahl von Farben leuchteten.

Das Anzünden der Lampen hatte gerade begonnen.

Das bedeutete, dass das Feuerwerk in Kürze ebenfalls beginnen würde.

Marcus war bereits auf den Beinen und bereit, in der Sekunde, in der sich das Boot dem Ufer näherte, hinauszuspringen. Er warf dem Fährmann eine silberne Krone zu und sprang auf die Treppe, bevor das Boot zum Stehen kam, dann eilte er zum Eingang. Er hielt nicht inne, um auf Diana und Tante Griselda zu warten. Sie würden es verstehen. Er musste Cecilia unbedingt finden, bevor Nettlethorpe-Ogilvy seinen Antrag machen konnte, denn wenn er zu spät kam ... wenn sie ihn annahm ...

Er kannte Cecilia Chenoweth, und sie würde ihr Wort nicht brechen. Wenn sie einwilligte, Nettlethorpe-Ogilvy zu heiraten, würde er sie für immer verlieren. Und warum sollte sie einen ehrenwerten Antrag ablehnen, der sie vor dem

Ruin bewahren würde? Marcus hatte ihr gesagt, dass sie für ihn *gestorben* wäre, wenn sie sich seinem Befehl widersetzte und Diana von dem anhängigen Verfahren gegen Ellery erzählte - eine *brillante* Wortwahl. Erschwerend kam hinzu, dass er sie während der Verhandlung nur mürrisch angeschaut hatte.

Kein Wunder, dass sie annahm, er habe seinen Heiratsantrag zurückgezogen. Nun, das hatte er aber nicht. Das Einzige, was noch hartnäckiger war als der Wille von Königen, könnte der Wille dieses Herzogs sein. Aber heute Abend war er bereit, zuzugeben, dass er sich geirrt hatte, dass er ein Idiot war, und Cecilia zu bitten, ihn trotzdem zu heiraten.

Er winkte dem Türsteher des Spring Garden House mit seiner Dauerkarte zu, ohne seine Schritte zu verlangsamen. »Meine Schwester und meine Tante sind ...«

»... gleich hier«, sagte Diana, die neben ihm herlief, die hellblauen Röcke in der Hand raffend.

Marcus drehte seinen Kopf und sah, dass Tante Griselda direkt hinter ihr war und für eine zweiundachtzigjährige Frau ein beeindruckendes Tempo vorlegte.

»Gut«, sagte Marcus und verlangsamte seinen Schritt, als sie in den Garten gingen. »Die Astleys nehmen normalerweise ein Abendessen in der chinesischen Arkade ein«, sagte er und lenkte sie nach links.

Es dauerte nicht lange, sie zu finden, selbst im Gedränge. »Ist Cecilia hier?«, fragte er ohne Vorrede und blieb kurz vor der Loge stehen.

Harrington Astleys Gesicht verzog sich zu einem Grinsen, als er Marcus' gezeichneten Gesichtsausdruck und den riesigen Dahlienstrauß betrachtete. »*Cecilia*, ach ja? Ich bin mir nicht sicher, ob sie will, dass du sie so nennst, nachdem du sie so behandelt hast.«

Marcus hatte bereits jeden Zentimeter der Dinnerloge überblickt. Sie war nicht da.

Und Nettlethorpe-Ogilvy war es auch nicht.

»Wo ist sie?«, schnappte er.

Fauconbridge hatte sich aufgerichtet, sein Gesichtsausdruck war unleserlich. »Wir dachten, du hättest es dir anders überlegt. Als du dich uns heute Abend nicht angeschlossen hast, schien das eine Bestätigung zu sein.«

»Nein, habe ich nicht. Ich ...« Marcus brach mit einem frustrierten Laut ab. Er hatte keine Zeit für so etwas. »Wo ist sie?«

»Sie macht einen Spaziergang mit Nettlethorpe-Ogilvy.«

Er hatte gewusst, dass dies die Antwort sein würde, aber trotzdem brach ihm der Schweiß auf den Handflächen aus. »Wie lange sind sie schon weg?«

»Zehn Minuten.«

Verflucht. Er kam wahrscheinlich zu spät.

Dennoch, wenn es eine Möglichkeit gab ... Um seiner Zukunft mit Cecilia willen musste er es versuchen.

»Wo sind sie hin?«

Fauconbridge verließ die Loge und stellte sich neben ihn. »Keine Ahnung. Aber ich helfe dir beim Suchen.«

Marcus machte auf dem Absatz kehrt und ging in Richtung des hinteren Teils der Gärten, da dies der einzige Ort war, an dem man ein ruhiges Plätzchen finden konnte, das für einen Antrag geeignet sein dürfte. Sobald er die überfüllten Gänge des Haines hinter sich gelassen hatte, begann er zu laufen, was ihm nicht wenig Blicke und Getuschel einbrachte. Aber er stellte fest, dass es ihm scheißegal war, ob er lächerlich aussah, oder was die Leute von ihm hielten. Das Einzige, was zählte, war, dass er Cecilia fand, bevor sie Nettlethorpe-Ogilvy heiratete und er den Rest seines Lebens ohne die Frau verbringen musste, die er liebte ...

Er blieb mitten auf dem Weg kurz stehen, sodass Fauconbridge ihm in den Rücken rannte. *Die Frau, die er liebte*. Das ... war richtig. Er liebte Cecilia Chenoweth.

Und was für ein ausgezeichneter Zeitpunkt, dies festzustellen, als er kurz davor war, sie zu verlieren.

Seine Pause gab dem Rest der Astley-Gruppe die Möglichkeit, zu ihm aufzuschließen. »Alle ausschwärmen«, sagte Lady Cheltenham. Sie wandte sich an Diana, Lucy und Isabella. »Ihr drei werdet bei Lady Griselda bleiben.« Sie fixierte Isabella mit einem spitzen Blick. »Und *denke* nicht einmal daran, auf dunklen Pfaden spazieren zu gehen.«

»Aber Mama ...«, protestierte Lady Isabella.

»*Nein*«, sagte Lady Cheltenham, drehte sich auf dem Absatz um und schlenderte in Richtung des Wasserfalls.

Marcus eilte tiefer in die Gärten. Gott, wo waren sie? Warum konnte er sie nicht finden? Das Feuerwerk würde wahrscheinlich jeden Moment beginnen.

Er bemerkte, dass er Blicke auf sich zog, was nicht weiter verwunderlich war. Er war sich sicher, dass Ellerys Gerichtsverfahren auf den Titelseiten aller Zeitungen gestanden hatte. Er hatte damit gerechnet, dass er monatelang von Gerüchten verfolgt werden würde, aber jetzt, wo er mit einem verzweifelten Gesichtsausdruck und einem riesigen Blumenstrauß in der Hand durch Vauxhall rannte, lief ihm eine regelrechte Menschenmenge hinterher, die sich das bevorstehende Spektakel nicht entgehen lassen wollte.

Scheiß drauf. Er war bereits in aller Munde.

Und das Einzige, was zählte, war, dass er sie fand, bevor es zu spät war.

»Cecilia!«, rief er, als er um eine dickstämmige Eibe herumkam, und musste feststellen, dass sie nicht dahinter stand. »Cecilia!«

Fauconbridge, der etwa sechs Meter links von ihm stand,

schreckte überrascht zurück, fing sich aber schnell. »Ceci«, rief er. »Ceci, wo bist du?«

Überall um ihn herum hörte er, wie seine Freunde den Ruf aufnahmen, von Morsleys tiefem Brüllen bis zu Tante Griseldas akzentuiertem Schrei. Und jetzt zog er wirklich eine Menschenmenge an, die ihm mit unverhohlener Neugierde folgte.

Aber es war alles umsonst. Jedes Mal, wenn er aus einer Baumgruppe herauskam, fand er nur ... eine andere Baumgruppe vor. Wie viele verdammte Bäume gab es eigentlich in Vauxhall? Und warum hatte er sie einst bewundert? Er war fast versucht, die Lustgärten zu kaufen, um sie dem Erdboden gleichzumachen.

Er löste sich aus einer anderen Baumgruppe und stolperte auf den Kiesweg des South Walk.

Und in diesem Moment explodierte der Himmel über ihm in glühendem Rot.

KAPITEL 42

Ceci schluckte schwer, als sie sah, wie Archibald Nettlethorpe-Ogilvy, der auf dem Boden gekniet hatte, sich erhob.

Er hatte ihr einen Heiratsantrag gemacht, und sie hatte immer gewusst, dass er es eines Tages tun würde.

Seit Marcus sie verschmäht hatte, wusste sie, was sie tun musste, wenn dieser Moment kam.

Und sie hatte den Mut gefunden, es zu tun.

Aber jetzt war das Zittern ihrer Hände nichts im Vergleich zum Flattern ihres Herzens.

Gott, wie sehr hoffte sie, dass sie nicht gerade einen schrecklichen Fehler gemacht hatte ...

»Nun.« Mr. Nettlethorpe-Ogilvy schenkte ihr ein unbeholfenes Lächeln. Er griff nach ihr, dann hielt er inne, als wäre er sich nicht sicher, ob er sie jetzt berühren durfte. »Ich nehme an, wir sollten, äh ...«

»*Cecilia!*«

Sie drehten sich beide um. Sie würde diese Stimme überall wiedererkennen, auch wenn sie jetzt eher einen

Hauch von Verzweiflung als die übliche Geringschätzung enthielt.

Ihr Herz begann zu hämmern. Es sah so aus, als würden sich die Dinge zwischen ihr und Marcus viel schneller klären, als sie erwartet hatte.

Nun, es spielte keine Rolle. Sie hatte genau geplant, was sie zu ihm sagen wollte.

Marcus kam durch eine Tannengruppe gestürmt, und sein Anblick, wie er mit schief sitzendem Halstuch, einem Büschel Tannennadeln in seinem sonst so akkuraten Haar und einem Ausdruck großer Verzweiflung im Gesicht auf sie zu rannte, war tausendmal beeindruckender als seine übliche polierte Perfektion.

»Cecilia«, keuchte er und eilte auf sie zu.

In diesem Moment bemerkte sie die Menschenmenge, die ihm gefolgt war. Ihre Schultern versteiften sich, als Hunderte von Menschen auf die Lichtung strömten. Sie hielten sich ein wenig zurück, verteilten sich in einem Kreis um den Rand der Lichtung und reckten ihre Hälse, um einen Blick auf das Spektakel zu erhaschen.

Marcus schien die Schaulustigen nicht einmal zu bemerken. Seine Augen suchten nichts als sie. »Hat er einen Antrag gemacht?«

»Das hat er, und ...«

Er gab einen verzweifelten Laut von sich, dann fiel er vor ihr auf die Knie, und die Blumen, die er bei sich trug, fielen vergessen in den Schmutz, als er ihre Hände ergriff. »Ich weiß, ich habe mich in den letzten Tagen abscheulich verhalten. Du hast jedes Recht, wütend auf mich zu sein. Ich weiß, ich muss den Eindruck erweckt haben, dass ich dich nicht mehr heiraten will.« Seine blauen Augen waren unglücklich. »Aber nichts könnte weiter von der Wahrheit entfernt sein.«

»Marcus«, hauchte sie. »Bitte hör auf ...«

»Das werde ich nicht. Ich *kann nicht*. Weil ich dich liebe, Cecilia.«

Sein Blick blieb auf dem ihren haften, als ob er nicht einmal das Aufkeuchen der Menge hörte. Cecis Sicht verschwamm, als sich ihre Augen mit Tränen füllten. Sie dachte an all die Nächte, in denen sie wach in ihrem Bett gelegen und sich nach diesem Mann gesehnt hatte. Niemals hätte sie zu träumen gewagt, dass sie ihn einmal diese Worte sagen hören würde.

Und hier wurde ihr größter Traum wahr, keine fünf Minuten nachdem sie einen anderen Antrag erhalten hatte.

»Ich liebe dich«, wiederholte er. »Wir sind füreinander bestimmt. Ich weiß, dass es so ist. Ich kann mir nicht einmal vorstellen, eine andere zu heiraten, nachdem ich einen Blick auf meine Zukunft mit dir geworfen habe. Und es tut mir sehr, sehr leid, wenn ich dich auch nur eine Sekunde lang an dieser Zukunft zweifeln ließ.« Er drückte ihre Hände. »Bitte sag mir, dass du mir noch eine Chance geben wirst. Dass ich nicht zu spät komme. Ich werde es wiedergutmachen. Ich schwöre es.«

Über ihre Schulter hinweg sagte Archibald: »Hören Sie, Trevissick. Es ist alles in Ordnung ...«

Er rümpfte die Nase, als er seinen Rivalen anblickte. »Für Sie mag es in Ordnung sein, aber nicht für - warten Sie mal, lachen Sie etwa über mich? Das ist absolut verachtenswert! Ich dachte, Sie seien ein Mann mit Charakter. Ich sehe jetzt, dass ...«

»Es ist in Ordnung, weil sie mich abgelehnt hat«, stellte Archibald klar und zuckte zusammen, als ein Raunen des Entsetzens durch die Schaulustigen ging, die sich auf der Lichtung drängten und deren Zahl inzwischen in die Hunderte gehen musste.

Marcus' Augen flogen zurück zu den ihren und waren

plötzlich von einer vorsichtigen Hoffnung erfüllt. »Cecilia? Ist ... ist das wahr?«

»Das ist es.« Sie zog an seinen Händen, um ihn zum Aufstehen zu bewegen, aber er schien zu betäubt, um sich zu bewegen. Also kniete sie sich zu ihm in den Dreck, um ihm in die Augen schauen zu können. »So sehr ich Mr. Nettlethorpe-Ogilvy auch schätze, ich kann mir nicht vorstellen, ihn zu heiraten, solange ich in dich verliebt bin.«

Erleichterung strömte über sein Gesicht, rau und stark. »Ich dachte, ich hätte alles ruiniert.«

»Und dabei hast du dir wirklich Mühe gegeben.« Sie drückte seine Hände. »Marcus, ich weiß, warum du Diana so beschützen willst. Aber du musst damit aufhören. Wenn du ihr keinen Raum gibst, um ihre Flügel auszubreiten, wird sie dir das eines Tages übel nehmen.«

Seine Augen waren reumütig. »Du hast natürlich Recht. Du hättest hören sollen, wie sie mich in der Kutsche zurechtgewiesen hat.« Er schüttelte ungläubig den Kopf. »Ich war mir so sicher, dass du ihn akzeptieren würdest. Ich hatte schreckliche Angst.«

»Und willst du wissen, warum ich es nicht getan habe?«

»Ich habe keine Ahnung.«

Sie streckte die Hand aus und zupfte ihm die Tannennadeln aus dem Haar. »Aus genau den von dir genannten Gründen. Weil ich dich liebe. Ich gehöre zu dir, und du gehörst zu mir.« Ihre Stimme war grimmig, als sie hinzufügte: »Und weil ich wusste, dass ich dich zurückgewinnen kann.«

Er lächelte sie an, sein echtes Lächeln, das, das er sonst nie benutzte. Er zog ihre Hand hoch und drückte ihr einen Kuss auf die Handfläche. »Ich mag diese selbstbewusste Seite an dir. Sie wird dir gute Dienste leisten, wenn du erst meine Herzogin bist. Es tut mir nur leid, dass du mit einem so unmöglichen Arsch wie mir verheiratet sein wirst.«

Sie schüttelte den Kopf. »Das ist völlig unwahr. Du bist ein guter Mensch.«

»Cecilia!«, zischte er und warf zum ersten Mal einen Blick auf die Menge, die sie umgab. »Das bin ich nicht, und ich wäre dir sehr dankbar, wenn du nicht so laut sprechen würdest. Ich bin ein *Latimer*. Wir sind keine netten Menschen. Wenn wir verheiratet sein sollen, musst du das verstehen.«

»Ein sehr guter Mensch«, betonte sie leise. »Es stimmt auch, was du gestern vor Gericht gesagt hast, dass du rücksichtslos sein kannst. Aber der Unterschied zwischen dir und deinem Vater ist, dass du nur für eine gute Sache rücksichtslos bist. Das ist der Unterschied zwischen einem Ungeheuer und einem Champion.«

Er blickte auf das Feuerwerk, das über ihm explodierte. »Du wirst noch meinen Ruf ruinieren.«

Ein Lachen sprudelte aus ihr heraus. »Das ist es also? Dein tiefstes, dunkelstes Geheimnis? Schlimmer noch als das, was du gestern vor Gericht enthüllt hast? Dass du *nett* bist?«

Er erhob sich vom Boden und half ihr dabei gleichzeitig ebenfalls auf. »Merk dir meine Worte, Cecilia. Ich werde meine Rache bekommen. Dafür wirst du *bezahlen*.« Er beugte sich vor und zählte im Flüsterton die Mittel auf, mit denen sie bezahlen würde, und die wahrscheinlich alle mit multiplen Orgasmen für jeden von ihnen enden würden.

Ceci schlang ihre Arme um seinen Hals. »Versprichst du das?«

Dann küsste er sie auf die Stirn, während sie von einer Menschenmenge umringt waren, die mit einem Jubelschrei reagierte. Ceci konnte nicht umhin festzustellen, dass der Jubel der anwesenden Herren deutlich enthusiastischer war als der der Damen, aber sie ließ sich davon nicht stören.

Als sie sich trennten, näherte sich Archibald. Er nahm ihre Hand und beugte sich fein säuberlich über sie. Seine

Stimme zitterte, als er sagte: »Ich wünsche Ihnen alles erdenklich Gute, Miss Chenoweth.«

Er begann sich zu entfernen.

Marcus' Mund wirkte angespannt. Er blickte sich in der Menge um, die er mitgebracht hatte, um in das einzudringen, was Archibald als einen privaten Moment geplant hatte. »Ich würde sagen, Nettlethorpe-Ogilvy, es tut mir leid wegen, äh ...«

Archibald winkte ab: »Das ist schon in Ordnung. Entschuldigen Sie mich.« Er bahnte sich einen Weg durch das Gedränge und verschwand in einer Baumgruppe.

Ceci drückte Marcus' Hand. »Er wird es schaffen. Ehrlich gesagt, ich glaube, er war erleichtert, als ich Nein sagte.« Sie beugte sich vor und flüsterte: »Ich glaube, es gibt eine andere junge Dame, die das wahre Objekt seiner Zuneigung ist.«

»Gut. Hoffentlich kann er die Sache mit ihr klären. Und ich werde einen Weg finden, das wieder gutzumachen.«

Diana und Lady Griselda setzten sich von der Menge ab. »Ich nehme an, dass Glückwünsche angebracht sind«, sagte Lady Griselda.

»Danke«, sagte Ceci.

»Ich habe nicht Ihnen gratuliert. Ich habe *ihm* gratuliert. Er hat bei diesem Geschäft bei Weitem das bessere Ende für sich.« Sie wandte sich an ihren Großneffen. »Du hast es tatsächlich geschafft, eine Braut mit Verstand zu wählen. Gut gemacht, Marcus. Davon hast du weiß Gott zu wenig von der väterlichen Seite der Familie.«

Marcus schmunzelte und nahm es nicht übel. »Bei Gott, das ist die Wahrheit.«

Diana trat vor und drückte Ceci die Hand. »Ich bedaure, Ihnen mitteilen zu müssen, dass Sie mit dieser Vereinbarung mehr als Marcus übernehmen werden. Sie werden auch eine eigensinnige kleine Schwester und eine gestörte, aber reizende Großtante haben.«

Die Worte waren im Scherz gesprochen, aber sie legten sich über Ceci wie eine warme Umarmung. Sie würde nicht mehr allein sein. Sie würde eine *Familie* haben, und es störte sie nicht im Geringsten, dass sie aus einem starrköpfigen Herzog, einer Frau, die eine Donnerbüchse unter ihren Röcken trug, und einer jungen Dame bestand, die so sanftmütig wie eine Waldmaus aussah, aber einen mit ihrem Schwert so schnell ausnehmen konnte wie ein Fischhändler.

Mit belegter Stimme antwortete sie: »Ich möchte nichts lieber als das.«

»Komm«, sagte Marcus und bot seinen Arm an. »Wir haben eine wichtige Aufgabe zu erledigen.«

Ceci nahm seinen Arm und ließ sich von ihm zum Eingang des Gartens führen, Diana und Tante Griselda folgten ihr. »Was für eine Art von Besorgung macht man um zehn Uhr abends?«

Marcus schenkte ihr sein typisches Grinsen. »Wir werden den Erzbischof von Canterbury aufwecken.«

Ceci warf ihm einen Seitenblick zu. »Das mit der Sondergenehmigung kann doch sicher bis morgen warten.«

»Das kann es nicht. Er wird uns nicht nur eine Sondergenehmigung erteilen. Er wird uns auf der Stelle miteinander verheiraten.«

»Marcus! Sei nicht albern.«

Seine Stimme an ihrem Ohr war tief und verlockend. »Wenn wir heute Abend heiraten, kann ich dich nach Latimer House bringen, und du kannst die Nacht in meinem Bett verbringen.«

Das klang wirklich ... ungeheuer verlockend. Aber ... »Wir können den Erzbischof von Canterbury nicht aus seinem Bett werfen, nur damit wir ... damit wir ...«

»Warum nicht? Er schuldet mir einen Gefallen.«

»Marcus!«

Als sie den Fluss erreichten, hatte er sie überzeugt. Ceci

überlegte, dass sie alle Hände voll zu tun haben würde, ihren verstockten Herzog von Ehemann bei der Stange zu halten.

Sie erwartete, dass ihr das wunderbar gefallen würde.

Archibald stolperte durch die bewaldeten Hinterhöfe von Vauxhall und konnte im schwachen Schein der bunten Lampen, die mit jedem Schritt spärlicher wurden, kaum erkennen, wohin er ging.

Er konnte nicht *glauben*, dass das gerade passiert war. Nicht, dass Miss Chenoweth ihn zurückgewiesen hatte. Er hatte genau gewusst, dass Trevissick derjenige war, der ihre Zuneigung erlangt hatte. Er hatte schon fast aufgegeben, als er die Nachricht von ihrem Ruin und der offensichtlichen Ablehnung des Herzogs erhalten hatte. Das war der einzige Grund, warum er den Antrag gemacht hatte. Er mochte Cecilia Chenoweth aufrichtig. Sie war ein guter Mensch, und sie waren befreundet. Er würde niemals zulassen, dass sie in den Ruin getrieben werden würde. Und es gab sicherlich schlechtere Grundlagen für eine Ehe als Freundschaft und Respekt.

Er war froh, dass sie sich mit dem Mann, den sie liebte, arrangiert hatte, auch wenn das bedeutete, dass er keine Ahnung hatte, wem er nun den Hof machen sollte. Seine Eltern waren entschlossen, dass er das Ansehen der Familie durch eine gesellschaftliche Heirat erhöhen sollte. Aber mit Ausnahme von Cecilia Chenoweth rümpften alle jungen Damen, die er kannte, die Nase über ihn, weil er *nicht adelig* und, was noch schlimmer war, der Enkel eines Schmieds war.

Nun, er hatte schlechte Nachrichten für seine zukünftige Braut - sein Großvater, der Schmied, war Archibalds Seelenverwandter, nicht seine Eltern, denen es nur darum ging, sich in die höchsten Ränge der Gesellschaft zu krallen.

Sicherlich gab es da draußen eine anständige junge Dame, die bereit war, ihn für sein Vermögen zu heiraten und dann jedes Mal die Nase rümpfen würde, wenn er den Raum betrat. Ein deprimierender Gedanke, gewiss.

Daher war es ein schwerer Schlag, dass Ceci seinen Antrag abgelehnt hatte. Zumindest wäre sie nett zu ihm gewesen. Aber noch schlimmer war, dass Trevissick mit halb Vauxhall im Schlepptau auf die Lichtung gestürmt war und Archibald gezwungen hatte, vor dreihundert Menschen zuzugeben, dass Ceci seinen Heiratsantrag abgelehnt hatte.

Spätestens morgen würde jeder davon wissen. Er wäre die Zielscheibe eines weiteren Witzes, der aufstrebende Schmied, der so abscheulich war, dass nicht einmal sein außergewöhnliches Vermögen eine Frau dazu verleiten konnte, ihn zu heiraten.

Er wollte das nicht mehr tun, er hatte es eigentlich nie gewollt. Wenn er etwas zu sagen hätte, würde er die Tochter eines Industriellen heiraten, wie er selbst einer war. Gott wusste, dass es viele Unternehmen gab, die eine Verbindung zu Nettlethorpe Iron herstellen wollten. Dann müsste er nie wieder einen Fuß in einen Ballsaal setzen und Interesse für den Schnitt von Lady Hughleys Kleid oder den Preis von Mrs. Arbuthnots neue Seidenvorhänge heucheln müssen. Er könnte seine Tage in seiner Werkstatt verbringen, ohne sich darum zu scheren, was andere von ihm dachten.

Er würde vielleicht keine Liebesheirat finden, so wie Ceci es gerade getan hatte, aber er würde wenigstens eine Frau haben, die ihn nicht verachtete.

Archibald seufzte. Aber das würde er natürlich nicht tun. Seine Eltern verstanden ihn vielleicht niemals und konnten nicht begreifen, wie wenig er zu der Welt passte, in die sie sich hineinsehnten.

Aber sie liebten ihn, und er würde sie nie enttäuschen.

Er verließ das Waldgebiet und fand sich auf einem der Kieswege wieder. Er schien in Richtung der dunklen Wege gegangen zu sein, denn die Baumgruppe vor ihm war stockdunkel, nur vom Mondlicht und dem schwachen Schein des Feuerwerks erhellt, das über ihm funkelte. Wahrscheinlich sollte er umkehren, denn er wusste, was die Leute auf diesen dunklen Spaziergängen trieben, und das war nichts Gutes. Aber er war nicht darauf vorbereitet, sich der klatschenden Menge zu stellen, die er in der Nähe des Eingangs vorfinden würde.

Er überlegte gerade, wohin er gehen könnte, um ein paar Stunden zu warten, bis sich der Andrang gelichtet hatte, als ein Rascheln aus dem Unterholz auf der anderen Seite des Weges kam. Er blinzelte im Mondlicht, als eine junge Frau in einem roten Kleid aus dem Gebüsch stolperte.

Gerade als sie auf den Weg stürmen wollte, blieb ihr Fuß an etwas hängen, und sie stürzte nach vorne. Archibald machte reflexartig einen Schritt nach vorn und erwischte sie an der Taille, als sie gegen seine Brust stieß.

»Oh!«, keuchte sie, als sie aufblickte und sich an seine Schultern klammerte, um Halt zu finden.

Archibald erstarrte.

Es war *Isabella Astley.*

Sein Verstand, der normalerweise so präzise funktionierte wie ein Schweizer Uhrwerk, fühlte sich plötzlich träge und unscharf an.

Isabella Astley hatte nie auch nur ein Wort zu ihm gesagt.

Und doch hielt er sie in seinen Armen.

Er wusste nicht, was er tun sollte. Nun, das stimmte nicht ganz. Offensichtlich sollte er sie loslassen. Nur würde er sie nicht loslassen, denn es war *Isabella Astley*, und er konnte sich nicht von ihr entfernen, ebenso wenig wie die Gezeiten der Anziehungskraft des Mondes widerstehen konnten.

Sie blinzelte in der Dunkelheit zu ihm hoch. »Mr. Nettlethorpe-Ogilvy?«, fragte sie unsicher.

»J-ja«, stotterte er.

Seltsamerweise stieß sie ihn nicht weg, sondern packte seine Arme fester. »Oh, Gott sei Dank sind Sie das!«

Seinem lethargischen Gehirn gelang es, ein paar Fakten zu verarbeiten - sie war aus den dunklen Gängen gekommen, die absolut kein Ort für eine junge, unbegleitete Frau waren. Sie war gerannt ... höchstwahrscheinlich vor etwas weg. Oder besser gesagt, vor jemandem. Ihr Atem ging stoßweise, und ihre Augen waren von Bestürzung erfüllt.

»Geht es Ihnen gut?«, fragte er.

Sie kniff die Augen zusammen und neigte ihren Kopf nach vorne, sodass er fast auf seiner Schulter ruhte. »Ja, jetzt, wo Sie da sind.«

Er hatte absolut keine Ahnung, wovon sie sprach, aber das spielte kaum eine Rolle. Isabella Astley war *froh, dass er da war.*

Er war bereit, für den Rest seines Lebens wie angewurzelt an dieser Stelle zu stehen, wenn er sie damit glücklich machen konnte.

Ein Rascheln kam von den Bäumen hinter ihr. Lady Isabella quietschte und warf einen Blick über ihre Schulter. Ohne nachzudenken, hob Archibald sie an der Taille hoch, drehte sich um und stellte seinen Körper zwischen sie und das, was sie beunruhigte.

Sie schaute ihm kurz über die Schulter, dann hob sie den Blick und sah ihm in die Augen. »Ich muss Sie um einen schrecklichen Gefallen bitten.«

»Alles«, hauchte er.

»Sind ... Sind Sie sicher?«, fragte sie, und ihre blauen Augen waren voller Unsicherheit.

»Alles«, sagte er entschieden.

»Oh, danke«, hauchte sie.

Und dann schlang sie ihre Arme um seinen Hals und drückte ihre Lippen auf seine.

≈

Jetzt vorbestellbar—*Die Lady und der Schmied*:

Ruiniert zu sein, ist das geringste Problem von Isabella Astley.

Der Besuch der Dark Walks of Vauxhall schien nicht mehr als ein harmloses Abenteuer zu sein. Aber seit Lady Isabella dort eine Gruppe von Männern belauscht hat, die einen Verrat planten, versucht jemand, sie zu töten!

Ihre einzige Hoffnung ist Archibald Nettlethorpe-Ogilvy, ein reicher Industrieller und Technikgenie. Archibald verliebte sich auf den ersten Blick hoffnungslos in Isabella. Er ist von so vielen Frauen verachtet worden, weil er *nur ein Kaufmann* ist, dass er weiß, dass eine solche ätherische Schönheit sich nie für einen wie ihn interessieren könnte. Doch nun ist ihr Leben in Gefahr, und er ist einer der wenigen Männer, die reich und mächtig genug sind, um sie zu beschützen. Er ergreift seine Chance und macht Isabella einen Heiratsantrag, und sie hat gar keine andere Wahl, als ihn anzunehmen.

Zwischen den beiden unerwartet Liebenden entbrennt die Leidenschaft. Für Archibald ist es ein Leichtes, sein Leben für die Sicherheit von Isabella aufs Spiel zu setzen. Aber der Frau, die ihn mit einem einzigen Wort zerquetschen könnte, sein Herz und sein wahres Ich zeigen? Das ist furchterregender als die Konfrontation mit tausend angeheuerten Attentätern ...

. . .

Die Lady und der Schmied ist jetzt vorbestellbar!

~

Caroline Astleys Zofe Fanny wird in *Die Zofe und der Rake*, einer Kurzgeschichte aus den Astley Chroniken, ihr eigenes Glück finden:

Vor sechzehn Jahren glaubte das Dienstmädchen Fanny Price noch an Liebe auf den ersten Blick. Aber das war, bevor sie den gut aussehenden Pferdetrainer Nick Cradduck auf einem Dorffest kennenlernte. Nick eroberte sie im Sturm, um ihr am nächsten Tag das Herz zu brechen.

Fanny reiste durch ganz England, um eine neue Anstellung bei der Familie Astley zu finden, nur um diesen dreckigen Schurken nie wieder sehen zu müssen. Aber Nick gibt nicht kampflos auf. Er spürt Fanny ausgerechnet im *Cooper's Hill Cheese Roll* auf, an einem sonnigen Frühlingsmorgen, der sich nicht so sehr von dem Tag unterscheidet, an dem sie sich einst kennengelernt haben. Jetzt muss Fanny entscheiden, ob sie Nick zum Teufel jagt ... oder dem einzigen Mann eine zweite Chance gibt, der ihr jemals ebenbürtig gewesen ist.

Die Zofe und der Rake ist eine sexy Novelle, die Teil der Reihe *Die Astley Chroniken* ist. Die Geschichte handelt von Fanny Price, der unerschrockenen Zofe von Lady Caroline Astley, und kann an jedem beliebigen Punkt nach Buch 1 gelesen werden.

~

Wenn du per E-Mail benachrichtigt werden möchtest, wann immer ich eine neue deutsche Übersetzung eines meiner Bücher veröffentliche, kannst du dich hier anmelden: https://courtneymccaskill.com/deutschen-newsletter/ .
Wenn du auch meinen englischsprachigen Newsletter erhalten möchtest, der ein- oder zweimal im Monat erscheint und Bonusszenen, Werbegeschenke und Hinweise auf andere lesenswerte Regency-Romanzen enthält, kannst du dich hier anmelden: https://courtneymccaskill.com/newsletter/ .

Wenn du dir einen Moment Zeit nehmen möchtest, würde ich mich über eine Rezension freuen!